WANG KUANXING WENJI

王宽行文集

王宽行　著

河南大学出版社
中国·郑州

图书在版编目(CIP)数据

王宽行文集 / 王宽行著. -- 郑州 : 河南大学出版社, 2022.7
ISBN 978-7-5649-5244-0

Ⅰ. ①王… Ⅱ. ①王… Ⅲ. ①中国文学-古典文学研究-文集 Ⅳ. ①I206.2-53

中国版本图书馆 CIP 数据核字(2022)第 136599 号

责任编辑 胡玲霞 郑华峰
责任校对 屈琳玉
封面设计 马 龙

出 版 河南大学出版社
地址:郑州市郑东新区商务外环中华大厦 2401 号 邮编:450046
电话:0371-86059701(营销部) 网址:hupress.henu.edu.cn
排 版 河南大学出版社设计排版部
印 刷 郑州印之星印务有限公司
版 次 2022 年 7 月第 1 版 印 次 2022 年 8 月第 1 次印刷
开 本 690mm×960mm 1/16 印 张 22.25
字 数 460 千字 定 价 68.00 元

王宽行教授

王宽行教授在家中

王宽行教授在河南内乡县衙

王宽行教授在书房

张如法教授(左一)、王文金校长(左三)、王宽行教授(左四)1978年(也可能是1979年)在四川和朋友合影

王宽行教授(左二)、宋景昌教授(左三)在河南内乡县衙和朋友合影

序:一位被长期低估的学者

一

1979 年 9 月,历经了 14 年的小学、中学教书生涯后,我进入了梦寐以求的大学读书。这一年,我 34 岁,考上了开封师范学院中文系(即今河南大学文学院。以下简称“开封师院”)中国古代文学专业的研究生,师从王宽行先生(1924—2004 年),成为宽行师的第一位硕士研究生。

读大学是我从小的愿望。1965 年高中毕业时,我报考的第一志愿是清华大学土木建筑系。我就读的开封一中的教导主任告诉我:开封一中已经连续几年没有考上清华的学生了,今年你要报清华大学。我自己也愿意报考清华大学土建专业,因为土建专业是一般专业,即使是在大名鼎鼎的清华,也是如此。它既非绝密专业,又非机密专业,非常适合我这样家庭背景的学生报考。我在高中毕业考试时,平面解析几何、代数、物理、化学、外语五门 100 分的现实,给了我报考清华的底气。高三时,我是开封一中的学生会主席。三个方面的原因叠加,在学校动员我报考清华大学时,我信心爆棚,踌躇满志地报考了清华大学。——50 多年后回首此事时,感到了自己当时的年少轻狂,不谙世事。——现实是,这一年我落榜了,进入开封空分设备厂厂办小学,当了半年一签合同的合同工教师。

从这样的人生路上走来,读研,对于 34 岁的我,渴望和期待的心情早已溢于言表。

面试时第一次见到宽行师,他浓眉大眼,心直口快,爽朗的笑声时时回响在严肃的复试场上。看得出,在座的高文教授(1908—2000 年)、华锺彦教授(1906—1988 年)等著名学者都非常欣赏宽行师。复试时,华先生问了我一个问题:荀子是法家还是儒家?为什么?我回答完后,华先生做了点评,宽行师和华先生还为此题有一场小小的辩论,让严肃的复试考场一下子变得活跃起来。

第二次见到宽行师已是在现在已经拆除的河南大学明伦校区的排房里(现改建为开封明伦校区音乐学院、美术学院)。宽行师住一间平房。当时开封师院中文系许多老师都住在这些平房里。尽管我已有了充分的思想准备,宽行师室内的简陋仍然令我大为吃惊:全部家当只有一张单人床、一张破旧的三斗桌、几个小书架和一些做饭的锅碗。

虽然我没有在开封师院读过本科(1978 年恢复全国招研时,允许高中毕业生直接报考研究生,我是以同等学力考上硕士生的学生),但是,我对这所历史悠久的大学并不陌生,原因是 1974—1976 年的这三年我一直在开封师院历史系"工作"。当然,那时的我并不是这所学校的教师,连工作人员也谈不上。我当时任职的开封空分设备厂的"工人理论组"和开封师院历史系共同承担了《王安石诗文选注》的工作,我是空分设备厂"工人理论组"向空分设备厂中学借调的高中语文教师。因此,我隔三岔五地要去当时开封师院的教授院(今河南大学南门外教授院)拜访几位教授。与这些教授的住房相比,宽行师的住所实在是太简陋了。这种简陋不仅表现在房屋的面积和结构上,而且还表现在室内的家具上。

宽行师是新中国成立前考入无锡国学专修学校(简称"无锡国专")的学生,1953 年毕业分配到开封师院工作。无锡国专是中国高等教育史上一张靓丽的名片。无锡国专被研究中国高等教育史的学者视为可以和北京大学,新中国成立前的中央大学、中山大学、南开大学以及抗战时期的西南联大并称的一所高校,是一所被人称为"培养的学生绝对数量不多,但却保持了极高的成材率"的著名高校。宽行师的这一求学经历,他从来没有和我谈过,宽行师仙逝后我才从其子处得知。

宽行师大学毕业分配到开封师院后,经历了 20 世纪 50 年代、60 年代、70 年代所有的政治风波。宽行师与当时的开封师院的教授相比,工资待遇相差悬殊,加上师母为农村户口,孩子均在农村,经济的重担让宽行师从来就没有直起过腰，但是，过惯简朴生活的宽行师似乎对此并无感觉。

宽行师的夫人是农村户口，四个孩子也是农村户口。1949 年新中国成立后很长一段时间，农村和城市二元制的户籍制度，给读了大学而获得城市户口的宽行师带来了很大困扰。师母及四个孩子住在江苏农村，宽行师一人独居开封。直到 1979 年，师母和小儿子才办完了“农转非”（农业户口转为城市户口），来到宽行师身边。长子 1978 年考上徐州师范学院，毕业后进入邳县县中教书，直至退休。次子 1982 年到铁路局工作，后调入河南大学图书馆。唯一的女儿，因为已婚嫁，不能再办“农转非”，永远留在了江苏农村。

师母和小儿子的到来，给宽行师的生活带来了不少欢乐。但是，宽行师从 1953 年 29 岁分配到开封师院，到 1979 年 55 岁结束独居实现家庭的初步团聚，整整过去了 26 年！当年的青年教师成了年近六旬的老人！

伴随着师母的到来，80 年代宽行师告别了平房，搬进了今河南大学明伦校区西门外的家属楼，直到仙逝，宽行师始终住在今天看来既不宽敞又不豪华的家属楼里。即使是搬进了 80 年代的新房里，宽行师的书房仍然只有几个简陋的书架，一张结实无华的三斗桌，一把修补了多次的旧藤椅。每次到宽行师家中问学，他都坐在破旧的藤椅上，谈笑风生。

宽行师的穿戴相当简单，一套灰色的中山装永远是他的标配。从我入校至宽行师去世的 25 年，他一直穿着同样颜色、同样款式的中山装，无论是在家中，还是在课堂上。

二

虽然住得简陋，穿得简单，但是，宽行师却有着一颗“精致的大脑”。这颗“精致的大脑”以善于深刻地分析著称于学界。他是开封师院中文系著名的雄辩家，讲课、发言一向以深刻著称。

在我的三年读研期间，宽行师给我讲《史记》，讲汉魏六朝乐府，讲《论语》《孟子》，讲唐诗。特别是一些名家名篇，宽行师讲起来声如洪钟，每每拍案而起。屋中只有我们师生二人，宽行师讲课的气势、声音，丝毫没有因为只有我一个人听课而与他面对数百学生上课有什么差别，仍然激情四射，大气磅礴，挥洒自如，声如洪钟。

宽行师做研究的最大特点是非常看重细读文本。记得有一次我问及《古诗为焦仲卿妻作》一诗中“十三能织素，十四学裁衣，十五弹箜篌，十六颂诗书”该怎么理解，宽行师告诉我：一定不能理解成为这是写刘兰芝能干！这是写封建礼教的教育！下文写兰芝回家，刘母的“十三教汝织，十四能裁衣，十五弹箜篌，十六知礼仪”，就将“十六颂诗书”改为“十六知礼仪”，可见，“颂诗书”是为了“知礼仪”。宽行师此类耳提面命，给我留下了极为深刻的印象。

宽行师给我详讲《史记·项羽本纪》中的《鸿门宴》时，他对《鸿门宴》开篇的“项王大怒”中“大怒”二字非常感兴趣。他认为：“大怒”二字表现了项羽的政治幼稚，表现了项羽入关之后没有认识到刘邦已经由昔日战友演变为今日对手。因此，项羽的政治幼稚成为解读《鸿门宴》的一把金钥匙。我在《百家讲坛》讲项羽，主要讲了项羽失败的三大原因——政治幼稚、军事被动、性格缺陷。这些认识都是我在宽行师“细读文本”的影响下，在长期的教学实践中逐渐清晰起来的。

再如陶渊明的《归去来兮辞》。宽行师非常看重“世与我而相违，复驾言兮焉求”两句。他认为：“世”是什么样的“世”，“我”是什么样的“我”，“世”与“我”如何“相违”，这些是解读陶渊明归隐的关键。讲清楚了这三句，整个陶渊明的归隐问题就迎刃而解了。

可见，宽行师解读功力非凡。这种功力不仅仅局限于解读文本，而且还通过解读文本解读作家。这是宽行师的独门绝活！细读文本，成了我此后数十年教学和研究的基本功，也成就了我在研究中的多项重要发现。我在《〈文选〉成书研究》（载《文学遗产》2003 年第 3 期）一文中提出萧统《文选》是据前代总集二次选编而成的新说。这一观点即是在细读《文选》文本中发现的。我在文章中引用的所有材料都是人们最常见的材料，没有任何新材料，但是，旧知新解成了这篇文章的最大亮点。这些，俱受惠于宽行师。

三

宽行师最钟爱的研究课题有两个：一个是陶渊明研究，一个是先秦儒家思想研究。

宽行师见解深刻的特点在他的陶渊明研究中表现得非常突出,而且,宽行师的研究兴趣,让他很快就有了参与全国陶渊明研究的机会。

新中国成立后,陶渊明研究一直存在较大分歧。

著名文学评论家、文学史家李长之撰写了《陶渊明传论》,力主陶渊明受曾祖陶侃、外祖父孟嘉的影响,并不尊崇东晋王朝,“反映了没落的士族意识”。

阎简弼撰写《读〈陶渊明传论〉》的文章,批驳李长之对陶渊明的指责和否定,基本肯定陶渊明倾向人民,和人民的愿望相一致。

多数专家肯定陶渊明的积极一面,认为他“躬耕自资”,侍弄桑麻禾黍,不为五斗米向乡里小儿折腰,与农民有深厚情感,在老庄思想和隐逸风气盛行的晋代,殊为难得。

1957 年以后,在特殊语境之下,多数学者对陶渊明的评价都变得小心翼翼了。1958 年,陈翔鹤主编的《光明日报》副刊《文学遗产》组织并发动了一场全国性的陶渊明大讨论。这场大讨论立即就吸引了中国古代文学界众多学者的高度关注。

这场讨论始于 1958 年 12 月 21 日《文学遗产》第 240 期发表的 3 篇评陶文章,止于《文学遗产》1960 年第 294 期发表的 1 篇评陶文章,历时 15 个月。《文学遗产》专栏选编了《陶渊明讨论集》(以下简称《讨论集》)作为总结,并由中华书局 1961 年 5 月出版。

《讨论集·前言》介绍,从 1958 年 12 月 21 日《文学遗产》第 240 期发布第一批讨论文章起,至 1960 年 3 月底止,共收到有关陶渊明的讨论文章 251 篇。入选《讨论集》的有正文 27 篇,附录 3 篇,计 30 篇。

在这 30 篇文章中,以个人名义发表的文章凡 21 篇。此 21 篇中发表在《文学遗产》专栏者 17 篇,寄往《文学遗产》专栏未发表最终收入《讨论集》者 3 篇,发表在其他刊物收入《讨论集》者 1 篇。

王宽行《从辞官归隐看陶渊明》一文是寄往《文学遗产》专栏,当时未得发表,最终收入《讨论集》的三篇论文之一。

宽行师撰写此文时 36 岁。在全国投稿的 251 篇文章中,能获得出线权,特别是投稿时未刊载,最终能收入《讨论集》,在 20 世纪 50 年代末、60 年代初的特殊政治语境中,应是一桩极为不易之事。这一切皆缘于他对陶渊明深刻、独到的见解,也表明他的见解在当时已处于时代的前沿,即使在今天,重读此文,仍然可以感受到内心的悸动。

我们评价一位学人,往往有两种模式:一是看一位学者发表论文的刊物级别。通常级别越高的刊物,作者的水平就越高。二是看一位学者的代表作。看他的代表作处于什么水平,达到什么高度,这就是代表作评判制。

两种评价制度各有利弊。由刊物的编辑决定作者的水平,可能会让评判受到人为因素的干扰。代表作评判制有其自身的优越性。

刊物级别高,不等于所有高级别刊物发表的文章,都是最高水平的文章,其作者都是最高水平的研究者。刊物和文章之间可能会有不完全协调之处。

代表作评判制,是通过一位研究者的代表作,判断一位研究者的实际研究能力和他的研究达到的学术高度和深度。

如果以代表作评判制衡量宽行师(其代表作为陶渊明研究文章):他是一位被学界长期低估的学者。

宽行师的陶渊明研究文章,不仅有《讨论集》收录的《从辞官归隐看陶渊明》,还有《试论陶渊明的“质性自然”》《也谈陶渊明的化迁思想与审美创造》《也谈陶渊明的政治倾向》《谈陶渊明作品的思想和艺术》。一如收入《讨论集》的《从辞官归隐看陶渊明》一样,宽行师的其他评陶文章也都达到了那个时代评陶文章的最高水平。

在宽行师留下来的不多的遗作中,有 5 篇同样具有很高水平的陶渊明研究文章,足以说明宽行师的陶渊明研究的的确确是 60 多年前陶渊明研究的高度和深度的代表者。

宽行师的先秦儒家思想研究,保留下来的文章甚少。这本是宽行师为研究生讲得最多的话题,不少观点,被他的研究生写成论文发表了。

四

我留校后,宽行师经常到我家去小坐,每次都要谈到陶渊明研究,而且,邀请我和他一块儿从事该项研究。由于我当时已有了自己的研究课题,只能答应在将手中的课题完成后再和宽行师合作;但是,我的课题一个接一个,始终没有来得及和宽行师合作进行陶渊明研究。

他生命的最后几年,我去看他,他仍然兴致勃勃地拿着陶渊明研究和我商讨,可惜我最终未能实现宽行师的愿望。“树欲静而风不止,子欲养而亲不待。”悲夫!

宽行师是一位正直敢言的书生。亲历了历次运动,每当急风暴雨的运动到来时,一向心直口快、雄辩滔滔的宽行师就变得沉默了。在那种非正常的政治气候下,沉默也是一种声音。

宽行师去世多年后,他的文集终于要出版了。这部文集有两大特点:一是篇数不多,二是以解析作品为主。

为什么一位以雄辩著称的先生著述不多呢?

首先,“述而不作”的观点深刻地影响到宽行师那一代人。其次,在那些非正常的年代,埋头做学术写文章是一种“罪过”。再次,宽行师有关先秦儒家的重要观点,他自己并未写成文章发表,而是毫无保留地讲给了自己的研究生,许多重要见解为他的研究生写成文章发表了。最后,河南大学曾经是民国时期国内赫赫有名的大学,1949 年之后,高等学校调整不断,河南大学的许多院系整体迁出,或独立成校,或并入其他高校,自己则降格为开封师范学院。既然名为“师范学院”,培养中学教师成了这所大学最重要的任务。中文系负责培养全省的中学语文教师,自然要给中学语文教师讲中学教材,这种生存现状导致了大量作品讲析占据了宽行师文集的重要组成部分。其实,解读古诗文名篇历来是一位学者最见功力的部分,几乎所有的名家,都在这方面下过大功夫。北京大学葛晓音教授编、生活书店出版有限公司 2020 出版的介绍北大名家林庚的《诗的活力与新原质》一书,专辟“谈诗稿”一章,收录了林庚先生《君子于役》《易水歌》《青青河畔草》《步出城东门》《漫谈庾信〈昭君辞应诏〉》《秦时明月汉时关》《谈孟浩然〈过故人庄〉》等十六篇作品。这就不难理解宽行师的文集中有不少名作解读的文章了。

统观全集,宽行师虽著述不丰,但成文确有分量,朴实无华的文字后面,难掩一代学人的风采。

一位被长期低估的学者,最终未能将自己的才华全部贡献给学术研究,不能不说是一种历史的遗憾。这并非宽行师一人的遗憾,而是一代学人的遗憾。

虽然,宽行师对中国古代文学的独到见解从《王宽行文集》看已经百不存一了,但是,我相信,读者从这些有限的存世之作中,仍然看到一位独具只眼的学者的锐利眼光。这种眼光是永恒的,这就是《王宽行文集》学术生命的价值所在。学术永远不以量取胜,代表性文章是体现一位学者真正价值的标志。

宽行师文集的整理,由我的博士后李建松完成。建松是位负责的人,他首先将宽行师的遗文分为教学篇与学术篇两部分,并按作品产生的时间作了排序。原稿引文皆一一核对权威版本,引用其他学者的观点处,也一一核查原始出版,并详加注明。出版年代早的相关资料,皆用旧本核实。在宽行师遗作出版之际,衷心感谢建松的辛勤付出。

2022 年是河南大学建校 110 周年校庆,河南大学文学院大力支持出版本院老一代学者的遗著,王宽行师作为文学院的著名教授,其文集出版亦得到文学院这一届领导的大力支持,在此,向河南大学文学院表示感谢。

从开始编辑宽行师文集的 2014 年,到出版《王宽行文集》的 2022 年,历时 8 年。回首当年和宽行师促膝交谈的时光,虽历历在目,但皆成往事,不胜嘘唏。

王立群 2014 年 11 月 5 日初稿于开封

2022 年 6 月 15 日改定于海口

目 录

教学篇

《东山》诗新探

《诗经·豳风·东山》一诗,古今解者甚多,意见也多有分歧。对这个自来解说不一的名篇,究竟应当怎样理解,现在仍有继续探讨的必要。这里试谈一谈我的理解。

在未对诗篇作具体解说之前,先来说说与理解诗篇有重要关系的关于诗篇写作的时代、所写事件和其作者是谁的问题。卫宏《诗序》对此都作了说明:"《东山》,周公东征也。周公东征,三年而归,劳归士,大夫美之,故作是诗也。"①卫序认为诗篇写作的时代是周公东征的时代,其所写的事件是反映周公东征的,这个说法是可信的。第一,诗的首句"我徂东山"所写的征戍地点——东山,在周公东征所伐的奄国境内。诗从"我徂东山"写起,是以"徂东山"来代指周公东征之役的。陈奂《诗毛氏传疏》对此曾作如下解说:"东山,鲁东蒙山,在今山东沂州府蒙阴南。周公所诛之奄国,在鲁境内。鲁初封曲阜,其后益封,始得奄之故地。《左传》祝鮀称'因商奄之民',封鲁于少皞之虚。服虔注云:'商奄,鲁也。'周公之征,管蔡之罪未著,劝禄父以畔者,奄君薄姑也,故出师必先征奄国。奄国强大,故践奄又在克殷之后。诗以'徂东山'发端者谓此也。《孟子·尽心篇》'孔子登东山而小鲁',与诗《东山》同。"②这个解说是切合事理的。第二,诗中又说"于今三

① 见李学勤主编《十三经注疏·毛诗正义》卷八,北京大学出版社,1999,第518页。

② 陈奂:《诗毛氏传疏》卷十五,商务印书馆,1934,第2版,第84页。

年”，与《尚书大传》所说“周公摄政，一年救乱，二年克殷，三年践奄”①的时间也相符合。第三，以写周公东征为题材的《破斧》与本篇同列在《豳风》之中，其中“既破我斧，又缺我斨”等一类诗句所展现的经久而剧烈的战争情况，与《东山》所写的久役远戍和经过战争造成的室庐荒废的景象也是极其一致的，实为同一战争现实的反映。至于诗的作者，卫序谓之为大夫美周公之作，则是不妥当的。朱熹《诗集传》所说的“周公东征已三年矣，既归，因作诗以劳归士”②，也是与诗意不符的。崔东壁《丰镐考信录》对这两种说法全都作了否定：“余按：此篇毫无称美周公一语，其非大夫所作显然，然亦非周公劳士之诗也，细玩其词，乃归士自叙其离合之情耳。”③按以崔氏“乃归士自叙其离合之情耳”的说法为是，这正是他能从诗出发“细玩其词”的结果。但对归士所自叙的离合之情的具体理解，我们和崔氏以及其他评注者还是不尽相同的，现亦采用“细玩其词”办法逐章试解如下。

第一章写一个久役于外的从军兵士于战争结束将归未归之时所产生的急切思家的特定心情，与初归途中的生活情景：

我徂东山，慆慆不归。我来自东，零雨其濛。我东曰归，我心西悲。制彼裳衣，勿士行枚。蜎蜎者蠋，烝在桑野。敦彼独宿，亦在车下。

“我徂东山，慆慆不归。”“我”，诗人自称，亦即从军兵士。全诗“我”字凡十二见，均作此解。诗一开始即用第一人称来写，全诗于事于情都从诗的主人公（从军兵士）自叙写出。此二句写从军兵士于周公东征之役中，远离家乡豳地，前往征戍地点东山，从事征战，经久不归。

“我来自东，零雨其濛。”此二句写从军兵士于战争结束开始归来之时，适逢漫天下着蒙蒙细雨。承前二句，从生活环境上创造出一种与主人公生活思想极为协调的抒情气氛。

“我东曰归，我心西悲。”曰归，说要归来。即说归而尚未归。“西悲”之“悲”，在此作“思念”解，与《汉书·高帝纪》“游子悲故乡”之“悲”同义。此二句是说：我在东方说要归来的时候，我益发思念我那远在西面的家乡。从

---

① 陈奂：《诗毛氏传疏》卷十五，第 84 页。

② 朱熹注《诗集传》，岳麓书社，1989，第 106 页。

③ 崔述：《崔东壁遗书·丰镐考信录》卷四，顾颉刚编订，上海古籍出版社，1983，第 208 页。

军兵士这种立时倍感思家的心情，是在特定的生活空间和时间内产生的特定心情。即没有“我徂东山，慆慆不归”那样久役远戍的经久的生活基础，就根本不会产生“我心西悲”这样急切思家的心情，但若只有久役远戍的经久的生活基础，没有“我东曰归”这样一时到来的战争已经结束将归而尚未归的生活时机，西归而尚无望，也不会立时产生如此急切思家的心情。由此可见，“我心西悲”这样的思家心情，是由空间上的东与西，时间上的久与暂，行动上的徂与归等诸种矛盾因素构成的，是在特定生活情景下产生的特定心情。

“制彼裳衣，勿士行枚。”此二句是说，脱下军服，换上便装，不再行军打仗了。这是继“我心西悲”想念家乡的心情描写之后所写的一个久役于外的兵士的思想愿望。过去注家多把“我心西悲”之“悲”，解作“悲伤”之“悲”，认为是写从军兵士的悲伤心情。这样的解释显然是与诗意不符的。一个久役于外的兵士，若不是另有原因，为什么要在战争既已结束的将归之时反而会产生悲伤的心情呢？况若真有所谓“心已西向而悲”①的悲伤心情，那还会再有“于是制其平居之服，而以为自今可以勿为行陈衔枚之事矣”②那样充满生活理想和欣慰之情的期望吗？

“蜎蜎者蠋，烝在桑野。敦彼独宿，亦在车下。”这四句继写从军兵士急切思归的心情产生之后，在初归途中看到爬行于桑林间的桑虫联想到自己也像桑虫那样蜷曲着身子独宿在兵车之下的生活和感受。朱熹《诗集传》谓之为“睹物起兴而自叹”③。这样的“睹物起兴”由景而人的叙写，既生动地写出了从军兵士归来途中的苦辛与孤单，又真切地表现了其对这种苦辛与孤单的思想感受。这既是远离室家久役于外的苦辛与孤单，又是即将与家人团聚的归来途中的苦辛与孤单。“自叹”之中又含“自欣”之意。这样的生活与感受，显然是具有初归途中的特点的。“我心西悲”写的是念家的思想，这里写的是归来的行动，二者在从军归来的过程中，本来是前后继承的、完全一致的，但由于现时还处在归路尚遥的初归途中，这就不能不使这个从军归来的兵士对“独宿车下”的生活倍感苦辛与孤单。同时，也正由于初上征途，而对这种旅途生活也才会有如此敏锐的感受。细味“蜎蜎者蠋，烝在桑野。敦彼独宿，亦在车下”四句真是把这样的生活与感受写得真切

① 朱熹注《诗集传》，第106页。

② 同上。

③ 同上。

入微，于由物而人的描写之中，着一“亦”字尤为传神。绝非旅途跋涉既久，归而将至之时所能具有的思想感受。

第二章写从军兵士归途所见战争造成的室庐荒废景象和所产生的思想：

> 我徂东山，慆慆不归。我来自东，零雨其濛。果赢之实，亦施于宇。伊威在室，蠨蛸在户。町畽鹿场，熠耀宵行。不可畏也，伊可怀也。

章首四句，在四章中都是相同的。这是当时诗歌普遍采用的重章叠调的章法的运用。

“果赢之实，亦施于宇。伊威在室，蠨蛸在户。町畽鹿场，熠耀宵行。”这六句写的是从军兵士归来途中所看到的经过战争造成的室庐荒废无人居住的景象。

“不可畏也，伊可怀也。”此二句是写从军兵士看到上文所写那样室庐荒废无人居住的景象而产生的思想——感到不是可怕，而是令人感思。

然而古今多把本章所写室庐荒废的景象看作从军兵士对其家的想象，把“不可畏也，伊可怀也”说成对其家的怀念。如朱熹《诗集传》说：“言己东征而室庐荒废至于如此，亦可畏矣。然岂可畏而不归哉，亦可怀思而已。此则述其归未至而思家之情也。”①崔东壁《读风偶识》说：“次章极写家中萧条景象，暗含‘三年’二字在内”，“家中萧条如此，何以为情？不如是，不见归后之乐也。”②方玉润《诗经原始》也说“室庐之久而荒废”③。我们认为这些说法都是不合诗意的。首先这里所写的景象就不是所谓“言己东征”，室庐久而失修所能造成的景象，而是因无人居住才使得“室庐荒废至于如此”的景象。作为写从军征战的诗篇的一个组成部分来说，这样的“家无人”的景象，自然是诗所写的战争造成的。既然如此，诗中的兵士为什么还会以这样的景象来想象其家呢？因为，周公东征的战争是在远离豳地的东方商奄之地进行的，而这个从军兵士的家乡就没有出现这样景象的可能。既然没有出现这样景象的可能，再以这样的景象想象其家，就没有现实依据

① 朱熹注《诗集传》，第107页。

② 崔述：《崔东壁遗书·读风偶识》卷四，顾颉刚编订，上海古籍出版社，1983，第576页。

③ 方玉润：《诗经原始》卷八，李先耕点校，中华书局，1986，第320页。

了。同时,这样的想象也与全诗所表现的整体思想不符。若是从军兵士真有家已无人的想法,那还会再有"制彼裳衣,勿士行枚"那样充满理想的生活愿望吗?并且与下两章所写"妇叹于室。洒扫穹窒"和"其新孔嘉,其旧如之何"那种家中分明"有人"的情况也不一致。至于从军兵士对这样的景象的感受,也绝不应是朱熹所说的"亦可畏矣。然岂可畏而不归哉,亦可怀思而已"。像蔡琰《悲愤诗》所写"奄若寿命尽,旁人相宽大。为复强视息,虽生何聊赖",或像《十五从军征》所写"羹饭一时熟,不知贻阿谁。出门东向望,泪落沾我衣",才是"既至家人尽"(蔡琰《悲愤诗》其一)的心情写照。而这里的从军兵士怎么会既然想象其家荒废到"户无人出入"①的地步,而还只是感到"岂可畏而不归哉,亦可怀思而已"呢?我们认为这里所写的室庐荒废的景象,是无人居住的景象,是经过诗所写的战争造成的,是从军兵士的归途所见。这样的景象给这个从军归来的兵士的思想感受,不是可畏,而是可怀——令人感思。从写从军兵士这样的所见所感中,对当时特定的社会现实作了深刻的反映。同时,对一个从军归来的兵士来说,有了这样的归来途中的所见所感,也就更促使他加重了对家庭的怀念和对室家团聚的期待。

第三章写从军兵士归而初至的情况与欢欣的心情:

我徂东山,慆慆不归。我来自东,零雨其濛。鹳鸣于垤,妇叹于室。洒扫穹窒,我征聿至。有敦瓜苦,烝在栗薪。自我不见,于今三年。

对这一章的理解也是自来多有分歧的,其中这里所写究竟是从军兵士归已至家的实际情况的叙写,还是写其归来途中与其室家之间的思念,就是理解分歧的一个重要方面。

"鹳鸣于垤",写的是鹳鸟在小土堆上叫唤的景象,应是从军兵士归来所看到的其村边乃至舍旁的景象,也应是他从军之前所习见的极其平常的景象。可是这对一个离家千万里,历时已三年的从军归来的兵士来说,却有极不寻常的感受。诗篇通过从军兵士的耳闻目见把它特地写了出来,也就具有非同寻常的艺术效果,它表现了这个久役于外的兵士那种归而将至难以名状的欣幸之情。"世乱遭飘荡,生还偶然遂"(杜甫《羌村》其三)的杜

① 朱熹注《诗集传》,第107页。

甫,不是也在其归而将至的时刻对“峥嵘赤云西,日脚下平地,柴门鸟雀噪”(杜甫《羌村》其一)的平常景象,在感情上给以异乎寻常的倾注吗?“鹳鸣于垤”与“柴门鸟雀噪”具有同样的艺术作用。

“妇叹于室。洒扫穹窒,我征聿至。”这里说的是正在从军兵士之妻在家长嘘短叹,打扫房屋,堵塞墙洞的时候而从军兵士来到了。写出从军兵士归已至家与其妇的久别重逢。“妇叹于室”所表现的感情,应是从军兵士离家以来,其妇经常具有的感情;“洒扫穹窒”所表现的行动,也应是从军兵士离家以来其妇日常艰难持家的一种行动,是对其夫的归来事先本无所知的感情表现和行动表现。这样的久别乍逢,对从军兵士的妻子来说固然有“邂逅徼时愿”(蔡琰《悲愤诗》其一)的望外之感,就是对从军兵士来说,也不能不更增加他“新归且慰意”(杜甫《北征》)之情。“我徂东山”给从军兵士及其室家带来的别离的困苦与愁思,就在“我征聿至”之下而告结束了。诗在这里把从军兵士与其室家的“久别”与“乍逢”作了极其真实而深刻的反映。

“有敦瓜苦,烝在栗薪。自我不见,于今三年。”这四句是说从军兵士到家之后,看到一个个匏瓜团团地结在栗柴堆上而深有所感地说:自从我不见这样的景象,已有三年之久了。

对这四句的理解也有很多的分歧,而以朱熹《诗集传》的解释最得诗意。他说从军兵士于“我征聿至”之后,“因见苦瓜系于栗薪之上,而曰,自我之不见此,亦已三年矣。栗,周土所宜木,与苦瓜皆微物也。见之而喜,则其行久而感深可知矣”①。这里所写与“鹳鸣于垤,妇叹于室。洒扫穹窒,我征聿至”一样都是通过写从军兵士对极其平常的事物的所见所感来写其久役而归的非同寻常的思想感情的。但因表现内容的需要,两者在具体写法上也还有显著的不同。“鹳鸣于垤,妇叹于室。洒扫穹窒,我征聿至”四句以极其迅疾之笔,一句一景,一句一事,来写从军兵士那种急欲到家的行动和心情。“有敦瓜苦,烝在栗薪。自我不见,于今三年”四句则以极其舒缓的笔调只写对一二微物的所见所感,表现从军兵士到家之后那种极其从容的行动和无限欣慰的心情。又无不各具特征。

第四章写从军兵士既归之后夫妇重逢的室家之乐:

---

① 朱熹注《诗集传》,第107页。

我徂东山，慆慆不归。我来自东，零雨其濛。仓庚于飞。熠耀其羽。之子于归，皇驳其马。亲结其缡，九十其仪。其新孔嘉，其旧如之何？

“仓庚于飞，……九十其仪”六句写从军兵士对其从军之前的新婚的回忆。

“仓庚于飞，熠耀其羽。”这两句是写结婚时的季节和自然景象。

“之子于归，皇驳其马。亲结其缡，九十其仪。”此四句写的是从军兵士回想其新婚时的情况。前二句写车服之盛，后二句写礼仪之多。四句合起来极写新婚时的盛况，以见其美好。

“其新孔嘉，其旧如之何？”此二句承上由写新婚之美好，转到写重逢之可乐。这里是说新婚时诚然很好，而今久别重逢又是怎么样呢？这里以问话的语气来强调重逢之乐。

上章在写“我征聿至”之后，未即去写夫妇久别重逢的思想感情，而以写从军兵士对“瓜苦”“栗薪”这样细微之物的所见所感来表现其归而初至的无限欣慰。这里则以一章的篇幅来写夫妇久别重逢的室家之乐，与首章所写“我东曰归，我心西悲。制彼裳衣，勿士行枚”相呼应，结束全篇。具体写来，由从军前的新婚写到归来后的重逢。这里是用虚实结合的手法来写的，实写新婚，虚写重逢。亦即以更多的笔墨对新婚的盛况和新婚的美好给以具体描写，写得非常充实，只是最后才以“其旧如之何”一句归到久别重逢上来，且以问话出之，而又极其虚灵。实写是虚写的基础，虚写是实写的升华，两者结合起来，便对久别重逢的室家之乐作了极其得体的反映，具有极其深刻而又余意不尽的艺术效果。

不过，这种把过去的新婚和现在的重逢直接结合起来的写法，也使古今产生不少误解。除了那些认为是写从军兵士在归来途中的思想活动外，即使认为是写从军兵士归来之后的生活思想，也有种种不切诗意的理解。如朱熹《诗集传》认为：“而言东征之归士，未有室家者，及时而婚姻，既甚美矣。其旧有室家者，相见而喜，当如何邪？”①崔东壁《读风偶识》认为：“此当写夫妇重逢之乐矣，然此乐最难写，故借新婚以形容之。‘缡’也而‘亲结’之，‘仪’也而‘九十’之，凡其极力写新婚之美者，皆非为新婚言之也，正

① 朱熹注《诗集传》，第107页。

以极力形容旧人重逢之可乐耳。新者犹且如此,况于其旧者乎?"①

按照朱熹的说法,这里写的"新婚"与"重逢"则是泛指所有"东征之归士"。但这样的多主人公的说法,是不符合诗的实际的。我们知道,这篇诗始终是以一个主人公来写这个从军归来的过程的。这除有"我徂东山""我来自东""我东曰归""我心西悲"以及"我征聿至"诸句都以单称代词"我"字作为主语的字面明证外,从全诗对事件的具体叙写中也可得到充分说明。如"东征之归士"总不可能都是在"鹳鸣于垤,妇叹于室。洒扫穹窒"的情况下而"我征聿至"的吧?何况那些所谓"未有室家者"就更不会有"妇叹于室。洒扫穹窒"了。为什么到第四章就突然变为泛指所有"东征之归士"了呢?而这一章不也与前三章一样都是以"我徂东山"等四句冠于章首的吗?朱熹这种皆大欢喜的泛指,乃是本着所谓"大夫美周公"②或"周公劳归士"③的说法所作的违犯诗意的附会的解释。

崔东壁认为"此当写夫妇重逢之乐"是符合诗意的,但认为关于新婚的描写只是借以"形容旧人重逢之可乐",好像不是诗的主人公生活思想的直接描写,则又不切诗的实际了。我们认为"新婚"和"重逢"都是写的诗的这个特定的主人公——一个从军归来的兵士。这里把"新婚"和"重逢"直接连在一起来写的写法,是从诗的主人公的生活实际出发的。这是因为由从军前的新婚到归来后的重逢,其间虽已经历了三年的时间,但在空间上他们却是在一东一西的别离中度过的。在他们共处的生活中,除了眼前的重逢,就是三年前的新婚了,时间上的距离,却被空间上的分离所占去,因此,在眼前重逢的时刻,自然就会直接想起三年前的新婚来。

综上所述,全诗写出一个从军兵士从军归来的完整过程,即由将归未归—初归途中—途中所见—归而初至—既至之后的完整过程,以及产生在这一过程之中的思想感情。古今对本诗理解的分歧,主要就在对这样的从军归来的过程和在这一过程中产生的思想感情理解的分歧。至于产生理解分歧的原因自然很多,就诗的本身来说,主要在于具有叙事、抒情不分的情况。例如,就诗所写的一个从军兵士从军归来的事件来说,显然是一个由"我东曰归"到"我征聿至"与至家以后的完整过程的。其间既有时间上的先后推移,又有空间上的不断转换,是具有叙事性质的。假如诗要采用叙事

① 崔述:《崔东壁遗书·读风偶识》卷四,第576页。

② 崔述:《崔东壁遗书·读风偶识》卷四,第568页。

③ 崔述:《崔东壁遗书·读风偶识》卷四,第569页。

诗所采用的集中叙写的章法,就会将这个从军归来的事件发展过程作更其紧密的联系而叙写出来。可是诗所采用的却是当时诗歌(主要是抒情诗)所普遍使用的重章叠调的章法,将诗所写的事件发展过程分置于同以“我徂东山,慆慆不归。我来自东,零雨其濛”四句为章首的四章之中。这样就使本来联系极紧的事件,在这样的重章叠调的章法运用下分割开来,而竟使人误认为诗所写的全部生活内容都是在“我徂东山,慆慆不归。我来自东,零雨其濛”四句所写的时间和空间内产生的,以至把后三章所写从军兵士的从军归来的行动过程都看作是将归未归之际的思想活动。再则,诗的语言虽然不无叙事成分,但也具有抒情的性质特点。语意较为含蓄,语句之间常有很大的跳跃性,需要读者加以想象和补充,这样也易使人产生不符诗意的理解。

《东山》虽然语言存在着叙事、抒情不分的情况,但和古代其他优秀诗篇一样,依然运用它所具有的表现手法深刻地反映了其所表现的事物的内在联系和本质规律。只要能够把握它的特点探求其所反映的事物的规律,还是完全可以得到切合诗意的理解的。

附:《诗经·豳风·东山》①

我徂东山,慆慆不归。我来自东,零雨其濛。我东曰归,我心西悲。制彼裳衣,勿士行枚。蜎蜎者蠋,烝在桑野。敦彼独宿,亦在车下。

我徂东山,慆慆不归。我来自东,零雨其濛。果臝之实,亦施于宇。伊威在室,蠨蛸在户。町畽鹿场,熠耀宵行。不可畏也,伊可怀也。

我徂东山,慆慆不归。我来自东,零雨其濛。鹳鸣于垤,妇叹于室。洒扫穹室,我征聿至。有敦瓜苦,烝在栗薪。自我不见,于今三年。

我徂东山,慆慆不归。我来自东,零雨其濛。仓庚于飞,熠耀其羽。之子于归,皇驳其马。亲结其缡,九十其仪。其新孔嘉,其旧如之何?

① 引自李学勤主编《十三经注疏·毛诗正义》,北京大学出版社,1999,第518-525页。

《君子于役》分析

本诗分两章。

第一章描写征夫久役于外,其妻殷切思念之情。

“君子于役,不知其期,曷至哉?”就征夫服徭役的情况写思妇可思的事实。在阶级社会里统治阶级的徭役是造成劳动人民沉重负担和苦难的重要原因之一。诗中征夫所服的徭役是怎样的呢?“不知其期,曷至哉?”是一种既无期限又无定所的徭役。这对服徭役的人来说,是劳苦实甚;对怀人的人来说,是思念殊深。

“鸡栖于埘,日之夕矣,羊牛下来。”描写的日夕、鸡栖、羊牛归的情景,是足以引起和加深思妇怀人心情的环境气氛。这些景物都是行人当归的景象,可是行人偏偏不能归来。这样景物与愿望的不一致,便构成了思妇愁思的环境气氛,足以引起和加深思妇怀人的心情。

“君子于役,如之何勿思!”是其情如此、其景如彼的必然感叹啊!

第二章进一步描写征夫的妻子对征夫的怀念与牵挂。本章意思大致与上一章相同,但就写思念之情的程度来说,较上一章更为具体,更为深刻。“曷其有佸”希望有会晤之时,“苟无饥渴”希望行人能够免于饥渴,就比“如之何勿思”具体得多,深刻得多。这不是上一章写得不好,而是正足以体现出逐步深入的写作特点。这一写作特点就本章中也是如此,先写希望能够会晤,后写希望行人能够免于饥渴,在希望上退了一步,在思念上却进了一步。写出征夫妻子对征夫思念与牵挂的殷切心情,并且这两种心情是交织着的。

从以上分析中可以得出本篇的主题思想是：从征夫的妻子对征夫的怀念与牵挂的描写中，反映统治阶级繁重的徭役所加予人民的饥渴劳困、室家离散的痛苦与劳动人民对统治阶级的徭役的不满和怨恨。

本诗所反映的问题是阶级社会一个重要的社会问题，它是造成劳动人民严重灾难的一个重要方面。所以徭役一直为人民所反对，在历代文学作品中有着不少的反映。统治阶级对劳动人民的剥削和压迫是无所不至的，不但对劳动人民进行残酷的经济剥削，还迫使劳动人民为他们服繁重的徭役。诗中主人公的丈夫就是为统治阶级服着长期的、无定所的徭役而欲归不得、欲罢不能的。

同时统治阶级对服徭役的人是非常苛刻的，征夫的妻子希望征夫能够免于饥渴就反映了这一点。这说明服徭役的人能够免于饥渴乃是难能的事。在小雅《采薇》一诗里也可以得到印证，诗中写着那些抵抗异族(𤞤狁)侵略"一月三捷而归来"的战士，依然受着"载渴载饥"的待遇，可见统治阶级对服徭役的人是何等苛待了。"苟无饥渴"这个最低的要求，实是过高的奢望。

从诗中我们还可以看到，统治阶级的徭役是怎样造成劳动人民室家离散的情形。诗中为统治阶级服徭役的君子劳不得息，出不望归，连鸡和牛羊都不如。本诗写征夫的妻子对征夫的殷切思念和牵挂，有力地揭露并控诉统治阶级的徭役，从而深刻地反映了阶级矛盾。

以上谈诗的思想内容，下面谈谈该诗的艺术成就。

看这首诗的表现方法，首先谈谈景物描写。这首诗是一首抒情诗，在这首短短的抒情诗中，一章八句就有三句是写景的，但抒情却非常深刻。这就不能不使我们感到本诗景物描写的恰当及其所含的丰富意义。让我们分别来谈。诗中"日之夕矣"之句的描写有两重作用：一、说明天色已晚，是行人当归的时候，当归不归，就使怀人者不能不思了。二、"日之夕矣"的景色是暮色苍茫暗淡的景色，这种景色更足以加深思归的思念心情，它与诗中主人公的心情是协调的、一致的。它使整个作品的情感浸入深沉的气氛中，增强了作品的抒情气氛。

"鸡栖于埘""羊牛下来"的诗句也是有其重要作用的：一、鸡上宿了，羊牛归来了，而人偏不能归。这种情景的描写，对诗中主人公来说是起着直接引联想作用的，即所谓"即景生情"。就日常习见的事物抒写深刻的情感，充满了生活气息，是本诗特点之一。二、这种景物描写恰合人物的身份和思想情感。诗中主人公是劳动妇女。她以"鸡栖于埘""羊牛下来"，来发抒她的情感，与那些用"登楼""凭栏""看杨柳""听芭蕉"来发抒思念之情的剥削阶级妇女不同。这两句诗十足地表现了诗中劳动妇女的身份和感情。

总之，本诗的写景不是无所为而写景，而是有所为而写景，是“兴发于此而义归于彼”（白居易《与元九书》）的写景，是现实主义手法的写景，它对表现作品的主题是起着积极作用的。

其次要谈的是浅易而通俗的语言。诗的语言该是通俗、浅易、质朴、精练、生动而感人的。以这种语言来形象地写出情感真实的且与时代感情相一致的抒情诗，应该是好的抒情诗。本诗的语言除了少数语法上、词汇上有今古的不同外，使我们感到是通俗、浅易而质朴的，丝毫不加修饰和雕琢。以这种语言写出劳动人民的情感，便形成了诗的朴素的风格。并且这些语言一字一句都凝结着真实的情感，从而又使本诗富有极强的感染力。

再次，谈谈读本诗所应用的声调。《诗经》不但是我国最早的一部诗歌集，也应该是我国最早的一部乐曲集，可惜乐曲失传了，我们不知怎样去唱。但从诗的内容诗的用字用韵上看，诗的调子应该是降抑的。我们看第一章的“役”“期”“埘”“矣”“思”都是极不响亮的字眼，第二章的“月”“佸”“桀”“括”“渴”都是入声字。因而读这篇诗要用降抑的声调来读，假如用高昂的声调，那就势必会破坏诗的情感。

总之，诗的思想内容是反对统治阶级的徭役的，诗的情感是愁苦的，诗的气氛是深沉的，诗的语言是通俗而浅易的，诗的风格是朴素的，诗的声调是降抑的，诗的内容和形式是完全协调而统一的。它体现了民歌的本色。它是一首古代的好的诗歌。

附：《诗经·王风·君子于役》①

君子于役，不知其期，曷至哉？
鸡栖于埘，日之夕矣，羊牛下来。
君子于役，如之何勿思！

君子于役，不日不月，曷其有佸？
鸡栖于桀，日之夕矣，羊牛下括。
君子于役，苟无饥渴？

---

① 引自李学勤主编《十三经注疏·毛诗正义》，北京大学出版社，1999，第256页。

《齐桓晋文之事》分析

这篇文章节选自《孟子·梁惠王上》,无论从思想上看,还是从艺术上看,都是《孟子》中一篇具有代表性的政论文。这里就其思想内容与艺术特征谈谈个人的意见,供作教学参考。

一、关于段落

全文可分三段。

第一段,自“齐宣王问曰”到“无以,则王乎”。

本段以极其浑涵的笔法提出孟子在本篇劝告齐宣王舍霸功行王道的总论题,以便下文进行具体论述。

孟子游说诸侯的目的,在于劝说诸侯行“仁政”以统一天下。然而孟子所处的时代是诸侯之间进行兼并战争较之春秋时期更为剧烈的时代。在各国诸侯正在醉心以武力竞相兼并的时代里,他深知要想行王道就必须破霸功,向其游说的诸侯作“陈善闭邪”有破有立的论争。故齐宣王以“齐桓晋文之事”相问,他以“臣未之闻也”闭之;想让齐宣王行“仁政”以王天下,又以“无以,则王乎”启之。口气和缓,语言含蓄,而崇王黜霸之意却极皎然。

第二段,自“曰:‘德何如,则可以王矣?’”到“其若是,孰能御之?”。

本段以“保民而王”为中心,具体论述王道的本原与王、霸的利害,以期从理论上说服宣王。其中又分五层进行论述。其论述的次序为：王天下之本在于“保民”—保民的依据在有“不忍”—不忍之用（用之于政治）在能“推恩”—推恩必须“舍霸”—舍霸始可“图王”。

孟子曾说：“得天下有道，得其民斯得天下矣。”（《孟子·离娄上》）故“保民而王”是其“仁政”思想一言的概括，不但是本段的思想中心，也是全文的思想中心。本段在提出“保民而王，莫之能御也”这一中心思想之后，指出宣王以羊易牛之事，并以启发、诱导、诘难、剖析的反复论辩，使宣王充分认识自己有“不忍”之心，以作“保民而王”的哲学依据。这是孟子以“性善论”为政治论之基础的原因。他说：“先王有不忍人之心，斯有不忍人之政矣；以不忍人之心，行不忍人之政，治天下可运之掌上。”（《孟子·公孙丑上》）这就是文章对本来与政治无关的以羊易牛的小事，作不厌其详的论述的原因，就中发掘齐宣王可以行“仁政”而王天下的哲学依据。

仅仅使齐宣王认识自己有“不忍”之心是不够的，依然无补于政治，还必须使齐宣王明白“推恩”的道理。孟子是主张“爱有差等”的，推恩推爱应有由亲及疏、由远及近、由人及物的次第。即所谓“亲亲而仁民，仁民而爱物”（《孟子·尽心上》）。孟子不但认为“亲亲”“仁民”“爱物”三者之间应有本来先后的不同，同时也认为有难易的分别。在他看来应是亲亲易，仁民难；仁民易，爱物难。因为“爱物”需要更进一步地施行仁爱才能办到。齐宣王既然能够做到难之爱物，也就应该能够做到易之仁民。因此孟子把“爱物”比作“举百钧”“察秋豪”，把“仁民”“举一羽”比作“见舆薪”。可是齐宣王偏偏为其所难而“爱物”，舍其所易而不“仁民”，故孟子以感到奇怪的口吻向齐宣王发出“今恩足以及禽兽，而功不至于百姓者，独何与？”的诘问，从而作出“百姓之不见保，为不用恩焉。故王之不王，不为也，非不能也”与“王之不王，是折枝之类也”的论断。接着以“老吾老，以及人之老；幼吾幼，以及人之幼：天下可运于掌”等话向齐宣王具体说明“故推恩足以保四海，不推恩无以保妻子”的道理。至此便把齐宣王的不忍之心引导到“保民而王”的仁政上来，使齐宣王有只要自己能够推恩就能“保民而王”的认识。

究竟齐宣王为什么爱物而不仁民，在推恩问题上这样先后失序而本末倒置，舍“保民而王”而不为呢？其中必有一种东西在阻碍着他，故孟子再一次以“今恩足以及禽兽，而功不至于百姓者，独何与？”向齐宣王诘问，以促其深省，望其揣度。接着进一步经过多方面的设问与猜测，终于把齐宣王想以图霸的大欲揭示出来。并随即对以力图霸的“后必有灾”的祸害加以剖析，破其图霸的念头，为劝其行仁政而王天下扫清障碍。“今王发政施仁”一节就行王道的预期效果对齐宣王进行正面鼓励，立其行王道的信心。能以天下之欲为欲，自然不难王天下了，故云“其若是，孰能御之”，与“保民而王，莫之能御也”相拍合，结束本段。

第三段，自“王曰：‘吾惛，不能进于是矣’”到“然而不王者，未之有也”。

本段论述行王道的具体措施：制民之产、富之教之。并得出能如此就必然成功的结论。孟子在这里，教齐宣王对民要富之以“恒产”，教之以“礼义”。并指出教之是在富之的基础之上进行的，所谓“若民，则无恒产，因无恒心”。因此施“仁政”首先应当制民之产，使得“八口之家”能有“五亩之宅”“百亩之田”以事农桑，至期“老者衣帛食肉，黎民不饥不寒”。在此基础之上，再“申之以孝悌之义”，自然就没有不王天下之理了。故文章最后，以“然而不王者，未之有也”收住，与第一段末的“无以，则王乎”相应，结束全文。

二、思想内容

本文比较全面地反映了孟子崇王黜霸的仁政思想。为了便于理解它的思想内容，这里只就几个主要方面略作说明。

孟子是孔子以后的战国中期的儒家大师。他一生的政治活动无非是想劝说当时的诸侯行仁政以统一天下——中国。首先应当认识他的这种政治思想是为维护封建统治服务的。他是一个大力提倡“仁义”之说的人，而仁义的实质究竟是什么呢？他说：“仁之实，事亲是也；义之实，从兄是也。”（《孟子·离娄上》）“事亲”就是“孝”，“从兄”，就是“悌”，“悌”包括“忠”。可见他的“仁义”思想是作为封建伦理思想核心的“忠孝”思想的，是用来维护封建统治的。如他所说：“未有仁而遗其亲者也，未有义而后其君者也。”（《孟子·梁惠王上》）不过，作为“仁者爱人”（《孟子·离娄下》）的“仁”，对统治阶级来说不仅要“亲亲”还要“仁民”。这种“仁民”思想体现在政治上即所谓“以德服人”的“仁政”思想。他之所以要统治阶级施行仁政，其意在于得民，得民的目的在于得天下。如他所说：“得乎丘民而为天子。”（《孟子·尽心下》）又说：“得其民，斯得天下矣。”（《孟子·离娄上》）这就是本文贯穿全篇的“保民而王”的王道思想。因此，也就不难理解一个原来以

“齐桓晋文之事”来问孟子的齐宣王,为什么听了孟子王道之说以后,竟能向孟子请教而“请尝试之”了。

孟子的仁政思想虽是从维护封建统治出发的,但也有其符合人民利益的一面。因为他认识到民之得失关乎天下之得失,要想维护封建统治就不能置人民利益于不顾。因此他在本文中主张保民,重视不忍,强调推恩,提出制民之产,希望人民有“老者衣帛食肉,黎民不饥不寒”的生活,反对苛政霸道。这在“民之憔悴于虐政未有甚于此时者也”(《孟子·公孙丑上》)的战国时期,显然是有进步意义的,有其符合人民利益的一面的。

另外,孟子是把他的仁政学说建立在性善论的基础上的,他认为仁、义、礼、智都是人生来俱有的。这种哲学上的唯心论,是从属于他那政治上的阶级调和论的。因为按照他的说法,统治阶级有不忍人的“仁心”,就可行不忍人的仁政而泽加于民,民被统治阶级有仁有义对待也就可以尊上敬长而服从统治了。这样就把两个根本对立的阶级从唯心论的理论上调和起来,为维护封建统治服务。我们一方面要看到它在封建社会初期统治阶级嗜杀成性虐政害民的当时有一定的进步意义,另一方面更应看到它维护封建统治的阶级本质。

三、艺术特征

《孟子》一书在先秦散文中是一部成就较高的文集,其主要特点在本文中可以略见。

(一)逻辑说理与形象描写相结合是《孟子》散文重要特征之一。本文不但从理论上论述了孟子崇王黜霸的政治主张,而在说理的过程中也细致地描绘了论辩双方的思想感情和心理状态,把二者冶于一篇之中。

以力霸天下和以德王天下是论辩双方两种不同的主张,但这两种不同的主张却有一个共同的基础,那就是统治阶级的得天下。孟子就仅仅抓住齐宣王想得天下的心理与齐宣王展开弃霸道行王道的说理论争。从说理上逐步写出齐宣王图霸主张的错误,从心理描写上逐步写出齐宣王弃其图霸主张而愿行王道的心理变化。理论的阐述与心理描写是紧相关联的。如“曰:‘德何如,则可以王矣?’”“曰:‘若寡人者,可以保民乎哉?’”是想王天下和保民而又没有信心的心理表现;“王笑曰”云云,是对以羊易牛的行为不得于心的心理表现;“王笑曰”云云,是对以羊易牛的行为既得于心的心理表现;“王笑而不言”是图霸的“大欲”不好说出口来的心理表现;“曰:‘若是其甚与?’”是不相信对方的说法而又急欲知其究竟的心理表现;“王曰:‘吾惛,不能进于是’”云云,是为王道之说所打动而欲试行的心理表现。这些心理都是在说理情况下产生的,既经产生之后又作用于说理的开展。两者结合起来又形成互相作用的、完整而统一的理论阐述与心理描写的发展变化过程。

(二)章法结构谨严而又富有变化是《孟子》散文另一重要特点。《孟子》散文有逻辑说理与形象描写相结合的特点,因而其章法结构不但符合说理上论点的提出与论据的安排,也符合形象描写上的艺术构思。这里从说理的角度来看本文章法结构谨严而又富有变化的特点。

方宗诚论《孟子》文法说:“《孟子》文,起处最善提掇,善浑涵;中间最善开纵恣肆,条理灿然;末段最善神气完固。”①这一段话很扼要地指出了孟子文章谨严又富有变化的章法结构特点,这样一个特点在本文中就有充分的表现。齐宣王问孟子:“齐桓晋文之事,可得闻乎?”孟子回答:“仲尼之徒,无道桓文之事者,是以后世无传焉。臣未之闻也。”一个提问,一个不知,文章至此,好像已完,可是文章紧接着写出“无以,则王乎?”一句推开,若决江河,下面生出无限烟波,洋洋洒洒,气象万千,然都不离崇王黜霸的题旨。最后用“然而不王者,未之有也”一句结住,与“无以,则王乎”紧相呼应,真是极谨严而又极富有变化。《孟子》文章的富有变化,也就是等于开合纵擒,翻澜腾挪,更多的地方不用直笔说话,而用曲笔说话。然而这些都不是单纯的技巧问题,而是从属于内容的表达的需要的,不如此就不能很好地进行说理。如就以羊易牛之事来说明齐宣王有不忍人之心,作为可以保民而王的依据。本来写到“是心足以王矣”就把主要意思写出来了,下面很可以接上“此心之所以合于王者,何也”。可是中间却就爱与不忍之辩插入“百姓皆以王为爱也”“则牛羊何择焉”“见牛未见羊也”几笔。经过问题的提出、诘难与剖析,便把以羊易牛的“仁术”深刻入微地揭示出来,这样才能使齐宣王充分认识自己有不忍之心,作为推恩而保四海的依据。再如文章在说明推恩足以至王的道理以后,本可直接把齐宣王阻碍推恩的大欲揭示出来的。文章没有这样写,先以“抑王兴甲兵”云云作反面挑剔迫使宣王说出“将以

① 方宗诚:《柏堂读书笔记·论文章本原》卷三,光绪四年刻本,第3页。

求吾所大欲也”。再以“为肥甘不足于口与”等五个与大欲无关的猜问，最后才把“欲辟土地，朝秦楚，莅中国而抚四夷”的大欲拖了出来。这使问题得到突出和强调。接着又极言大欲非兴兵用武可以求得，甚至会有欲利反害的结果，使得宣王当时不得不放弃图霸主张。文章就是这样以开合纵擒、翻澜腾挪的笔法形成一波未平一波复起奔腾澎湃的气势。然又首尾呼应，一脉贯通，环环紧扣，步步深入，既开纵恣肆，又非常谨严。

（三）问答形式的应用。本文虽然采用的还是对话的语录体——说理文的初期形式，但不是简单的语言记录，而是结构完整、反复论证的议论文。环绕中心论点，通过对话有条理、有层次地展开事理的论述。这样一个形式通过《孟子》的运用和发展大大提高了它的表现力。它使文章的笔法具有很大的灵活性，一句可承，一句可转，开合纵擒，无不自如。这对进行针锋相对的论辩、层层深入的说理、行文的曲折流畅，都是很有帮助的。

另外，本文和《孟子》其他文章一样，语言简洁生动，比喻恰切形象，更是一望可知，这里就不赘述了。

附：《齐桓晋文之事》①

齐宣王问曰：“齐桓晋文之事，可得闻乎？”

孟子对曰：“仲尼之徒，无道桓文之事者，是以后世无传焉。臣未之闻也。无以，则王乎？”

曰：“德何如，则可以王矣？”

曰：“保民而王，莫之能御也。”

曰：“若寡人者，可以保民乎哉？”

曰：“可。”

曰：“何由知吾可也？”

曰：“臣闻之胡龁曰：‘王坐于堂上，有牵牛而过堂下者，王见之曰：牛何之？对曰：将以衅钟。王曰：舍之！吾不忍其觳觫，若无罪而就死地。对曰：然则废衅钟与？曰：何可废也，以羊易之。’不识有诸？”

曰：“有之。”

曰：“是心足以王矣。百姓皆以王为爱也，臣固知王之不忍也。”

① 节选自《孟子·梁惠王上》，见焦循：《十三经清人注疏·孟子正义》卷三，沈文倬点校，中华书局，1987，第74-95页。

王曰:“然,诚有百姓者,齐国虽褊小,吾何爱一牛?即不忍其觳觫,若无罪而就死地,故以羊易之也。”

曰:“王无异于百姓之以王为爱也。以小易大,彼恶知之。王若隐其无罪而就死地,则牛羊何择焉?”

王笑曰:“是诚何心哉!我非爱其财。而易之以羊也,宜乎百姓之谓我爱也。”

曰:“无伤也,是乃仁术也,见牛未见羊也。君子之于禽兽也,见其生不忍见其死,闻其声不忍食其肉,是以君子远庖厨也。”

王说曰:“《诗》云:‘他人有心,予忖度之。’夫子之谓也。夫我乃行之,反而求之,不得吾心;夫子言之,于我心有戚戚焉。此心之所以合于王者,何也?”

曰:“有复于王者,曰:‘吾力足以举百钧,而不足以举一羽;明足以察秋豪之末,而不见舆薪。’则王许之乎。”

曰:“否。”

“今恩足以及禽兽,而功不至于百姓者,独何与?然则一羽之不举,为不用力焉,舆薪之不见,为不用明焉;百姓之不见保,为不用恩焉。故王之不王,不为也,非不能也。”

曰:“不为者与不能者之形,何以异?”

曰:“挟太山以超北海,语人曰‘我不能’,是诚不能也。为长者折枝,语人曰‘我不能’,是不为也,非不能也。故王之不王,非挟太山以超北海之类也;王之不王,是折枝之类也。”

“老吾老,以及人之老;幼吾幼,以及人之幼:天下可运于掌。《诗》云:‘刑于寡妻,至于兄弟,以御于家邦。’言举斯心加诸彼而已。故推恩足以保四海,不推恩无以保妻子。古之人所以大过人者,无他焉,善推其所为而已矣。今恩足以及禽兽,而功不至于百姓者,独何与?权,然后知轻重。度,然后知长短。物皆然,心为甚,王请度之!抑王兴甲兵,危士臣,构怨于诸侯,然后快于心与?”

王曰:“否!吾何快于是,将以求吾所大欲也。”

曰:“王之所大欲,可得闻与?”

王笑而不言。

曰:“为肥甘不足于口与?轻暖不足于体与?抑为采色不足视于目与?声音不足听于耳与?便嬖不足使令于前与?王之诸臣,皆足以供之,而王岂为是哉?”

曰:“否!吾不为是也。”

曰:“然则王之所大欲可知已,欲辟土地,朝秦楚,莅中国而抚四夷也。以若所为,求若所欲,犹缘木而求鱼也。”

王曰:“若是其甚与?”

曰:“殆有甚焉!缘木求鱼,虽不得鱼,无后灾。以若所为,求若所欲,尽心力而为之,后必有灾。”

曰:“可得闻与?”

曰:“邹人与楚人战,则王以为孰胜?”

曰:“楚人胜。”

曰:“然则小固不可以敌大,寡固不可以敌众,弱固不可以敌强,海内之地,方千里者九,齐集有其一,以一服八,何以异于邹敌楚哉?盖亦反其本矣。今王发政施仁,使天下仕者皆欲立于王之朝,耕者皆欲耕于王之野,商贾皆欲藏于王之市,行旅皆欲出于王之途,天下之欲疾其君者,皆欲赴愬于王,其若是,孰能御之?”

王曰:“吾惛,不能进于是矣。愿夫子辅吾志,明以教我,我虽不敏,请尝试之。”

曰:“无恒产而有恒心者,惟士为能;若民,则无恒产,因无恒心。苟无恒心,放辟邪侈,无不为已。及陷于罪,然后从而刑之,是罔民也。焉有仁人在位,罔民而可为也?是故明君制民之产,必使仰足以事父母,俯足以畜妻子,乐岁终身饱,凶年免于死亡,然后驱而之善,故民之从之也轻。今也制民之产,仰不足以事父母,俯不足以畜妻子,乐岁终身苦,凶年不免于死亡,此惟救死而恐不赡,奚暇治礼义哉!王欲行之,则盍反其本矣!五亩之宅,树之以桑,五十者可以衣帛矣。鸡豚狗彘之畜,无失其时,七十者可以食肉矣。百亩之田,勿夺其时,八口之家可以无饥矣。谨庠序之教,申之以孝悌之义,颁白者不负戴于道路矣。老者衣帛食肉,黎民不饥不寒,然而不王者,未之有也。”

《为渊驱鱼》分析

一、时代背景

孟子所处的时代,是战国时代,这一时代是兼并战争剧烈的时代,是动荡不安的时代,是人民灾难惨重的时代,是矛盾复杂的时代。这一时代有领主与领主的矛盾,有领主与地主的矛盾,有领主与农奴的矛盾,有地主与农民的矛盾。当时互相争夺政权的阶级是封建领主阶级和新兴地主阶级。他们之间的斗争是当时的主要斗争。在斗争过程中领主阶级日向地主阶级转化而灭亡,地主阶级日渐成长和壮大以至完全取得政权(代替领主)。这样的社会现实反映到思想界上来就产生了代表不同阶级和阶层的观点和利益的诸子学说,他们各自提出对现实的看法,表现对现实的态度,拿出解决现实问题的主张。这就形成了在我国学术思想史上光辉灿烂的百家争鸣时期。散文这一文学形式就成了诸子表达思想的工具,诸子散文在这一时期达到成熟地步,成为散文的典范,为后来散文的发展奠定稳固基础。

二、孟子的政治思想

孟子的政治思想，主要是劝当时诸侯行仁政以达到统一中国的目的，即所谓王天下。孟子是继承孔子的战国时期的儒家代表人物，毫无疑问他的立场是统治阶级的立场，他的政治学说是企图安定封建社会秩序的学说，但是，我们从历史唯物主义的角度看，却不能因此而忽略他的学说中的积极的、进步的、符合人民利益的一面。

（一）对人民的重视。孟子说："民为贵，社稷次之，君为轻。是故得乎丘民而为天子，得乎天子为诸侯，得乎诸侯为大夫。"（《孟子·尽心下》）这种"民贵""君轻"的说法，不是民尊君卑的意思，而是民重君轻的意思。没有民谈不到社稷，更谈不到君了，这实是"民为邦本"的民本思想。这与后来的民主当有区别。但在人权被剥夺的封建社会里孟子把人的地位提高了，是有一定的民主精神的。孟子为什么要重视人民呢？主要由于"无野人莫养君子"（《孟子·滕文公上》）。因为统治阶级没有劳动人民是活不成的。又在战国时期，战争频繁，没有人民来保护统治阶级是有亡国破家的危险的。孟子说"天时不如地利，地利不如人和"（《孟子·公孙丑下》），又说"凿斯池也，筑斯城也，与民守之，效死而民弗去，则是可为也。"（《孟子·梁惠王下》）。假如统治者不重视人民而虐待人民，人民将有反抗性的报复，这在《孟子》中也有反映，邹国与鲁国打仗，邹穆公问孟子说："吾有司（将帅）死者三十三人，而民莫之死也。诛之，则不可胜诛；不诛，则疾视其长上之死而不救。"（《孟子·梁惠王下》）孟子用曾子的话说："出乎尔者，反乎尔者也。"（《孟子·梁惠王下》）意思就是说有司对人民不好，人民才进行报复，要解决这一问题只有行仁政，不应责怪人民。从这里可以看出，孟子重视人民也是人民力量的反映。既然这样，在政治上就不能不照顾人民的利益，从民之所好，去民之所恶。

（二）反对苛政。孟子答梁惠王说："狗彘食人食而不知检，途有饿莩而不知发；人死，则曰：'非我也，岁也。'是何异于刺人而杀之，曰：'非我也，兵也。'""庖有肥肉，厩有肥马，民有饥色，野有饿莩，此率兽而食人也。兽相食，且人恶之；为民父母，行政不免于率兽而食人，恶在其为民父母也？"（《孟子·梁惠王上》）由此可见孟子对苛政如何地深恶痛绝。把那些施行苛政的君王骂成与禽兽同类,其胆量亦云大矣!“庖有肥肉”云云,实与杜甫“朱门酒肉臭,路有冻死骨”(杜甫《自京赴奉先县咏怀五百字》)无二,其同情人民亦云深矣!

(三)反对侵略战争。孟子反对侵略战争是非常突出的,这是他仁政思想“崇王黜霸”的方面。他说:“争地以战,杀人盈野;争城以战,杀人盈城。此所谓率土地而食人肉,罪不容于死。”这把侵略战争的残酷性算是暴露无遗了。接着他说:“故善战者服上刑,连诸侯者次之,辟草莱、任土地者次之。”(《孟子·离娄上》)这不啻一个惩治战犯的条例,可见他对那些从事战争的民贼是深恶痛绝的。他反对侵略战争,但他赞成保卫战争,滕文公问孟子说:“滕,小国也,间于齐楚,事齐乎?事楚乎?”孟子的回答是:“是谋非吾所能及也。无已,则有一焉:凿斯池也,筑斯城也,与民守之,效死而民弗去,则是可为也。”(《孟子·梁惠王下》)由此可见他是主张抗敌,反对妥协投降的。另外他也是赞成解救人民于水深火热的,“诛其君而吊其民”(《孟子·梁惠王下》)的战争。他认为这种战争是符合人民愿望的:“民望之,若大旱之望云霓也。”(《孟子·梁惠王下》)孟子对战争的看法和主张是从人民利益着眼的,他认为统治阶级只有这样才能得到人民的支持。梁惠王,因其国(晋国)受秦、齐、楚的侵略而问于孟子,孟子告诉他说:“王如施仁政于民,省刑罚,薄赋税,……可使制梃以挞秦楚之坚甲利兵矣。”(《孟子·梁惠王上》)孟子认为决定战争胜负的在于能否得民,不是在于武器的好坏。从上所谈看来孟子对战争的见解与主张是有其进步意义的,是符合劳动人民反对侵略主张和平的愿望的。

(四)对绝对君权的限制。既然以符合人民利益的仁政为准则,那就不能不对君权加以限制。他说:“天子不仁,不保四海;诸侯不仁,不保社稷;卿大夫不仁,不保宗庙。”(《孟子·离娄上》)因而桀纣虽为天子,而贼仁,贼义,失其所以为天子,则成独夫,人人得而诛之。诸侯呢?“君有过则谏,反复之而不听,则去。”(《孟子·万章下》)“诸侯危社稷,则变置”(《孟子·尽心下》),这就是说国王不好也可以更换。至于大夫那就不要说了。君王对臣下的任免或诛戮,也不能自专。不但不能自专,也不能听左右、诸大夫的意见,而要听国人的意见。就君臣关系来说,在一定程度上也是相对的,君待臣好,臣待君好;君待臣不好,臣待君不好。这些主张在封建社会里虽难实现,但总是有一定民主精神的。

(五)君王与人民要休戚与共。这在孟子言论中也是屡见不鲜的。如“与民偕乐”(《孟子·梁惠王上》)、“与民同乐”(《孟子·梁惠王下》)、“与百姓(人民)同之”(《孟子·梁惠王下》)、“乐民之乐者,民亦乐其乐;忧民之忧者,民亦忧其忧。乐以天下,忧以天下”(《孟子·梁惠王下》)。当然这不是说人民可以和君王一样,而是说君王要照顾到人民起码的需要。

(六)期望中的人民生活。他认为起码得使人民“谷与鱼鳖不可胜食,材木不可胜用,是使民养生丧死无憾”(《孟子·梁惠王上》)。这也就是王道的开始。进而使民“五十者可以衣帛矣”“七十者可以食肉矣”“黎民不饥不寒”(《孟子·梁惠王上》),再使之受到庠序(学校)的教育,以明尊卑长幼的孝悌之义,这就是王道的成功。这种饱食暖衣的生活当然是很低的,但就是这样在封建社会里也是很难达到的。

(七)制民之产。他认为要想安定人民的生活,巩固封建秩序,应使民有恒产,制民之产。他说:“民之为道也,有恒产者有恒心,无恒产者无恒心。苟无恒心,放辟邪侈,无不为已。”(《孟子·梁惠王上》)这种看法当然是站在统治阶级立场的看法,但是认为假如人民生活不能安定,就不能巩固封建社会秩序,这倒是有道理的。恒产是什么呢?最主要是给农民五亩之宅、百亩之田。要使农民有田宅,他认为首先要实行井田制度。他所想象的井田制度主要是:“方里而井,井九百亩,其中为公田。八家皆私百亩,同养公田。”(《孟子·滕文公上》)在战国农民失去了土地的时期,主张给农民土地是对的,但井田制度是落后的、不符合现实的。实际他要复西周之古。认为把封建领主的一套土地制度加之于战国,是行不通的。当时是新兴地主阶级已经壮大的时候,而要使这些地主回到领主,农民再去当农奴,当然是办不到的。

总之,孟子的学术思想是继承孔子而来的,孔子是维护西周封建领主的社会制度的,孟子也是维护封建领主政治制度的,孟子的立场是封建领主的立场。他所主张的政治制度是复古的,是不符合社会发展规律的。但是孟子也上承孔子且把西周敬天保民思想予以大胆的发挥,痛斥暴君污吏,揭发社会黑暗,反映人民的疾苦、愿望和要求,在一定程度上是符合人民利益的。所以他的政治思想是有进步的、积极的一面的。这种进步的、积极的一面是人民力量壮大的反映,是不能因其政治制度主张的落后而予以抹杀的。他的政治思想中积极进步的一面,在封建社会上升时期是起着积极的作用的。封建政治能够符合这种精神,应该说是好的政治。斯大林在《和德国作家艾米尔·路德维希的谈话》里说:“决不应该忘记他们(农民)都是皇权主义者:他们反对地主,可是拥护'好皇帝'。"①范文澜在《中国通史简编》中评论孟子政治思想时说:"孟子依据孔子及西周时敬天保民思想大胆予以发挥,成为封建时代最可宝贵的一种政治理论。"②这种评价不是恰当的。

三、主题思想

本文说明天下之得失,在于民心之得失;民心之得失,在于能否从民之所愿去民之所恶,从而劝告当时诸侯施行仁政以统一天下——中国。

这样一个主题体现了孟子政治思想中符合人民利益的、具有积极意义的这方面的精神。天下之得失在于民心之得失,是历史证明了的理论。历史上有多少封建王朝受到人民的拥护而巩固,又有多少封建王朝遭到人民的反对而垮台。孟子在这一点上的看法是正确的。"所欲与之聚之,所恶勿施尔也",话虽简单而含义丰富,它包括孟子政治思想中符合人民利益这方面的整个精神,也是具有现实意义的。残酷的兼并战争是民之所恶的,和平安定的生活是民之所欲的;苛捐杂税是民之所恶的,赋税减轻是民之所欲的;饥寒交迫是民之所恶的,饱食暖衣是民之所欲的。可是当时社会是恰恰相反的,孟子这一思想符合人民愿望,有着针砭时弊的意义。"今天下之君有好仁者,则诸侯皆为之驱矣。"说明当时诸侯就其危害人民来说都是驱鱼之獭、驱爵之鹯,即都是孟子所说的"民贼"。就要求统一中国来说,不但要符合广大人民要求,也要符合商人、新兴地主阶级要求;同时这也是有利社会发展的。

处在封建社会上升时期,处在动乱不堪、人民灾难深重的战国时期,这样一种思想是有现实意义、进步意义的。尽管孟子所主张的政治措施不适应现实,但这积极的一面在整个封建社会上升阶段是起着进步作用的。

---

① 《斯大林全集》第13卷,人民出版社,1956,第100页。

② 范文澜:《中国通史简编》,新中国书局,1949,第90页。

四、组织结构

本篇是一篇论说文,全文共分三段,段落的安排是为更利于阐述文章的论点(即上面所谈的主题)的。

第一段(从“桀纣之失天下者”到“所恶勿施尔也”)从理论上反正两方面论述天下之得失在于民心之得失,归结到“所欲与之聚之,所恶勿施尔也”,说明本文的基本论点,给被说服者一个总的一般的理论认识。下面两段结合当时现实一反一正说明利于而且应当行仁政而统一天下,显示其对诸侯劝诫之意。

第二段(从“民之归仁也”到“虽欲无王,不可得矣”)承接上段得天下一面,说明当时施行仁政更易于得天下,从正面鼓励诸侯去施行仁政。当时现实是什么样的呢?当时的诸侯都是暴虐的,都是驱鱼之獭、驱爵之鹯、驱民之桀纣,所以说“今天下之君有好仁者,则诸侯皆为之驱矣。虽欲无王,不可得矣”。孟子在《公孙丑上》有更具体的说明,他说:“且王者之不作,未有疏于此时者也;民之憔悴于虐政,未有甚于此时者也。饥者易为食,渴者易为饮……当今之时,万乘之国行仁政,民之悦之,犹解倒悬也。故事半古之人,功必倍之,惟此时为然。”这种结合现实说明行仁政统一天下之易,是极富鼓动性的。

第三段(从“今之欲王者”到“此之谓也”)承接第一段失天下一面,说明不行仁政的危险,从反面告诫诸侯不能不行仁政。本段指出当时诸侯暴虐已久,失民之心已甚,如不及时施行仁政,不但不能得天下,且国家不保,是极富告诫之意的。

总之,本篇的结构密切服从于论点的阐述,层次分明,紧严完整。

五、写作技巧

本篇的写作技巧是很高的,除表现在上面已谈过的理论与实际相结合,总提与分承相配置外,还表现在富有说服力的语言上。

（一）层层递进。层层递进是修辞学上所谓的层递。层递，将语言排成从浅到深、从低到高、从小到大、从轻到重……顺着一定的程序逐层递进，最后达到顶点。本篇的第一段就是这种写法，如“得天下有道，得其民，斯得天下矣。得其民有道，得其心，斯得民矣。得其心有道，所欲与之聚之，所恶勿施尔也”，这是从末到本的层递，从得天下有道写起，一步一步写出得天下的本源——“所欲与之聚之，所恶勿施尔也”，像螺旋一样一层进一层，一层紧一层，显得非常有力，使“所欲与之聚之，所恶勿施尔也”得到强调。用旧的说法，这就是剥皮见心的写法。假如不管说服力的强弱，很可能写成：“得天下有道，民欲与之聚之，民恶勿施尔也。”主要的意思虽然写出，但就松懈无力了。

（二）恰当的譬喻。运用譬喻在孟子的文章中随处可以见到。他为了加强他的论辩的说服力，往往运用浅显的、熟悉的、具体的事物作比，来表达他的理论，使得他所要说的理论愈益显豁，愈益真切。这种写法在本篇第二、三两段是被大量采用了的。如“民之归仁也，犹水之就下、兽之走圹也”，水没有不就下的，兽没有不走圹的，是人所习见人所尽知的，以此来比“民之归仁”，使人听了就清楚地感觉到“民之归仁”是自然的、必然的趋势，真是“沛然谁能御之”（《孟子·梁惠王上》）。又如“为渊驱鱼者，獭也；为丛驱爵者，鹯也；为汤武驱民者，桀与纣也”，獭捕鱼而鱼归于渊，鹯捕爵而爵归于林，是举目可见的，以此来比桀纣虐民，而民归汤武就显得非常具体、非常形象了。再如“今之欲王者，犹七年之病，求三年之艾也”，病之不医，其身必亡；虐民已久，不行仁政，其国必破。以此喻彼，事理昭然。以上这些譬喻的运用都是非常恰切、生动而形象的，大大增强了文章的说服力。

（三）以否定的句式说明肯定的意见。“虽欲无王，不可得也。”王，是诸侯皆欲的，没有不欲的道理，但是文章不从正面来说，而从反面来说，这样便增强了说服力，更足以鼓动被说服者。另外也显得文章不平板而跌宕有致。

附：《为渊驱鱼》①

孟子曰：“桀纣之失天下者，失其民也。失其民者，失其心也。得天下有道，得其民，斯得天下矣。得其民有道，得其心，斯得民矣。得其心有道，

① 节选自《孟子·离娄上》，见焦循：《十三经清人注疏·孟子正义》卷十五，沈文倬点校，中华书局，1987，第503页。

所欲与之聚之,所恶勿施尔也。民之归仁也,犹水之就下、兽之走圹也。故为渊驱鱼者,獭也。为丛驱爵者,鹯也。为汤武驱民者,桀与纣也。今天下之君有好仁者,则诸侯皆为之驱矣。虽欲无王,不可得矣。今之欲王者,犹七年之病,求三年之艾也。苟为不畜,终身不得。苟不志于仁,终身忧辱,以陷于死亡。《诗》云:'其何能淑,载胥及溺。'此之谓也。"

《西门豹治邺》分析

一、故事发生的年代以及作品的写作时期

《西门豹治邺》节录自《史记·滑稽列传》褚少孙的补文。文章中的故事发生在战国初年。公元前403年韩(虔)、赵(籍)、魏(斯)三家分晋以后,魏国由于势力强大,极力向外扩张领土,魏君文侯派兵去攻中山国。当时领兵的是乐羊,西门豹为先锋。中山国被攻下后,西门豹曾留驻中山。后来文侯派他的儿子(击)为中山君,把西门豹调回来去为邺令,故事就发生在这个时候。由于西门豹曾经做了与人民有利的事情,人民对他念念不忘,以至这个故事直到汉朝还流传着。到了西汉末年,才由经学博士褚少孙把它写定下来,附在《史记·滑稽列传》后面。

二、结构情节

本文虽然是节录的,但它的结构情节还是很完整的,全文可分三段。

第一段,自"魏文侯时,西门豹为邺令"到"皆曰:'诺'"。这一段是写

西门豹到邺后,向长老了解人民疾苦的经过。对全文来说,在这里主要是提出矛盾。一个矛盾是人民与地方上害民的豪强的矛盾,即邺地人民与三老、廷掾、祝巫等的矛盾。三老、廷掾等与祝巫勾结起来,借“为河伯娶妇”这个封建迷信来威吓、压迫和剥削人民,不但要人民的钱,而且要人民的命。这是造成“城中益空无人,又困贫”的根本原因。一个矛盾是人民思想上的矛盾(是封建统治者制造封建迷信造成的)。“民人俗语曰‘即不为河伯娶妇,水来漂没,溺其人民’云”。“为河伯娶妇”这件事情,使得人民损财丧命,固然是人民反对的,但“不为河伯娶妇”,人民又怕河伯发怒,发水来淹他们,因此不敢反对“为河伯娶妇”这样残酷绝伦的事情。不过这一个矛盾是派生的矛盾,它随着第一个矛盾产生而产生,也将随着第一个矛盾解决而解决。再一个矛盾是人民和自然灾害(漳河水患)的矛盾。这三个矛盾,都是注视人民疾苦的西门豹所要解决的,也是下两段所要分别解决的。

第二段,自“至其时,西门豹往会之河上”到“从是以后,不敢复言为河伯娶妇”。这一段写西门豹很从容地制裁了三老、巫妪等害民分子,有力地破除了“为河伯取妇”这个封建迷信,解决了上段所提出的一、二两个矛盾。这里值得我们注意的是作品如何巧妙而有力地把两个矛盾结合在一起同时进行解决的。西门豹是邺令,他对三老、巫妪等害民分子是有权制裁的,大可不必借“为入报河伯”之故。西门豹之所以要这样做,作品之所以要这样写,就是要在为人民除害的同时,还要对人民起着破除迷信的作用。为了达到这样两个目的,作品才写西门豹利用“以其人之道还治其人之身”的办法,来制裁三老、巫妪等害民分子的。西门豹把三老、巫妪等为了搜刮人民而制造出来的致人死命的圈套,从人民(河伯妇)头上拿下来,套到大巫妪头上,套到大巫妪三弟子头上,套到三老头上。最后使得廷掾、豪长者等不得不“皆叩头,叩头且破,额血流地,色如死灰”,向西门豹求饶,用他们这样的行动当着人民的面把他们制造出来的圈套撕毁,使人民清楚地认识到“为河伯娶妇”究竟是怎么一回事。另外,在这一段里不但写出西门豹为人民除去祸害、破除迷信,而且也写出西门豹的这一措施为兴修水利提供了条件。因为要不制裁三老、巫妪等害民分子和破除“为河伯娶妇”的迷信而想开渠,那是不可能的。一来,那些害民分子势必从中作梗,二来人民思想上的障碍没有得到扫除,也很难把人民发动起来。这就表现出西门豹在处理事件上的治才。

第三段,自“西门豹即发民凿十二渠”到“田皆溉”。这一段是写西门豹发动人民开凿十二渠,把有害的河变成有利的河,解决第一段所提出的第三个矛盾。发动人民开凿十二渠是西门豹治邺的重要治绩之一,也是他值得人民念念不忘的另一个重要原因。同时,开凿十二渠不但根除了水患,而且也对破除“为河伯娶妇”这个迷信提供了物质基础,人民再也不会相信“即不为河伯娶妇,水来漂没,溺其人民”了。

从上面所谈看来,可知本文的结构是谨严的,层次是分明的,是为表现矛盾斗争和情节的发生、发展服务的。

本文的故事情节有吸引读者的很大的艺术力量,这与文章的故事情节随着矛盾斗争的发展而富有变化是分不开的。

作品在写一个重要问题之前,能用短短一两句话,把读者的注意力提到应有的高度,使读者密切注视事件的发生和发展。这篇文章主要有两个重点:一个重点是西门豹了解人民的疾苦所在;一个重点是写西门豹如何解除人民的疾苦。作品在写这两个重点之前,都能引起读者很大的注意。如西门豹到邺以后召集长老问“民所疾苦”。照一般的想法,长老应该将人民的疾苦一五一十详详细细告诉西门豹了,但长老在做具体回答之前,先总括地回答一句:“苦为河伯娶妇,以故贫。”这样一个回答就带来了不少问题:河伯为什么还要娶妇呢?娶妇怎样的娶法呢?人民为什么“苦为河伯娶妇”呢?……使西门豹不得不继续问下去,读者不得不继续读下去。这样一来,就把读者的注意力紧紧地吸引到故事情节中来,为使读者很好地体会下文所写的人民的疾苦做了准备。同时,也使文章一开始就能深刻而有力地把矛盾揭示出来。假如不管文章好不好,则“苦为河伯娶妇,以故贫”是大可不必写的,不写也并不妨碍把事情叙写清楚,因为自“邺三老、廷掾常岁赋敛百姓”到“‘溺其人民’云”的一段话里对人民疾苦已经叙述得够详细的了。也正因为这样,才可使我们去认识它在文章中所起的作用:有了它就使文章深刻有力,富有变化,能使读者思想上起激荡作用;没有它就显得文章平直、呆板、松懈无力。又如西门豹既向长老了解人民的疾苦,说明他是关心人民疾苦的,待他从长老那里了解到人民疾苦以后,无疑他对造成人民疾苦的事和人是反对的,按照一般的想法,他不向长老表示态度则已,要向长老表示态度,他一定说他对此事是反对的。但却不然,他说:“至为河伯娶妇时,愿三老、巫祝、父老送女河上,幸来告语之,吾亦往送女。”这种似乎赞同“为河伯娶妇”的表示,就使读者大有捉摸不定之感了。他真的赞同吗?为什么又要了解人民疾苦呢?他不赞同吗?为什么说出似乎赞同的话呢?他对这样的事情要进行处理吗?究竟怎样处理呢?长老们听了他这样的话,也摸不着头脑,只好随口应了一个“诺”。这就使读者“要知后事如何,须看下文分解”了,也就是使读者对西门豹能否和如何解除人民疾苦引起极大的关心和注意。

本文故事情节的富有变化,还表现在情节的不断转变上,从第二段写西门豹对危害人民的三老等的处理中表现得非常突出。在“至其时”到“来至前”的叙写中,西门豹对三老等“为河伯娶妇”的表示像是赞同的。在“豹视之”到“复投三老河中”的叙写中,西门豹对巫妪、三老等的制裁是严厉的。在“西门豹簪笔磬折”到“归矣”的叙写中,西门豹对廷掾、豪长者的处理是宽宥的。这种步步转变的情节,就造成文章岗峦起伏的变化,使读者读起来感觉处处新颖,有引人入胜的艺术力量。

所谓文章情节的富有变化是在忠实于现实生活描写的基础之上的,其艺术力量来自对生活规律的揭示。它与离开生活规律、故弄玄虚有根本的不同。西门豹向长老了解人民疾苦,在长老未作具体回答以前,先总括地回答一句“苦为河伯娶妇,以故贫”乃是很自然的。西门豹了解此事以后,为了能够得到很好的处理,不向长老说出他真正的意思也是完全必要的。西门豹戏剧性地制裁了几个害民分子,制止这种祸害人民之事,也是很恰当的。正因为如此,才使读者读完之后有不这样写就不足为好、不足揭示事物规律和本质的感觉。

本文写西门豹与三老、巫妪等的斗争,采用的是“以其人之道还治其人之身”的办法,所以这一场激烈的斗争自始至终都在表面沉静的气氛中进行着,除了西门豹一个人说话以外,几乎没有其他声音。又由于西门豹以相信迷信的方式去反对迷信,而对反面的人与事是一个绝大的讽刺,在“西门豹簪笔磬折,向河立待良久”的描写中,表现得尤为突出。因此,也就是这个斗争场面,像一个幽默滑稽而又富有讽刺性的喜剧。这样的表现手法,极似司马迁《史记·滑稽列传》的表现手法,直到宋代的杂剧还受这个传统的影响。

三、主要思想

本文从“西门豹治邺”这个故事上,反映了当时邺地人民的两种祸害和两种斗争。两种祸害:一为三老、巫妪等利用封建迷信对人民进行的剥削和迫害,一为漳河时常泛滥成灾。两种斗争,就是符合人民意愿的西门豹和这两种祸害所进行的斗争。而这两种祸害是封建社会长期而普遍存在的阶级压迫和自然灾害的具体化。这两种斗争也是人类历史上主要的阶级斗争和生产斗争的具体化。因此,本文所反映的问题是封建社会重要的本质的问题。

在封建社会里,封建统治阶级对劳动人民的剥削和压迫是无所不至的、异常残酷的。本文从“为河伯娶妇”这个角度把它反映出来。三老、廷掾、豪长者这些封建官吏土豪劣绅与祝巫勾结起来,一方面凭借权势,一方面制造和利用迷信来剥削人民,不惜杀害人民,弄得人口集中的城中“益空无人,又困贫”。邺地有这样残酷的事情,不是一年两年了,“所从来久远矣”!不是发生在偏僻的地方,而是在邺令所在地的城中。可见当时政治如何黑暗,而漳河时常泛滥成灾,也是很自然的了。

文章在反映人民疾苦的同时,也暴露了封建迷信的本质。在封建社会里封建统治阶级统治人民有多种权力,本文反映出两种:一为政权,一为神权。把政权与神权结合起来对人民进行统治,其目的在于奴役人民、剥削人民。“为河伯娶妇”就清楚地说明了这一点。三老、廷掾、豪长者与祝巫的勾结就是政权与神权结合起来统治人民的表现,其目的是为了剥削人民。文章说得明白:“邺三老、廷掾常岁赋敛百姓,收取其钱得数百万,用其二三十万为河伯娶妇,与祝巫共分其余钱持归。”这就是封建迷信的本质。现在再让我们来看它是如何统治着人民的吧:“民人俗语曰‘即不为河伯娶妇,水来漂没,溺其人民’云”。由此可知“为河伯娶妇”是为封建统治者统治人民剥削人民服务的。

本文从西门豹发动人民开凿十二渠根除漳河水患这个事实上,说明自然灾害是人力所能战胜的,在社会发展过程中,也正体现着人类不断征服自然、改造自然和利用自然的过程。西门豹能在破除“为河伯娶妇”这个封建迷信之后,发动人民开凿十二渠,根除漳河水患,是符合人民愿望和发展社会生产的要求的。

西门豹是故事中的主要人物,整个故事是围绕西门豹来写的。他在整个故事中,很显然是作为一个正面人物出现的。不过,我们应当认识,他毕竟是一个封建官吏,他在具体矛盾斗争中的举动和措施客观上是符合人民愿望和要求的,但其根本出发点,还是从维护封建统治、发展封建经济出发的。他的所谓“治邺”,是上层统治者进步的政治措施与地方上土豪劣绅由于过分残酷压迫剥削人民,以致人口逃散、生产破坏,不利于封建统治和发展封建经济之间的矛盾。他虽在具体问题上做出一二客观上有益于人民之事,但不能真正解决人民受封建统治阶级压迫和剥削的问题。我们虽然不能离开历史条件去要求古人,从而否定作品的积极意义,但也应当看到作品的时代局限和阶级局限。

另外,本文能以具体而生动的事例,揭露封建迷信的本质,这对我们认识封建迷信的实质,消除封建迷信的影响,还是有帮助的。它具有朴素的唯物主义思想。当然,我们也不能因西门豹反对"为河伯娶妇"这个封建迷信,从而就认为他反对整个封建迷信。

附:《西门豹治邺》①

魏文侯时,西门豹为邺令。豹往到邺,会长老,问之民所疾苦。长老曰:"苦为河伯娶妇,以故贫。"豹问其故,对曰:"邺三老、廷掾常岁赋敛百姓,收取其钱得数百万,用其二三十万为河伯娶妇,与祝巫共分其余钱持归。当其时,巫行视小家女好者,云是当为河伯妇,即娉取。洗沐之,为治新缯绮縠衣,闲居斋戒;为治斋宫河上,张缇绛帷,女居其中。为具牛酒饭食,十余日。共粉饰之,如嫁女床席,令女居其上,浮之河中。始浮,行数十里乃没。其人家有好女者,恐大巫祝为河伯取之,以故多持女远逃亡。以故城中益空无人,又困贫,所从来久远矣。民人俗语曰'即不为河伯娶妇,水来漂没,溺其人民'云。"西门豹曰:"至为河伯娶妇时,愿三老、巫祝、父老送女河上,幸来告语之,吾亦往送女。"皆曰:"诺。"

至其时,西门豹往会之②河上。三老、官属、豪长者、里父老皆会,以人民往观之者三二千人。其巫,老女子也,已年七十。从弟子女十人所,皆衣缯单衣,立大巫后。西门豹曰:"呼河伯妇来,视其好丑。"即将女出帷中,来至前。豹视之,顾③谓三老、巫祝、父老曰:"是女子不好,烦大巫妪为入报河伯,得④更求好女,后日送之。"即使吏卒共抱大巫妪投之河中。有顷,曰:"巫妪何久也?弟子趣之!"复以弟子一人投河中。有顷,曰:"弟子何久也?复使一人趣之!"复投一弟子河中。凡投三弟子。西门豹曰:"巫妪弟子是

① 司马迁:《史记》卷一百二十六《滑稽列传》褚少孙的补文,中华书局,1982,第3211-3213页。以下字词的注释皆为作者所作。

② 之:代词,代上文的"三老、巫祝、父老"等。

③ 顾:副词,回过头来的意思。

④ 得:副词,必须、需要的意思。

女子也，不能白事，烦三老为入白之。”复投三老河中。西门豹簪笔磬折，向河立待良久。长老、吏傍观者皆惊恐。西门豹顾曰：“巫妪、三老不来还，奈之何？”欲复使廷掾与豪长者一人入趣之①。皆叩头，叩头且破，额血流地，色如死灰。西门豹曰：“诺，且留待之须臾。”须臾，豹曰：“廷掾起矣。状河伯留客之久，若皆罢去归矣。”邺吏民大惊恐，从是以后，不敢复言为河伯娶妇。

西门豹即发民凿十二渠，引河水灌民田，田皆溉。

① 一人：不是各一人，也不是共一人，而是豪长者一人和廷掾入趣之。

《白马篇》分析

一、关于段落

曹植《白马篇》全诗共分三节。

第一节,从“白马饰金羁”到“扬声沙漠垂”。概括地描写游侠儿去乡邑赴边塞抗敌。

“白马饰金羁,连翩西北驰。”诗一开始先让主人公鲜明突出、富有特征的形象展现给读者。这里是以物代人的写法,表面写马,实际在写骑马的人。从一匹其白如银、饰以黄金络头的马疾驰如飞地向西北跑去的描写中,写出一个英俊狡捷的人物形象。

“借问谁家子,幽并游侠儿。少小去乡邑,扬声沙漠垂。”以问答的形式写出主人公的住址(幽并)、身份(游侠儿)、年龄(少小)、去处(去乡邑,扬声沙漠垂)。这使“白马饰金羁,连翩西北驰”的形象更加完备起来。这样一个英俊狡捷的人物,是幽并的少壮游侠健儿,是辞别乡邑奔赴边塞捍卫国土的健儿。

先写人物极其富有特征的、容易引起读者注意的形象,然后再写出他(或他们)是谁,是干什么的。这是一种设问的表现方法。首先,这种表现方法容易加深读者的印象,增强作品的感染力。这在我国古代诗歌、小说和戏剧中是常常被运用的。如白居易的《轻肥》中的“意气骄满路，鞍马光照尘。借问何为者，人称是内臣”就是这种写法。其次，设问的写法也便于强调所写的内容，同时使形式富有变化，不是平铺直叙的。

第二节，从“宿昔秉良弓”到“勇剽若豹螭”，追叙主人公平时的武艺与英勇。

“宿昔秉良弓，楛矢何参差。”“宿昔”二字在意思上贯穿全节，此二句从兵器精良方面写主人公。

“控弦破左的，右发摧月支”两句相对，写拉弓向左则左中，发箭向右则右中。“仰手接飞猱，俯身散马蹄”两句相对，仰手则击中飞猱，俯身则箭破马蹄。这四句诗合起来从人物左右俯仰的射猎动作中，写出人物非凡的骑射本领。句法紧凑的语言，也有助于人物形象的刻画。

“狡捷过猴猿，勇剽若豹螭”也是对偶句。这两句是继具体描写人物动作之后的赞扬。这种是以具体描写作基础的赞扬，是非常恰当自然的。另外这两句都是运用修辞上的“譬喻”，使抽象概念具体化、形象化。

第三节，从“边城多警急”到“视死忽如归”，写出主人公捐躯为国的爱国行动与意志。

“边城多警急，虏骑数迁移”，写异族屡屡侵入，国境、边城紧急。这里写出战争的性质，游侠少年赴边是为了捍卫祖国。“羽檄从北来，厉马登高堤”，写征召文书从边地传来，游侠少年应召出征。“厉马登高堤”一语，写游侠少年从军既英勇又毅然。“长驱蹈匈奴，左顾凌鲜卑”，写出游侠少年勇不可当。长驱匈奴则匈奴披靡，左顾鲜卑则鲜卑震慑。表现出游侠少年之英勇与武艺足以抵御敌人，捍卫国土。这六句合起来从行动上写游侠少年的英勇果敢，急于国难的御敌卫国的行动与本领。

“弃身锋刃端，性命安可怀”，写为国不惜身体和性命。“父母且不顾，何言子与妻”，写为国不顾父母和妻子。“名编壮士籍，不得中顾私”总承前四句所写的不惜身体性命和不顾父母妻子两方面，归结为“不得中顾私”。“私”字包括身体性命、父母妻子。这两句与下两句比起来，是从消极方面写的，既然名编于壮士籍，就不得顾身家性命之私。“捐躯赴国难，视死忽如归”，是从积极方面写的，描写游侠少年为国捐躯视死如归的强烈的爱国主义精神。这八句合起来从心理上写游侠少年舍身为国的爱国主义精神。

二、主题思想

本诗的主题:歌颂游侠少年急于国难不顾身家性命的爱国壮举与爱国精神。

作者曹植不但在文学上有重大成就,是建安时期诗坛上的代表人物,在政治上也是有远大抱负的。由于受到曹丕、曹睿的排挤和迫害,没能实现其"戮力上国,流惠下民"(曹植《与杨德祖书》)的抱负。但他对国家、社会、人民并没有忘怀,其爱国、忧民、伤时的情感经常在他作品中流露出来。《送应氏诗》中描写洛阳的残破景象,在《泰山梁甫行》中描写人民的困苦生活,在《杂诗》中抒写"闲居非吾志,甘心赴国忧"以及"国雠亮不塞,甘心思丧元(元,头。丧元,丧失头脑)"的爱国感情。这些正是建安文学慷慨之音的现实主义精神所在。由于作者本人就是爱国者,所以他能激情地歌颂爱国的壮士,塑造出生动的爱国者形象。

三、表现方法

(一)组织结构

本篇的组织结构在前面分析里已谈了一个大概,这里再略谈一下。诗的第一节概括叙述游侠少年的住址、身份、年龄以及赴边抗敌,先给读者一个总的概括的印象。接着第二、三两节按时间顺序对主人公加以具体描写。第二节追写游侠少年宿昔的弓马锻炼骑射本领,写出抗敌英雄的重要一面。第三节,写游侠少年当前的爱国行动与爱国思想,写出抗敌英雄更其重要的一面。

概括说来,本诗结构是按照由概括描写到具体描写,由行动描写到心理描写,由描写往昔到描写现在组织起来的。

(二)语言

曹植是大量写五言诗的作家,并且艺术成就很高。在五言诗这一形式的发展上,有着重要的贡献,在这里就不谈了。这里所要谈的是他诗的语言特点，他诗的语言特点主要有二：一为通俗易懂，一为讲究词采。正如黄侃所说，“文采缤纷而不离闾里歌谣之质”①。通俗是受民歌的影响，讲究词采是受辞赋的影响。也就是加工提炼民间语言、吸取辞赋语言的优点冶炼成为自己的诗的语言，提高了诗的语言表现力。这在本篇也同样得到了体现，如“控弦破左的，右发摧月支。仰手接飞猱，俯身散马蹄”四句对仗虽很工整，声律、词采虽也很讲究，但无雕琢堆砌之弊，依然通俗自然，同“父母且不顾，何言子与妻”这样通俗的句子放在一首诗里，非常调和，形成文质并具的风格。

附：曹植《白马篇》②

白马饰金羁，连翩西北驰。借问谁家子，幽并游侠儿。
少小去乡邑，扬声沙漠垂。宿昔秉良弓，楛矢何参差。
控弦破左的，右发摧月支。仰手接飞猱，俯身散马蹄。
狡捷过猴猿，勇剽若豹螭。边城多警急，虏骑数迁移。
羽檄从北来，厉马登高堤。长驱蹈匈奴，左顾凌鲜卑。
弃身锋刃端，性命安可怀。父母且不顾，何言子与妻。
名编壮士籍，不得中顾私。捐躯赴国难，视死忽如归。

① 黄侃：《诗品疏》。整理者按：黄侃《诗品疏》（又名《诗品讲疏》），该书未完稿，见引于《文心雕龙札记》和范文澜《文心雕龙注》。今择其一种注之：黄侃撰，周勋初导读：《文心雕龙札记》，上海古籍出版社，2000，第29页。

② 见黄节笺注《曹子建诗注》卷二，中华书局，2008，第106-107页。

《木兰诗》赏析

木兰从军这个优美的故事流传了一千多年，几乎是家喻户晓，人人皆知的。它一直为广大人民所喜爱所传述。其所以能够如此，那是由于表现这一故事的《木兰诗》有着深厚的人民性与高度的艺术性。

《木兰诗》见《乐府诗集》卷二十五《梁鼓角横吹曲》。关于它产生的时代和地点历来说法不一。近来，余冠英先生的《乐府诗选》里在这方面曾有一些说明，罗根泽先生在《〈木兰诗〉产生的时代和地点》一文里作了专题的研究。虽然有些说法还待讨论，但说"不会产生于'五胡乱华'以前……也不会在陈以后"①，这是可以肯定的。说它产生在北方，也是没有问题的。就是从作品的风格来看，说它是北朝的产物也比较适合。

木兰的时代是民族矛盾极其尖锐、极其复杂的时代。就在这样的时代里产生了描写英雄故事的《木兰诗》，塑造出了一位英勇的捍卫民族的女英雄形象。全篇文字没有一处不是为刻画这个主人公的形象服务的。特别值得我们注意的是该诗是怎样把这位女英雄放在特定的历史条件下和现实生活中来进行描写的。

---

① 罗根泽：《〈木兰诗〉产生的时代和地点》，《文学遗产》1954 年第 5 期。

一、《木兰诗》内容赏析

现在分段来谈。

“唧唧复唧唧”到“从此替爷征”，写木兰从军的原因。

本诗民歌情调很浓厚。这一段采用了与本诗同列在《梁鼓角横吹曲》的《折杨柳枝歌》的“敕敕何力力，女子临窗织。不闻机杼声，只闻女叹息。问女何所思，问女何所忆。阿婆许嫁女，今年无消息”①的写法。值得我们特别注意的不在它对这一写法的采用，而在于采用得妥帖和恰当，完全是从内容需要出发的。木兰是英雄，也是广大妇女中的一个，她的生活与广大妇女是相同的，她的情感也应当与广大妇女基本上是相同的。封建时代妇女的生活局限在一个家庭的小范围之内，一旦让她走出家庭，而且又是从军，不能说是易事。诗中所描写的英雄，既然是生活中的英雄，因而也就不能放弃英雄的真实情感这方面的描写，所以一上来就写“唧唧复唧唧，木兰当户织。不闻机杼声，唯闻女叹息”，这样就逼真地写出封建时代一个家庭女子——木兰准备从军的真实情感。再则，一开始让木兰这一叹息不止的具体形象和读者见面，就能紧紧地抓住读者的注意力，作者需要写下去，读者也要求读下去。接着以问答的形式很自然地写出木兰从军的原因，也就是写一个家庭女子出来从军的原因。写木兰准备从军的感情——叹息，写木兰从军的原因——代父，都足以增强作品的真实性，也就是增强作品中所描写的人物的真实性，因为这种描写是与当时的历史条件、现实生活紧密结合着的。明白这点我们就不会说木兰的叹息表现了懦弱，也就不会非难木兰从军只是为了代父了。木兰毕竟愿意走出家庭担负起从军的任务，这就表现了她的英雄气概。试想假如没有这样一段描写，一个封建时代的家庭女子能够出来从军，就会使读者感到突然，因而也就降低了作品的真实性。

“东市买骏马”到“但闻燕山胡骑鸣啾啾”，写木兰自家向战地出发。

这段在写法上也体现了民歌的特色。前面是四个叠句，后面是两个排句，四个叠句中所写的意思基本上是一个——购买鞍马，本来一句就可写完

① 郭茂倩编《乐府诗集》卷二十五，中华书局，1979，第370页。

的，况且购买这些东西不一定要跑到东、西、南、北四市。这种反复吟咏，不避雷同的写法，就是民歌的风调。汉《相和曲》里面的采自民间的《江南》“鱼戏莲叶间，鱼戏莲叶东，鱼戏莲叶西，鱼戏莲叶南，鱼戏莲叶北”①，就是这种写法。后面两个排句所换的字也很少，意思也差不多，是民歌常有的叠调的写法。

这种重句叠调的写法固然是为了歌唱上的需要，音乐上的需要，同时也是表达内容上的需要。一个意思经过反复详细的描写，就会表达得曲折尽致，同时也起了强调的作用。所谓歌唱上、音乐上的需要与表达内容上的需要也是一致的，主要是为了通过反复吟咏增强其感染力，更好地去表达内容。

现在让我们来看，本段是怎样描写木兰的。“东市买骏马……北市买长鞭”四个叠句固然是写购买鞍马，但更重要的是用来描写木兰的形象的。从写她所买的马匹和装饰上衬托出木兰已不是处在家庭中的女子，而是将赴战场的雄武的战士了。虽然在木兰身上未着一笔，但已经能够把她这方面的形象鲜明地表现出来。正因为这点在描写木兰形象上相当重要，所以作者也就不厌其详地写木兰跑到四市去买骏马、鞍鞯、辔头和长鞭。

另外还需要说明的是，这四句描写的是横的描写，是平列的写法。就写鞍马这一点上铺张开来，没有主次之分，没有先后过程，当然也没有时间的推移。这是适应从多方面去写木兰的装饰需要的。

“旦辞爷娘去……但闻燕山胡骑鸣啾啾”两个排句是正面描写木兰辞别爷娘奔赴战场以及奔赴战场途中的感情的。“旦辞爷娘去”与“暮宿黄河边”对写，“旦辞黄河去”与“暮宿黑山头”对写；“但闻黄河流水鸣溅溅”，“但闻燕山胡骑鸣啾啾”与两句“不闻爷娘唤女声”对写。寂寥广阔的“黄河边”“黑山头”与家庭不同，凄切啸嗷的自然声响与亲切温暖的爷娘唤女声不同。这样对比的写法，就传神地写出一个年轻的女子——木兰在从军途中思念家庭、思念爷娘的情感。这种情感随着“旦辞爷娘去……旦辞黄河去……”愈走愈远而愈益显示出来。这与上段“唯闻女叹息”是联系着的。但是作者在写木兰这种情感的同时，也就写出木兰的英雄气概，木兰能辞别爷娘跋山涉水迈进更广阔的天地，就表现了木兰的英勇。雄伟壮阔的山河就是跨马从军的女英雄的很好的自然背景，从而也就体现了木兰的英武的

① 郭茂倩编《乐府诗集》卷二十六，第384页。

形象。

木兰有怀念爷娘的情感,木兰更有英武的壮志。正因为作者掌握了这一点,所以虽然深刻地写出木兰怀念爷娘的情感,并不影响对英雄形象的刻画,相反地增强了人物的真实性,其最终的效果,使读者感到作者所写的是英雄,是真实的英雄。

谈到这里我们也就了解到叠调写法在这里的作用,如前所说是为了表达内容的需要。不过这里的写法与前面四句有不同之处,它不是横的描写,而是纵的描写。有时间上的推移,有一层深一层的作用,这是为木兰离家赴战场愈走愈远的内容所决定的。我们只能区别它们的异同,不能评断它们的优劣,根据不同的内容采取不同的写法,足见其艺术应用的成熟。

“万里赴戎机”到“壮士十年归”写木兰经历十年的战士生活返回都城。

有不少人认为这段句法不像民歌,是经过文人修改的。究竟是不是文人修改的,不去管他,即使是文人修改的,还是一段很好的文字。这段是全诗中用笔最简的地方,这也是由诗的内容决定的。本诗主要的是写木兰这个女子能够从军,而不是写其战场上一刀一枪的本领,所以以极其概括的笔法来写。以“万里赴戎机,关山度若飞”两句,写出奔赴战场的万里行程。以“朔气传金柝,寒光照铁衣”两句,写出在凛冽朔方长期的铁衣生活。以“将军百战死,壮士十年归”两句,写出十年的英勇战斗与归来。由于能以劲健的笔法写出雄壮的气派,从而也就逼真地再现了木兰的英雄形象。这又是一个利用简笔的很好的例子。

“归来见天子”到“送儿还故乡”,写天子封赏木兰,木兰辞而不受,要求返回故乡。

这段以极其夸大的写法写天子对木兰进行高封厚赏。从这些高封厚赏中暗示出木兰十年战斗的功绩,再一度描写出了木兰的英勇。又从“木兰不用尚书郎”,写出木兰从军并不是为了高官厚禄而是代父,木兰英勇作战也不是为了高官厚禄,而是为了抵抗异族。木兰对统治阶级是没有什么要求的,要说木兰的要求也还算要求的话,那就是要求放弃优厚待遇返回故乡。木兰不是封建统治者的臣子,木兰是劳动人民的女儿,木兰是英雄,木兰是劳动妇女中捍卫民族的英雄。

“爷娘闻女来”到“不知木兰是女郎”,写木兰到家的情形。

这段以极其愉快的笔调写木兰及其爷娘姐弟的喜悦心情,与“唯闻女叹息”“不闻爷娘唤女声”“送儿还故乡”相对照。“脱我战时袍,着我旧时裳。当窗理云鬓,挂镜帖花黄(一作‘对镜贴花黄’)”与“市鞍马”相对照,与“当户织”相呼应。所有这些都足以说明木兰具有当时广大妇女的一般情感。木兰从广大妇女生活中出来,又回到广大妇女生活中去。木兰是广大妇女中的一个,木兰的英雄性格也是广大妇女这一方面的性格集中突出的表现。因此,木兰是一个富有代表性的女英雄。

从伙伴的惊讶及伙伴“同行十二年,不知木兰是女郎”的话语中,也对木兰进行了颂扬。

这段也运用了民歌所习用的叠句的写法,这一写法是为了极力描写木兰及其家人愉快的心情而运用的。

“雄兔脚扑朔”到“安能辨我是雄雌”,是在以上具体描写的基础上所写的颂扬语,是歌者对木兰的颂扬语,实质上是对妇女的颂扬语;是木兰的自豪语,实质上是妇女的自豪语。

作者在这里用比喻的写法来写男女的异同(主要在同)。其实雄兔和雌兔有“扑朔”“迷离”之别,而男女的才能是没有高下之别的,其所以不同是不同的社会待遇造成的,并不是什么真的不同。一旦有“傍地走”的机会就“安能辨我是雄雌”了。木兰与男子一起作战表现得如此英勇就是有力的说明。

二、《木兰诗》主题的积极意义

曾经有人提到《木兰诗》的主题有什么积极意义。要想知道《木兰诗》的主题有什么积极意义,先要确定《木兰诗》的主题是什么。现在先从《木兰诗》的主题不是什么说起。

首先是木兰参加战争的性质问题,是侵略战争呢,还是保卫战争呢?《木兰诗》中的疑难问题很多,后人虽会做过一些解释,但多属推测。是不是确有木兰这个人物,尚无确切史料足以说明。宋时程大昌曾根据白乐天《戏题木兰花》“怪得独饶脂粉态,木兰曾作女郎来”,又根据杜牧《题木兰庙》“弯弓征战作男儿,梦里曾经与画眉。几度思归还把酒,拂云堆上祝明妃”,认为“则诚有其人矣”①。《太平寰宇记》说黄州黄冈县“木兰山,在县

① 程大昌:《演繁露》卷十六《木兰》,明嘉靖三十年刻本,第3页。

西一百二十里。旧废县取此山为名,今有庙,在木兰乡”①。我们说这些仅足说明后人对木兰这样一个人物的崇拜,还不足以断定确有此人。因为诗人是可以根据传说或作品写诗的,后人是可以根据传说或作品名地建庙的。当然我们也不能说确无此人,只不过说不能确切肯定下来。至于她所参加的战争的性质也同样无史料足以说明,不过我们可以从作品的形成、作品的本身来理解。《木兰诗》具有淳厚的民歌风调,这是可以看出来的。毫无疑问它是人民口头创作的。口头创作中的形象一般是由劳动人民塑造出来的(也可能有事实根据),渗透了劳动人民的思想感情。劳动人民从来都是反对侵略战争的,因而这篇作品绝不会有宣扬侵略战争的主题。从作品的内容上也可以肯定下来,木兰的时代是民族矛盾极其尖锐、极其复杂的时代,木兰又是劳动人民所塑造的英雄形象,她应是一个民族捍卫者,她所参加的战争也绝不会是侵略性质的。

其次是木兰为什么从军的问题。木兰为什么从军,诗中说得很明白,为了代替年迈的阿爷。能不能因此而说《木兰诗》是宣扬封建道德的孝道的呢?不能这样说:一则,该诗写木兰代父从军,只不过是为了说明一个家庭女子之所以出来从军的原因。诗中所歌颂木兰的在“从军”而不在“代父”。所以后来人们称这一个故事为“木兰从军”,就把“代父”去掉了。何者为主何者为次是很显然的。

再次,木兰代父从军是从父女之间的感情出发的(也可能或多或少的受孝的影响),并不是从强调孝道出发的。因而木兰这个人物不能列于孝子之林,《木兰诗》也就没有宣扬孝道的主题。

木兰从军也不是为了效忠君主,这从前面所谈可以看得出来。因而木兰这个人物也不能列于忠臣之林,因而《木兰诗》也就没有宣扬忠君的主题。

现在我们可以来谈《木兰诗》的主题是什么,以及它的主题有什么积极意义了。

《木兰诗》的主题是歌颂一位能和男子一样担负战斗任务英勇强健的女英雄的。

这个主题有什么积极意义呢?前面我们已经谈到这首诗不是把木兰作为一个超类离群的人物来写的,在她身上没有什么奇异的色彩,她不是什么

---

① 乐史:《太平寰宇记》卷一百三十一,王文楚等点校,中华书局,2007,第2582页。

将门之后,更不是什么仙家门徒。她能担负和男子同样的任务,也就说明广大妇女也能够担负和男子同样的任务。这在重男轻女的封建社会里就有很大的积极意义,它对重男轻女的社会就是一个强有力的回击。代表妇女的木兰的英雄精神在今天就得到了发扬,今天在各个不同的岗位上就出现了很多的女英雄,将来还要多,要和男子一样多。不仅于此,木兰英勇强健的英雄气概,也表现了中华民族刚强不屈的英雄性格。

三、《木兰诗》的艺术成就

关于《木兰诗》的艺术,前面已经谈到一些,现在再重点地提出几点。

《木兰诗》是一首优美的民歌。它体现出劳动人民的创作天才,有很多地方是值得我们很好学习的。

首先,刻画人物逼真。如写木兰从军的叹息,写出发途中怀念爷娘的情感,写从军归来的喜悦心情,细致而深刻地写出当时一个年轻的家庭女子从军的情感,在写这种情感的同时描绘出一个女英雄的形象。这种"儿女情长,英雄气却不短"的人物,确乎是有血有肉的、生动真实的。

其次,根据内容的需要,纯熟地运用了民歌的形式,最突出的就是重句叠调的运用。这不但增加了诗的音调美,而且更细腻、更深入、更有力地表达了诗的内容。即此使我们认识到优秀的民歌中的重句叠调,绝不是没有内容的需要,绝不只是单纯的重叠。认识到这一点对我们欣赏民歌、学习民歌也是很有帮助的。

再次,结构紧密而完整。写从军准备,写出发途中,写战场生活,写回到都城,写回到家庭,篇末写赞颂,是非常合乎故事发展的顺序的。各段都有可以独立的意思,而段与段之间又都是紧密地联系着的,构成一个有机的整体。

最后,繁简得宜。繁笔繁得细致,是深入,不是累赘;简笔简得劲健,是精简,不是苟简,并且是适合内容需要的。另外,语言朴素,气派雄伟,音节和谐,比喻形象,都是本诗艺术上的优点。《木兰诗》不但是北朝乐府中的杰作,而且也是我国诗歌史上伟大的诗篇之一。

附:《木兰诗》①

唧唧复唧唧,木兰当户织。不闻机杼声,唯闻女叹息。问女何所思,问女何所忆。女亦无所思,女亦无所忆。

昨夜见军帖,可汗大点兵。军书十二卷,卷卷有爷名。阿爷无大儿,木兰无长兄。愿为市鞍马,从此替爷征。

东市买骏马,西市买鞍鞯,南市买辔头,北市买长鞭。旦辞爷娘去,暮宿黄河边。不闻爷娘唤女声,但闻黄河流水鸣溅溅。旦辞黄河去,暮至黑山头。不闻爷娘唤女声,但闻燕山胡骑鸣啾啾。

万里赴戎机,关山度若飞。朔气传金柝,寒光照铁衣。将军百战死,壮士十年归。归来见天子,天子坐明堂。策勋十二转,赏赐百千强。可汗问所欲,“木兰不用尚书郎,愿驰千里足,送儿还故乡”。

爷娘闻女来,出郭相扶将。阿姊闻妹来,当户理红妆。小弟闻姊来,磨刀霍霍向猪羊。开我东阁门,坐我西间床。脱我战时袍,着我旧时裳。当窗理云鬓,挂镜帖花黄。出门看火伴,火伴皆惊忙。“同行十二年,不知木兰是女郎。”

雄兔脚扑朔,雌兔眼迷离。双兔傍地走,安能辨我是雄雌。

① 见郭茂倩编《乐府诗集》卷二十五,第373页。

古诗析义三则

——析“暖暖远人村”、“心远地自偏”和“园柳变鸣禽”

一、析“暖暖远人村”

方宅十余亩,草屋八九间。榆柳荫后檐,桃李罗堂前。暧暧远人村,依依墟里烟。狗吠深巷中,鸡鸣桑树巅。

这是陶渊明《归园田居》第一首(“少无适俗韵”)中描写田园景物的一段。其中“暖暖远人村”句应该作何解释,尚待研究。随手翻阅手头的几个注释本,发现它们对理解本句很关重要的“远人村”都未作解释。中国科学院文学研究所编写的《中国文学史》中有这样一段话:“正由于他痛恨当时社会的黑暗,所以当他看到远处的农舍和几缕炊烟,听到几声鸡鸣狗吠,都在内心产生‘复得返自然’的喜悦。”①这里是把“远人村”作为陶渊明看到的远处的村庄来理解的。“人”,当然是指的陶渊明了。我的理解不是这样的。

上面所引的描写景物的八句诗,其描绘的是一幅地处偏远的农村图画,

① 刘人杰主编《中国文学史》,中国对外翻译出版公司,1999,第526页。

也是陶渊明辞官归田后的居处所在地的田园景象。前四句是写他的宅舍，后四句是写他所在的村庄。这种由宅舍而村庄的描写，不但写来非常自然，而且所写的宅舍与村庄的景象也极其协调一致——被繁茂树木围绕草屋茅舍自会构成村庄暧暧的景象。但是，要把“远人村”看作陶渊明所看到的远处的村庄，就会使人感到有些迂回难解了。为什么诗人在写他的宅舍之后不写他自己所在的村庄而写远处的村庄呢？这种远处村庄的描写与诗的最后“户庭无尘杂，虚室有余闲。久在樊笼里，复得返自然”四句又将如何联系呢？何况下面所写的“依依墟里烟。狗吠深巷中，鸡鸣桑树巅”的所见所闻是那样真切，绝不似远处的景象。“暧暧远人村”岂不成为对上不接对下难联的一句了吗？

我认为“远人村”就是处地偏远的村庄，是对车马喧嚣人事扰攘的官场所在地的城都来说的。其实这种类似的诗句在陶渊明的诗作中不止一次出现，如“野外罕人事”（《归园田居》其二）、“地为罕人远”（《癸卯岁始春怀古田舍》其一）就是与“暧暧远人村”写法不同而意思相近的诗句。诗中所描写的充满诗人理想的淳朴、自然、宁静而优美的田园与车马喧嚣人事扰攘的官场所在地的城都恰成两样，如此没有羁绊的生活环境也与“尘网”“樊笼”似的仕途截然不同，从而表现了诗人厌恶仕途喜爱田园的思想感情。“暧暧远人村”一句就在这种意义上表现了它的艺术力量；唯其是“远人村”才会有那样一片淳朴宁静的景象，才能“户庭无尘杂，虚室有余闲”，也才使诗人产生“久在樊笼里，复得返自然”的思想感情。我们应从这里来理解它在诗的写景与抒情上所起的艺术作用。

二、析“心远地自偏”

结庐在人境，而无车马喧。
问君何能尔，心远地自偏。
采菊东篱下，悠然见南山。
山气日夕佳，飞鸟相与还。
此中有真意，欲辨已忘言。

这首诗是陶渊明《饮酒》诗二十首中的第五首。“心远地自偏”是诗中具有关键意义的一句，它既是“结庐在人境，而无车马喧”那种处境获得的原因，又是“此中有真意，欲辨已忘言”那种心境出现的由来，起着关上联下的作用。然而读者对它的理解却不一致。有人认为它的意思是“心既远远地摆脱了世俗的束缚，那么虽处于喧境也如同居于偏僻之地”。另外还有与此相类的看法。我觉得这种看法与诗的原意不符合。

我们知道这里所说的车马不是泛指一般的车马，而是指官场仕途上的车马，也可以说是官场仕途生活的代用语。我们又知道《饮酒》诗是陶渊明辞官归田以后的作品。那么诗中所说的“无车马喧”和“地自偏”应该都是生活实况的真实叙写，不是“虽处于喧境也如同居于偏僻之地”。这从作者其他作品中也可找到同样的说明：

> 草庐寄穷巷，甘以辞华轩。——《戊申岁六月中遇火》
> 野外罕人事，穷巷寡轮鞅。——《归园田居》其二
> 穷巷隔深辙，颇回故人车。——《读山海经》其一

以上各例的第一句都是说的处地偏僻，第二句都是说的没有车马，并且从不同的角度写出“地偏”与“无车马喧”之间的一而二、二而一的关系。可见“地偏”与“无车马喧”都是客观事实上的存在，不是主观意识上的认为。

既然处地是真的偏僻，不是“虽处于喧境也如同居于偏僻之地”，那么“心远地自偏”应该如何解释呢？我觉得“心远”是就诗人厌恶当时黑暗污浊的官场仕途来说的，也就是心远仕途。陶渊明把他的出仕看作“误落尘网”，感到“深愧平生之志”（《归去来兮辞序》），认为是“心为形役”（《归去来兮辞》），只有具有“觉今是（指归田）而昨非（指出仕）”（《归去来兮辞》）的“心远”，才会有辞官归田的“地偏”，所以说“心远地自偏”。因而“心远”是“地自偏”的原因；“心远地自偏”又是“结庐在人境，而无车马喧”的原因，也才能是“问君何能尔”的确切回答。这是其一。其二，正因诗人的辞官归田是其不满黑暗仕途“甘以辞华轩”的“心远”使然，所以他在辞官归田以后有离“樊笼”“返自然”之感。本诗继“心远地自偏”之后能够写出“地偏”之景与“心远”之情融而为一的意境，正由于此。否则只有“地偏”而无“心远”或只有“心远”而无“地偏”是不会出现“采菊东篱下，悠然见南山。山气日夕佳，飞鸟相与还。此中有真意，欲辨已忘言”那种诗的境界的。陶渊明对田园生活的热爱与歌唱，正是对当时黑暗的政治和污浊的仕途的诅咒与否定，其“真意”就在于此。本诗就是把这两方面结合在一起来写的，

“心远地自偏”乃是这种结合的关键。了解这句诗的意义,不仅与理解本诗的思想艺术有很大关系,也有助于理解陶渊明其他赞颂田园的作品。

三、析“园柳变鸣禽”

“池塘生春草,园柳变鸣禽”是谢灵运《登池上楼》一诗中的名句。可是对“园柳变鸣禽”一句自来理解不一。现从新中国成立后出版的几个选注本来看:叶笑雪的《谢灵运诗选》说“园子里的杨柳也变了样儿了,已换上一身鹅黄的新衣。由于园柳的换装,鸣禽的心境也显得很酣畅,那在枝头上歌唱的黄莺,现在更唱得分外悦耳了”①(以下简称为第一说),朱东润主编的《中国历代文学作品选》说“变,指禽鸟的鸣声变化多端”②(以下简称为第二说),北京大学中国文学史教研室选注的《魏晋南北朝文学史参考资料》说“‘变鸣禽’,鸣禽换了种类”③(以下简称为第三说)。以上三说的不同,主要表现在对“变”字的理解上。第一说认为“变”是指园柳变了样了,第二说认为“变”是指禽鸟的鸣声变化多端,第三说认为“变”是指鸣禽的种类变换了。我觉得第三说符合诗的本意,第一、二两说与诗的本意不符。

《登池上楼》一诗全篇都采用对仗的写法,每两句不仅意思相对而句法结构也大体一致。“池塘”二句就是两个对仗很工稳的诗句。“池塘生春草”,按其句法结构,“池塘”是处所词,“生春草”是对“池塘”这一处所的描写。与这句相对的“园柳变鸣禽”,“园柳”同样是作为处所词来使用的,“变鸣禽”是对“园柳”这一处所的描写。若按第一说把“园柳变”解释为“园子里的杨柳也变了样儿了”,那就要把“园柳变”与“鸣禽”断开。这样一来,不但这句的句法结构与上句不同,而且两句的意思也不相对了。同时“鸣禽”二字也变得孤立难解。那么能否如第二说把“变鸣禽”解释为“禽鸟的鸣声变化多端”呢?同样不能。因为不但原来属于动宾结构的“变鸣禽”不能那

① 叶笑雪选注《谢灵运诗选》,古典文学出版社,1957,第45页。

② 朱东润主编《中国历代文学作品选》上编,第1册,上海古籍出版社,1979,第352页。

③ 北京大学中国文学史教研室选注《魏晋南北朝文学史参考资料》,中华书局,1962,第469页。

样解释，就是改成主谓结构的“鸣禽变”或“禽鸣变”也不能那样解释。我觉得这两句诗是诗人从不同的角度对其登临的环境进行描写的：前一句描写侧重于视觉，就“池塘”写“生春草”；后一句描写侧重于听觉，就“园柳”写“变鸣禽”。其大意应是：池塘之上生出了春草，园柳之中变换了鸣禽。当然，这不是说园柳就没有变样，因上句有“生春草”的描写，这句便可因之而见意，而园柳的变样即含在“园柳”二字之中，读者自可想见，不必再写。陶渊明《与子俨等疏》有“树木交荫，时鸟变声”的话，也可于“池塘”二句参看。谢诗很可能受陶文的启发。“时鸟变声”不但不把“变”字用之于“树木”，与第一说不同，自不待言；就是把“变”字用之于“时鸟”的鸣声，也与第二说不同。因为“时鸟”就是“候鸟”，写候鸟鸣声的改变，还是写候鸟的改变，不是写鸟的鸣声变化多端。

再从诗人当时的生活情景与思想感受来看。《登池上楼》是在诗人久病之后写出的。当其卧病之初，乃在草枯木落、禽鸟敛迹的季节，所谓“卧痾对空林”。季节虽已有冬去春来的更迭，而他却在“衾枕昧节候”的卧病不起中度过，现在于病后登楼“褰开暂窥临”之际，自然会有景象大变之感。这时他的心情使得他不是从容细致地欣赏春景——感到春草如何鲜美，杨柳如何“换上一身鹅黄的新衣”，禽鸟如何“唱得分外悦耳”与“鸣声变化多端”，而是觉得春草生了、园柳青了、鸟儿变了，这给他带来了强烈的耳目刺激。只有这种粗线条的景象感受的描写，才是诗人当时心情的真切写照。这两句诗之所以成为名句，主要应于此。

附：陶渊明《归园田居》其一①

少无适俗韵，性本爱丘山。
误落尘网中，一去三十年。
羁鸟恋旧林，池鱼思故渊。
开荒南野际，守拙归园田。
方宅十余亩，草屋八九间。
榆柳荫后檐，桃李罗堂前。
暧暧远人村，依依墟里烟。

---

① 见陶渊明：《陶渊明全集》卷二，龚斌校点，上海古籍出版社，2015，第 26-27 页。

狗吠深巷中，鸡鸣桑树巅。
户庭无尘杂，虚室有余闲。
久在樊笼里，复得返自然。

谢灵运《登池上楼》①

潜虬媚幽姿，飞鸿响远音。
薄霄愧云浮，栖川怍渊沉。
进德智所拙，退耕力不任。
徇禄及穷海，卧疴对空林。
衾枕昧节候，褰开暂窥临。
倾耳聆波澜，举目眺岖嵚。
初景革绪风，新阳改故阴。
池塘生春草，园柳变鸣禽。
“祁祁”伤豳歌，“萋萋”感楚吟。
索居易永久，离群难处心。
持操岂独古，无闷征在今。

① 见叶笑雪选注《谢灵运诗选》，古典文学出版社，1957，第44页。

《卖炭翁》分析

一、分析

全诗分为两节。

第一节,从“卖炭翁,伐薪烧炭南山中”到“市南门外泥中歇”。这一节着力描写被掠夺者——卖炭翁。他为了衣食从事辛勤的烧炭劳动,并不顾饥寒与劳累,在冰天雪地里把炭运到集市上去卖。

“卖炭翁,伐薪烧炭南山中。”作者在第一句话就点出了该诗的题目,这种写法是从《诗经》学习来的。作者在《新乐府序》里说:“首句标其目,卒章显其志,《诗》三百之义也。”①当然白居易学习《诗经》不仅限于形式,更重要的是学习《诗经》的现实主义精神,但这种形式上的学习也是有其积极意义的。就题目来说是“即事名篇”的一种,可以直接告诉读者诗中所写的主要内容或事件,能够集中读者的注意力;就诗的本身来说,可以开宗明义直书其事,不至有浮泛之笔,这样也就更有利于集中和加强诗的表现力。

该诗写的是卖炭翁被宫使的掠夺,诗一开始就写出被掠夺者——卖炭

① 白居易:《新乐府并序》,见谢思炜校注《白居易诗集校注》卷三,中华书局,2006,第267页。

翁,被掠夺的东西——炭,卖炭翁的职业——伐薪烧炭,卖炭翁烧炭的地点——南山中。我们知道炭是供来取暖用的,烧炭的时间多在寒冷的冬天,烧炭的地点多在荒山僻野,这句诗就蕴蓄地告诉我们这位体弱力衰的老人在寒冷的冬天在荒僻的山中辛勤烧炭的苦况。下句便进入具体描写。

“满面尘灰烟火色,两鬓苍苍十指黑。”作者仅仅以十四字便生动地描绘出卖炭翁的形象,这是一种高度精练的手法。从这句诗里,我们看出作者描写人物的很大特色,那就是善于捕捉人物的特征。卖炭翁的形象被写到的仅仅三处——面、鬓、指。面呢,积满了灰尘并带有烟火色;鬓呢,苍苍而斑白;指呢,是黑黑的。从面、指两处写出了烧炭者的形象,又从鬓上写出年迈力衰的老人的形象,着墨不多即把卖炭翁的形象勾画了出来。他呈现在读者面前的不仅是外形,更重要的能使读者通过外形看到他的处境与生活,从而知道他是一个被压迫被剥削的劳动者,是值得深切同情的老人。

“卖炭得钱何所营?身上衣裳口中食。”卖炭翁从事辛勤的烧炭劳动,不是为了别的,而是为了生活上起码的需要——“身上衣裳口中食”。没有衣食是无法生活的。卖炭翁的衣食所出,赖其所烧之炭,即此可知炭对卖炭翁多么重要。正因如此,作者也就特别加以强调,这种强调表现在语言的应用上。这两句诗是以问答的形式写出的,问答式的运用目的有二:一为从人之问,意在指出问题需要从别人那里得到回答,如杜牧诗:“借问酒家何处有?牧童遥指杏花村。”(杜牧《清明》)一为设问,意在强调,如陶潜诗:“借问为谁悲?怀人在九霄。”(陶渊明《悲从弟仲德》)这两句诗运用这种写法的目的属于后者,经过一问一答,炭对卖炭翁的重要便得到了强调,加强了读者的印象,反映了生活真实。

“可怜身上衣正单,心忧炭贱愿天寒。”假如说“满面尘灰烟火色,两鬓苍苍十指黑”是生动的外形描写,这里便是细致的心理刻画。卖炭翁衣服单薄不能御寒,他所希望的应是天气暖和,恰恰相反他所希望的不是天气暖和而是天气寒冷,其所以如此,由于“心忧炭贱”之故,其所以“心忧炭贱”,由于炭贱了则衣食无出。经过这样细致的心理刻画,便深刻地写出了卖炭翁对炭的殷切希望,再度强调了炭对卖炭翁的重要,与下面炭被掠夺作强烈的对照。假如作者对劳动人民的思想情感没有深切的体会,对现实生活没有缜密的观察是写不出来的。

“夜来城外一尺雪”,正是卖炭翁所希望的卖炭的好天气,有了这样的天气炭应该是不会贱的,所以他就冒着严寒“晓驾炭车辗冰辙”了。“牛困人饥日已高,市南门外泥中歇”,写卖炭翁在路途中运炭的困难与艰辛。牛困了,人饥了,日高了,雪化了,原来的冰辙变为泥泞的道路,使人读了有寸步维艰的感觉。

这一节从卖炭翁烧炭卖炭中写出卖炭翁的贫困、辛劳与苦难,同时也写出炭对卖炭翁的重要,使读者对卖炭翁能给以深厚的同情,也为卖炭翁怀着殷切的希望——炭到市场上卖掉能够得其应有之值。哪知它也是宫使掠夺的对象啊!

第二节,从"翩翩两骑来是谁"到"系向牛头充炭直"。这一节着力描写掠夺者——宫使(宦官)。他们骄横而残暴地对卖炭翁进行残酷的掠夺。

诗的风格至此一节大变,前一节显得迂回深沉,这一节显得劲疾犀利。这是因所写的内容不同的缘故,前一节是以沉痛同情的笔写被压迫者卖炭翁的辛劳与困苦,后一节是以憎恨讽刺的笔写掠夺者宫使的骄横与残暴。

"翩翩两骑来是谁?黄衣使者白衫儿。"这两句也是问答式的写法,其目的也是为了强调。另外还先写人物的主要特征,然后介绍人物的身份。这都是为了加强读者的印象。作者在《轻肥》一诗里也运用了同样的写法,那就是"意气骄满路,鞍马光照尘。借问何为者?人称是内臣(宦官)"。先写宦官骄矜异常,气焰万丈,炙手可热之势,接着设问这是干什么的,然后指出他们都是宦官。这样就能够给读者以突出的感觉。关于先介绍人物的主要特征然后再点明人物的身份和姓名的写法,在我们古代小说戏剧中是经常被采用的。"翩翩两骑"写宫使(即宦官)的主要特征与气势,他们骑着快马飞驰而来;"黄衣使者白衫儿"写宫使的身份(黄衣白衫是宫使的装束,这里是以装束来表明人物的身份的),再加运用设问的语气,意更豁然。仅此两句作者就活画出与卖炭翁对立的阶级(剥削阶级)人物的形象。他们骑的是快马,穿的是颜色鲜明或黄或白的衣服,这与卖炭翁的形象对比起来是非常鲜明的。

宫使骑着快马飞驰而来是干什么的呢?"手把文书口称敕",手里拿着公文,口口声声说是皇帝的诏命,于是就"回车叱牛牵向北"把卖炭翁的炭掠夺去了。

"手把文书口称敕",说明宦官向人民进行掠夺是与最高统治者皇帝密不可分的。白居易的现实主义诗篇不但痛斥一般的官吏,而且痛斥当时最得势的宦官;不但痛斥宦官,而且往往责及皇帝。如《重赋》的"号为羡余物,随月献至尊。夺我身上暖,买尔眼前恩",《杜陵叟》的"十家租税九家毕,虚受吾君蠲免恩"等都是。它们的批判性是非常强烈的。

另外,这里写宫使对卖炭翁的掠夺是非常形象深刻的,表现在语言上,那就是连动式的运用。这句诗一共用了五个动词,即“手把文书”的“把”,“口称敕”的“称”,“回车”的“回”,“叱牛”的“叱”,“牵向北”的“牵”。用这五个动词写出宫使一个接一个的五个动作,显示出卖炭翁是没有回话余地的,从这连续的五个动作描写中读者深刻地感觉到这是掠夺,这是抢。宫使的形象也就由此突出了。

“一车炭,千余斤,宫使驱将惜不得。”写卖炭翁被掠夺时的痛苦心情。千余斤重的衣食所赖的一车炭是卖炭翁所深惜的,但为宫使所逼也就“惜不得”了,表现出被掠夺者迫于威势无可奈何的心情。

“半匹红纱(一作‘绡’)一丈绫,系向牛头充炭直。”至此一句把宫市全部写出,诗亦结束。前面所写的是宫使对卖炭翁的掠夺,究竟是什么样的掠夺?此举便说明了,是宫市掠夺。统治者为了掩盖其掠夺的本质,而以贱值购买人民的东西。“半匹红纱一丈绫”与千余斤重的炭的价值是相去甚远的。这种交换是不等价的交换,名为交换,实为掠夺。“系向牛头充炭直”,逼真地写出宫使蛮横无赖的强盗行为与形象,其中“系”字与“充”字意味特别深长。炭的主人不愿接受纱、绫,故而宫使把它“系向牛头”,纱、绫本来不是“炭直”,故曰“充炭直”。所谓宫市就是凭势抢劫。

这一节写宫使对卖炭翁的掠夺,把读者对卖炭翁同情的情感导向对宫使的憎恨,从而暴露宫市的掠夺本质。

二、总结

(一)主题思想

这首诗的主题,是通过宫使对卖炭翁掠夺事件的描写,反映宫市的掠夺本质与人民被掠夺的苦痛。

这样一个主题是作者自己注明了的,即他在“卖炭翁”题下所注的“苦宫市也”。当时统治阶级对人民进行掠夺的方面是很广的,采用的方式是很多的。除了正式的赋税以外,还巧立名目进行多式多样的掠夺,“宫市”即其一种。“唐书”记载,唐德宗为市肆于宫内,由宦官主持。宦官到市上购取货物,酬以贱价,人不堪其扰。这样一个史实在本诗中得到了形象的反映。

自来剥削阶级是掠夺人民最狠毒的强盗,但为了掩盖其掠夺本质总是通过一些折光式的方式,名为购买实系掠夺的宫市就是如此。一个现实主义作家,他的现实主义作品就是要透过社会现象揭露社会矛盾反映事物本质。本篇是从宫市这个角度上揭露了社会矛盾(阶级矛盾)的,它形象而真实地说明了宫市不是“市”而是“抢”。那些拿着皇帝诏命的如狼似虎的宫使在京都所在地长安市上进行白昼抢劫,则当时政治黑暗人民苦难到如何程度是可想见的了。这篇作品的思想性是既深且广的。

本篇表现作者对卖炭翁深切地同情,对宫使无比地憎恨,这是符合作者“兼济之志”(《与元九书》)与“唯歌生民病”(《寄唐生诗》)的创作主张的。它具有深厚的人民性,体现了作者伟大的人道主义精神。

(二)题材选择

题材是为表现主题服务的,题材的选择与主题的表达有着重要的关系。宫市掠夺的货物是多种多样的,遭受掠夺的人也是很多的,因而表现本诗主题就有很多题材可取,但作者选的不是其他题材而是卖炭翁遭受宫使的掠夺。其所以如此,那就由于卖炭翁是一个年迈力衰、鬓发斑白、辛劳困苦以炭来维持生命的老人。这样的人物是最能够引起读者的同情的,作者写他遭到宫使的掠夺也就更能够暴露统治阶级的横暴与残酷以及人民遭受宫市掠夺的惨痛。同时可以看出这样的老翁尚遭统治阶级的掠夺,更不要说其他人了。这个题材是有其代表性的。这正如杜甫在《石壕吏》中暴露统治阶级兵役残酷而选老妇被抓从役的题材一样。

(三)语言

通俗易懂是白居易诗歌中语言的最大特点。他的诗在当时“牛童”能诵,“老妪”能解,可见多么通俗了。就是现在读起来还是朗朗上口,明白如话。就本诗来说,整首诗无艰涩费解的词语,如“身上衣裳口中食”“可怜身上衣正单”“夜来城外一尺雪”“市南门外泥中歇”等诗句,无论词汇的运用、语句的结构都极接近口语,甚至没有更通俗的语言来翻译它们。

与通俗有着密切关系的另一个特点则是朴素自然。诗人自己说过,“不务文字奇”(《寄唐生诗》),“其辞质而径”(《新乐府序》)。他的语言确乎是不事雕琢、不求华丽、朴素自然的,这点在本诗也是很突出的。通俗浅易、朴素自然是由于诗人能够学习、提炼、采用人民语言之故。正因诗人能运用人民大众的语言,所以他的诗篇也就更能够反映现实,更容易被广大人民群众所接受,起着更大的教育作用。

通俗朴素并不等于粗糙,并不等于诗人不在语言上下功夫。袁枚《随园诗话》说“白香山诗似平易,闲观所存遗稿,涂改甚多,竟有终篇不留一字者”,诗人自己也说“旧句时时改”(《诗解》),可见诗人措词置字都是经过一再推敲的。精练准确是其语言的又一特点。“满面尘灰烟火色，两鬓苍苍十指黑”，仅以十四字便写出卖炭翁的形象，自是语言精练。“牛困人饥”也是非常精练的，它的精练表现在相互补充上。写的是“牛困”实际上人也困，写的是“人饥”实际上牛也饥，二者放在一起来写便得到相互补充，“牛饥”“人困”虽不写出而意在其中。“日已高”的含义也是非常丰富的，它与“晓”字相应含有两重意思，一为时间的早晚，一为冷暖的不同。就时间早晚来说，“日已高”是“牛困人饥”的原因；就冷暖的不同来说，“日已高”又是“泥中歇”的原因。另外如“手把文书口称敕”“回车叱牛牵向北”，“文书”的内容是什么呢，没有写，但从“回车叱牛牵向北”这一行动中就不言而喻了。“日已高”与“泥中歇”也是如此，其中有冰雪被日晒化使得冰辙变成泥泞道路的意思没有写，但其意思亦含其间了。假如把这些意思也写出来，不但浪费笔墨，诗亦松懈无力。仅就上面所举的例子看来，该诗的语言是精练的，有的表现于词语的本身，有的表现于词语之间。

这些语言特点便构成该诗的通俗性、含蓄性，形成一种朴素自然的风格。

（四）表现方法

表现方法前面已有不少地方谈到了，这里以描写人物为重点再谈一谈。本篇描写了两个对立阶级的人物形象，从他们对立的行动中暴露了阶级矛盾，反映了社会的现实。虽然在当时作者还不能具有阶级观点，但由于他同情人民，具有现实主义创作态度和认识现实的能力，也就能够真实地反映现实，因而他所描写的人物也就自然带有阶级性。现在我们来看作者是怎样来写人物阶级性的。

第一，通过人物的外形描写来显示人物的阶级性。作者写卖炭翁的外形是“满面尘灰烟火色，两鬓苍苍十指黑”，写宫使的外形是“翩翩两骑来是谁？黄衣使者白衫儿”，不要加任何说明使读者一看便知前者是劳动人民的形象，后者是剥削阶级的形象。作者能以极少的笔墨收到这样大的效果，那就是他能够抓住人物的特征来写人物的形象所致。

第二，通过人物的心理描写来显示人物的阶级性。卖炭翁的心理活动是“可怜身上衣正单，心忧炭贱愿天寒”，“一车炭，千余斤，宫使驱将惜不得”。“愿天寒”迫于衣食，“惜不得”迫于威势，这只有被压迫被剥削的劳动人民才会有，统治剥削者是不会有的，因而也就显示了人物的阶级性。

第三，通过人物行动的描写来显示人物的阶级性。卖炭翁的行为——“伐薪烧炭南山中”“晓驾炭车辗冰辙”“市南门外泥中歇”，这是善良的劳动人民的辛勤劳动的行为。宫使的行为——“手把文书口称敕，回车叱牛牵向北”“半匹红纱一丈绫，系向牛头充炭直”，这是残暴的统治阶级的豪抢劫夺的行为。前者统治阶级不会有，后者劳动人民不会有。

正因作者描写人物的外形、心理、行为都有丝毫不能相混的阶级性，所以能够刻画两个不同的完整而鲜明的阶级人物形象。

另外，集中描写、相互映衬也是本诗表现方法上突出的特点。本诗前半篇集中笔墨描写卖炭翁，后半篇集中笔墨描写宫使。这样不但使人物形象更加突出，而且起着相互映衬的作用。卖炭翁的辛劳与困苦更足显示宫使的强暴与凶残，反之亦然。这种写法就更有利于表现诗的主题。不过我们说这种表现方法好，是结合本诗所写的内容来说的，本诗前篇所写的内容不可能有宫使出现，也就无从来写宫使，后半篇为了突出宫使的抢劫行为，卖炭翁没有表示意见的余地，不宜多写卖炭翁。因此这种表现方法用在这里就显得特别恰当。一种表现方法不是任何内容都适用的。

前后两节的描写虽然各有所集中，但不是不相关联的而是紧密联系着的，不是平列的而是以卖炭翁为主的。前一节写卖炭翁烧炭、卖炭，后一节写卖炭翁遭到宫使的掠夺，是一个故事的两个阶段，沿着一个线索逐步向前逐步深入发展。这与作者反映人民“苦宫市也”的主题是完全吻合的。

附：白居易《卖炭翁》①

卖炭翁，伐薪烧炭南山中。
满面尘灰烟火色，两鬓苍苍十指黑。
卖炭得钱何所营？身上衣裳口中食。
可怜身上衣正单，心忧炭贱愿天寒。
夜来城外一尺雪，晓驾炭车辗冰辙。
牛困人饥日已高，市南门外泥中歇。
翩翩两骑来是谁？黄衣使者白衫儿。
手把文书口称敕，回车叱牛牵向北。
一车炭，千余斤，宫使驱将惜不得。
半匹红纱一丈绫，系向牛头充炭直。

① 见谢思炜校注《白居易诗集校注》卷四，第393页。

杜甫《得房公池鹅》鉴赏

房公池,亦即诗中所说的房相西池,又名房公湖或西湖。相传唐房琯为汉州刺史时所凿,故址在今四川广汉市西南。王嗣奭《杜臆》说:“池中养鹅,而题云得鹅,必有取而饷之者。”①

唐肃宗上元元年(760 年)四月,房琯以礼部尚书出为晋州刺史,八月改为汉州刺史。肃宗宝应二年(763 年)拜特进刑部尚书,房琯赴召。诗人闻之,赶赴汉州,而房琯已去。这首《得房公池鹅》与《舟前小鹅儿》两首咏鹅诗,都是诗人此时游房公湖而作。

杜甫“与房琯为布衣交”(《新唐书·杜甫传》),且在政治上有休戚相关的关系,肃宗至德二载(757 年)五月杜甫拜左拾遗后,房琯遭谗罢相,杜甫抗疏救之,触怒肃宗,而被放还,卒至罢去,以致影响到他后半生的生活道路。他之所以疏救房琯,主要因他认为房琯“少自树立为醇儒,有大臣体”,“才堪公辅”,能“深念主忧”之故。(《新唐书·杜甫传》)代宗广德元年(763 年)八月房琯卒于阆州,杜甫在其所写《祭故相国清河房公文》中悲愤交集地说:“拾遗补阙,视君所履。公初罢任,人实切齿。甫也备位此官,盖薄劣耳。见时危急,敢爱身死!君何不闻,刑欲加矣。伏奏无成,终身愧耻。”即此可见,杜甫与房琯政治关系的密切和思想感情的深厚。《得房公池鹅》这首即物抒情的咏鹅之作,则是这种密切的政治关系的艺术表达和

① 王嗣奭:《杜臆》卷五,上海古籍出版社,1983,第 166 页。

这种思想感情的自然流露。

诗的前两句是对鹅的具体描写。首句先直接点出诗所描写的对象——“鹅一群”,其生长的环境——“房相西池”。下句则是对鹅的生活环境切合特点的具体描写。诗写鹅的生活环境用“房相西池”是有极其鲜明的感情色彩的。西池虽为房琯为汉州刺史时所凿,但他曾是宰相,更是诗人心目中的宰相,故仍以“房相”称其所凿之池。而生长在“房相西池”的群鹅,也就显得特别美好。它们竟是那样安然自适,得其所哉。这里以“眠沙”写鹅之静,“泛浦”写鹅之动,对鹅的生活行止,从总体上作了简洁、生动而富有特征的概括。在黄沙、青浦的生活环境里,“白于云”的群鹅,不仅显得分外洁白,且亦显得是那样地动静自若。这里对“房公池鹅”生得其所的描写,是以“泽及于物”的题材而寓颂房琯政泽之意的,且为后二句进一步通过写诗人得鹅来表现其与房琯政治上的密切关系作了铺垫。

诗的后两句写诗人的得鹅,是借用王右军得鹅的故事来写的。王右军,即王羲之,东晋书法家,官至右军将军,世称“王右军”。据《法书要录》载:“王羲之性好鹅,山阴曇禳村有道士养好者十余,王往求市易。道士言府君若能自屈书《道德经》各两章,便合群以奉。羲之住半日,为写毕,笼鹅而归。”①

“凤凰”句,是暗以养鹅的山阴道士比房琯的。这里以想象揣测之笔,写房琯对池鹅少会回首瞻顾的。魏晋时称中书省为“凤凰池”。这里用“凤凰池上”来写房琯对鹅的瞻顾地点,也同样是有鲜明的感情色彩的,仍是因房琯曾为宰相而诗人也认为应为宰相之故。“凤凰池”与“房公池”也有“池”字上的字面联系,用指观鹅的地点也是很妥帖的。“为报”句意思是说为我报知房公:池鹅已被王右军笼携而去。这是对上句所写房琯因见鹅的少却而产生对鹅惦念的思想感情的最好回答,因鹅随以爱鹅知名的王右军而去是物得其主的,足慰养鹅者对鹅的系念。诗就是这样以亦虚亦实、虚实结合之笔,通过鹅的赠受的抒情意境的创造,表现诗人与房琯政治关系的密切和思想感情的深厚的。

此诗写于诗人知房琯拜特进刑部尚书赴召之后,诗中所表达的思想感情,又是具有一定的欣慰之意的。哪知房琯行至阆州却病死于赴召途中,于是诗人又写下悲愤交集的《祭故相国清河房公文》,用以寄托他对房琯的政

① 见仇兆鳌注:《杜诗详注》卷十二,中华书局,1979,第1008页。

洽深情。

附:杜甫《得房公池鹅》[1]

房相西池鹅一群,眠沙泛浦白于云。
凤凰池上应回首,为报笼随王右军。

① 见仇兆鳌注《杜诗详注》卷十二,第1008页。

杜甫《后出塞》其二分析

朝进东门营，暮上河阳桥。
落日照大旗，马鸣风萧萧。
平沙列万幕，部伍各见招。
中天悬明月，令严夜寂寥。
悲笳数声动，壮士惨不骄。
借问大将谁，恐是霍嫖姚。

上面这首诗是杜甫《后出塞》其二，被选入高中语文课本第四册。杜甫的《后出塞》写的是安禄山叛变势力的形成与叛变。天宝十四载（755年）十一月安禄山起兵范阳，十二月陷东京洛阳。《后出塞》其五即写其已经叛变："坐见幽州骑，长驱河洛昏。"即此可知《后出塞》的写作时期应在天宝十四载冬。

作者杜甫是最伟大的现实主义诗人，也是我国文学史上的伟大诗人之一。他一生写下了丰富的光辉灿烂的现实主义诗篇。他不但扩展了唐诗的现实主义道路，而且也使唐诗发展到了高峰。他的现实主义诗篇从多方面反映了那一个时代，反对侵略战争是其重要主题之一，《兵车行》《前出塞》《后出塞》等都是。

《后出塞》虽然分为五首，实是一篇五章。为了理解课本所选的一首在五首中的作用及更好地理解本首的意义，先把五首合起来作一简单的说明。

这五首诗以一个应募从军的人为线索，逐步深入地写出安禄山叛变的形成原因与经过,真实地反映了唐明皇穷兵黩武和宠任边将安禄山是叛乱之源。

第一首写统治者征发兵士开往边地之初,一个应募者不知用兵的性质,满怀建功立业的心情,乐于从征。亲戚邻里也都来相送,年长者设宴饯行,年少者持物相赠。这就更使这位以为“男儿生世间,及壮当封侯”的应募者显现出一种“含笑看吴钩”的壮士骄傲的神情气度来。但是,事实并非如此,作者从第二首起就一步进一步地揭示出来。

第二首写行军途中的情景。在这首诗中写出了军势浩大、军容整肃、军令森严,也写出当时的士气是一种“壮士惨不骄”的消沉的士气。统治者把这样声势浩大的军队开赴边地是干什么的呢?“含笑看吴钩”的“壮士”们为什么会“惨不骄”呢?这从最末两句“借问大将谁,恐是霍嫖姚”可以看得出来。霍嫖姚是汉朝大将霍去病,因其为剽姚(同“嫖姚”)校尉,故名之。霍去病是执行汉武帝开边政策的大将。作者在这里借他来托言安禄山,从而说明了用兵的性质。这在第三首中便得到具体描写。这种含蓄的写法确有“引而不发,跃如也”(《孟子·尽心上》)之势。

第三首承上首写皇帝好大喜功,以致边将邀功,对外进行侵略战争。本诗一开头便写“古人重守边,今人重高勋”的古今用兵不同。接着便写“岂知英雄主,出师亘(一作直)长云”。正因为皇帝好大喜功,所以将也就“遂使貔虎(一作武)士,奋身勇所闻。拔剑击大荒,日收胡马群。誓开玄冥北,持以奉吾君”了。这首诗具体而真实地写出安禄山之对外用兵,实出唐明皇的穷兵黩武的开边政策。这对前首诗中的“借问大将谁,恐是霍嫖姚”作了具体的阐发。那么安禄山是不是就真的为了效忠唐明皇(“持以奉吾君”)呢?不是的,在下首诗中便可得到说明。

第四首写安禄山对外用兵胜利,位高势重,骄上威下,叛变势力已成,谋反之意已显。他一面以侵略之功邀宠皇帝(“献凯日继踵,两蕃静无虞”),一面大张鼓乐欢娱将士(“渔阳豪侠地,击鼓吹笙竽”);一面施行滥赏攫取军心(“越罗与楚练,照耀舆台躯”),一面威加严刑钳众口(“主将位益崇,气骄凌上都。边人不敢议,议者死路衢”):逼真地写出了安禄山跃跃欲反之势。

第五首写安禄山据势叛变,驱兵以向河洛。并与第一首相应写一个原来志在立功希冀封侯的应募者,今见安禄山叛变,不愿从贼背君(“恐孤明主恩”)叛国,逃回故里,落得“跃马二十年”,“穷老无儿孙”。

总之,《后出塞》五首从写一个从军者的从军经过,一层深一层地分析并批判了唐明皇的穷兵黩武宠任边将造成了关系国家和人民命运的安禄山之乱。同时也颂扬了不愿从贼背叛自己国家和民族的从军者(安禄山是胡人,就其与唐明皇的君臣关系来说,安禄山之乱则是民族矛盾,也就是由统治阶级内部矛盾发展成为民族矛盾)。《后出塞》的主要思想就在于此。它真实地反映了现实,充满了人民的情感和时代情绪,体现出它的现实性和人民性。

课本所选的《后出塞》其二,对《后出塞》全诗来说,它是分担着整个主题一部分任务的。“朝进东门营,暮上河阳桥”写行军的疾速;“落日照大旗,马鸣风萧萧。平沙列万幕,部伍各见招”写兵士众多,军势浩大;“中天悬明月,令严夜寂寥”写军令森严,军容整肃;“悲笳数声动,壮士惨不骄”写士气消沉,兵士的心情惨淡;“借问大将谁,恐是霍嫖姚”写领兵的大将是开边勒远之辈,点出用兵的性质。这首诗具体地写出了一支急于星火、声势浩大、军令森严、士气消沉的侵略军的特征。

读完了《后出塞》的三、四、五首,我们知道这样的军队是用来做什么的;就唐明皇来说是为了开疆辟土,对安禄山来说足以形成他的叛变势力。开疆辟土也罢,形成安禄山的叛变势力也罢,都足以造成国家人民的灾难。军势浩大等等描写在全诗中有着重要作用,含有深刻批判之意。同时在这首诗中还写出统治者以酷严的军令驱遣人民为其对外侵略效命,以致“壮士惨不骄”,从而反映了统治阶级对外用兵而祸及人民的又一面。

《后出塞》其二五言十二句所写的内容不但丰富,而且写得形象、具体、生动、有力,不啻绘出一幅由表及里的行军图,也体现出作者对现实生活的深刻体验和高度的艺术表现力。

作品的思想内容是通过语言表达出来的。作者在这首诗中便根据内容的需要成功地运用了语言。“朝进东门营,暮上河阳桥”两句从时间上叙写行军之速,“朝进”“暮上”云云使人读了有马不停蹄的感觉。这样叙述的写法适宜运用叙述句。“朝进东门营,暮上河阳桥”两句都是叙述句。“落日照大旗”至“壮士惨不骄”八句对这支军队展开平面的描绘。它所描绘的内容是军势、军容、军令、军心。这里平面描绘的写法,在语言上适宜运用描写句。“马鸣风萧萧”的“风萧萧”,“令严夜寂寥”的“令严”和“夜寂寥”以及“壮士惨不骄”等都是很好的描写句。另外有些句子虽不是描写句但多带有形容性的附加语:“落日”的“落”,“大旗”的“大”,“平沙”的“平”,“万幕”的“万”,“中天”的“中”,“明月”的“明”,“悲笳”的“悲”等都是。也都起了描写的作用。作者用了这些有声有色的语言绘出了一幅鲜明的图画。

“借问大将谁，恐是霍嫖姚”两句以论断的写法肯定了用兵的性质，是在以上具体叙写的基础上所下的断语。这种肯定坚实的意思适宜用判断句来表达，而“借问大将谁”与“恐是霍嫖姚”都是判断句。又因其有“借问”“谁”“恐”等词语，语气又显得特别虚灵。即此可知作者在这里根据思想内容的需要恰当地运用了叙述、描写、论断的写法，以及适宜于各种写法的语言。

此外再谈谈这首诗中适合思想内容的景物描写。作者在这首诗中不是赞美军势的浩大，但又确实在写军势的浩大；不是称道军令的森严、军容的整肃，而又确实地写出了军令的森严、军容的整肃。其用意是在写军势浩大、军令森严、军容整肃的同时而又寓以批判之意。这种批判之意鲜明表现在最末四句诗上。这首诗中的景物全是薄暮和深夜的景物。落日的景色与军中的大旗相辉映。这种落日的余晖，一方面与象征着军势浩大的大旗相协调，一方面也使大旗蒙上了日暮的暗影。萧萧的风声与马鸣声相应，它既衬出万马长嘶的盛状，也使人觉得音含悲凉。辽阔的平沙与万幕的军营相应，它既是显现军营的庞大，也是透露荒凉之意。寂寥明月夜与令严相应，夜的寂寥也显示令的森严。至于“悲笳数声动”之于“壮士惨不骄”那批判之意就更显然了。通过这些景物描写就更增强了这首诗的悲凉气氛，突出了所写的这支不义之军的性质。这就是写景为思想内容服务的一个范例。

《后出塞》的思想性是很强的，艺术性是很高的，它是我们诗歌史上的非战名篇。

附：杜甫《后出塞》①

其一

男儿生世间，及壮当封侯。
战伐有功业，焉能守旧丘。
召募赴蓟门，军动不可留。
千金装马鞭，百金装刀头。
闾里送我行，亲戚拥道周。
斑白居上列，酒酣进庶羞。
少年别有赠，含笑看吴钩。

① 见仇兆鳌注《杜诗详注》卷四，中华书局，1979，第285-291页。

其二

朝进东门营，暮上河阳桥。
落日照大旗，马鸣风萧萧。
平沙列万幕，部伍各见招。
中天悬明月，令严夜寂寥。
悲笳数声动，壮士惨不骄。
借问大将谁，恐是霍嫖姚。

其三

古人重守边，今人重高勋。
岂知英雄主，出师亘长云。
六合已一家，四夷且孤军。
遂使貔虎士，奋身勇所闻。
拔剑击大荒，日收胡马群。
誓开玄冥北，持以奉吾君。

其四

献凯日继踵，两蕃静无虞。
渔阳豪侠地，击鼓吹笙竽。
云帆转辽海，粳稻来东吴。
越罗与楚练，照耀舆台躯。
主将位益崇，气骄凌上都。
边人不敢议，议者死路衢。

其五

我本良家子，出师亦多门。
将骄益愁思，身贵不足论。
跃马二十年，恐孤明主恩。
坐见幽州骑，长驱河洛昏。
中夜间道归，故里但空村。
恶名幸脱免，穷老无儿孙。

与余问答既有以，感时抚事增惋伤

——读杜甫《观公孙大娘弟子舞剑器行并序》

这首诗是杜甫于大历二年(767年)十月旅居夔州时作。诗篇通过对作者观公孙大娘及其弟子舞剑器的抚今追昔的叙写，于写出中经“安史之乱”由唐玄宗亲自建立的教坊乐舞的昔盛今衰的同时，反映了开元天宝以来五十年间治乱兴衰的现实，抒发了诗人极其深沉的感时伤世的思想感情。

在写公孙和其弟子的先后次序上，序和诗是有不同的，正如浦起龙《读杜心解》所指出的“序从弟子逆推至公孙，诗从公孙顺拖出弟子”①。这是因序和诗在表现内容上所起的作用有所不同决定的。序主叙事，在写诗之前必须由弟子而公孙写出观舞兴感的由来，说明写诗的原因；诗主抒情，在序已写出事情的原委的基础上，也就自然要按照由公孙而弟子思想感情发展的顺序来抒发诗人“感时抚事”的思想感情：无不各得其宜。

观舞是这首即事抒情诗的抒写中心，序除了对其原委给以简要的叙述外，并于结尾处，以大书法家张旭观公孙舞剑器而草书长进之事对公孙舞蹈艺术之杰出给以强调。诗更给以形象的再现，为这篇观舞兴感之作奠定了基础。

剑器是一种舞曲名，唐代的“健武”之一，亦即“武舞”，女子戎装持剑而舞。浑脱，也是一种“武舞”。公孙大娘是唐开元年间著名的剑器、浑脱舞艺人。

① 浦起龙：《读杜心解》，中华书局，1961，第316页。

诗的前八句先对公孙的舞蹈艺术给以着力的描写,作为全诗即事抒情的开端和基础。同时用一个“昔”字领起,既可表明诗的写事抒情由昔而今的时间顺序,又使诗一开始就有浓烈的抚今追昔的抒情气氛。

开头四句是从舞蹈对观众的影响的角度来写的。第一句写出舞蹈者公孙大娘,并以“佳人”称之,写其美貌与艺人身份。从第二句起,便写其舞蹈对观者的影响。这里用“一舞”从时间上说明影响之快,用“四方”从空间上说明影响之远,用“动”(震动)从程度上说明影响之大。“观者”二句则进一步具体来写舞蹈对观者的影响。这里用“如山”来写观者环集之多和精神专注而不动。接着用“色沮丧”(惊讶失色)来写观众观舞时的惊讶变色的神情。由于观者的精神为激荡万变的舞蹈所左右,而感到整个天地都久久为之起伏低昂不能平静。这四句在写法上有点面结合的特点,即“一舞剑器”是个点,“动四方”是个面;“观者如山”是个点,“天地低昂”是个面。通过这样点面结合的手法的运用就把公孙的舞蹈的影响极其出色地写了出来。

“㸌如”四句则是对舞蹈本身的描写。这四句在写法上最为显著的特点,除四句连用四个比喻外,则是动静结合的手法的运用。前两句从神话传说中取材作比,直接写舞蹈之动。“㸌如羿射九日落”侧重写舞蹈者的剑法。“㸌”谓剑光,以“羿射九日落”作比,把其剑法的高超写得声势显赫。“矫如群帝骖龙翔”侧重写舞蹈者的身法。“矫”谓体态,以“群帝骖龙翔”作比,把其身法矫捷写得气象非凡。这里所创造的神话般的舞蹈境界,既具体鲜明又充满想象,把公孙的舞蹈之动写得异常壮美,充分表现出这种女子戎装持剑而舞的“武舞”的特点。“来如”二句则是以雷霆、江海那样以动为常态的自然景象作比分别写舞前和舞后之静。“来如雷霆收震怒”,写舞蹈者刚一出场,在未舞之前就像雷霆将其具有万钧之势的震怒收藏起来那样的静。这是“怀怒未发”的动前之静,静中寓动。“罢如江海凝清光”,写舞蹈初罢顿时出现异常宁静的景象,如同骇浪乍息的江海,凝成一片波平如镜的清光。这是动后之静,静以显动。可见此二句虽是一写舞前之静,一写舞后之静,但都是为了更好地表现舞中之动,与上两句结合起来写出舞蹈的动静统一的境界,以及其间密不可分的内在联系。读来让人感到若无“来如”那样的静,就不会有“㸌如”“矫如”那样的动;若无“㸌如”“矫如”那样的动,也不会有“罢如”那样的静。浦起龙《读杜心解》说:“首八句,先写公孙剑器之妙。忽然而伏,忽然而起,状其舞态也。忽然而来,忽然而罢,总始末而形容也。有末句,益显上三句之腾踔;有上三句,尤难末句之安闲。序所倡‘蔚跂’者正如此。”①其间所谓“腾踔”与“安闲”也是从动静统一的角度来理解诗对舞蹈的描写的。于对舞蹈起伏始末的描绘之中,创造出动静交错的境界,也就写出公孙“浏漓顿挫,独出冠时”的舞蹈艺术。

“绛唇”六句,就舞蹈由公孙写到弟子,从问答中知其师承关系,引起诗人“感时抚事”的“惋伤”之情,扣紧题目点出作诗的主旨。“绛唇珠袖两寂寞”写公孙人与舞俱亡。“绛唇”代人,写其美貌;“珠袖”代舞,写其舞蹈;“两寂寞”,谓两无声息,写人与舞俱亡。就公孙的舞蹈艺术来说,由前八句的极写其盛,至此句与下三句则写其衰。“晚有弟子传芬芳”写的是衰而未绝。正因衰而未绝,“芬芳”犹在,才给诗人提供“感时抚事”的客观条件。“临颍”二句具体写出诗人于“夔府别驾元持宅,见临颍李十二娘舞剑器,壮其蔚跂”。浦起龙谓“舞蹈之妙,已就公孙详写,此只以‘神扬扬’三字括之,可识虚实互用之法”②。这种由详而略,由实而虚的写法也是切合表现此舞由盛而衰的需要的。“与余”二句进而写出序中所说的问答与写诗的原因——亦即写诗的主旨。

“先帝”六句,写教坊女乐的昔盛而今衰,正是“感时抚事”之所在。在这里就进而把公孙与其弟子放在教坛女乐的盛衰之中来写了。诗篇由写公孙师徒而及女乐,因写女乐而及“先帝”(玄宗)。女乐的昔盛而今衰原于中经“五十年间似反掌,风尘澒洞昏王室”那样“安史之乱”的政局的变化。这样的政局的变化绝非仅使女乐由盛而衰,更使唐代社会由盛而衰。女乐的由盛而衰则是社会由盛而衰的结果,这才是诗人观舞引起“感时抚事增惋伤”的根本原因。

“金粟”六句正面抒写诗人感时伤世的惋伤之情。“金粟堆南木已拱”写玄宗死去已久,“瞿唐石城草萧瑟”写自己处境潦倒。诗人在这里把玄宗的死去与自己的处境潦倒直接联系起来写得极为痛惜和悲伤。这须把“五十年间”的社会变迁与诗人的思想抱负和经历结合起来理解其所包含的深广内容。诗人对曾经有过开元盛世的玄宗曾抱有“致君尧舜上,再使风俗淳”(《奉赠韦左丞丈二十二韵》)的政治希望,即使长安十年求官失败,仍对玄宗怀有“生逢尧舜君,不忍便永诀”(《自京赴奉先县咏怀五百字》)的思想感情。现在面对唐代由盛而衰的社会现实,想想玄宗早已死去,自己处境潦倒,怎不感到惋伤已极,愁苦难堪?再值引起这种惋伤与愁苦的“玳筵急

① 浦起龙:《读杜心解》,第316页。

② 同上。

管”的乐舞复终，一种“乐极哀来”之情，随着月亮的东出，而弥漫开去，加深起来。一生走着坎坷之路的诗人，现竟“不知其所往”了，在“足茧荒山”的途路之中而愁苦激增。

“老夫”二句是诗人于盛筵乐舞既罢离元持宅后实际情景的逼真抒写，且亦寓有社会人生之意。诗意至此无论在时间上和空间上都展现出一个混茫无际的抒情境界。

附：杜甫《观公孙大娘弟子舞剑器行并序》①

大历二年十月十九日，夔府别驾元持宅，见临颍李十二娘舞剑器，壮其蔚跂，问其所师，曰：“余公孙大娘弟子也。”开元五载，余尚童稚，记于郾城，观公孙氏舞剑器浑脱，浏漓顿挫，独出冠时。自高头宜春、梨园二伎坊内人洎外供奉舞女，晓是舞者，圣文神武皇帝初，公孙一人而已。玉貌锦衣，况余白首，今兹弟子，亦非盛颜。既辨其由来，知波澜莫二。抚事慷慨，聊为《剑器行》。昔者吴人张旭，善草书帖，数尝于郫县见公孙大娘舞西河剑器，自此草书长进，豪荡感激，即公孙可知矣。

昔有佳人公孙氏，一舞剑器动四方。
观者如山色沮丧，天地为之久低昂。
㸌如羿射九日落，矫如群帝骖龙翔。
来如雷霆收震怒，罢如江海凝清光。
绛唇珠袖两寂寞，晚有弟子传芬芳。
临颍美人在白帝，妙舞此曲神扬扬。
与余问答既有以，感时抚事增惋伤。
先帝侍女八千人，公孙剑器初第一。
五十年间似反掌，风尘澒洞昏王室。
梨园弟子散如烟，女乐余姿映寒日。
金粟堆南木已拱，瞿唐石城草萧瑟。
玳筵急管曲复终，乐极哀来月东出。
老夫不知其所往，足茧荒山转愁疾。

① 见仇兆鳌注《杜诗详注》卷二十，中华书局，1979，第1815-1818页。

分析唐诗二首

——《梦游天姥吟留别》《茅屋为秋风所破歌》

一、《梦游天姥吟留别》

唐玄宗天宝元年(742 年),李白因道士吴筠的推荐,被玄宗召到长安。最初虽然受到玄宗的表面器重,但由于当时朝政腐朽,玄宗专事享乐,把一切重大政务交给李林甫、高力士等权奸佞幸掌管,他并未真正受到重用,只是做了个供俸翰林的闲官。天宝三年(744 年),又由于受权贵的排挤,被放出京。第二年,他将由东鲁(今山东南部)南游越中(今浙江一带),写了这首《梦游天姥吟留别》,向其朋友告别。诗中通过对梦游天姥山的描写,抒发其不满时政、蔑视权贵、放情山水的思想感情。吟,诗的体裁名称,歌行体的一种。诗题一作《别东鲁诸公》。

全诗可分三段。

第一段,从"海客谈瀛洲"到"对此欲倒东南倾",写入梦的原因。

在写天姥山之前,先以"海客谈瀛洲,烟涛微茫信难求"作为陪衬。瀛洲,是传说中的海上神山。"信",在这里当实在讲。诗以"烟涛微茫信难求"对这个令人向往而又验证难以到达的恍惚迷离的神山传说,作了艺术的概括。以此作为陪衬,引出对天姥山的描写,具有很好的艺术效果。它既显得天姥山具有堪比神山的景象之美,而又显得作者对天姥山有无限向往之意。“越人语天姥，云霞明灭或可睹”，这是直接对天姥山进行的描写，“云霞明灭”是对越人所语之天姥的总的概括，从整体上写出天姥山那种云霞缭绕明灭可见，既朦胧秀丽又巍峨雄伟的气象。接着用“或可睹”三字，把作者冀欲一游的心情切景传神地表现出来了。

“天姥连天向天横”等四句，特就天姥山的巍峨雄伟作具体描写。这里是用主客对比的手法来写的。“天姥连天向天横，势拔五岳掩赤城”二句，先从主体天姥山着笔，然后及于客体五岳和赤城。赤城，也是山名，山上红石罗列，远看好像红色的城，因而得名。这两句写出天姥山上接云天，横亘天空，远则超出以高峻名世的五岳，近则掩盖红石罗列的赤城。“天台四万八千丈，对此欲倒东南倾”二句，又先从客体天台山着笔，然后及于主体天姥山。写出四万八千丈高的天台山，对着这个位居西北的天姥山，就如同要向东南倾倒下来那样。经过这样主客之间错落有致的对比，就突出地写出天姥山巍峨高大、无与伦比的雄伟之势。同时，在具体描写中，又以“连天”“向天横”“拔五岳”“掩赤城”以及“对此欲倒东南倾”等语句，对静态的群山，作了动态的描写，就更加写出天姥山的气宇非凡之概。

如此壮丽的名山，自然要使诗人闻之神往，身未至而梦先游了。

第二段，从“我欲因之梦吴越”到“失向来之烟霞”，写梦游的情景。这是全诗的主要部分。

“我欲因之梦吴越”等六句，写梦赴天姥山。开始一句，承上转下，进入梦境描写。下面五句，具体写出梦赴天姥山的情景。湖光月色，只身孤影，渌水荡漾，清猿啼鸣，烘托出清幽飘忽的夜游梦境。诗人在这里以流畅的笔调描绘一个物我相宜的境界，从而写出了他梦赴天姥山时极其怡悦的心情。“一夜飞度镜湖月。湖月照我影，送我至剡溪”，是梦赴的整个行程。“一夜飞度”，何等轻快，湖月照影相送，物我又是何等融洽。“谢公宿处今尚在，渌水荡漾清猿啼”是对到达登山地点的描写。而以“谢公宿处今尚在”来写这一地点，则又别具抒情效果。晋宋之际，著名的山水诗人谢灵运游天姥山时，曾在剡溪投宿，并有“暝投剡中宿，明登天姥岑”（谢灵运《登临海峤》）的诗句。这里写登山的地点就是从前“谢公”的“宿处”，从今昔联想中表达了诗人即将登山的心情。“暝投剡中宿，明登天姥岑”，正可视为诗人李白即将登山的心理写照。

“脚著谢公屐”等四句，写梦登天姥山。“脚著谢公屐，身登青云梯”二句，诗人也是把自己的登山与谢灵运的登山联系起来的。谢灵运为了登山，特制一种登山木屐，底上装有活动的屐齿，上山则去掉前齿，下山则去掉后齿,这样走山路有力些。谢灵运还有"昔无同怀客,共登青云梯"(谢灵运《登石门最高顶》)的诗句。诗人说他梦中穿上谢灵运的登山木屐,并同谢灵运一样登上耸入云天的高山。这样把写自己的登山行动与谢灵运的登山事迹联系起来,就表现了他登山的兴致极其高昂,他所登之山峰极其险峻。诗人真可算作谢灵运的"同怀客"了,只是由于不在同一时代,未能"共登青云梯"而已。我们只有联系谢灵运的事与诗才能更好地理解李白诗句中的情与景。"半壁见海日,空中闻天鸡",则是从登山见闻中来写山的险峻和登山感受的。诗句是说,登到山的半腰,便看到红日从海上出来,听到天鸡在天空啼叫。只此两句,便绘出一幅无比壮丽的登山图景,而山的高峻,乃有拔出人世,上及天都之概。《述异记》有这样的记载:"东南有桃都山,上有大树,名曰桃都,枝相去三千里,上有天鸡,日初出照此木,天鸡则鸣,天下鸡皆随之鸣。"显然,诗的意境是具有这种神话传说的奇异色彩的。有了这里对山的非同一般的描写,也才便于下文把梦境进一步展开,写出山中灿烂辉煌的神仙世界。

从"千岩万转路不定"到"仙之人兮列如麻",写出一个入山更深景更优的幻想世界。前面所写的梦赴天姥山和梦登天姥山,虽然也是写的梦境,有时也有奇异的色彩,但主要还属于不离现实生活面貌的构思,而这里所写的景象则是幻想表现得最充分的所在,是一个迷离恍惚的神仙世界。

"千岩万转路不定,迷花倚石忽已暝",开始写山中的游览,同时也开始了虚幻境界的描写。"千岩万转路不定"和"迷花倚石"还属于一般游山情况的概括,但已显示诗人眼花缭乱,迷不知其所往了。这是向虚幻境界的过渡。"忽已暝"便进入虚幻境界。这里是说诗人在"千岩万转",失迷路径,乱花迷眼,身倚岩石的时刻,天色忽然昏暗下来。与此同时,熊在吼叫,龙在长吟,岩泉为之震动,深林为之战栗,层巅为之惊恐,乌云布空而欲雨,水面动摇而生烟,到处是一片昏暗、阴沉而恐怖的景象。接着则是电闪雷鸣,山峦崩裂,神仙洞府的石门轰隆一声大开。在这里,作者接连用了四个四言短句把石门开启时的雄伟声势充分地表现了出来。经过一场惊天动地的变化,出现一个灿烂辉煌、光怪陆离、与人间迥异的神仙世界,真是别有洞天。写到这里,幻想达到了高峰,梦境也达到了顶点。这些用浓墨重彩写出的诗句,不但是那样吸引人,那样富于魅力,而且很有气魄,读了使人感到精神奋发。石门开启之前的景象和声音的描写,对于壮丽非凡的神仙世界,起了很好的衬托作用。

本段最后,笔锋陡转,写出诗人忽然从梦中惊醒,因感梦中的一切顿然消失，不禁为之长叹。梦虽结束，而思绪如潮，引出下段对世事的感叹。

第三段，从“世间行乐亦如此”到“使我不得开心颜”，写作者向其朋友表明离别而去的原因。由写梦游转入社会现实，揭示了诗的中心思想。

“世间行乐亦如此，古来万事东流水”，紧承梦中景象的消失，转入对世事的否定。这里表面看来，好像是对“万事”的否定，而实质上是针对当时朝政腐败、权贵当国的现实而发的，意在表明不愿屈己以事权贵的思想，不是对社会人生抱虚无主义的态度。这在下文的自为问答中，便揭示出问题的底蕴。“别君去兮何时还”，扣紧“留别”，把问题作了引人注目的提出。值得注意的，这里提出的问题是“何时还”，而下面回答的却是“且放白鹿青崖间，须行即骑访名山”的如何别以及“安能摧眉折腰事权贵，使我不得开心颜”的为何别的问题，不是回答的“何时还”，似乎是答非所问。其实，从这个答别不答还的回答中，表明一别而不还了。因为这个“骑白鹿访名山”之别，是和“事权贵”的生活道路不同之别。所以，作品最后以“卒章显其志”（白居易《新乐府序》）之笔，强调地写出“安能摧眉折腰事权贵，使我不得开心颜”这个别的原因。由此可见，这个扣紧题目，总结全诗，用来说明“留别”之意的自为问答，概括而有力地表现了作者不事权贵的决绝态度。这是他不趋炎附势、不同流合污的思想表现，是对上层统治者的蔑视和反抗。诗人认为世事如同梦幻，他要骑白鹿访名山的寻仙访道和放情山水，是他不愿屈己以事权贵的表现。只有从这里才能认识这首诗的主要意义。虽然由于阶级和历史的局限，其中也有诗人因政治上遭受挫折而求得思想解脱的消极逃避的一面，但这绝不是诗人思想的主要方面，其主要方面是积极的，富有反抗精神的。

这是一首具有积极浪漫主义精神的诗。其主题思想，是通过对游仙和游山结合在一起而以游仙为中心的梦境描写，把梦幻境界与现实世界结合起来进行表现的。在对梦幻境界的描写中，诗人驰骋着惊人的想象，运用神话、幻想和夸张等浪漫主义表现手法，展示了一个极其广阔和幻想的境界，创造了瑰丽多彩的艺术形象。不仅把传闻和想象中的既明媚秀丽又巍峨雄伟的天姥山写得如临其境，而且把虚幻的以霓为衣、以风为马、老虎奏乐、鸾鸟驾车的神仙世界写得如在眼前，并无不倾注着诗人热烈追求和无比喜爱的感情。最后诗人一梦醒来，又回到了现实世界。这就把梦幻中的世界与现实世界自然联系起来。由于梦中的一切顿然消失，就使诗人有世事如梦之感，又由于诗人回想梦中境界的美好，也就更憎恶现实世界的丑恶。这就极其自然地使他要骑白鹿访名山，“安能摧眉折腰事权贵，使我不得开心颜”了。诗人不事权贵的思想,也就从这样的梦幻世界和现实世界的联系中表现出来,做到了现实主义和浪漫主义相结合。

本诗运用形式比较自由的歌行体,表现了丰富多彩的内容和诗人极其奔放的思想感情。在句子长短的运用上,更有其显著的特点。本诗以七言为主,兼用四言、五言、六言和九言。由于能够根据表现的内容不同和思想感情发展变化的需要作恰当的安排,既参差错落,又浑然一体,显得非常协调。同样,由于能切合思想内容的需要,本诗在结构安排上,既极其谨严,又承转自然,显得天衣无缝。

二、《茅屋为秋风所破歌》

唐肃宗乾元二年(759年),关内饥馑,杜甫辞去华州司功参军之职,举家迁移。起初客居秦州,后又移居同谷,年底到了成都。次年春,在朋友的帮助下,于城西浣花溪畔,营建了一所草堂。“安史之乱”起来后,饱尝乱离流徙之苦的诗人,此时总算有个安身之所了。然而第二年(上元二年,761年)八月,这个赖以安身的草堂又被一场大风吹破,当天夜间又遭阴雨。诗人在屋漏床湿的不眠之夜百感交集,写下《茅屋为秋风所破歌》这首不朽的诗篇。

全诗可分为四段。

第一段,从“八月秋高风怒号”到“下者飘转沉塘坳”,写茅屋被秋风吹破的情形。

“八月秋高风怒号”:秋天天空的辽阔,更加显出风势之大。杜甫《登高》一诗中的“风急天高猿啸哀”,也是把“风急”和“天高”联系起来写的。“怒号”是以声来写风的,给人以极其狂暴的感觉。“卷我屋上三重茅”:诗人屋上的茅草,被狂风掀卷而去。“卷”字极为有力。“三重”,几层的意思。用在这里,意在说明秋风破屋之甚。诗一开始,起得突兀峥嵘,以简括有力的诗句,写出秋风狂暴,给人以极大的威胁。接着以“茅飞渡江洒江郊”等三句来写茅草被风吹走和散落的情况,则又极尽铺陈之能事。这里用“飞”“渡”“洒”“挂罥”“飘转”“沉”等词语来写茅草被风吹去的各种形态,又用“江郊”“林梢”“塘坳”等词语来写茅草散落的处所,从而写出茅草被狂风吹得到处飘落,一片零乱的景象。诗人目睹自己苦心经营、赖以安身的茅屋被狂风吹破而又无能为力的那种惊慌、焦急、痛惜的心情,也就显现于这种秋风破屋的描写之中了。

第二段,从"南村群童欺我老无力"到"归来倚杖自叹息",写一群顽童不听诗人的呼唤,抢走了茅草,诗人归来独自叹息。

无情的狂风,吹破了茅屋,既是那样使诗人无能为力,无知的顽童,抱走了茅草,又是这样使诗人无可奈何。这里以极其生动的诗句,写出一群无知的顽童和年老无力而善良的诗人之间一场在无意中发生的矛盾冲突和双方的神情。唯其是顽皮无知的群童,面对年老无力而善良的诗人,才会"欺我老无力,忍能对面为盗贼。公然抱茅入竹去"。读来使人感到,"公然抱茅入竹去"的群童,在诗人眼里,可气而不可恨;以"忍能对面为盗贼"责备群童、大发脾气的诗人,在群童眼里,"可欺"而不可怕。结果诗人只好在"唇焦口燥呼不得"的情况下,而无可奈何地"归来倚杖自叹息"了。

第三段,从"俄顷风定云墨色"到"长夜沾湿何由彻",写诗人屋破之后又遇下雨,屋漏床湿,彻夜不能成眠。

风停之后,乌云低压,一个秋天昏黑的夜晚来临了。这是诗人困苦生活的环境描写,也是诗人心情沉重的气氛烘托。"布衾多年冷似铁,娇儿恶卧踏里裂",这既是诗人眼前困苦生活的具体描写,也是诗人平时困苦生活的生动概括,仅从布衾破旧的程度上,就可看出诗人的生活是如何贫困了。"恶卧",一般多释为睡相不好。我们觉得应释为不愿睡觉为妥。

因为,被冷似铁,应是初睡时的感觉。而"恶卧踏里裂",也应是害怕被冷不愿睡觉的表现。这里是以写孩子的生活情况,来写诗人对困苦生活的感受的,这也是诗人常有的写法。孩子害怕冷不愿睡觉,以致把被里蹬破,此种困苦情景,已使诗人身心为之不宁,加之屋漏床湿,大雨下个不停,就更使诗人的心情十分沉重了。身经丧乱、忧国忧民的诗人,在困苦不堪的生活折磨中,自然要想起真正造成生活困苦的社会现实,想起国家的战乱和广大受苦受难的人们,而忧心如焚,难以成眠了。"自经丧乱少睡眠,长夜沾湿何由彻",这写诗人不能成眠的原因的诗句,把目前与平时,个人与国家和人民作了密不可分的结合。茅屋为秋风所破的屋漏床湿的生活,则是这种结合的触媒,而心忧丧乱的社会现实,才是不能成眠的经久而根本的原因。

第四段,从"安得广厦千万间"到"吾庐独破受冻死亦足",写诗人在心忧现实的基础上所产生的社会理想。

这里所表现的诗人的社会理想,是诗人从其切身痛苦中激发出来的。造成诗人切身痛苦的长期而根本的原因,却不是一时的自然风雨,而是他所经历的社会现实,特别是"安史之乱"以来的国家、人民深重的灾难,也就是诗中所说的"自经丧乱少睡眠"的丧乱。因此他由自身的"茅屋为秋风所破"的具体生活而感悟升华出来的"安得广厦千万间,大庇天下寒士俱欢颜,风雨不动安如山"的理想,实际上是渴望天下处于水深火热之中的人们都能够获得安乐的生活。这是有极其深广的意义的,也是对当时的社会现实具有深刻批判精神的。诗人进而以"呜呼！何时眼前突兀见此屋,吾庐独破受冻死亦足"来表示他对实现这个理想的强烈愿望和甘愿牺牲自己的崇高精神。

关于这首诗的艺术手法,这里只说说作品是怎样把写日常生活事件与反映重大的社会现实问题密切结合起来的。作品所要反映的重大社会问题,是战乱使广大人民陷于水深火热之中的沉重灾难;所要表现的社会理想,是与这种社会现实相对立的希望广大人民能够获得安乐生活的理想;所要反映的社会矛盾,主要的还不是丧乱的社会现实与作者个人的矛盾,而是这样的社会现实与"天下寒士"的矛盾,也是社会现实与作者社会理想的矛盾。"自经丧乱少睡眠"等最后七句对这一主要矛盾作了具体而直接的反映。而这一矛盾则是在对茅屋为秋风所破的具体描写的基础上反映出来的。我们说茅屋为秋风所破不是作品所要反映的主要矛盾,并不是说没有对它进行具体描写的必要。相反,若没有对它进行如此生动具体的描写,作品就失去了是这样而不是那样反映社会现实、表现社会理想的特定的生活基础和思想基础,也就失去了作品的个性特征和思想感染力。"自经丧乱少睡眠,长夜沾湿何由彻",这两句就起了关联结合作用。"丧乱"是长期的根本原因,"沾湿"是一时的生活因素,只有把两者密切结合起来进行反映,才能使作品既有鲜明的个性特征,又有普遍而重大的社会意义。因此,对茅屋为秋风所破进行具体描写,是非常必要的。而这个必要,在于它归根结底是为反映主要矛盾也就是为主要社会问题服务的。

(《茅屋为秋风所破歌》分析与王宗堂合著)

附:李白《梦游天姥吟留别》①

海客谈瀛洲,烟涛微茫信难求。

① 见王琦注《李太白全集》卷十五,中华书局,2011,第603-605页。

越人语天姥，云霞明灭或可睹。
天姥连天向天横，势拔五岳掩赤城。
天台四万八千丈，对此欲倒东南倾。
我欲因之梦吴越，一夜飞度镜湖月。
湖月照我影，送我至剡溪。
谢公宿处今尚在，渌水荡漾清猿啼。
脚著谢公屐，身登青云梯。
半壁见海日，空中闻天鸡。
千岩万转路不定，迷花倚石忽已暝。
熊咆龙吟殷岩泉，慄深林兮惊层巅。
云青青兮欲雨，水澹澹兮生烟。
列缺霹雳，丘峦崩摧。
洞天石扇，訇然中开。
青冥浩荡不见底，日月照耀金银台。
霓为衣兮风为马，云之君兮纷纷而来下。
虎鼓瑟兮鸾回车，仙之人兮列如麻。
忽魂悸以魄动，恍惊起而长嗟。
惟觉时之枕席，失向来之烟霞。
世间行乐亦如此，古来万事东流水。
别君去兮何时还？且放白鹿青崖间。须行即骑访名山。
安能摧眉折腰事权贵，使我不得开心颜！

杜甫《茅屋为秋风所破歌》①

八月秋高风怒号，卷我屋上三重茅。茅飞渡江洒江郊，高者挂罥长林梢，下者飘转沉塘坳。

南村群童欺我老无力，忍能对面为盗贼。公然抱茅入竹去，唇焦口燥呼不得，归来倚杖自叹息。

俄顷风定云墨色，秋天漠漠向昏黑。布衾多年冷似铁，娇儿恶卧踏里裂。床头屋漏无干处，雨脚如麻未断绝。自经丧乱少睡眠，长夜沾湿何

① 见仇兆鳌注《杜诗详注》卷十，中华书局，1979，第831-833页。

由彻。

安得广厦千万间,大庇天下寒士俱欢颜,风雨不动安如山。呜呼！何时眼前突兀见此屋,吾庐独破受冻死亦足!

杜诗二首赏析

——《闻官军收河南河北》《登岳阳楼》

唐肃宗宝应元年(762年)十月,唐朝各路大军由陕州总反攻,再度收复洛阳,以次平定河南诸郡县。十一月进军河北,叛军将领纷纷归降。次年正月史朝义兵败自杀。延续七年零三个月的"安史之乱"结束。杜甫客居异乡,忽然听到这个消息,喜出望外,写下表现自己刹那间惊喜欲狂心情的《闻官军收河南河北》①。这首诗被后人称之为杜甫"生平第一快诗"。

杜甫是一个具有远大政治抱负和忧国忧民思想的诗人,可是,由于唐王朝政治腐朽,不被重用。"安史之乱"起来以后,他更目睹国家破败,人民难灾深重,写下许多忧国忧民的诗篇。同时他自己也饱受战乱的灾难,公元759年冬十二月他从同谷入蜀地,流落离家四千里的梓州,痛苦万状。他多么盼望战乱平定,收复祖国河山,人民安居乐业,自己也能结束流亡生活,回到故乡。现在胜利消息突然传来,怎能不使他产生如诗中所写的爆发式狂喜的思想感情呢?诗篇就在表现这种狂喜的思想感情上显示着它惊人的艺术力量。

谁知"安史之乱"虽然结束了,接着而来的是军阀混战,吐蕃入侵,国家仍然战乱不息,诗人颠沛流离生活并未结束。唐代宗广德二年(764年,也就是"安史之乱"结束的第二年)春,他在成都所写的题为《绝句》的诗中就发出他那"今春看又过,何日是归年"的慨叹。

---

① 唐代宗广德元年(763年)春作于梓州。

公元768年,他出川以后,继续漂泊湖北、湖南一带。欲回北方,北方兵荒马乱;想下江南,亲朋消息全无。加以百病缠绕,为疟疾、肺病、风痹、糖尿病等病所苦,而到"右臂偏枯半耳聋"(《清明》)的地步,过着漂泊无依的生活,最终因年老多病亡身,于大历五年(770年)死在湘江舟中。他在他的绝笔诗《风疾舟中伏枕书怀》中还写着"战血流依旧,军声动至今"的诗句。《登岳阳楼》是他在大历三年(768年)冬登岳阳楼时感慨国家乱离与身世飘零之作。岳阳楼在巴陵县(今湖南岳阳县)城西门上。开元中张说所建,下临洞庭湖,为游览胜地。

一、《闻官军收河南河北》

剑外忽传收蓟北,初闻涕泪满衣裳。

剑外是诗人离家四千里的客居异乡的地点。蓟北是安史叛军的根据地,蓟北的收复说明持续七八年之久的"安史之乱"告以结束。写出这两个地点是很有表现力的:长时间流落他乡听到"安史之乱"结束的消息,该是多么惊喜!再加这样的消息来得突然(忽传),更是令人喜出望外。七八年的悲愁与刹那间的狂喜在诗人的思想感情上形成猛烈撞击。"初闻涕泪满衣裳"就把在这种强烈撞击之下所产生的悲喜交集的典型心情逼真地写了出来。

却看妻子愁何在,漫卷诗书喜欲狂。

有人把"却看妻子愁何在"解释为:我自已没有愁了,回头看看妻子愁还在否,意思是妻子也应没有愁了。我们不同意这样的说法。因为这句与下句是对偶句子,若把这句解成回头看看妻子愁还在否,那么就得把"妻子"看作是"愁何在"的主语。因此,也应把下句中的"诗书"看作是"喜欲狂"的主语。说"妻子愁何在"尚可,说"诗书喜欲狂"是绝对说不通的。再说这样讲来,也不符合诗人当时的真正的心理。(下面再谈)我们认为这句紧接上句,"却"字有表示既承且转的作用。此句的意思是说:(战乱已成过去)我却能看到妻子,我还有什么愁呢?这样,便与上句的意思完全相对:

我看妻子我愁何在,我卷诗书我喜欲狂。("看"亦作"守护"解,这里可解作"守着","看妻子"即"守着妻子",亦即"妻子无恙,室家完好"之意。也就是说,战乱过去了,全家尚安好。)

也许有人会说:脸前能够看到妻子,这不是生活中极其平常的现象吗?有什么值得说的呢?殊不知这种平常时期的平常现象,却是不平常时期的不平常现象。杜甫这首诗以前的年代是"安史之乱"经历七八年之久的战乱年代。在这样战乱的年代里,家破人亡,妻离子散乃是常有之事。诗人既受战乱的灾难,携家带眷在饥渴劳顿的情况下,经过一再转徙,走秦岭过栈道,历尽艰险来到蜀地。若能落得妻子无恙,室家完好,实非易事。在这胜利消息传来,战乱已成过去的时刻,诗人继悲喜交集之后,当会产生什么样的心理呢?"却看妻子愁何在"就作了真实的写照。有此一句,便把过去多年萦绕于心的悲愁一笔扫净,也就是把上句"初闻涕泪满衣裳"中的悲喜交集中的"悲"字一笔勾掉,下面便是尽"喜"无"悲"了,所以诗篇紧接着写出"漫卷诗书喜欲狂"的诗句。阅读诗书是诗人听到"收蓟北"的消息以前所做的事儿。"喜欲狂"是"却看妻子愁何在"以后的心情,"卷诗书"是紧随"喜欲狂"的心情而来的动作,"卷"上着一"漫"字更把诗人当时按捺不住的喜悦的心理传神地表现了出来。

白日放歌须纵酒,青春作伴好还乡。

"白日"句,继上句写诗人无比喜悦的心情。他要以高歌畅饮来庆祝胜利表现喜悦。这里不说"唱歌"而说"放歌",不说"饮酒"而说"纵酒",都有尽情任性之意。不如此,不足以表现诗人的狂喜。"须"字有"非如此不可"之意,这足以见其心理神态。

战乱过去了,胜利到来了,家人又无恙,这对一个流落异乡的人来说,自然会想到回到自己久别的家乡,因此接着写出"青春作伴好还乡"的诗句。自来说诗者,大都把此句说成:春天伴我还乡。中学语文课本就采用了这样的说法。我以为这种说法不妥。因这句与上句同样是对偶句。若把这句解作春天伴我还乡,也应把上句解作白日和我放歌纵酒,显然是讲不通的。我觉得与诗人作伴还乡的不是本句的"青春",而是"却看"句的"妻子"。这两句的意思是:白日,我放歌纵酒;青春,妻子作伴还乡。只不过当中隔了"漫卷"与"白日"二句罢了。但所隔二句,写的都是诗人高兴的表现,不是值得高兴的原因。值得高兴的原因:一为战乱结束,一为家室无恙,能一起

(作伴)还乡。只有合家一起还乡,不是丢三落四地还乡,才是真正值得高兴的还乡。“好还乡”的“好”字正是这种意义上表现了诗人喜形于色的心理状态。

“白日”,一本作“白首”。有人认为“白日放歌”太平淡,不能和诗人激动的情绪相应。我却不以为然。我认为“白日”“青春”是写的自然景象。这种自然景象的本身,固然没有什么稀奇,可是它们为什么在此时此刻会刺激诗人,诗人为什么要把它们写到诗里边来,是值得我们注意的。诗中所抒之情,具有无比喜悦的特征,而“白日”“青春”的景象正是与这种感情特征相适应的景象。为什么这样说呢?因为这两句有了“白日”和“青春”的描写,不仅写出自然景象的光天化日、欣欣向荣,也写出诗人内心世界的一片光明、生气勃发。密集胸中七八年之久的战乱阴云,被胜利的长风一吹而尽。何况作为对偶的句子来说,“白日”对“青春”要比“白首”对“青春”工稳得多。

即从巴峡穿巫峡,便下襄阳向洛阳。

剑外,指剑阁以南,指梓州一带。剑阁,在今四川剑阁县北,即大剑山和小剑山之间的一条栈道,又名剑门关。

巴峡,巴县(今四川重庆市)一带江峡的总称。

巫峡,指巴峡以东的瞿塘、巫峡、西陵三峡。巫峡,在三峡中为最大,故举之以概三峡。

这里承上“好还乡”的描写,诗人展开想象的翅膀一直飞到自己的家乡。巴峡、巫峡、襄阳、洛阳是诗人想象中的还乡路线的起讫与经过的地方,贯以“从”“穿”“下”“向”四个动词,再加“即”“便”两个副词,便把诗人归心似箭的心理与无比愉快的神情充分表现了出来。

本诗虽是就诗人一身一家的生活境遇来写其听到“安史之乱”被平定之后惊喜欲狂的思想感情的,但由于诗人的命运与国家人民的命运是一致的,依然具有深刻的典型意义。通过诗人思想感情的抒发,本质地反映了社会现实与广大人民的思想感情——渴望战乱平息、过和平安居生活的思想感情。也是诗人爱国思想的反映。

本诗之所以被人称之为作者“生平第一快诗”,是与其所写的内容是作者生平第一快事分不开的。它具有“感于哀乐,缘事而发”的现实主义精神。就写作方法来说,具有即事抒情的特点。所写之事是闻“安史之乱”已被平息之事,所抒之情是与此事相关之情。二者在诗中成为不可分割的整体,但它主要在于思想感情的抒发,不在于事件的叙述。诗中除第一句叙事成分较重以外,其余七句均重在抒情。后七句在前一句叙事的基础上写出在特定事件中所产生的特定的思想感情及其发展变化过程。

本诗以凝练跳动的语言、急促的旋律表现了瞬间巨变的思想感情,形成轻快异常的风格。虽有严谨的格律,但毫不影响思想感情的表达,给人以一气流转,倾吐殆尽而又余味无穷之感。

本诗用极其响亮的“七阳”韵,也有助于开朗愉快的思想感情的表达。

二、《登岳阳楼》

昔闻洞庭水,今上岳阳楼。

这两句既是登岳阳楼望洞庭湖的应有的交代,又是在具体描写洞庭景象之前所作的心情上的衬托;既写出登楼临湖之事,又写出景仰胜景之情。“昔闻洞庭水”写昔日闻景,说明向往已久;“今上岳阳楼”写今日见景,说明夙愿得偿。有此二句便为下面的两句的具体描写洞庭景象作了充分准备。

吴楚东南坼,乾坤日夜浮。

这两句是全篇描写洞庭景象仅有的两句,但却能以高度的艺术手法对洞庭湖雄浑壮阔的气象作了排天斡地的概括。“吴楚”句写吴楚二地被洞庭湖坼开在东南两个方向。“乾坤”句写整个天地都在洞庭湖中浮荡。由前一句的坼吴楚写部分空间,到后一句的浮乾坤写整个空间,又以“日夜”二字写出长远为此的时间。这两句写的本来是洞庭湖,而字面上却以“吴楚”和“乾坤”为主体。但由于“吴楚”和“乾坤”在诗中都处于被动的地位(“吴楚”被坼,“乾坤”被浮),它们也只能是表面上的主体,实际却是客体,而真正的主体乃是洞庭湖。这种着笔于“吴楚”“乾坤”,着意于洞庭的诗句,要比直接以洞庭为主体的写法显得有更大的艺术力量。这只要与孟浩然的《临洞庭湖赠张丞相》和范仲淹的《岳阳楼记》略加以比较就可以清楚地看得出来。孟、范二人实把洞庭湖的壮阔气象写得非常出色。但无论是写“壮”还是写“阔”都又比不上杜甫。诗人置身在这样广大的天地之间，目睹这样乾坤浮荡、摇撼心灵的景象，自然会引起身世家国之感。

亲朋无一字，老病有孤舟。

这里写出诗人的年老多病和孤单飘零的身世。诗由前面无比阔大的景象描写，至此猛然收束，落到代表诗人身世的“孤舟”的这样一个点上。两相对比，便强调地写出诗人的孤单飘零。正如诗人在《旅夜书怀》一诗中所写：“飘飘何所似，天地一沙鸥。”具体描写，从两方面着手：一从“亲朋”着手，写“亲朋无一字”，不仅远离亲朋，而且音信不通到“无一字”的程度；一从自身着手，写“老病有孤舟”，不仅年老多病，且无安居之处，到处漂泊寄身于仅有的孤舟之上。一“无”一“有”，孤单至极，这就不由使得诗人想起国家乱离的现实，伤时感世之情油然而生。

戎马关山北，凭轩涕泗流。

“戎马”句写出吐蕃入侵、国家乱离、生灵涂炭的现实，也是诗人之所以漂泊异乡的现实。忧国、忧民、忧己之情一齐涌上心头，凝成“凭轩涕泗流”的诗句。诗人的笔至此二句又复放开，连同“吴楚”二句所写的广大空间，便整个弥漫着诗人的悲愁。真是“忧端齐终南，澒洞不可掇”（杜甫《自京赴奉先县咏怀五百字》）了。“凭轩”“今上”二句遥相呼应，使人感到全诗都充盈着这种悲愁。

本诗写的是诗人登岳阳楼望洞庭湖所引起的感慨身世的孤单飘零和国家的乱离，反映了“安史之乱”后，吐蕃入侵，战乱不息，给人们带来沉重灾难的社会现实，表现了诗人忧国忧民的思想感情。

这是一首即景抒情之作，它的全部文字都为写景、抒情服务，而抒情更是诗的中心。具有情景结合、情景一致的特点。首二句写对洞庭湖的久久向往；三四句写洞庭雄浑壮阔的景象；五六句写年老多病和孤单飘零的身世；七八句写凭轩远眺，想起战乱不息的现实与涕泪交流的思想感情。处处与登楼联系，处处为写景、抒情服务。

本诗用“十一尤”韵，有助于愁苦的思想感情的表达。

附:杜甫《闻官军收河南河北》①

剑外忽传收蓟北,初闻涕泪满衣裳。
却看妻子愁何在,漫卷诗书喜欲狂。
白日放歌须纵酒,青春作伴好还乡。
即从巴峡穿巫峡,便下襄阳向洛阳。

杜甫《登岳阳楼》②

昔闻洞庭水,今上岳阳楼。
吴楚东南坼,乾坤日夜浮。
亲朋无一字,老病有孤舟。
戎马关山北,凭轩涕泗流。

① 见杜甫:《杜工部集》卷十二,续古逸丛书景宋本配毛氏汲古阁本,第 12-13 页。
② 见杜甫:《杜工部集》卷十八,第 4 页。

柳宗元《至小丘西小石潭记》分析

《至小丘西小石潭记》是唐代散文家柳宗元"永州八记"中的一篇。"永州八记"是作者贬为永州司马时所写的一组山水游记文。这组山水游记文是作者根据发现景物的先后连续写成的,分看各自成篇,合看乃是一幅连环的山水图画。本篇所记的主体是"小石潭",而其题目在"小石潭"的前面又加上"至小丘西"几个字,是与《钴鉧潭西小丘记》相衔接的。下面对这篇作品略作分析。

"从小丘西行百二十步,隔篁竹,闻水声,如鸣佩环,心乐之。"这里实在把小石潭的地理方位写得清楚极了,这是作者山水游记文的特点之一。但也正因《至小丘西小石潭记》是山水游记文,不是地域志,还必须具有"游"的特点。"从小丘西行百二十步"既是小石潭地理方位的确切说明,又是游小石潭的具体叙写。从"游"的角度来看,"行"字至关重要。"隔篁竹,闻水声,如鸣佩环,心乐之"更是客主一体、情景交融的写法。从茂密的竹林那边传来"如鸣佩环"清脆悦耳的水声,自然使人为之神往而"心乐之"。这种未见潭形先闻水声的描写,真是引人入胜之笔。

"伐竹取道,下见小潭,水尤清冽。"就游小石潭的过程来说,"伐竹取道"是"从小丘西行百二十步"行动的继续。这里把当时的情景又作了出色的描绘。因为"隔篁竹",所以再前行就必须"伐竹取道";因为"心乐之",也就不惮"伐竹取道"之劳。如此写来,就极其生动地写出景对人的吸引和人对景的倾注,在写景上和抒情上都可加深一步。同时,"伐竹取道",还写出小石潭是罕有人到之处,与下面所写"竹树环合,寂寥无人"的"其境过清”有前后照应的作用。不过,这里所写的景色给人的感觉不是“寂寥”与“过清”,而是清静和优美。接着便自然地进入“下见小潭,水尤清冽”的描写。前面写出曾闻水的声响,这里写出已见潭的形状。“下见小潭”既写出小石潭位在深下之处,又写出作者身当居高临下之境,下面所写小石潭的景色皆有自上向下观看的特点。“水尤清冽”对“闻水声,如鸣佩环”来说,是更进一步的描写。前闻水的声响已觉优美,现看水的颜色更感清冽。作者欣喜之情从赞美景物的语句中自然地流露出来,“尤”字用得极为传神。并且“水尤清冽”也是下文所要具体描写的一个重点,这里总提一句,下面所写潭中之石、潭中之鱼、潭中的日光都与潭水的清冽有密不可分的关系。

“全石以为底,近岸卷石底以出,为坻为屿,为嵁为岩”,写潭中之石。“全石以为底”既说明水清,又说明潭小。因为水清,可见其底;因为潭小,可见全底。这就写出小石潭水清潭小而又是石潭的特点。“近岸卷石底以出,为坻为屿,为嵁为岩”更写出潭中露出水面之石的争奇斗异的形状。

“青树翠蔓,蒙络摇缀,参差披拂”,写潭中石(坻、屿、嵁、岩)上的树木与葛藤之类的蔓生之物。写得葱茏可悦,参差有致。

“潭中鱼可百许头,皆若空游无所依。日光下澈,影布石上,佁然不动,俶尔远逝,往来翕忽,似与游者相乐”,写潭中之鱼。“潭中鱼可百许头,皆若空游无所依”是总写。全潭之鱼望而可数,同样写出水清潭小的特点。鱼在水中“皆若空游无所依”的描写,不但把水的清澈写到无以复加的地步,同时写出鱼游水中那种无比美妙的景象。下面在此基础之上再作具体描写。“日光下澈,影布石上,佁然不动”,写鱼之静;“俶尔远逝,往来翕忽”,写鱼之动。绘出一幅日丽、水清、鱼游水中动静自若的画图。“似与游者相乐”,更把客观之景与作者主观之情进一步冶而为一,潭中的游鱼与潭上的游人并入画图。

“潭西南而望,斗折蛇行,明灭可见。其岸势犬牙差互,不可知其源。”上面写潭的本身,这里写潭的水源;上面写的是近景,这里写的是远景;上面写得精细,这里写得概括。写的对象与写的方法的不同都是和游的实际联系着的。对潭的本身的描写都是“下见小潭”的近见之景,对潭的水源的描写都是“潭西南而望”的远望之景。因而,写得精细符合见得真切的实际,写得概括符合望得辽远的实际,都是得体之笔。

“坐潭上,四面竹树环合,寂寥无人,凄神寒骨,悄怆幽邃。以其境过清,不可久居,乃记之而去。”这里所写的潭的四周的景物,与前面“隔篁竹”“伐竹取道”所写的景物,客观上应该没有什么不同,可是,它给作者的主观感受却完全成了两样。前者是“隔篁竹,闻水声,如鸣佩环,心乐之”,虽“伐竹取道”不辞;后者是“寂寥无人,凄神寒骨,悄怆幽邃。以其境过清,不可久居,乃记之而去”。这就写出作者前后不同的感情变化。前者是始游的心情,后者是倦游的心情。更重要的,这里所写的心情是作者谪居偏远感物伤怀的感情在倦游之后的流露。

“同游者:吴武陵、龚古,余弟宗玄。隶而从者,崔氏二小生,曰恕己,曰奉壹。”最后记同游之人,结束全文。

柳宗元贬为永州司马的谪居生活直接关系着他的山水游记文的写作。他在《始得西山宴游记》中说:“自余为僇人,居是州,恒惴栗。其隙也,则施施而行,漫漫而游。日与其徒上高山,入深林,穷回溪,幽泉怪石,无远不到。”又在《愚溪诗序》中说:“余虽不合于俗,亦颇以文墨自慰,漱涤万物,牢笼百态,而无所避之。”并在《钴鉧潭记》中说:“孰使予乐居夷而忘故土者,非兹潭也欤?”这都是他之所以游山水和写山水的很好说明。因此,自然山水在他的心目中,并不是纯客观的存在,而是与他的生活遭遇、思想感情有着密切的联系。他在其所写的山水游记中,或则以山水自况(如《愚溪诗序》《钴鉧潭西小丘记》《小石城山记》等),抒写自己身遭贬谪而徒有理想不得实现的政治遭遇,或则“以文墨自慰”,借写山水之乐以求得精神的慰藉,表现其“不合于俗”的对现实的不满情绪。这就使他的山水游记在对自然山水作出色的描写的同时,也表现了他的思想感情和情操性格,反映了特定的社会现实。《至小丘西小石潭记》的思想意义也就在于此。

《至小丘西小石潭记》和作者其他山水游记一样,既有诗情,又有画意,其艺术手法是很高的。结合上面的分析提出如下几点。

局部与全局的统一。作者在作品中对其所写的景物既能注意各个局部,观察入微,通过细节描写突出特征,又能着眼全局,使之通体协调,构成完美的山水画图;既精雕细刻,又浑然天成,读来使人如临其境。这种局部与全局统一的如画的笔法是本文在写景上极其显著的特点。

写景与抒情的统一。先从结构安排来看。始写潭的方位,次写潭的本身,再写潭的水源,最后写潭的四周景物,在写景上是非常富有画意的布局,在记游上也符合游小石潭的行、见、望、去的过程。“行”,指的是“从小丘西行”的“行”,前往小石潭;“见”,指的是“下见小潭”的“见”,近看小石潭,“望”,指的是“潭西南而望”的“望”,远望小石潭的水源;“去”,指的是“乃记之而去”的“去”,离开小石潭。同时,又符合游小石潭过程的感情变化。始写未至小石潭“闻水声”而“心乐之”的向往之情,次写既见小石潭的喜悦之情,终写倦游之后感到不可久居的感伤之情。写景物、写游的过程、写在游的过程中的感情变化,三者是统一的,统一在写游的过程之中。因所写之景与所抒之情都是与游联系着的。再从具体描写来看。作品对客观景物的描写,都是通过作者主观感受表现出来的。“下见小潭”至“似与游者相乐”,所写都是作者见中之景;“潭西南而望”至“不可知其源”,所写都是作者望中之景;“坐潭上”至“乃记之而去”,所写都是作者游后临去的感中之景,无不带有作者感情色彩。客观之景与作者主观之情是融合为一的,既是山水景物特征的描写,又是作者思想感情的表达与抒发。

言少意多,文笔简练。作品以一百九十三字的篇幅,除了做到成功的写景与抒情外,还对同游的人一一作了记述,文笔极其简练。这与取材和语言的运用都有密切关系。作品所取之材既足体现小石潭的景物待征,又足表现游小石潭的感情特征。作品的语言正是表现这些情景特征上显示其异常精练、以少胜多的艺术功能的。如“日光下澈,影布石上”,是写“日”,是写“鱼”,是写“水”,也是写“石”,而总的又都是写小石潭的景色,同时抒情也就自见于写景之中,含意极为丰富,写景、抒情极为精当。

疏密结合,虚实相映。作品运用疏密结合的艺术手法创造出既具体充实又开阔虚灵的艺术境界。小石潭的本身是作品所要描写的主体,作品对它以主要的篇幅作精雕细刻的描写,是十分必要的。但若仅限于此,未免景象显得凝滞,境界显得狭窄。接着作品以寥寥数语,对小石潭的水源作了写意般的勾画,着墨虽少,却有很大的艺术效果。一则,能够由潭及源以足自然景象的描写和因潭望源的生活感情的表达;再则,具有疏密结合、虚实相映之妙。同时,作品的艺术境界也就随之而开阔,读者的视野也就因之而扩大,“其岸势犬牙差互,不可知其源”更给人以望不能尽的想象,大有尺幅千里之势。这就使小石潭不再是一个孤景,而是与广阔的天地相连接的了。

附:柳宗元《至小丘西小石潭记》①

从小丘西行百二十步,隔篁竹,闻水声,如鸣珮环,心乐之。伐竹取道,下见小潭,水尤清冽。全石以为底,近岸卷石底以出,为坻为屿,为嵁为岩。青树翠蔓,蒙络摇缀,参差披拂。

① 见尹占华、韩文奇校注《柳宗元集校注》卷二十九,中华书局,2013,第1912页。

潭中鱼可百许头,皆若空游无所依。日光下澈,影布石上,怡然不动,俶尔远逝,往来翕忽,似与游者相乐。

潭西南而望,斗折蛇行,明灭可见。其岸势犬牙差互,不可知其源。

坐潭上,四面竹树环合,寂寥无人,凄神寒骨,悄怆幽邃。以其境过清,不可久居,乃记之而去。

同游者:吴武陵、龚古,余弟宗玄。隶而从者,崔氏二小生,曰恕己,曰奉壹。

欧阳修《醉翁亭记》分析

《醉翁亭记》是欧阳修的山水游记文名篇之一。就写景而言，是很好的山水文；就抒情而言，是很好的抒情文；就写景与抒情的统一而言，是很好的景物抒情文，也是很好的山水游记文。

写景以亭为中心，写人以太守为中心，也就是文中一切景物描写都是为了记亭，一切人物描写都是为了记太守，太守即来游于亭的醉翁。文章条理清楚，重点明确，紧扣把情景统一起来作为文章眼睛的题目——“醉翁亭记”，正如《古文观止》在本文总评中说：“句句是记山水，却句句是记亭，句句是记太守。”①

全文可分四段。第一段自“环滁皆山也”到“故自号曰醉翁也”，侧重于记亭，也就是侧重于记山水，侧重于写景。第二段自“醉翁之意不在酒”到“得之心而寓之酒也”，承上段的侧重于写景，启下段的侧重于抒情，成为关联上下两段的承上启下的过渡段。第三段自“若夫日出而林霏开”到“而不知太守之乐其乐也”，侧重于记太守，也就是侧重于记游宴，侧重于抒情。第四段自“醉能同其乐”到“庐陵欧阳修也”，点出作记的人。

第一段采用“逐层脱卸”②的写法描写亭与亭所在地的山水。记亭先从亭的所在环境记起，自大而小，自远而近，最后写到亭的本身、作亭的人、名

① 吴楚材、吴调侯选注，施适校点：《古文观止》卷十，上海古籍出版社，2016，第410页。

② 同上。

亭的人以及名亭的意义，点出“醉翁”二字，结束本段引起下文。

“环滁皆山也”，由“滁”点出“山”。“环滁皆山”，就滁的自然环境写出层峦叠嶂气象雄伟之山势。滁地可记的事或物甚多，而独出一个“山”字，说明所记不在别的而在于山，又从“滁”之一字说明所记之山不在别处而在滁地。“其西南诸峰，林壑尤美”，由“皆山”点出“西南诸峰”，范围缩小一层逼近一层。“林壑尤美”对“皆山”来说有比较和突出的作用。“望之蔚然而深秀者，琅琊也”，由“诸峰”点出“琅琊”，范围又缩小一层逼近一层。“望之蔚然而深秀”继“林壑尤美”的描写强调并突出琅琊。“山行六七里，渐闻水声潺潺，而泻出于两峰之间者，酿泉也”，由“峰”点出“泉”，不但范围缩小一层逼近一层，且从写山及写水，把亭周围有山有水的环境完备地写了出来。“山行六七里”写泉在深山起伏之中。“渐闻水声潺潺”写泉流动的声音，未见其形先闻其声，用笔巧妙。“泻出于两峰之间”写泉的地点与流出之状。峰泉并写有声有色。“峰回路转，有亭翼然临于泉上者，醉翁亭也”，由“泉”点出“亭”。全篇文字关于亭的直接描写只此一句。“峰回路转”就亭所在环境再补一笔益增山势回环之致。“有亭翼然临于泉上”写亭形状异常形象，“翼然临于”颇具动态，极其传神，真有“如鸟斯革，如翚斯飞”（《诗经・小雅・斯干》）的情势。“醉翁亭也”写出亭名。接着写作亭的人——山僧，名亭的人——太守，并对“醉翁”二字加以解释，注出名亭的意义。

本段除了由描写亭的四周环境到描写亭的本身，对亭的自然景象作了较为全面的记载，还提出了来游的人与事。“太守与客来饮于此，饮少辄醉，而年又最高，故自号曰醉翁也”，下面游记文字都从此语生出，也是《醉翁亭记》另一方面的叙写。

第二段以往复回环的笔法就山水与酒强调“醉翁之意”，点出一个“乐”字。第一句写醉翁之意在山水而不在酒，第二句写醉翁之意既在山水而又在酒，反复写来其精神归总于一个“乐”字，把写景（山水）叙事（游宴—醉）从抒情（乐）上统一起来，起着关上联下的作用。“山水之乐，得之心而寓之酒也”一语表达得特别准确，下段写太守游、太守宴、太守醉都是写的太守乐。太守是文章的抒情主人公，乐是文章抒情的中心点。

第三段以多方铺陈归结一点的写法，写太守游宴之乐。本段又可分为四节。

第一节自“若夫日出而林霏开”到“而乐亦无穷也”就山间朝暮变化之差、四时景物之异描写山间朝暮四时的不同景色，说明无时不可乐。寥寥数语写出多彩多变而鲜明的景色。

第二节自“至于负者歌于途”到“滁人游也”写滁人来游之乐。同样用语不多写出来游的滁人怡乐安详的声音笑貌与动作,从这些声音笑貌与动作的描写中显示出一片和平景象。写滁人之乐,也正是在于写太守之乐。

第三节自“临溪而渔”到“太守醉也”写太守与众宾游宴之乐。“临溪而渔”“酿泉为酒”“山肴野蔌”等宴饮之物都是就地取来,不但写出饮宴的简朴,并且写出游宴山水的特殊情趣,益增游宴之乐。“宴酣之乐,非丝非竹,射者中,弈者胜”的描写也属于上述的精神。“宴酣之乐,非丝非竹,射者中,奕者胜,觥筹交错,坐起而喧哗者,众宾欢也”从欢宴中写众宾之乐;“苍颜白发,颓然乎其间者,太守醉也”从沉醉中写太守之乐。一欢一醉,相互映衬,相互增色,生动地写出宴饮的有趣和谐场面。这里对太守醉描写与前面“少饮辄醉”相应。

第四节自“已而夕阳在山”到“而不知太守之乐其乐也”,从归去的景物描写中增出群鸟之乐,并就群鸟之乐用“然而”一转写出“禽鸟知山林之乐,而不知人之乐;人知从太守游而乐,而不知太守之乐其乐也”作为本段的总结,也作为以上各段的总结。至本节写出全部游宴山林的过程。本节把以上关于山林游宴的描写从“乐”字上作了一一的归结,同时写出鸟乐不知人乐,人乐不知太守乐,逐层递进归于一点,突出太守之乐,归总于太守之乐。文章的主体到此结束。

总括以上三段:本文以记亭开始,以记游结束;以写景开始,以抒情结束。都是记亭也都是记游,成为情景交融的山水游记文、景物抒情文。

第四段自“醉能同其乐”到“庐陵欧阳修也”写出作记的人,作为文章的结尾。由于“醉能同其乐”紧承上文,以及作记的人即游亭的人,“庐陵欧阳修也”不仅写出作记人的姓名也写出文章中主人公的姓名,所以本段虽不是文章的主体,也与主体紧相承接,与一般文章书写撰文者的姓名的写法不同。

从上面所谈可知本文作为一篇抒情文来看它抒情的中心点在于一个“乐”字。这个“乐”字在文中被写到的山林之可乐,有滁人游山林之乐,有众宾从太守游宴山林之乐,甚至有禽鸟之乐。但作者不在于泛写众乐,而在于写“醉翁之意不在酒,在乎山水之间也。山水之乐,得之心而寓之酒也”的醉翁游宴山林之乐,同时不在于写一般的醉翁游宴山林之乐,而写“自号曰醉翁也”的太守游宴山林之乐。不过文章所写的乐的真正精神还不在此,或者还不止此。文章所写的乐的真正精神在于“与民共乐”,也就是通过太守游宴山林之乐的描写表现太守“与民共乐”的精神。因而本文所抒之情是太守“与民共乐”之情,是一篇体现政治精神的抒情文。关于这点,文章写得较为含蓄,但它的精神却是贯注全篇的,“负者歌于途,行者休于树,前者呼,后者应,伛偻提携,往来而不绝者,滁人游也”是“人知从太守游而乐,而不知太守之乐其乐也”的主要答案。

这篇景物抒情文体现了欧阳修的政治精神。欧阳修是封建时代一个好的官吏,《宋史》本传说他“政事可以及物,凡历数郡,不见治迹,不求声誉,宽简而不扰,故所至民便之”。“宽简而不扰”是其政治特色,“所至民便之”是其政治效果。这种政治特色和效果在《醉翁亭记》和《丰乐亭记》都有其艺术体现。《丰乐亭记》说:“修之来此,乐其地僻而事简,又爱其俗之安闲。既得斯泉于山谷之间,乃日与滁人仰而望山,俯而听泉。掇幽芳而荫乔木,风霜冰雪,刻露清秀,四时之景,无不可爱。又幸其民乐其岁物之丰成,而喜与予游也。因为本其山川,道其风俗之美,使民知所以安此丰年之乐者,幸生无事之时也。夫宣上恩德,以与民共乐,刺史之事也。”这段文字与《醉翁亭记》一样,非常得体地表现了作者“宽简而不扰”的政绩,歌咏了人民的安居乐业,这就是“太守之乐其乐也”。

运用记述的笔法、说明的句式、形象的词语,使得文章具有叙事、写景、抒情三者统一起来的特色,这是本文写作方法上的一个特点。记述的笔法是就整个文章来说的。本文是山水游记文,写景、写事都要用记述的笔法。不过运用记述笔法的文章,也多运用叙述句,而本文运用最多的不是叙述句而是说明句。文中大量运用了代替主语并有提顿作用的“者”字,特别更多地运用了语末助词“也”字,这些“者”“也”的用法都是说明句的用法。“者”“也”相应的用法:一方面更其显示了文章写法上“逐层脱卸”的特色;一方面使得文章语气益发舒荡顿跌,增强抒情气氛。记述的笔法,说明的句式一般不易把文章写得生动形象,由于作者精确地选用了描形写声的词语,因而文章依然具有鲜明的色彩,成为如画的山水游记文、景物抒情文。这是本文的特点,也是“文家之创调”①。

本文结构上的逐层脱卸、层次分明,重点突出、首尾连贯,在前面逐段分析中已多谈到。这里就层次分明举出一段文字来看:

---

① 吴楚材、吴调侯选注,施适校点:《古文观止》卷十,第410页。

若夫日出而林霏开，云归而岩穴暝，晦明变化者，山间之朝暮也。野芳发而幽香，佳木秀而繁荫，风霜高洁，水清(一作“落”)而石出者，山间之四时也。朝而往，暮而归，四时之景不同，而乐亦无穷也。

“若夫日出而林霏开”写朝景——明，“云归而岩穴暝”写暮景——晦，“晦明变化者，山间之朝暮也”总写朝暮之景——晦、明。就这三句来说，前两句是分提，后一句是总结，写山间朝暮晦明变化的景色。

“野芳发而幽香”写春，“佳木秀而繁荫”写夏，“风霜高洁”写秋，“水清(或‘落’)而石出”写冬，“山间之四时也”总写春、夏、秋、冬四时。就这五句来说，前四句是分提，后一句是总结，写山间四时之景。

“朝而往，暮而归，四时之景不同，而乐亦无穷也”总写朝暮四时之景。就整段文字来说，自“若夫日出而林霏开”到“山间之朝暮也”与自“野芳发而幽香”到“山间之四时也”是分提，自“朝而往”到“而乐亦无穷也”是总结，写山间朝暮四时之可乐。

就此一段文字就可看出本文结构严密、层次分明的特色。

附：欧阳修《醉翁亭记》①

环滁皆山也。其西南诸峰，林壑尤美，望之蔚然而深秀者，琅琊也。山行六七里，渐闻水声潺潺，而泻出于两峰之间者，酿泉也。峰回路转，有亭翼然临于泉上者，醉翁亭也。作亭者谁？山之僧曰智仙也。名之者谁？太守自谓也。太守与客来饮于此，饮少辄醉，而年又最高，故自号曰醉翁也。醉翁之意不在酒，在乎山水之间也。山水之乐，得之心而寓之酒也。

若夫日出而林霏开，云归而岩穴暝，晦明变化者，山间之朝暮也。野芳发而幽香，佳木秀而繁阴，风霜高洁，水清而石出者，山间之四时也。朝而往，暮而归，四时之景不同，而乐亦无穷也。

至于负者歌于途，行者休于树，前者呼，后者应，伛偻提携，往来而不绝者，滁人游也。临溪而渔，溪深而鱼肥。酿泉为酒，泉香而酒洌；山肴野蔌，杂然而前陈者，太守宴也。宴酣之乐，非丝非竹，射者中，弈者胜，觥筹交错，起坐而喧哗者，众宾欢也。苍颜白发，颓然乎其间者，太守醉也。

---

① 见《欧阳修全集》卷三十九，李逸安点校，中华书局，2001，第576-577页。

已而夕阳在山，人影散乱，太守归而宾客从也。树林阴翳，鸣声上下，游人去而禽鸟乐也。然而禽鸟知山林之乐，而不知人之乐；人知从太守游而乐，而不知太守之乐其乐也。醉能同其乐，醒能述以文者，太守也。太守谓谁？庐陵欧阳修也。

给学生的一封信(节选)

有关问到如何用矛盾统一律去理解作家、作品问题,我感到问题提得有些笼统,不好回答。在 1982 年 11 月 23 日《光明日报》的副刊《文学遗产》中有一篇裴斐写的《“盛唐气象”再质疑》一文运用矛盾对立统一的观点去评价李白,我感到写得很好,特别从“豪”与“悲”的对立统一两个方面来说明李白风格,更显得深刻。这不仅对理解李白有帮助,对理解古代其他某些作家也可受到启发。我看了以后,曾向其他同志作了介绍,希望你也能够看看,我就不再另外多说了。至于理解具体作品,除了要用矛盾对立统一观点去理解作品的思想和艺术外,在方法上也还有个“赏”“析”结合的对立统一问题。例如近年来出了一些分析作品的书,有的名之为“鉴赏”,有的名之为“赏析”。“鉴”与“赏”或“赏”与“析”都是对立统一的两个方面。“赏”是更多地诉诸感情,“鉴”与“析”则更多地诉之于理智。只有感情上的“赏”,没有理智上的“析”,是不能较好地理解作品的。同时在理解作家、作品上没有对立统一的观点,除了不能深入外,也会失之片面,钻牛角尖。如对李白风格的理解,若只见“豪”而不见“悲”,就会把其诗歌片面地看作“盛唐气象”的反映。再如对陶渊明的认识,若不见其还有“金刚怒目”的一面,就会把他看作是“浑身静穆”的诗人。这在作品分析中也往往会看到这种片面的钻牛角尖的情况。

当然要提高理解作家作品的水平,不是抽象地讲讲道理就可以的,需要在读书和研究上多下一些功夫。要把读书和研究密切结合起来,这对改变你在读书上随意涉猎的习惯也有好处。可从研究的角度去读书,也可从读书中偶有心得,随时写写小的文章。这样既可逐步提高自己的研究能力,也会逐步培养自己的研究意趣。

…………

1982 年 12 月 7 日

谈古代文言文教学

古代文言文和现代语体文在内容上有古今之分,在语言上有文白之别,这是教学上应注意的不同之点。不能忽视这不同之点,以致将二者在教学上弄得没有任何差别。当然,说有差别,也不等于抹杀或者忽视二者在教学上更有许多相同的地方。

下面仅就课前介绍、课文讲解、关于总结和批判继承四个问题来说。所谓“课前”,并不是说开头的介绍可以和课文讲解截然分开,“总结”也并不是可以和课文讲解截然分开的另一课后部分。实际上课前介绍、课文讲解、关于总结这三者紧密结合,共同构成课堂教学的有机整体。而“批判继承”也是与课文讲解和总结结合着进行的,更不是另外再来一部分。这里所以分为这四点,只是作为四个问题,略说一说我们的认识与看法罢了。

一、课前介绍

古代文言文,是古代社会的产物,学生历史知识相当差,对课文内容相当隔膜。《全日制中学暂行工作条例(草案)》〔下文简称《条例(草案)》〕指出:“教师讲课,必须把课文内容讲解清楚。”为了帮助学生更好地弄清课文,有必要对时代和作者作适当的简要的介绍。譬如苏洵的《六国论》,如果学生对六国对秦的态度和北宋王朝对外患的态度不了解,是不容易真正理解清楚这篇文章的思想内容和作者意图的。又如杜甫的下边这一首《绝句》:“江碧鸟逾白,山青花欲燃。今春看又过,何日是归年!”如果不了解作者及其时代,会以为这只是一般“春日怀归”之作;如果对诗人及其时代有所了解,则对这首诗的思想内容就可以理解得更清楚更透彻些。

介绍作者和时代,是为讲清课文内容服务的,这只是讲清课文内容的一种辅助手段。必须是课文内容实在需要——不介绍,便不能讲解清楚,才作介绍。这种介绍,只是必要的补充说明性质,在某种意义上,也可以说是讲清课文内容所不能缺少的有机部分。这个有机部分,一般往往只需几句话或者不过三五分钟的时间,要说得简明扼要,足以帮助讲清课文内容即可,不宜过多过泛。不能为介绍而介绍,不能把介绍看作是“应有的”环节,不管实际上是否需要,总要介绍一番;也不能将课前介绍看作仅是导入新课的一种手段。那样往往会与课文内容结合不大紧密,成为讲解课文的游离部分。

介绍作者和时代,是有助于理解课文内容的,也正是从这个角度出发,我们才说到上边这些。不过,我们还应该看到:课文内容本身,也正是说明作者和反映时代的具体材料。正是从杜甫的作品中,我们认识到诗人爱国忧民的思想、现实主义的精神以及当时人民的疾苦;正是从《过秦论》里,我们认识到秦王朝暴力政策的错误和贾谊当时有一定进步意义的“仁政”思想。在讲解课文时,我们必须特别注意讲清课文本身固有的具体内容,从这里引导学生认识作者及其时代。课文本身已足以说明问题,就不必要另外再附加一些介绍。如果只看到介绍作者和时代有助于理解作品一面,而忽视了由作品本身来认识作者及其时代一面,我们觉得是不全面的。而且,后者在中学课文教学上,还是根本的、主要的一面。无论如何,我们必须把注意力放在课文本身,通过课文的字、词、句、篇来具体讲清思想内容,而不应过多地依靠“外援”——企图依靠多多介绍作者和时代来说明课文内容,因为那种外加的抽象说明越多,会与《条例(草案)》指示的“加强基础知识的教学”和“培养学生初步阅读文言文的能力”的精神距离越远。

文言文,大都需要解题,如《过秦论》《原君》等,不解释,恐怕学生不会明白。介绍作者和时代,常常可以结合解题进行。如《过秦论》,便可以由解题接着简明介绍秦朝情况,再扼要说明汉初情况和作者。介绍作者和时代围绕解题进行,便于作得简要紧凑,使三者有机结合起来。再者,介绍作者和时代,也不一定都放在课前,很多时候是可以结合课文讲解进行的,如讲杜甫的《闻官军收河南河北》《登岳阳楼》等诗,便可结合其中诗句,适当补充杜甫的生活和时代情况。这样,既便于使所介绍的材料与课文内容紧密配合,同时,也易于作得要言不烦,节省时间。

二、课文讲解

在课文讲解方面,打算着重谈谈字、词、句、篇的教学。分作两个问题:(一)字、词、句的教学;(二)局部与整体,也就是篇章教学方面的问题。

(一)字、词、句的教学

前边我们说到古代文言文和现代语体文在语言上有文白之别。学生阅读文言文的能力是相当差的。如××年高考语文乙卷中,一小段文言的翻译,绝大部分高中毕业生却翻译得不能令人满意,甚至不少学生"以意为之",随便地说,如原文最后"意虎之食人,先被之以威,而不惧之人,威无所从施欤?"一句竟译作:"虎就是吃人的,你若避开它,就是它再怪,也用不着怕……",或者是"老虎天天吃人,都先吃小孩……",等等。语文乙卷中还让学生解释"之、欤、卒、意"几个词,解释错误者"之"约占三分之一以上,"欤"达百分之九十以上,"卒、意"均达四分之三。至于具体错误,可说是千奇百怪。从这里可以看出,学生阅读文言文的能力,距离应有的要求实在很远,这是一个不容忽视的严重问题。为了讲清文言文的内容,为了培养学生阅读文言文的能力,必须采取正确有效的作法,切实加强字、词、句的教学。

过去曾一度出现过不应有的忽视字、词、句教学的偏向,教师只是抽象笼统地说一下大意,不具体讲解词句。结果,学生根本不能具体地理解、掌握字、词、句,自然难怪会出现上述试卷中那种不良后果。应该指出,近一二年来,在文言文教学上已有很大改进,就是加强了字、词、句基础知识的教学,那种脱离字、词、句架空分析的做法,基本上已属过去。但这绝不是说,一切已经万事大吉。一方面学生阅读文言文的能力仅仅是开始在提高,距离《条例(草案)》的要求还很远;另一方面,字、词、句教学本身存在的问题很多,因此,必须进一步切实研究如何正确加强这方面的教学问题。

正确进行文言文字、词、句教学的先决问题和整个语文教学问题一样,就是必须真正以《条例(草案)》有关指示作为指导思想。目的任务就是《条例(草案)》规定的培养学生的阅读与写作能力,就文言文说,主要是培养学生"具有初步阅读文言文的能力";《条例(草案)》指出"必须把课文内容讲解清楚”,这就启发我们,必须紧紧围绕课文内容,根据文道不可分割的原则进行教学,同时,必须有从课文实际出发的思想;又指出“必须切实加强基础知识的教学和基本技能的训练”,这就是说,单纯讲解清楚是不够的,还必须重视练习;又规定“教学必须根据学生的特点和接受能力,注意启发学生学习的自觉性和积极性”,这主要是说必须从学生实际出发的思想,并必须注意启发学生的积极思维和自觉性。至于其他指示,如不要教成政治课或文学课以及教学方法不应强求一律等,也必须切实贯彻到字、词、句教学中来。因为政治课或文学课都会忽视字、词、句的教学;如果教师在教学方法上不充分发挥创造性,字、词、句以至整个课文的教学效果必然会受到很大影响。

所谓讲解字、词、句应围绕课文内容,根据文道不可分割的原则进行,就是说不应脱离课文孤立地讲解,尤其不应讲些与内容无关的东西。譬如讲“先天下之忧而忧,后天下之乐而乐”,便应扣紧字、词,具体讲清这句话的意义,这样不仅解释了字、词、句,也说明了作者的思想。如果脱离课文内容,不按照文道不可分割的原则,讲些与内容无关的话,譬如在讲到“先”时,讲什么用“先”可以造成“先天、先导、先生、先河”等词,讲到“而”时,说什么“而”原有“胡须”的意思,这对讲解课文,又有什么必要和好处呢?

字、词、句的教学,必须做得扎扎实实。先讲清字、词,再将字、词串联起来,讲清句意。但这也并不是说逐字逐词解释,平均使用力量,没有主次轻重。应着重讲解生字、难词、特殊句式等学生不易理解的地方。譬如“大王来何操?”(《鸿门宴》)一句,应着重讲明“操”是“拿”的意思,全句是问“大王来时拿着什么?”。如果不分主次轻重,一方面对“操”的意义和“何操”的结构关系不着重讲清,以至于学生对这句话的意思搞不清楚;另一方面对“大王”“来”等也讲了许多本来不须讲的话,不仅浪费宝贵的时间,而且破坏课文的完整性。

字的教学,除了应注意生字的形、音、义之外,还应特别注意一些并非生字的形体相近、一形多音、古今异读以及通假现象(这些在古代文言文中是常见的)等问题。为了防止和纠正别字,注意字形的辨析和培养学生正确书写的习惯,是有重要的现实意义的。辨析字形,可适当运用文字学的知识,如向学生说明从“衤”(衣)的字如“被、袄、襟、袍”等,与衣服有关;而从“礻”(示)的字如“福、祸、社、祯”等,与祭祀迷信有关。学生有了这点认识,便可以避免将“被”写作“示”旁,将“社”写作“衣”旁一类错误。我们说可以适当运用文字学的知识,就是说,千万不可运用过分。有的教师过多地根据“六书”解说字的构造，经常板书好些篆字，甚至还让学生照写篆字。如果专门研究，自然可以这样做；但在中学语文教学中，却是绝对不应该的。有时按照现行字体说明应注意的地方即可，如“巳、已、己”，便不妨采用通俗的歌诀，“巳满已半己不出”，让学生注意，不必按照《说文解字》讲解。

如果单纯从语法学的角度看，会觉得句子是由词组成的，根本不必讲字。但中学语文不同于语法课。汉字形体复杂，笔画繁多，难写难认，因而学生写错别字的现象相当严重。据目前情况看，平均每千字就有六七个错别字。根据汉字的特点，在语文教学中有必要特别将“字”提出来。这里顺便说及一点：语文教学必须根据汉字汉语的特点进行，在这个问题上，需要我们特别重视并应进一步好好研究。再回到字的教学上来，还必须让学生按照公布的简化字书写，切实纠正自行“简化”的怪字。

词的教学应讲明词的本义和引申义。有的教师讲“鉴”，说了如下几层意思：1.“光洁鉴人”的“鉴”是“照”的意思；2.“借鉴”的“鉴”是“借作参考”的意思；3.“前车之鉴”的“鉴”是“教训”的意思；4.“大鉴、台鉴”的“鉴”是“阅、看”的意思。其实，应说明鉴的本义是“镜子”的意思，用作动词就是“照”的意思，至于“鉴戒”“鉴别”等的意思，都是由本义引申出来的。这样讲解，学生掌握了本义，便自然容易理解引申意义，学习起来也会有兴趣。上述那种将“鉴”字不恰当地割裂为几种似乎毫不相干的意义的做法，容易使学生感到头疼，莫名其妙。解释词义，固然应讲明在具体课文中的意义，但也不能忽视一般的含义。有人讲《羌村三首》中“萧萧北风劲”和“赖知禾黍收”，只说“劲”是“尖利”的意思，“赖”是“幸而”的意思，这种讲法，对学生正确地理解词义和积累词汇是没有好处的，如果学生将教师讲的这种意义用到别处，反而容易弄出不少错误来。解释词义，还应注意一词多义的现象，如《过秦论》中“秦无亡矢遗镞之费”、“遂并起而亡秦矣”和“追亡逐北”三处“亡”的意义不同，而且是在同一课文中出现，必须向学生讲解清楚。文言文中，词类活用的地方相当多，如“吾师道也”(《师说》)、“皆祖屈原之从容辞令”(《屈原列传》)，其中“师”“祖”均是“以为”意义的动词；又如《过秦论》中“以愚黔首”“以弱天下之民”，“愚”“弱”均是“使动”意义的动词。这些地方，是应向学生讲解清楚的。此外，还必须注意交代词的用法，注意交代今天仍有生命力的词语、成语，如有的教师讲《邹忌讽齐王纳谏》，特别向学生指出其中“门庭若市”今天仍然使用，并具体说明用法；又如有的教师讲《过秦论》，特别指出其中“不可同年而语”，今天一般说成“不可同日而语”，这种做法，都是很好的。

句的教学,应着重讲清句子的含义,为了帮助学生理解句义,对于比较复杂或比较特殊的句式,可以适当从结构方面加以分析,不能忽视意义而过于强调结构分析。有的教师,对语法比较爱好,喜欢分析句子,堂上占去很多时间,效果也未必好。譬如有人讲“先天下之忧而忧,后天下之乐而乐”,不是着重讲清意义,只是从语法结构上大加分析,费力很大,结果结构既没讲清楚,句子的含义也弄得非常模糊。当然这并不是说,根本不需讲结构,而是说,讲结构还是为讲清意义服务的,不要为讲结构而讲结构。古代文言文和现代语体文,在语法、结构上有些不同的地方,如宾语有时放在动词前边,介词结构作状语不少放在动词后边等,这些地方,对照现代汉语适当讲解是有必要的。有的教师讲《邹忌讽齐王纳谏》,把“能讥于市朝”“皆朝于齐”中的“于市朝”“于齐”提出来,对照现代汉语讲明其意义与结构,对学生理解课文就大有帮助。古今句式固然有异,其实相同的地方更多,而且相同这一面还是基本的。“异”固然应该讲,“同”也不能忽略。有的人往往只注意“异”,这是不恰当的。

在字、词、句教学上,应注意防止两种偏向,就是讲得过于烦琐和讲得不够扎实。(一)讲得过于烦琐的偏向主要是由于脱离课文内容孤立地讲解造成的,如有人讲到“陛下”一词,一连讲到与课文无关的“殿下、阁下、足下、膝下”等等;也有人过多地讲解有关典章制度的考证,也有人过多地讲解语法或文字学的知识。总之,脱离课文内容,过多地堆砌语言、文字以至历史知识,都会弄得烦琐,这样也会脱离学生实际,并离开了语言教学的目的。还有一种情况,虽未脱离课文,但也是讲得过于烦琐,就是实夫同志在《解字·释词·析句》①一文中所提到的为了“对比”而“对比”的做法,并举出《虞卿阻割六城与秦》中“计”凡六见,教师就作了6种解释:1.“赵计未定”的“计”作“对策”讲;2.“赵王与楼缓计之”的“计”作“商议”讲;3.“而言勿予则非计也”的“计”作“办法”讲;4.“使臣得为王计之”的“计”作“出主意”讲;5.“其计固不止矣”的“计”作“念头”讲;6.“勿复计也”的“计”作“考虑”讲。这种做法,看似力求讲得细致确切,其实是过于烦琐。(二)讲得不够扎实的偏向,主要是由讲解含混笼统造成的,如有的教师讲《羌村三首》,不是扣紧字词讲解,而是笼统地翻译大意,“晚岁迫偷生,还家少欢趣。娇儿不离膝,畏我复却去。忆昔好追凉,故绕池边树”几句,教师翻译如下:

① 实夫:《解字·释词·析句》,《人民教育》1963年第1期。

"我到了晚年被迫过着过一天算一天的生活,回家以来没有什么乐趣。可爱的孩子不愿意离开我,但是当他看到我忧郁苍老的面孔时却吓得又跑开了。回想过去我喜欢乘凉,这次回家后就故意又绕到池边过去乘凉的树下去看看"。学生只注意一字不易地死记教师的译文,以便应付提问和考试。这种作法,虽不同于过去教成"政治课"或文学课的做法,但就讲解字、词、句含混笼统这一点看,基本上还是和过去差不多的。可见过去这种不良影响,尚未彻底肃清。即使这种做法在今天已是个别的情况,却也是不容忽视的。

在字、词、句教学上,还有两问题非常值得注意,就是教学的方法步骤和加强练习问题。方法步骤老师应根据课文和学生情况具体考虑,多发挥创造性。一般的字、词、句的问题,可就在讲解课文中解决,这是文言文教学上常用的办法。但有些问题,如同义词的辨析、句式的比较等,特别是当这些问题牵涉到已讲过的几篇课文时,应在讲解课文之后进行。正音、正字,有些可放在课文讲解中进行,但有些也可以放在课前或课后,这须视具体情况而定。有的教师不注意方法步骤,如讲《指南录后序》一文,讲到"名曰馆伴"时,忽然大讲"名义"与"名誉"两个词的辨析比较,打乱了课文讲解的完整性,是不好的。至于加强字、词、句的练习,近一二年来,已日见重视,但一般说来,做得还不够。练习的方式方法,除了熟读、背诵和回讲等这些行之有效的做法外,还应该布置一定分量的有关字、词、句基本训练的书面作业。作业题老师应经过反复考虑,不宜随便出一两个或信手拈来就用。书面作业,应及时认真批改,并最好作出简要小结。

(二)局部与整体

一篇文章的构成,说得细致一点,是组词成句,组句成段,组段成篇;说得简略一点,篇是由各个部分组成的。篇是一个完整有机的整体,部分则是构成篇的有机部分,是从属于篇的。部分与篇的关系,就是局部与整体的关系。在教学上,应该从整体着眼,从局部着手。所谓从整体着眼,就是说要明确全篇的中心思想;所谓从局部着手,就是说要具体讲清由词句到段落的意义。如果不从整体着眼,会见木而不见林,讲得支离破碎,文章没有灵魂;如果不从局部着手,会见林而不见木,讲得空洞抽象,没有血肉,也就不易真正显出灵魂。部分与整体,固然可以说是篇章结构方面的问题,其实也不妨理解为思想内容方面的问题,不能单纯从形式上,而必须根据文道不可分割的原则来理解、处理这一问题。

这里打算以杜甫的《登岳阳楼》一诗为例,说明一下局部与整体的问题。原诗为:“昔闻洞庭水,今上岳阳楼。吴楚东南坼,乾坤日夜浮。亲朋无一字,老病有孤舟。戎马关山北,凭轩涕泗流。”这是一首抒发诗人感怀、伤时忧国之作。全诗八句,每两句说一层意思,各层意思之间,紧密结合,构成一个完整的整体。开头两句“昔闻洞庭水,今上岳阳楼”,就登岳阳楼、观洞庭湖的事情说,或者说就《登岳阳楼》这一题目说,是不可缺少的部分。“昔闻”是说向往已久,“今上”是说今得亲临其境,于叙事之中也包含着景仰名胜的思想感情。今既登临眺望,所见如何?很自然地引出以下两句:“吴楚东南坼,乾坤日夜浮。”这是诗中仅有的描写景象的两句,决不可少。这两句对洞庭湖雄浑壮阔的气象作出排天斡地的概括,并且全从感受写出,有着强烈的抒情气氛。由吴楚而乾坤,气象如此壮阔;坼吴楚、浮乾坤,把洞庭湖写得大有涵包天地之势。诗人置身于这样“乾坤日夜浮”的摇撼心灵的广大空间,必然会有所感触,自然接上以下抒发感慨的诗句。“亲朋无一字,老病有孤舟”,写诗人孤单飘零的身世。由天地之大而联想到自身之孤单,是人之常情,故与前两句有内在联系。前边尽量纵笔写景象的壮阔雄伟,这里猛然收缩来写身世的孤单飘零,两相对比衬托,益显得诗人孤单至极。诗人何以如此孤单飘零?这是当时战乱频仍的现实造成的;而诗人,又是个伟大的爱国主义者,绝不是什么感叹自身沦落的个人主义者,因而以下极自然地接上饱含着诗人高度爱国忧民热情的诗句。“戎马关山北”即写国家遭受吐蕃侵略、戎马战乱的现实,忧国忧民忧己之情,一齐涌向心头,凝成“凭轩涕泗流”的诗句。“吴楚”“乾坤”“戎马”三句所写的广大空间,至此便整个弥漫着诗人深厚的爱国主义的悲愁。“昔”“今”在时间上对待而言,“吴楚”“乾坤”在空间上由小而大,“凭轩”又与“今上”遥相呼应,不仅词句衔接紧密,而写景、抒情也交融一起,诗人的思想感情贯注全篇,全诗结构完整,浑然一体。附带说明一点,这里只是借这首诗说明局部与整体的关系,不是具体讲解这首诗,所以未着重字、词、句的具体讲解。

课文讲解方面,以上我们谈了字、词、句教学和局部与整体两个问题,这里打算再总结说两点:第一,字、词、句、篇的教学,不能脱离具体课文的具体特点进行。遣词、造句和篇章结构虽是各种体裁的课文所共有的,但在不同体裁的课文中又各有不同的特点和任用;即使在同一体裁的不同课文中也各有其自身的特点。只有扣紧具体课文来讲透字、词、句、篇,才利于真正把课文内容讲解清楚,并克服空泛和一般化的毛病。第二,不论讲解字、词、句也好,处理局部与整体的问题也好,或者对待语文教学上的其他问题也好,都必须切实根据《条例(草案)》所规定的语文课的性质、语文课的目的任务和学生实际与课文实际办事。能如此,便可做到万箭齐发而皆中靶心;不然,便不免乱撒雕翎而矢多虚发。

三、关于总结

总结是在认真讲解的基础上进行的。古代文言文,一般需要细致讲解,除了字、词、句讲得扎实外,关于思想、情节和写法方面的一些具体问题,在串讲中结合分析,大都基本上已谈到了,所以总结就不必多占时间。

但这并不是说,总结是完全不必要的。适当的总结,一般说来,还是应该有的。总结的内容和分量应视具体课文、课文已讲解的具体情况和学生掌握的程度而定,但总的说来,内容必须扣紧课文,分量不宜偏多。有关课文的总的问题,如思想内容、历史人物评价以及写作方法等,讲解课文时虽已讲了一些或者已基本解决问题,但总的再概括一下,使之系统化,或者加深一步,或者在某一两点上有所补充,这些都宜在总结中进行;此外,有些字、词、句方面的问题,如同义词的辨析,反义词的对比,综合比较性的正音正字以及句式方面的某些问题,一般也宜放在总结中进行,因为讲解课文时如果过多地插入这类问题,会影响课文的完整性。一篇课文的总结,不一定都包括思想内容、写作方法、语言知识等各个方面,根据实际需要一般可以只侧重其中某一点或某两点。如讲《李将军列传》,可在具体讲解李广事迹的基础上,再总的概括评述一下这个历史人物;讲《过秦论》,可就写作方法方面(如何论证问题、谋篇布局、文章充沛的气势等)简要总结一下;更多的课文(包括上举几篇),可在总结中谈及上述的字、词、句方面的问题。这里只是顺便举例性质,并不是说以上几篇课文在总结时只应谈及上述问题。

有的教师,总结的分量太多,总结的内容也不合适。譬如有人讲《孔雀东南飞》,课文本身讲解得很马虎,在总结中用了很多时间大肆分析人物,这是不合适的,应该说,这还是架空分析、教成文学课的倾向。上边曾提到,总结是在认真讲解课文的基础上进行的,“基础”必须坚固,没有这个坚固的“基础”,总结就容易流于空洞,甚至会成为“无根”之谈。

有些教师习惯于在总结中生硬地板书主题,让学生照抄死背,这是很不好的。既然课文讲解细致,为总结打好了基础,在总结中好些问题便可通过启发学生积极思维,师生共同活动得出结论,只是不足之处,再由教师在量上加以补充或者在质上提高一步。

关于写作方法篇章结构方面的总结,应防止一般化、公式化的倾向,要根据具体课文作具体的分析、概括。如果每篇都是“结构谨严、语言简练”八个大字,是不能具体解决问题的。写作方法也不宜讲得过多,能根据课文的特点提出一点或至多两点具体讲透就蛮好了。总结写作方法,应特别注意结合、指导学生写作。须注意,不是从文学制作的角度来总结写作方法,也不是从文学创作的角度去结合、指导学生的写作。不能脱离《条例(草案)》对学生作文提出的要求的精神来大讲写作方法之类。主要是应把布局、谋篇、写作特点讲清楚,讲解应力求具体、生动、深入浅出,应尽量少用专门术语,特别是学生不大弄得清楚的专门术语。不少学生常常反映:教师每篇课文都讲一些写作方法,可是我们一点也用不上。这是值得深思的。

四、批判继承

古代文言文的思想内容,有值得吸取的积极因素,也有应该批判的消极因素。就是积极因素,也必然有其时代的阶级的局限性,绝不可能达到我们今天社会主义的思想高度;至于消极因素,更不必说了。对待古代文言文的思想内容,我们必须采取批判继承的态度。毛主席在《新民主主义论》中曾说:“中国的长期封建社会中,创造了灿烂的古代文化。清理古代文化的发展过程,剔除其封建性的糟粕,吸收其民主性的精华,是发展民族新文化提高民族自信心的必要条件;但是决不能无批判地兼收并蓄。”①毛主席所说的剔除糟粕、吸收精华的精神,对古代文言文教学完全适用,而且是我们必须遵守的原则。只有这样,才能达到古为今用的目的。

古代文言文的精华与糟粕常常是杂糅在一起的,即使一些杰出的作家、思想家也绝不可能超越当时时代的局限,他们的文章中一些有益的东西常常不能摆脱封建思想的影响,或者是包含在封建思想体系之中。例如《过秦论》,贾谊反对暴政、主张仁政,这在当时是有一定进步意义的;但贾谊终是站在封建统治者的立场说话的,他的用意是为了缓和阶级矛盾,以求利于

① 《毛泽东选集》第二卷,人民出版社,1991,第707-708页。

封建统治阶级的长期统治，这就是他的时代、阶级局限性。也就是说《过秦论》在当时的一定进步意义，是包含在作者封建思想体系之中的。又如《邹忌讽齐王纳谏》，其中所说的"进谏""纳谏"，固然有值得参考的积极意义，但如用上述的阶级分析的观点去看，就很容易理解那和今天人民之中的批评与自我批评还是有本质的不同的。

正是由于糟粕与精华是杂糅结合在一起的，所以我们不能采取简单的、机械的挑拣办法，而必须用历史唯物主义的观点和阶级分析的方法给以具体的分析和批判。譬如韩愈的《师说》，其中所说从师学习的道理，不但在当时是有进步意义的，就是在今天，也还有值得吸取的地方。但韩愈的师道，却是为提倡古文、传授儒学以至为恢复儒学服务的。提倡古文，反对骈文，提倡儒学，反对佛老，韩愈的这种思想，在当时又是有一定进步意义的；但这种思想终究又是为维护封建统治阶级的利益服务的，又必须批判。至于《师说》中所说"巫医乐师百工之人，君子不齿"这种轻视"百工"的封建士大夫观点，则又是显而易见的错误。只有经过具体的分析批判，正如恩格斯所说"从它的本来意义上'扬弃'它"①，才能吸取其中"道之所存，师之所存"的精华。

分析批判一定要做得恰如其分。所谓恰如其分，这有两层意思：一是说对具体问题本身要分析批判得恰如其分，对历史人物不能过褒或过贬。如讲《孔雀东南飞》，对兰芝和焦仲卿这两个反抗封建礼教的人物，如果不是着重从积极方面加以肯定，反而指责他们的自杀是怯懦的行为，是逃避现实的表现，显然是不恰当的。再一层是说对学生讲解的分量、深度要恰如其分。譬如上述关于《师说》的分析批判，教师是应该认识和掌握那些的，至于韩愈提倡古文，反对骈文，提倡儒学，反对佛老的思想在当时的进步意义与历史评价问题，是否需要向学生讲，就是另一个问题了。即令讲到这一点，也应该只限于课文内容关系密切之处，而且应力求讲得简明扼要，绝不应讲得过多过深。

（与鲁湘合著）

---

① 恩格斯：《路德维希·费尔巴哈和德国古典哲学的终结》，《马克思恩格斯选集》第四卷，人民出版社，2012，第 3 版，第 229 页。

语文阅读举例

语文阅读要谈的方面很多,这里只想从精读方面举例谈谈怎样阅读作品的最为基本的方法。

阅读作品的直接目的,在于理解作品的思想内容与表现思想内容的形式。为要达到这样的目的,在阅读中,首先就必须从作品本身的内容决定形式和形式为表现内容服务出发,把内容和形式密切结合起来,在理解作品内容的同时,理解表现内容的形式。结合则两者俱得,不结合则两者俱失。再者,就作品的写作过程来说,又是集字成句,集句成章,集章成篇,形成局部和全局有机统一的整体的。对阅读来说,又只有把作品的遣词造句和布局谋篇这样的局部和全局密切结合起来,才能取得由局部到全局的通体理解。同样,结合则两者俱得,不结合则两者俱失。下面从遣词造句和布局谋篇着笔举例来看。

先从遣词造句来看。作品的思想内容是通过语言表现出来的,作者为要表现作品的思想内容,无不要在遣词造句上狠下功夫。这对阅读来说,要理解作品的思想内容和表现形式,首先就要从理解词句入手。但要理解作品的词句,还必须认识作品中的词句与散在作品之外的字典、辞书中的词句不同,它在作品中承担着表现一定的思想内容的使命,是受其所在的语言环境制约的。只有把它放在其所在的语言环境中才能对其具体含义作正确无误的理解,认识其在表现思想内容上的作用。现举例来看。如《鸿门宴》写项伯建议刘邦:“旦日不可不蚤自来谢项王!”其中的“谢”字作何解释?中学课本把它解为“谢罪、道歉”就完全错了。按照这样的解释,说明在反不反项羽上，项伯认为刘邦对项羽是有罪可谢、有歉可道的。这就完全脱离了词的语言环境，违背了作品所写之事件的基本矛盾冲突。我们知道，《鸿门宴》所写之事件反映的矛盾，是由秦王朝被推翻前农民起义军与秦王朝的矛盾，转而为秦王朝被推翻后作为地主阶级的刘邦和项羽之间争夺政权的矛盾。刘邦和项羽的关系，也就由原来的作为农民起义军共同反抗秦王朝相互支持的关系，变为地主阶级相互争夺政权的敌对关系。就刘邦来说，由于他的“遣将守关”和曹无伤的向项羽告密，已使他与项羽为敌的真相暴露在项羽面前，引起项羽将要对他进行“为击破沛公军”的战争。在项强刘弱的当时，刘邦只应掩盖其反项羽真相避免这场毁灭性的战争。这就是张良给他提出的斗争对策，所谓“言沛公不敢背项王也”。《鸿门宴》以其全部文字具体而深刻地写出在这场斗争中刘胜项败的过程。在这一斗争过程中，项伯是首先受刘邦集团所谓“不敢背项王”的蒙骗的。由于他对刘邦的“不背项王”信而不疑，他才答应刘邦请他去向项羽作“不敢倍德”的解释，也才进而向刘邦作“蚤自来谢项王”的建议，怎么能是认为刘邦对项羽有罪，叫刘邦来向项羽“谢罪”呢？在这里这个“谢”字只能是旧版《辞源》所作的一个解释：“告也。以辞相告曰谢。”项伯正是叫刘邦再亲自来见项羽，当面向项羽作“不敢倍德”的解释的。作品下面所写“沛公旦日从百余骑来见项王，至鸿门，谢曰”的“谢”，同是“以辞相告”之意。刘邦见到项羽所说的那一番话，也确是绝好的说明自己不反项羽的“相告”之辞，不但不是“谢罪”，而且是在表功。所谓“然不自意能先入关破秦”，不正是表自己“先入关破秦”之功的吗？同时，项伯也正是这样认为的，如他向项羽说：“沛公不先破关中，公岂敢入乎？今人有大功而击之，不义也。”

可见只有把作品的词句放在其所在的语言环境中才能对其含义作正确无误的理解，而且也只有把作品的词句放在其所在的语言环境中才能认识其所具有的表现功能。《鸿门宴》于写项伯建议刘邦“蚤自来谢项王”之后，以“沛公曰：‘诺。’”来写刘邦对项伯的建议的回答，就显得极为精确而富有表现力。写出刘邦在那样严峻斗争时刻的从容果断，有胆有识。既表现出他对如何进行斗争有深切的认识，又表现出他有敢于身赴敌军进行斗争的勇气。同时，也只有在项伯面前表现得如此从容果断才能更使项伯对其不反项羽信而不疑。而这样的词句的运用是有其特定的语言环境的，刘邦这一从容果断的行动表现，也有个前后发展变化过程。当刘邦初从张良那里得知项羽将要对他施加一场毁灭性的战争，他的行动表现就不是从容果断，而是“大惊”，是急问张良“为之奈何”的不知计之所出。可是这样前后不同的行动表现之意却有密不可分的内在联系，后者恰是由前者逐步发展变化来的。作品以恰当的语言通过对刘邦、张良和项伯之间的言行叙写具体而深刻地写出这样的联系和发展变化。先看刘邦为什么要“大惊”，他大惊的不是他知道项羽已是他的敌人，这应早就预料到的，而是项强己弱，他与项羽为敌的真相已经暴露，引起项羽将要对他进行一场毁灭性的战争。由于他有这样的“大惊”，他才能那样一再向张良询问对策：“为之奈何？”“且为之奈何？”张良为使刘邦对问题有深切的认识，先对他的询问不作回答，而一再向他进行反问：“谁为大王为此计者？”“料大王士卒足以当项王乎？”及至刘邦经过张良这样一再进行启发性的反问对自己在项强己弱的情况下，由于“距关毋内诸侯”致使与项羽为敌的真相暴露的错误有了真正认识，张良才向刘邦正面提出掩盖矛盾、避免战争这一正确的斗争对策。这样刘邦才能深以为然地接受这一斗争对策，随后与张良按照这一斗争对策去笼络项伯。及至项伯已经受其笼络，既答应为他向项羽作不反的解释，又进而向他提出再“蚤自来谢项王”的建议，他也就自然要对项伯的这一建议作一“诺”字应之的从容果断的回答。这里不仅写出“沛公大惊”与“沛公曰：‘诺。’”的不同，也写出两者之间的内在联系，并写出由前到后逐步发展变化的必然，从而形成一个特定的语言环境。只有结合这个语言环境，才可认识其中每一词句运用得精确，以见其遣词造句之功。

再看作品对项羽言行的叙写。作品写项羽因知“函谷关有兵守关，不得入，又闻沛公已破咸阳”，以及曹无伤使人给他说“沛公欲王关中”，而一再表现“大怒”。这里的“大怒”也用得非常精确。它说明项羽对秦王朝被推翻后刘邦必然是他争夺政权的敌人是缺乏认识的。否则，就会理智地对待，不会表现这样出其意料之外的“大怒”的。因而他出自“大怒”之下所作的“旦日飨士卒，为击破沛公军”的决定，也是缺乏刘邦必然是他争夺政权的敌人这样的认识基础的。这就在思想上给刘邦集团向他进行掩盖矛盾、避免战争的斗争以可乘之机。故当项伯“具以沛公言（‘不敢倍德’）报项王”，他就立时信而不疑，取消其“击破沛公军”的决定，并对项伯建议他对刘邦“不如因善遇之”作了“许诺”。从“项羽大怒”到“项王许诺”之间，同样存在着内在联系，也只有密切结合起来，才能深入理解其含义和在表现内容上的作用。

同时，对刘邦言行的叙写和对项羽言行的叙写也是互为语言环境的，若不结合起来，也就无法理解作品是怎样运用恰当的语言来表现他们的思想性格与事件发展的关系的。例如，不把“项羽大怒”与“沛公大惊”结合起来,就无法理解事件为什么要向“项王许诺”发展;不把“沛公曰:‘诺。’”与“项王许诺”结合起来,也无法理解事件为什么要向鸿门宴上进行那样的斗争发展。自然,就整个作品来说,对遣词造句的理解是离不开布局谋篇的。

再从布局谋篇来看。所谓布局谋篇,是指作者为了表现作品的主题思想,反映事物的本质规律,把作品各个组成部分,按照其所反映的事物的规律给以恰当的安排,组成一个有机统一的整体。我们阅读作品,既要在理解词句的基础上,通过认识结构布局所展现的事物的本质规律,来认识作品有机统一的整体,又要通过认识结构布局所展现的事物的本质规律来审视和理解作品的词句,进而认识作品有机统一的整体,认识作品所表现的思想。

先看通过认识结构布局所展现的事物的本质规律来认识作品有机统一的整体和所表现的思想。以《齐桓晋文之事》为例来看。本文的中心思想在于论述孟子劝说齐宣王舍弃霸道,实行王道。其结构布局就是为进行这样的说理把作品的各个部分组成一个有机统一整体的。清代方宗诚论《孟子》文法说:“《孟子》文起处,最善提掇,善浑涵;中间最善开纵恣肆,条理灿然;末段最善神气完固。”①本文最能体现孟子文章这样既谨严而又富有变化的章法结构特点。在结构安排上全文可分三大部分:第一部分,从开头到“无以,则王乎”。以极其浑涵的笔法提出孟子劝说宣王舍弃霸道,实行王道总的论题,以便下文进行具体论述。第二部分,从“曰:‘德何如,则可以王矣?’”到“其若是,孰能御之?”。以“保民而王”为中心,具体论述王天下之根本与王道之利和霸道之害,以期从理论上说服宣王舍弃霸道,实行王道。第三部分,从“王曰:‘吾惛’”到末尾。论述实行王道的具体措施:制民之产,富之教之。最后结以“然而不王者,未之有也”与“无以,则王乎”呼应,结束全文。其中第二部分正是方宗诚说的“中间最善开纵恣肆,条理灿然”。其用以说服宣王理论分五层写出,即:王天下之本,在于“保民”;保民的依据,在有“不忍”;不忍之用,在能“推恩”;推恩,必须舍霸;舍霸,才能图王。最后以“其若是,孰能御之”与“保民而王,莫之能御也”呼应,结束本段。这样五个说理层次,正体现其说理的逻辑次序和存在于这个逻辑次序中的思想体系。我们在阅读中,就应从其“开纵恣肆”的论辩中看出其“条理灿然”的逻辑关系。只有正确理解了作品的结构布局,才能理解其所论述的思想理论上的逻辑关系,从而理解其所表现的主题思想和与这有关的

① 方宗诚:《柏堂读书笔记·论文章本原》卷三,光绪四年刻本,第3页。

思想体系，给以认识和评价。然而有些评论文章和选本对本文结构布局的理解就很不妥当。有的选本（如王力主编的《古代汉语》）把本文分成如下五个部分：第一部分，从开头到“臣固知王之不忍也”。第二部分，从“王曰：‘然’”到“是以君子远庖厨也”。第三部分，从“王说曰”到“然后快于心与”。第四部分，从“王曰：‘否’”到“其若是，孰能御之”。第五部分，从“王曰：‘吾惛’”到末尾。这样五个部分的划分，不仅对我们前面说的全文分三大部分那样总的结构布局是个破坏，就是对第二部分中所分的五个层次也在不应有的合并与分割中弄得一片混乱。如仅是论述宣王有忍之心这一层，就被分割到三大部分中去了。这样就根本无从通过作品本来具有的结构布局，理解其所论述的思想理论上的逻辑关系和所表现的主题思想，给以认识和评价。同时，也无从认识其所具有的谨严而又富有变化的章法结构特点，且亦必然影响认识其长于论辩的语言特色。

再看通过认识结构布局所展现的事物的本质规律来审视和理解作品的词句，进而认识作品有机统一的整体和所表现的思想。以《木兰诗》为例来看。这篇诗所塑造的木兰的形象，本来是热爱和平生活，反抗外来侵略，代父从军的女英雄形象。作品的思想意义也就在于这样的英雄形象的塑造与歌颂。然而，有人却根据诗中写了木兰从军前的叹息和从军途中怀念爷娘的感情，就认为木兰的形象是反对统治阶级强迫人民服兵役的形象，说把木兰看作女英雄是不恰当的。认为作品的思想意义也就在于反对统治阶级的强迫人民服兵役。这样对作品的形象和思想的错误理解，首先在于脱离了作品的整个结构布局，对其中部分词句作了错误的理解，进而对整个作品的形象和思想作了错误的理解。现从作品整个结构布局来看。作品是按照其所写的从军事件的发展顺序进行结构安排的。开始写当户织的木兰，在可汗点兵、父老弟幼的情况下决定代父从军。接着写她四市购买鞍马，积极做从军准备。写她辞别爷娘，关山飞度，奔赴战场，写她经受长期辛苦戍边的考验，进行舍生忘死的斗争，身经百战，胜利而归。写她由于立了大的战功，受到天子高封厚赏，而她不要高官厚禄，急切要求返回故乡。写她胜利归来，全家高兴，和她脱下战袍，换上旧时服装，重新回到往常妇女生活中去的无限喜悦。并通过写其易装以后伙伴乍见时的“惊惶”和结尾处以“双兔”作比，对作为一个女英雄更给以直接而热烈的颂扬。从作品对这样一个从军事件的安排叙写中，深刻地展现了一个不可移易的生活规律，即诗的主人公热爱和平生活和捍卫和平生活辩证统一的规律。这首先涉及如何理解木兰叹息的问题，即木兰为什么要叹息。我们知道，木兰从军之初虽有叹息之情，但对可汗的点兵却毫无怨恨之意，且在父老弟幼的情况下毅然作出“愿为市鞍马，从此替爷征”的决定。这就表现了她对这一战争的支持态度，绝不是反对服兵役。而且若是反对服兵役，这个“将军百战死，壮士十年归”歌颂从军英雄的从军事件就根本不能发展下去，而作品也就不是有机统一的整体了。那么，木兰为什么要叹息呢？我们认为木兰叹息，是因她的和平安定的“当户织”生活受到由于外来侵略引起的战争的干扰，这和她在从军途中怀念爷娘的感情都是其热爱和平安定生活在特定情况下的特定表现。连同她胜利归来不要高官厚禄，急切要求返回故乡，以及回到家中又是那样愉快地回到往常生活中去，共同表现了她热爱和平安定生活的思想感情。这正是她应征从军和在战争中表现得那样英勇的思想原因和力量。“唧唧复唧唧”（“唧唧”作“叹息声”解），源于“当户织”的和平安定生活受到由于外来侵略引起的战争的干扰；“从此替爷征”，为了对“当户织”的和平安定生活的捍卫。热爱和平生活和捍卫和平生活在这一英雄形象中达到辩证的统一，前者是后者的思想基础，后者是前者的行动表现。失去和平生活而叹息，捍卫和平生活而斗争，和平生活重新获得而喜悦，这就是反抗外来侵略的木兰的英雄性格的成长过程。也正是作品整个结构布局给我们展现的不可移易的生活规律。我们不能脱离诗所展现的生活规律，把热爱和平生活同捍卫和平生活对立起来，否定木兰的英雄形象，不能把《木兰诗》这个英雄的颂歌视之为反对服兵役的反战诗篇，抹杀其本来具有的思想意义，代之以什么别的思想意义。

同时，作品写木兰从“当户织”的生活中走了出来应征从军，为了捍卫“当户织”的生活进行英勇的抗敌斗争，胜利归来不要高官厚禄，无比愉快地重新回到往常生活中去，亦即重新回到“当户织”生活中去，同样体现了不可移易的生活规律。作品以极意铺陈、尽情渲染之笔来写木兰胜利归来，全家极其欢快和伙伴对木兰盛情称赞的场面，正是劳动人民从事反侵略战争的思想愿望的艺术体现。这又使我们看到木兰这个形象完全是按照劳动人民的美学观点和理想塑造出来的反抗外来侵略的女英雄形象。这也是只有把作品在整体上展现的生活规律与具体的词句叙写密切结合起来才能认识得到的。

总之，阅读作品要把理解遣词造句与理解布局谋篇密切结合起来，而两者结合的基础则是作品反映的事物的本质规律，即从结构布局所展现的事物的本质规律上来正确理解词句，在正确理解词句的基础上来理解结构布局所展现的事物的本质规律，从而对作品取得由遣词造句到布局谋篇的通体理解。在理解思想内容的同时,理解表现思想内容的形式。

本文主要不在多讲阅读道理,在作阅读举例。而举例本身也不一定都理解得很正确,若在研究应如何理解作品上,能引起读者一些思考,也就是其写作目的了。

在古代文学作品教学中如何分析作品的思想和艺术

在中学古代文学作品教学中,既要培养学生阅读文言文的能力,又要培养学生分析作品的思想和艺术的能力。怎样分析古代文学作品的思想和艺术,我的体会是,关键在于运用辩证的方法,通过分析作品所反映的事物的矛盾去分析作品的思想和艺术。

毛主席说:"分析的方法就是辩证的方法。所谓分析,就是分析事物的矛盾。不熟悉生活,对于所论的矛盾不真正了解,就不可能有中肯的分析。"①文学作品是现实生活的反映,它要运用特定的艺术手段把现实生活中的矛盾和斗争典型化,从而形成特定的思想去影响读者。其中思想和艺术的关系,是内容和形式的关系,前者决定后者,后者为前者服务。因而,没有作品所反映的事物的矛盾,就没有作品的思想,也就没有作品的艺术。古代文学作品,虽然由于受时代和阶级的局限,但它总在一定程度上这样那样地去反映现实生活中的矛盾和斗争。因此,在古代文学作品教学中,也必须用辩证的方法,通过分析作品反映的事物的矛盾去分析作品的思想和艺术,以便给出正确的评价,达到批判继承的目的。

① 《毛泽东选集》第五卷《在中国共产党全国宣传工作会议上的讲话》,人民出版社,1977,第413-414页。

一、关于分析作品的思想

对古代文学作品教学来说，首先就有一个熟悉和了解时代和作者的问题，以便真正把握作品所反映的事物的矛盾，才能有中肯的分析。这就需要把当时社会生活中的矛盾和斗争同反映到作品里面的矛盾和斗争紧密联系起来进行研究，看作品是怎样反映当时社会生活中的矛盾和斗争的。以杜甫的"三吏"(《新安吏》《石壕吏》《潼关吏》)、"三别"(《新婚别》《垂老别》《无家别》)为例。这组诗写于公元七五九年春，"安史之乱"爆发后的第五年。安史叛军首领安庆绪退出洛阳后，窜入相州(即邺城，今河南安阳县)，七五八年九月，郭子仪、李光弼等九节度使率兵讨之，十一月围攻相州。次年二月，史思明援救安庆绪，三月三日唐军大败，郭子仪退守河阳(今河南孟州市)，洛阳震动。杜甫在左拾遗任内，因疏救房琯获罪，七五八年六月被贬为华州(今陕西华阴市)司功参军，冬末，曾回洛阳。邺城败后，又由洛阳回到华州任所。在回华州的路上，目睹当时动乱不安的情况和官吏滥肆抓兵给人民造成的痛苦，写下"三吏""三别"这两组诗，反映当时劳动人民在战乱中所受的深重灾难。在进行时代和作者介绍时，我们就要注意到当时社会矛盾和作者思想矛盾的复杂性。"安史之乱"是藩镇割据和民族分裂结合在一起的一次战乱，对当时社会政治、经济、文化破坏很大，也给人民带来深重的灾难。唐朝政府进行平定这一战乱的战争是符合社会要求和人民意愿的，应该受到支持。然而这一战争又因是在封建王朝统治之下进行的，存在着阶级压迫，在这方面又是应该反对的。在"安史之乱"中，杜甫是个"上感九庙焚，下悯万民疮"(杜甫《壮游》)的人，他既支持朝廷平定"安史之乱"的战争，又深感唐王朝腐败无能，同情在战争中遭受灾难的人民。这就构成作品反映的矛盾的复杂性和思想的复杂性。它既写出人民在封建官吏滥肆抓兵的迫害下的悲惨遭遇，又写出人民对战争的忍痛支持(如《新婚别》《垂老别》)；既写出作者对人民在抓兵中所受灾难的深切同情，又写出作者劝慰人民去服役以支持急迫的战争的思想，如《新安吏》。《石壕吏》虽侧重于揭露不合理的兵役对人民残酷迫害，表示了作者的深切同情，但同时也写出了老妪那种忍苦含悲勉力服役的行动。在揭露不合理的兵役时，也包含着劳动人民急于时难的因素。正因这一组诗对当时矛盾复杂的现实作了具体深刻的反映,才成其为现实主义不朽之作。

毛主席说:"研究任何过程,如果是存在着两个以上矛盾的复杂过程的话,就要用全力找出它的主要矛盾。捉住了这个主要矛盾,一切问题就迎刃而解了。"①我们分析文学作品反映的矛盾,也只有用全力找出和捉住它的主要矛盾,才能正确分析作品的艺术形象和思想。这里就对《木兰诗》的分析来谈谈自己的看法。

《木兰诗》是我国古代一篇优秀的民歌,被后人齐声称道。但对它究竟应当怎样理解,却还存在着分歧。这些分歧的产生,根本在于能否找出和捉住它所反映的主要矛盾。那么,《木兰诗》反映的主要矛盾是什么?我们认为是外来民族压迫和反抗外来民族压迫。作品在写木兰从军过程中,围绕这个主要矛盾安排了情节,反映了矛盾斗争的发展过程,从而塑造了木兰这个女英雄形象,表达了体现在这个英雄形象之中的思想。

然而,有人根据诗中写了木兰从军前的叹息,写了从军途中怀念爷娘的感情,就把作品反映的主要矛盾看成是统治阶级强迫人民服兵役和劳动人民反对服兵役的矛盾,认为把木兰视作女英雄是不恰当的,在诗的描写里找不出女英雄的影子,说木兰的代父从军和杜甫的《石壕吏》诗中所写老太婆被捉去应差的悲惨故事的社会意义是相同的。这样的说法就离开了主要矛盾,把处于次要和服从地位的矛盾给以片面的夸大,以致取消或代替了主要矛盾。这样一来,就在写英雄的诗篇里找不到英雄的影子。木兰因为要代父从军,起初虽有叹息之情,但她深明大义对可汗的点兵却毫无怨恨,毅然作出"愿为市鞍马,从此替爷征"的决定。这就表现了木兰对国家抗敌御侮正义战争的支持态度和英雄性格。接着则是四市买鞍马,积极做从军准备,在从军途中虽然也怀念爷娘,但却克制思念,历山涉水,奔赴战场。雄伟的山河,壮阔的原野,正是跨马从军的女英雄的自然背景。"万里赴戎机"六句更写出了木兰奔赴战地,关山飞度的英姿;处身朔方,辛苦戍边的战地生活,舍生忘死,身经百战,十年凯旋的英雄壮举。这就把木兰放在抵御外来民族入侵的前线,进一步表现了她的英雄性格,刻画了她的英雄形象。这时木兰怀念爷娘感情全然被抗敌斗争的感情所替代。不错,木兰从军前的叹息和从军途中的怀念爷娘的感情,也确实反映了封建时代一个年轻的家庭女子希望并习惯过和平安定的"当户织"生活与应征从军之间的矛盾,这是

① 《毛泽东选集》第一卷《矛盾论》,人民出版社,1991,第322页。

在从军过程中逐步被解决了的次要矛盾。同时,作为一个特定的历史时代的艺术典型来说,木兰有这方面的感情是合情合理的,随着这种感情在斗争过程中的逐步克服,也就有血有肉地写出木兰英雄性格的成长,何况这种感情又是热爱和平渴望安定生活在特定情况下的特定表现。这同木兰胜利归来不要高官厚禄急切要求返回故乡和回到家中愉快地换上旧时服装共同表现了木兰热爱和平渴望安定生活的思想感情。热爱和平生活和捍卫和平生活在这一英雄形象中达到了辩证的统一。前者是后者的思想基础,后者是前者的行动表现。为失去和平生活而叹息,为捍卫和平生活而斗争,为和平生活重新获得而喜悦,这就是反抗外来民族侵略的木兰的英雄性格的成长过程。不能脱离诗所揭示的生活斗争规律把热爱和平生活同捍卫和平生活对立起来加以夸大,否定木兰的英雄形象。不能把《木兰诗》这个英雄的赞歌视之为反战诗篇,抹杀其本来具有的社会意义而代之以什么别的社会意义。

还有人因为作品写了木兰代父从军,就认为木兰只是为了她的父母姊弟而没有为国为民的思想感情,因此不能说她具有爱国精神。我们认为不能根据"代父"而改变从军过程中矛盾斗争的性质,从而抹杀"从军"的意义。在封建社会里,女子一般是不服兵役的,木兰女扮男装就说明了这一问题。写"代父",主要在于合情合理地写出木兰从军的原因。木兰在从军中表现得那样英勇,那样进行舍生忘死的斗争,显然不是用"代父"能解释得了的。

关于木兰是不是劳动妇女问题。有人认为这首诗根本没有通过劳动生活的描述来表现木兰的性格。既然没有劳动生活的描述,那么,从孤零零的"当户织"三个字为根据,说木兰是个劳动妇女,就是附会了。再加上认为木兰似乎家道富裕,就断定木兰绝非劳动人民。《木兰诗》是一篇写木兰从军的叙事诗,它主要不是通过劳动生活的描写来表现木兰的性格的。既然如此,不能根据除"当户织"外没有劳动生活的描述来否定木兰是个劳动妇女。只要对诗所写的具体事物和诗所揭示的矛盾进行分析,我们随处都可以看到与"当户织"相联系的生活特征,共同构成足够的条件表明木兰是个劳动妇女。木兰是英雄,也是广大劳动妇女中的一个。诗始终是把两者结合在一起来写木兰的形象的。诗以"唧唧复唧唧,木兰当户织"来写木兰的出场是很值得注意的。"当户织"是木兰平时生活富有特征的典型概括,诗把主人公从军事件与其平时劳动生活密切结合起来作为故事的开始,不仅说明木兰是个劳动妇女的身份,而且说明她是怎样在外族入侵、可汗点兵的情况下,从“当户织”的平静生活中走了出来去应征从军的。“唧唧复唧唧”(唧唧,作叹息声解),源于“当户织”的平静生活受到外来民族侵略引起的战争的干扰;“从此替爷征”,是为了捍卫“当户织”的平静生活。正因如此,木兰在战争中才表现得那样坚强勇敢,直至胜利而归。这正是劳动人民优秀品质的表现。特别在胜利归来后,她对封建阶级的功名利禄是那样一无所欲,毫不犹豫地辞掉天子的高封厚赏,要求尽快返回故乡,这生动地体现了劳动人民的阶级本质。“开我东阁门”六句与“当户织”相呼应,极其出色地写出从军归来的女英雄经过出生入死的斗争重新获得和平劳动生活的无限喜悦心情。这同爷娘姊弟由于她的胜利归来而感到无比愉快的心情共同表现了劳动人民的理想和愿望。这正是作品为什么要极意铺陈、尽情渲染地来写这个极其欢快的生活场面的目的所在。我们不能因为其中有杀猪宰羊、东阁西阁、对镜当窗等意在表现人物内心喜悦的铺陈描写,就认为木兰俨然富家,从而断定绝非劳动人民。须知这是用特定生活表现特定情感的艺术描写,在这里绝不能写出缺吃少穿的生活场景。这也同样不能离开诗所反映的主要矛盾和所要表现的思想来看问题。

可见只有抓住作品反映的事物的主要矛盾进行分析,才能认识其所反映的事物的本质和规律,才能透过现象看本质,才能看出其间的内在联系,也才能正确理解其所塑造的艺术形象和所表现的思想。

分析作品的思想成就,要抓住作品所反映的现实生活的矛盾;分析作品的思想局限,也要抓住作品所反映的现实生活的矛盾。例如柳宗元的《捕蛇者说》,通过赋敛之毒甚于毒蛇的描述,揭示了劳动人民受封建统治阶级繁重赋敛剥削的苦难。由于繁重赋敛而引起的劳动人民和封建统治的矛盾是封建社会主要矛盾的一种表现。在揭示这一矛盾时,作品反映了封建统治阶级苛政害民的社会现实,且有一定的深度和广度。就其深度来说,它反映了封建苛政压榨人民之甚,“殚其地之出,竭其庐之入”,使得人民生计全无,沦于扶老携幼、号呼转徙、死亡相藉的悲惨境地,造成“非死则徙尔”的一片荒凉凋敝的社会景象。而悍吏的骚扰,则是“哗然而骇者,虽鸡狗不得宁焉”。总之,到了人民活不下去的程度。就其广度来说,可分两个方面来看。一个方面,从空间上看,其所写的事件虽是永州人民捕蛇的事件,但把反映的苛政害民的现实,绝不限于永州一地,而是唐王朝统治下的整个社会现实。“其始太医以王命聚之,岁赋其二。募有能捕之者,当其租入”,可见其所揭露的是整个王朝的赋税的繁重。所不同者,永州人民幸有毒蛇可捕,而别处没有。另一方面,从时间上看,这篇作品虽是作者谪居永州以后写的,但所反映的社会现实是绝不限于当时,而是自“安史之乱”以来六十余年社会现实的反映。“自吾氏三世居是乡,积于今六十岁矣,而乡邻之生日蹙”就说得非常清楚。从作者对矛盾两方面的态度来看,对统治阶级的繁重赋敛则给以无情的揭露,对人民受赋敛之害则给以深切的同情,并殷切希望这样的矛盾能够得到解决(减轻赋敛)。从这些方面看来,其对现实生活中的矛盾和斗争是能够做到一定程度的反映的。因而它是一篇具有现实主义精神的作品。然而,又由于作者受到统治阶级立场的局限,在其反映这一矛盾斗争的过程中,只反映统治阶级压迫农民的一面,没有反映农民对统治者反抗的一面,而把农民写成屈服于统治阶级压迫的毫无反抗的屈从者。这样一来,也就只能把解决矛盾的希望寄托在封建统治者身上,这就大大影响了作品对现实生活的矛盾和斗争的真实反映,根本不可能揭示出农民和地主阶级斗争规律,同时也就必然影响其现实主义的深刻性。

二、关于分析作品的艺术

通过形象反映现实是文学的根本特点。这种形象是个性与共性的统一,既有普遍的现实意义,又是独特的不可重复的艺术个体。根据文学作品这种反映现实的特点,我们分析它的艺术性,就要分析它是怎样调动适当的艺术手段来创造这种艺术形象的。抓住这点,我们的分析才不致流于表面化和一般化。还要看到,作品的艺术形象是植根于现实生活的。现实生活中的矛盾斗争是普遍存在而又总是通过具体形式表现出来的,它在艺术上的体现,就是作品中塑造的个性与共性统一的艺术形象。这样看来,当我们分析某部作品创造艺术形象的方法时,就一定要对所反映的事物的具体矛盾作具体分析。艺术方法离不开艺术形象,艺术形象又离不开社会矛盾。

现在,我们从陆游的《十一月四日夜风雨大作》和《示儿》来看文学作品的这种现象的个性与共性的统一。

这两首诗反映的时代同是金人占领北方河山,南宋政权在投降派的把持下置民族危难、收复河山于不顾的时代,又同出自爱国诗人陆游一人之手,也都反映他那反对民族压迫、反对妥协投降、渴望收复河山的爱国思想。然而它们却又各有自己独特的、彼此不能代替的意境和艺术感染力。

先看《十一月四日风雨大作》。这首诗写于 1192 年,作者六十八岁。

当时，作者因政治上遭受排挤，免官闲居故乡山阴，但其报国之心并未衰歇，时时渴望收复河山，再值十一月四日风雨大作的寒冬之夜，便构成产生作品的特定的基础。这里既有作者长期的生活经历和普遍的社会原因，又有作者一时的生活环境和独特的生活感受。作品把两者密切结合起来，创造了个性与共性统一的诗的意境。“僵卧孤村”，对胸怀报国之志而又是封建士大夫一员的陆游来说，既是困窘不堪的生活处境，又是报国不得的政治处境。作者对此不是自哀，而是“尚思为国戍轮台”。风雨之夜，报国之情胜过自哀之意的作者并未沉湎于个人不遇的感慨，他梦寐以求的是戎马疆场，收复失地，于是，窗外的风雨声潜入梦境，变作了“铁马冰河”的战斗情景。这首诗的意境创造是通过诗人身卧孤村而梦赴战场这种现实处境与思想愿望之间的矛盾的揭示来完成的。由此，作者渴望报国的强烈的爱国思想得到了深刻的表现。这是作者一个风雨之夜的思想感情的具体抒发，也是当时社会现实的概括反映。

《示儿》则是以另一个抒情意境反映社会现实，表现作者爱国思想的。这首诗写于 1210 年，作者八十六岁，是作者临终嘱咐儿子的绝笔诗。恢复中原是作者毕生的愿望，但在南宋投降派的控制下，他的这一愿望始终不得实现。这种经久的客观现实和主观愿望的矛盾，在作者临终时刻的思想感情上表现得更为强烈。《示儿》这首绝笔诗，通过作者临终时刻思想感情的抒发，对这样的矛盾作了高度的概括和深刻的揭示，创造了它的个性与共性统一的具有特殊艺术感染力的意境。“死去元知万事空，但悲不见九州同”，于极其沉痛而具体的思想描写中深刻地概括了作者所处的时代和他一生所追求的事业与意愿。作者一生渴望实现而最终不见实现的正是“九州同”。这里，作者所热烈追求的“九州同”的理想从“万事”中给以突出，从理智上的“元知”和感情上的“但悲”给以强调。“王师北定中原日，家祭无忘告乃翁”，这种生前不见、死后望知的无比深沉的“家祭”嘱咐，对现实与愿望之间的矛盾揭示得多么深刻，对作者生死不渝的爱国思想表达得又多么强烈。这样的矛盾的揭示和思想感情的表达是当时社会现实的深刻反映，是有深广的社会意义的。但这又是作者特定时间、特定生活和思想的具体描写，具有极其鲜明的个性特征，与同是表现作者爱国思想的《十一月四日夜风雨大作》又有显著的不同。

个性与共性在作品的艺术形象中是有机的统一，我们进行分析时就应注意这样的有机统一，不能作人为的割裂。如《捕蛇者说》从对捕蛇事件的叙写反映了封建苛政害民的现实。作品先说明永州异蛇既有异毒，又有异乎寻常的功用,为下文张本,接着又写:“其始太医以王命聚之,岁赋其二,募有能捕之者,当其租入。永之人争奔走焉。”至此,便把构成永州人民捕蛇之事的全部因素,特别是社会因素写了出来。其中值得注意的:一为聚蛇的人是最高封建统治者(王命);一为聚蛇的手段是以租易之。这就使作品所写的永州之地所特有的捕蛇事件具有普遍而重大的社会意义——揭露唐王朝苛政害民的社会现实。下面,在总写永州人民争捕毒蛇的基础上,再就蒋氏三世捕蛇的典型事例,对赋敛之毒甚于毒蛇的苛政害民的社会现实作了个性鲜明含义深刻的反映。再如范仲淹的《岳阳楼记》,中心在于揭示迁客骚人的“以物喜”“以己悲”与古仁人的“先天下之忧而忧,后天下之乐而乐”这两种处世思想的对立统一,并以后者鞭策自己,劝勉友人,围绕这一中心,展开其全部的景物描写和思想感情的抒发,做到情景相因,思想连属,把对一种社会思想的表达寓于一篇富有个性特征的山水记胜的文字之中。

分析作品的艺术,归根结底在于看它是怎样为矛盾斗争典型化服务的。白居易的《卖炭翁》是通过卖炭翁遭受宫使的掠夺来反映宫廷与人民的矛盾的。作品从题材选择、结构布局到具体叙写,都是为了强化这一矛盾,使之具有典型意义。如“满面尘灰烟火色,两鬓苍苍十指黑”是对卖炭翁的肖像描写。这里继“卖炭翁,伐薪烧炭南山中”的叙述之后,以高度精练的语言从面、鬓、指三处给以突出特征的肖像描写,写出一个年迈力衰、饱受艰辛的烧炭老人的形象。又如“可怜身上衣正单,心忧炭贱愿天寒”是对卖炭翁的心理描写。“衣正单”而“愿天寒”本是一种反常的心理,然而由于“心忧炭贱”之故,这样的心理活动又是多么正常的表现。经过这样的心理描写,就深刻地写出卖炭翁对卖炭所寄的殷切希望,原因在于“卖炭得钱何所营?身上衣裳口中食”,衣食所出,生命攸关。随后又以“夜来城外一尺雪”等四句对卖炭翁把炭运到市上去卖的行动作了描写。通过这样一系列的肖像、心理和行动描写,就典型地写出矛盾的一方,遭受宫使掠夺的一方。同时,作品对矛盾的另一方宫使也从具体描写中给以典型的揭露。“翩翩两骑来是谁?黄衣使者白衫儿。”这样对宫使一出场的描写就与卖炭翁的肖像、行动形成强烈的对比。“手把文书口称敕,回车叱牛牵向北”,这是对宫使掠夺行动的直接描写。在两句诗中接连用了五个动词,写出宫使一个接一个的五个动作,使得卖炭翁根本没有回话的余地,读来让人感到这根本不是“市”,而是强加于人的抢劫。“半匹红纱(一作‘绡’)一丈绫,系向牛头充炭直”,进一步写出宫使的强盗行为和宫廷掠夺的本质。经过这样的选材、布局和描写,就深刻地写出最高统治者与人民之间的典型冲突,反映了宫使的仗势抢劫和人民惨遭掠夺的社会现实。由此看来,离开作品反映的事物的矛盾,离开矛盾斗争的典型化,是不可能真正理解作品的艺术的。

不同体裁的作品在反映现实生活矛盾冲突的方法上也还有不同的特点。如叙事性的作品对现实生活矛盾冲突的反映是通过情节安排、事件叙述、环境描写而创造的人物形象来完成的,抒情性的作品则是通过作者思想感情的直接抒发,或寄情于外界事物的描写来体现的。同时,在这两类不同性质的作品中还各有多种不同的体裁,分别采用具有不同特点的方法反映社会现实。因此,分析作品的艺术还应注意体裁特点,才能更好地分析它是怎样为反映社会矛盾服务的。

学术篇

怎样理解《诗经·伐檀》

《伐檀》是《诗经》中反映劳动人民反对不劳而获，称颂自食其力，具有鲜明阶级意识和强烈爱憎感情的少数诗篇之一。但对它的解说却自来不一。就我之所见，在古今众多的解诗中，只有早在战国中期的孟子和其弟子公孙丑对《伐檀》的理解符合诗的本意，自《诗序》以后就一直对此诗作违反诗意的曲解。

《诗序》谓"《伐檀》，刺贪也。在位贪鄙，无功而受禄，君子不得进仕尔"①。

这种把本来是反映劳动人民反对不劳而获，称颂自食其力的诗曲解为反映在位为官的有功受禄或无功受禄之类的诗，对后来的解诗有极其深远的影响。

清人姚际恒《诗经通论》说："此诗美君子之不素餐，……若以为'刺贪'，失之矣。"②又说："君子之人岂必从事力作？即从事力作，如伐檀及稼穑、狩猎诸事，庸夫类为之，皆自食其力；君子为此，何以见其贤？"③很清楚，这里所说的"美君子之不素餐"是指在位为官者的不无功受禄，不是"从事力作"者的"自食其力"。

清人方玉润《诗经原始》认为："《伐檀》伤君子不见用于时，而又耻受无

① 卜商：《诗序》，明津逮秘书本，第25页。

② 姚际恒：《诗经通论》卷六，顾颉刚标点，中华书局，1958，第128页。

③ 姚际恒：《诗经通论》卷六，第128页。

功禄也。"①他们既然把反映劳动人民反对不劳而获、称颂自食其力的诗说成反映有关在位为官的诗，就必然要按照自己的主观认为对诗的具体叙写作牵强附会的曲解。如《毛传》为要附会《诗序》所谓"君子不得进仕"之说，就把诗的章首三句分明写的是伐檀者的伐檀劳动说成什么"伐檀以俟世用，若俟河水清且涟"。《郑笺》则进而说："是谓君子之人不得进仕也。"《郑笺》又为要附会《诗序》"刺贪"之说，而把分明是写"不稼不穑"而取禾、"不狩不猎"而得兽的"不稼"四句解作"是谓在位贪鄙无功而受禄也"。都是对诗所作的以此为彼的曲解。至于把诗本来就没有的所谓"以俟世用"和"若俟"那样的词语强加给诗，则更是对诗的恣意篡改。

姚际恒为要把诗的主旨说成他的所谓"美君子之不素餐"，索性否认各章的前七句与末二句有内容上的联系。如说："再四思之，此首三句非赋，非比，乃兴也。兴体不必尽与下所咏合，不可固执求之。"②对中间"不稼"四句，则又认为"只是借小人以形君子"③。这样一来，在表现思想内容上，一章九句，也就只剩下其所谓"始露其旨"④的"末二句"了。且又可以不受前七句所写内容的制约对其所认为"始露其旨"的"末二句"作一任己意的曲解，把反对不劳而获、称颂自食其力的诗说成赞美"不事力作"的为官者不无功受禄的诗。

方玉润虽不同意姚际恒把章首三句看作"兴体不必尽与下所咏合，不可固执求之"，但又认为是比。为要附会他认为诗的主旨是"伤君子不见用于时，而又耻受无功禄也"，具体在比什么上又与《毛传》《郑笺》不同，而说："殊知河干伐檀，非喻君子不得进仕，乃喻君子仕于闲曹之秩也。"⑤对"不稼"四句所写反对不劳而获的内容与末二句的联系，他又以同意姚际恒的说法给以否认。如说："'不稼'四句，正姚氏所云：'借小人以形君子，亦借君子以骂小人。乃反衬不素餐之义。'"⑥亦即"只是借形君子，莫认作实"⑦之意。这样就又可以不受"不稼"四句所写内容的制约，把章末二句

① 方玉润：《诗经原始》卷六，李先耕点校，中华书局，1986，第248页。
② 姚际恒：《诗经通论》卷六，第128页。
③ 姚际恒：《诗经通论》卷六，第128页。
④ 姚际恒：《诗经通论》卷六，第128页。
⑤ 方玉润：《诗经原始》卷六，第249页。
⑥ 方玉润：《诗经原始》卷六，第249页。
⑦ 姚际恒：《诗经通论》卷六，第127页。

曲解为“彼君子者,又耻无功受禄”①以附会其所认为的诗的主旨。

《诗序》把诗的主旨看作是对有关在位为官的反映,在诗的解说上,不仅长期影响古代,而且现在有的解诗也还受其影响。如林庚、冯沅君主编的《中国历代诗歌选》一方面认为“这诗强烈地反映了当时劳动人民对剥削者的憎恨”,每章“中四句直斥剥削者的不劳而食”,一方面又因受《诗序》以来旧说的影响认为章“末二句表示希望出现真正‘不素餐’的‘君子’”,而这个“不素餐”的“君子”是“作者理想中贤明的执政者”。② 这样就使自己的解诗陷入不能自圆其说的矛盾之中。因为所谓“中四句直斥剥削者的不劳而食”是“不稼不穑”为什么取禾,“不狩不猎”为什么得兽的问题,不是执政者贤明不贤明的问题。何况在当时的历史条件下,即使是“贤明的执政者”,也是“不稼不穑”而取禾,“不狩不猎”而得兽的。同时,他无论怎样贤明都是根本不能解决“剥削者不劳而食”的问题的。既然如此,怎么能说末二句写的是作者希望出现其理想的贤明的执政者呢?若硬是要把这个“不素餐”的“君子”说成“作者理想中贤明的执政者”,就使诗的思想内容前后根本无法统一起来,只能是对诗的曲解。

在对诗的解说中,现在更有一种极其普遍的说法,认为章末二句是对剥削者进行的反语讥刺。如北京大学中国文学史教研室选注的《先秦文学史参考资料》认为:“这是一首嘲骂剥削者不劳而食的诗。每章前三句以劳动者在河边伐木的情景起兴,第四句以下则是直斥‘素餐’的‘君子’之词。全诗强烈地反映出当时劳动人民对统治者的怨恨。”“‘君子’指剥削者,与上文的‘尔’都是指的同一个人,虽用敬称,实含贬意。”“‘不素餐’犹言‘不白吃饭’。这些‘君子’本来都是白吃饭不干活儿的,此处是故作反语以为讥刺。”③

早在20世纪20年代,顾颉刚先生就在其《〈诗经〉在春秋战国间的地位》中说《伐檀》“明明是一首骂君子不劳而食的诗。那时说‘君子’,犹后世说‘大人先生’,只是‘贵’的意思,并没有‘好’的意思。所说‘不素餐’,

① 方玉润:《诗经原始》卷六,第249页。

② 林庚、冯沅君主编《中国历代诗歌选》上编(一),人民文学出版社,1964,第22页。

③ 北京大学中国文学史教研室选注《先秦文学史参考资料》上册,中华书局,1962,第75、76页。

犹说‘岂不素餐’”①。

郭沫若先生在《诗书时代的社会变革与其思想上之反映》中也认为“彼君子兮，不素餐兮”乃是“反语，今言为真是不肯白吃人的啦”②。

这种“故作反语以为讥刺”的说法，也是不符合诗的本意的。因为“不稼”四句所写“不稼不穑”而取禾，“不狩不猎”而得兽，是地道的“素餐”，同章末二句所说的“不素餐”是完全相反的。前者是对不劳而获的剥削者的斥责，后者是对自食其力的劳动者的称颂。两者的联系是一反一正的联系。同时，章末二句对自食其力的劳动者的称颂，也正是对不劳而获的剥削者的进一步斥责。怎么能把分明说的“不素餐”说成“犹说‘岂不素餐’”或者说成“今言为真是不肯白吃人的啦”的“反语”呢？这不是诗句本身就是什么“反语”，而是解诗者把诗的“正语”说成了“反语”。

再从诗对所写的不同对象使用不同的代词来看。诗对不劳而获的剥削者以“尔”称之，进行斥责；对自食其力的“君子”以“彼”指示，予以称颂。两者界限极为分明，怎么可以把以“彼”指示的“君子”说成“与上文的‘尔’都是指的同一个人”作“彼”“尔”不分的混同呢？

这种反语讥刺说，既是受《诗序》以来认为诗中的“君子”系指在位为官的统治者，不能指劳动人民（朱熹《诗集传》也只认为是“非其力不食”的“高士”）的影响，也与一些论者认为“君子”只能是奴隶主贵族特有的称号有直接关系，正像顾颉刚先生说的“那时说‘君子’，犹后世说‘大人先生’，只是‘贵’的意思，并没有‘好’的意思”。事实并非如此。“君子”一词的含义和使用是有其历史的发展变化的。不错，“君子”在西周本来是奴隶主贵族的称号，但到厉、幽以后，随着奴隶主贵族的衰落，本为奴隶主贵族所特有的君子称号，也日渐作为一种美称和敬称为社会上人们所共用。例如《诗经·王风·君子于役》一诗的抒情主人公就用“君子”这一称号称其所思念的行役于外的人。根据诗中所写“鸡栖于埘，日之夕矣，羊牛下来”等那样的生活情景，这个行役于外的“君子”，显然社会地位较为低下，不是贵族。再如《庄子·骈拇》说：“彼其所殉仁义也，则俗谓之君子；其所殉货财也，则俗谓之小人。”也正说明“君子”早为世俗所共用的美称了。就这里区分“君子”和“小人”以“殉仁义”“殉货财”为内涵来说，也就是孔子说的“君子喻于义，小人喻于利”（《论语·里仁》）之意。孔子正是在“君子”的含义和使

① 顾颉刚编著《古史辨》第三册下编，上海古籍出版社，1982，第 363 页。

② 郭沫若：《中国古代社会研究》，人民出版社，1954，第 170 页。

用所起的这种变化已为世俗所共认下来创立其以践履仁义为核心那样理想的君子人格的。产生于春秋时期的《伐檀》,其作者也正是在“君子”的含义和使用所起的这种变化已为世俗所公认的情况下,按照自己作为劳动人民的思想观点,运用这样的美称和敬称来称颂自食其力的劳动者,贬责不劳而获的剥削者的。

从上面所谈可以看出,造成《诗序》以来对诗的曲解,在解诗者的思想认识上,一为封建士大夫的思想所限,一为认为“君子”只能指统治阶级,不能指劳动人民的认识所限。就为封建士大夫思想所限来说,诗的反对不劳而获,称颂自食其力,就是反对阶级剥削。诗向剥削者进行的“不稼”四句那样的质问,是封建统治阶级及其士大夫不能正视和回答的,所以在对诗的解说中,不是以“莫认作实”给以回避,就是以“刺贪”等等给以曲解,以致对整个诗篇作面目全非的歪曲,篡改诗的主旨。就认为“君子”只能指统治阶级,不能指劳动人民来说,无论把诗中的“君子”说成有功受禄者,还是说成耻受无功禄者,或者说成隐居不仕的“高士”,以及把“君子不素餐”说成反语讥刺,无一不与这样的认识有关,且又无一不是对诗的曲解。另外,还有人“认为《伐檀》是‘劳心者’的一曲赞歌”①,说“《伐檀》中的‘君子’是天子、诸侯一类的奴隶主大贵族”②,并有人认为“《伐檀》歌颂的是奴隶主阶级和奴隶制,抨击的是新兴地主阶级以及封建土地所有制”,说“‘彼君子兮,不素餐兮’正是夸赞奴隶主不白吃饭的意思”。③ 等等。真是众说纷纭、而无一是,使此诗自汉迄今不得其解。

《伐檀》本是一篇言简意明的诗,只要不为上述《诗序》以来解诗者那样的思想认识所囿,就可清楚地看出诗所具有的反对不劳而获、称颂自食其力的主旨。现在来看孟子和公孙丑对《伐檀》的理解:

公孙丑曰:“《诗》曰‘不素餐兮’,君子之不耕而食,何也?”孟子曰:“君子居是国也,其君用之,则安富尊荣;其子弟从之,则孝悌忠信。‘不素餐兮’,孰大于是?”——《孟子·尽心上》

① 袁宝泉、陈智贤:《诗经探微》,花城出版社,1987,第32页。

② 袁宝泉、陈智贤:《诗经探微》,第31页。

③ 胡义成:《〈诗经·伐檀〉究竟是首什么样的诗?》,《贵州社会科学》1981年第6期。

公孙丑的两句问话，既是对《伐檀》的反对不劳而获、称颂自食其力的基本思想的概括，又是根据诗的这一基本思想向孟子那样“不耕而食”的“君子”的发问。这两句话的内容是相互补充的，意思是说，诗说君子耕而食而不素餐，那么你这个君子为什么不耕而食而素餐呢？从对诗的基本思想的概括中，可以看出他认为诗中“彼君子兮，不素餐兮”二句是对其所写之事物的正面肯定，不是反语讥刺。其中的“不素餐”指的是“耕而食”，不是“有功受禄”，“君子”是“耕而食”的劳动者，不是统治者。从根据诗的基本思想向孟子所作的“君子之不耕而食，何也？”的发问中，可以看出这里说的“君子”又是公孙丑以泛指的形式而特指孟子。在他看来，按照《伐檀》所说的“君子不素餐（耕而食）”，认为像孟子那样只以仁义、仁政游说诸侯，“不耕而食”，乃是“素餐”，所以才向孟子发“何也？”之问。这也正像孟子另一弟子彭更向孟子所发“后车数十乘，从者数百人，以传食于诸侯，不以泰乎？”之问一样，他们都是出于对“劳心”在社会分工中的作用和“劳心”“劳力”分工之必要的认识。孟子虽不认可公孙丑向他所作的发问，但对《伐檀》的基本思想的理解同公孙丑还是一致的。他和公孙丑认识上的分歧，在于他认为公孙丑根据《伐檀》所肯定的“耕而食”的“劳力”的“不素餐”来否认以仁义、仁政游说诸侯这样“劳心”的“不素餐”是错误的。其具体理由是：“君子居是国也，其君用之，则安富尊荣；其子弟从之，则孝悌忠信。‘不素餐兮’，孰大于是？”意思是说，《伐檀》所肯定的“耕而食”固然是“不素餐”，而我们这样的“劳心”而食也是“不素餐”，而且是“孰大于是”的“不素餐”。这也正像孟子对彭更进行的反问那样：“子何尊梓匠（梓人匠人，木工）、轮舆（轮人舆人，车工），而轻为仁义者哉？”（《孟子·滕文公下》）

可见孟子和公孙丑都是把反对不劳而获、称颂自食其力作为《伐檀》的主旨的。反对不劳而获与称颂自食其力在诗中有密不可分的内在联系，公孙丑把“不素餐”理解为“耕而食”，正是把诗的章末二句称颂君子“耕而食”的“不素餐”与中间四句反对“不稼不穑”而取禾、“不狩不猎”而得兽的“素餐”紧密结合起来理解的。这就极其深刻地揭示出两者之间的内在联系和诗所反映的事物的本质规律。因而，我们认为主张“故说《诗》者，不以文害辞，不以辞害志。以意逆志，为得之矣”①，且与诗产生的时代相去不远

① 阮元校刻《十三经注疏·孟子注疏·题辞解》，中华书局，1980，第2663页。

的孟子和其弟子公孙丑对诗的思想的理解是切合诗的本意的。根据这样切合诗意的理解就可廓清《诗序》以来对诗所作的种种附会和曲解。

至于同是封建士大夫的孟子和公孙丑之所以不为前面所说封建士大夫那样的思想所限,对诗的思想能作切合诗的本意的理解,乃是由于他们所谈的问题是“劳心”“劳力”要不要分工的问题,不是对诗的思想作正面解说。公孙丑只是根据诗主张“耕而食”的“不素餐”来向孟子发为何“不耕而食”之问,孟子也只是对公孙丑这样的发问作“劳心”而食也是“不素餐”的回答。但也就在这样的问答中,可以清楚地看出他们对诗的反对不劳而获、称颂自食其力的思想有极其确切的理解。同时,也正因诗具有肯定耕而食的自食其力的思想才能成为公孙丑向孟子发问的依据,孟子也才必须针对公孙丑这样的发问给以回答,成为他们所谈之“劳心”“劳力”问题不可或缺的组成部分。

下面就诗的具体叙写通贯全篇来看它是怎样按照生活的本来面貌表现思想反映生活的本质规律的。

全诗共三章,从各章首二句所写伐檀、伐辐、伐轮中可以看出一个伐檀为车的劳动过程。河岸则是这个劳动过程的劳动处所。各章第三句写的是伐檀为车的劳动者在河岸劳动时所看到的自然景象。这样的章首三句用的是铺陈直言的赋的手法,在叙事、抒情上与下文有一脉相通的联系。

“劳者歌其事”,诗的作者即诗中所写伐檀为车的劳动者,也是诗的抒情主人公。章首二句是其从事伐檀为车劳动的具体叙写。就首章来说,写伐檀者一面“坎坎”有声地伐着檀树,一面把所伐之檀放在河岸上。第三句写其从事伐檀劳动时所看到的景象,是描写自然景色的写景的一句,也是表现人物思想感情的抒情的一句。在当时那样的奴隶社会里,劳动人民过的是被压迫被剥削的生活,其所从事的劳动是牛马式的劳动。值此伐檀为车于河岸之际,看到清澈的河水,荡漾着如鳞似锦的波纹这样美的自然景色,更加感到自己生活的苦辛与不幸,不禁咏出这样即景抒情的诗句。同时,也就自然想到造成自己生活不幸的剥削者来。接着以“不稼”四句写出其对剥削者不劳而获的愤怒质问和揭露。最后以对自食其力的劳动者的称颂和肯定,来对不劳而获的剥削者进一步斥责和否定。结构极其谨严,叙事、写景、抒情极其自然,于构成一个有机统一的艺术整体中,表现了劳动人民反对不劳而获、称颂自食其力的诗的主旨,反映了生活的本质和其不可移易的规律。我们只有如实地把诗的遣词造句与布局谋篇紧密结合起来作循文按义的理解,才能符合诗的本意。

诗的反对不劳而获、称颂自食其力,深刻地反映了奴隶社会阶级对立的现实。从对这样阶级对立的现实的反映中,可以看出劳动人民具有鲜明的阶级意识和强烈的爱憎感情,在揭露剥削阶级不劳而获的剥削本质的同时,也表现了劳动人民反对剥削的斗争精神,通篇闪耀着灿烂夺目的现实主义光辉。然而只有廓清《诗序》以来对诗的种种曲解,才能显现这样的光辉。

(与王秉辰合著)

关于对《诗经·将仲子》一诗的看法

《人民文学》1953 年 Z1 期所载詹安泰先生的《诗经里所表现的人民性和现实主义的精神》,其中关于对《将仲子》的看法,我认为是值得商讨的。为了便于讨论,现把《将仲子》的原文写在下面:

将仲子兮,无逾我里,无折我树杞。岂敢爱之?畏我父母。仲可怀也,父母之言,亦可畏也!

将仲子兮,无逾我墙,无折我树桑。岂敢爱之?畏我诸兄。仲可怀也,诸兄之言,亦可畏也!

将仲子兮,无逾我园,无折我树檀。岂敢爱之?畏人之多言。仲可怀也,人之多言,亦可畏也!

詹先生说这篇诗"是具有高度的爱和顽强的斗争性的"。詹先生为什么说它具有顽强的斗争性呢?他说:"我认为这是一个恋爱中的女子替她心爱的人多方设想以减少他的恋爱的障碍。她并不是请仲子不要来,而是请他不要跳墙攀拊而来;她虽然有多方面顾忌,但主要的却还是为了要较顺利地达成她的目的。"他的主要理由是"她真的要拒绝她心爱的人,干吗只再三地反对他进行的方法呢?这里面就包含另有一种办法可取而不便明白指出的言外之意"。

我觉得这些推测式的理由是不够妥当的,詹先生认为恋爱中的女子只再三地反对仲子进行的方法,想是指的"无逾我里,无折我树杞""无逾我墙,无折我树桑”“无逾我园,无折我树檀”这类的诗句了。这里反复咏叹的形式是民歌的特色,不但《诗经》中有很多的诗篇具有这种形式,而且这种形式被普遍地流传下来,现在还有不少民歌保留这个特色,关于这点不是詹先生所不知道的,但在这里为什么偏偏把它强调起来呢?更为什么只强调全诗的一部分呢?“岂敢爱之”以下诸句不也有同样的反复吗?这里“只再三地反对他进行的方法”的说法,是断章取义的说法,没有联系下文。假如真的像詹先生认为的她只反对仲子跳墙攀掮而来的进行方法,而想让仲子采取另外的进行方法,那么,对紧接在下面的“岂敢爱之”就无法理解了。因为换上另外的进行方法,她对仲子的爱还是可以继续保持的,“岂敢爱之”根本就无从说起了。如果不是詹先生有意要断章取义的话,那就是他对“无逾我里,无折我树杞”这类诗句的理解有了出入。我觉得从这类诗句里可以看出她并不是仅仅请仲子不要跳墙攀掮而来,而是拿不要跳墙攀掮这一具体事情来表明她不要仲子再来的意思的。这里以一件具体事情来表明整个意思的写法,在文学作品里并不少见,《诗经·郑风·褰裳》一诗里有这样的话:“子惠思我,褰裳涉溱。”“褰裳涉溱”这一句话虽没明说只要男的爱女的,女的就决意相从,但是这个意思已经跃然纸上了,不致使读者有任何怀疑。《将仲子》的“无逾我里,无折我树杞”等句就是这种写法。

至于詹先生说“这里面就包含另有一种办法可取而不便明白指出的言外之意”,这种说法显然是与情理不合的。要知道这篇诗里的话是在男女私会时说出的,在他们私会的谈话中还有什么不便明白说出的呢?我想假如她只反对仲子进行的方法,那她就不仅说出不应当怎样进行,更重要的还是要说出应当怎样进行。因为她不说出来,仲子毕竟是不知道的。若说连她也不知道应当怎样进行,那她把现在的进行方法反对掉了,将来再怎样进行幽会呢?这是一个不能解决的问题。

若说詹先生的论点还有根据的话,那就是他所说的“明代有一首民歌,是单描写一个女子替她心爱的人打通一条达成目的的路径的”。我觉得明代的一首民歌毕竟是明代的一首民歌,《将仲子》毕竟是《将仲子》。这两首诗所写的两对恋爱男女,他们的具体情况未必是相同的,也未必是相似的,因而他们处理恋爱问题也就未必是相同或者是相似的。既然这样,我们就没有理由拿明代一首民歌中的女子处理恋爱的办法(反对这样进行,采取那样进行)作为《将仲子》中的女子处理恋爱的办法。詹先生这种张冠李戴的引证是不能说明问题的。若说他们的具体情况真的相同,为什么明代一首民歌能指出今后怎样进行而《将仲子》就没有指出呢?我觉得明代一首民歌恰好作为《将仲子》的反证。

因而我对《将仲子》的看法恰恰与詹先生相反。这篇诗是写恋爱中的女子对她心爱的人一种沉痛的谢绝，她确乎是请仲子不要再来了。她为什么不要仲子再来呢？她不爱他吗？不是的，诗中交代得很明白，因为她受父母的管制、诸兄的干涉、众人的非议，她不敢爱他呀！特别是“仲可怀也，父母之言，亦可畏也！”含着无限的悲愤和沉痛，表现出一种无可奈何的情绪。从这里我们可以看出封建婚姻制度是怎样桎梏着男女的爱情的。在《孟子·滕文公下》一段话里也可以看出封建社会对男女恋爱的敌视情形：

> 不待父母之命、媒妁之言，钻穴隙相窥，逾墙相从，则父母国人皆贱之。

在这种“父母国人皆贱之”的社会环境里不知牺牲了多少男女的爱情，《将仲子》不过是千百万中的一个例子罢了，是无足怪异的。

这样说来，能不能说《将仲子》就没有人民性和现实主义精神或人民性和现实主义精神不强了呢？我说不能这样说。在古典文学作品中有不少是反映封建社会男女婚姻问题的。像《梁祝哀史》《孔雀东南飞》这类作品描写青年男女为了他们的爱情和封建势力作宁死不屈的斗争，固然是现实性、人民性很强的作品；但像写牛郎、织女是怎样在封建势力之下被迫分开的，也同样是现实性、人民性很强的作品。在封建社会里男女婚姻不能自主，这是一个现实问题，能够本质地反映出这样问题的作品就是具有人民性和现实主义精神的作品。《将仲子》写出了一对男女是怎样在封建婚姻制度制约之下忍痛割舍他们的爱情的，暴露了封建婚姻制度的罪恶，在这方面就表现了它的人民性和现实主义精神，不必硬要说它具有顽强的斗争性的。

关于孔子认识中的《诗》教与礼教

——兼谈“礼后乎”

《孔子研究》1991 年第 2 期刊载程相占先生《诗教与礼教——“礼后乎”考辨》一文(以下简称《考辨》)对《论语·八佾》记载孔子与子夏言《诗》中“礼后乎”一句作了自己的解说,意在说明在孔子认识中的《诗》教及其与礼教的关系。我们认为该文无论是对“礼后乎”的解说,还是对孔子认识中的《诗》教及其与礼教关系的理解都是值得商榷的。

《论语·八佾》对孔子与子夏言《诗》的记载是:

> 子夏问曰:“‘巧笑倩兮,美目盼兮,素以为绚兮’,何谓也?”子曰:“绘事后素。”曰:“礼后乎?”曰:“起予者商也!始可与言《诗》已矣。”

其中“礼后乎”一句,子夏没有具体说出“礼”后于什么,在孔子答话中,也没有具体说明,只用一句称赞的话,表示肯定。究竟“礼”后于什么,《考辨》不同意朱熹《四书集注》认为“礼”后于“忠信”,也不同意有人认为“礼”后于“仁”,而认为是“礼后于《诗》”。

《考辨》这样的看法,首先是以其对孔子说的“兴于《诗》,立于礼,成于乐”(《论语·泰伯》)所作的解说为根据。《考辨》对“兴于《诗》,立于礼”的解说是:

> 他(指孔子——引者)所讲的“兴于诗”,即指用诗来引发学生的性情,启发他们那种尚处于蒙昧状态的心灵。但人的思想一旦被启动,其

> 活跃性是无限的……好像是脱了缰的野马,没有任何制约,难免会有‘淫’的危险”。怎么办呢?为了既启发学生的思想,又不失之过分,使它符合中庸之道,孔子又提出“立于礼”来,用“礼”来制约学生被引发的性情。

这里是说孔子认为《诗》的教育作用是启发学生“尚处于蒙昧状态的心灵”,而且这种心灵“一旦被启动”就像“脱了缰的野马”,“难免会有‘淫’的危险”,必须用“‘礼’来制约”,才会“不失之过分,使它符合中庸之道”。《诗》教和礼教的关系,也就是这种被制约与制约的关系。

《考辨》对“兴于《诗》,立于礼”所作的这样的解说实为以意为之的曲解,是根本不符合孔子对《诗》的教育作用和《诗》教与礼教关系认识的实际的。《论语·为政》篇记载:

> 子曰:“《诗》三百,一言以蔽之,曰思无邪。”

孔子在这里用“思无邪”对“《诗》三百”的思想内容作了一言的概括。“思无邪”的意思,何晏《集解》引包咸注曰:“归于正。”①所谓“无邪”“归于正”都是以“礼”为标准的。朱熹注谓“求其直指全体,则未有若此之明且尽者。故夫子言《诗》三百篇,而惟此一言足以尽盖其义,其示人之意亦深切矣”②。孔子既然能用此以“礼”为标准的“一言”去“尽盖”《诗》三百篇之义,给人以“深切”启示,怎么会认为《诗》只能启发人的“尚处于蒙昧状态的心灵”,而且“会有‘淫’的危险”,还必须到《诗》外去找“礼”的制约呢?在《论语·阳货》篇中,孔子兼从“迩之事父,远之事君”的政治伦理高度对《诗》的教育作用给以大力肯定。朱熹注曰:“人伦之道,诗无不备,二者举重而言。”③学《诗》能够做到“事父”“事君”人伦之重,自然是符合维护上下尊卑等级关系的“礼”的要求的。孔子决不会认为学《诗》者的心灵“尚处于蒙昧状态”而能够做到这样人伦之重的。

《论语·八佾》篇记载:

---

① 何晏:《论语集解校释》,高华平校释,辽海出版社,2007,第15页。

② 朱熹:《四书章句集注·论语集注》卷一,中华书局,1983,第54页。

③ 朱熹:《四书章句集注·论语集注》卷九,第178页。

子曰:“《关雎》,乐而不淫,哀而不伤。”

这更是对《考辨》所谓被《诗》引发的“人的思想”,“难免会有‘淫’的危险”最为直接的回答。朱熹注曰:“淫者,乐之过而失其正者也。伤者,哀之过而害于和者也。”①“不淫”“不伤”不正符合既“正”且“和”的“中和”要求吗?怎么还须到《关雎》之外去找“礼”的制约才“不失之过分,使它符合中庸之道”呢?再者,孔子还以“温柔敦厚,《诗》教也”(《礼记·经解》引孔子语)对《诗》的思想感情特点和表述方式作了总的称赞。这样“温柔敦厚”的《诗》教,正是既“正”且“和”礼贵得中的中和表现。它同用“思无邪”对《诗》的思想内容进行总的概括一样,也是以“礼”为标准的。《礼记·仲尼燕居》记载孔子的话说:“礼乎礼!夫礼所以制中也。”

孔子对《诗》的教育作用的重视和肯定,其最终目的在于用以指导学《诗》者立身行事、从政为官等社会实践,以实现其政治理想和社会理想。因此,他又常从学以致用上给以肯定和强调。如他教其子伯鱼学《诗》,说:“不学《诗》,无以言。”(《论语·季氏》)又教伯鱼学《周南》《召南》,说:“人而不为《周南》《召南》,其犹正墙面而立也与?”(《论语·阳货》)朱熹注曰:“正墙面而立,言即其至近之地,而一物无所见,一步不可行。”②从立身行事上极言非学《诗》不可。孔子又说:“诵《诗》三百,授之以政,不达;使于四方,不能专对;虽多,亦奚以为?”(《论语·子路》)这里既强调了“诵《诗》”在从政为官上的政治功用,又强调了诵《诗》在于能在政治上致用。《论语·阳货》篇中孔子更从“兴、观、群、怨”等方面,对《诗》在指导学《诗》者进行思想启发、作用于社会实践的政治功用给了全面而充分的肯定:

子曰:“小子何莫学夫《诗》?《诗》可以兴,可以观,可以群,可以怨。迩之事父,远之事君。”

这里所说的《诗》的教育作用,都是就学《诗》者来说的。“《诗》可以兴”,是就学《诗》者自身受到《诗》的思想教育而言。朱熹以“感发志意”释之,是切合本义的。意谓《诗》对学《诗》者的思想感情有感染、启发的教育作用。“可以观”以下则是就学《诗》者受《诗》的思想教育用之于社会实践

---

① 朱熹:《四书章句集注·论语集注》卷二,第66页。

② 朱熹:《四书章句集注·论语集注》卷九,第178页。

说的。“可以观”是认识社会，用以观察社会的是非得失，“可以群”，则是作用于社会，用以维护社会群体。这个社会群体，应是既符合维护贵贱等级关系的“礼”的要求，又具有“老安”“少怀”那样“仁”的理想。“可以怨”，也就是用以怨刺不利于群体的非仁非礼的政治事物。最后归结到“事父”“事君”的人伦之重上来，说明《诗》对学《诗》者社会实践有极其重大的政教功用。其间蕴含着孔子的政治理想和社会理想，他以“小子何莫学夫《诗》”那样充满期望心情的语言教其弟子学《诗》，目的就在于实现其政治理想和社会理想。

从上面所谈孔子对《诗》的论述来看，可见《考辨》所说孔子认为的《诗》的教育作用和《诗》教与礼教的关系解说完全是以意为之的曲解，是根本不符合孔子思想实际的。可是，《考辨》正是根据其这样以意为之的曲解，对孔子与子夏的言《诗》进行穿凿附会的解释，得出“礼后乎”是“礼”后于《诗》的结论的。

《考辨》认为“素以为绚兮”和“绘事后素”是同意语，“即绘画的文来后于白色的底板”。这本是符合逸诗和孔子答话的原意的。子夏所问的“巧笑”三句是逸诗，前两句“巧笑倩兮，美目盼兮”与《诗经·卫风·硕人》其中两句同。在《硕人》诗中，这两句是写庄姜自然之美的。说她笑得好看，口辅端正；眼睛很美，黑白分明。同时，也以“衣锦褧衣”的诗句来写她的衣着美。这首逸诗只具体写出人的自然美质，未再直接写她的装饰，而是以绘画作比的“素以为绚兮”的诗句把人的自然美与装饰美一并写了出来，而且表明两者的关系是“质”与“饰”的关系，前者是后者的质地，后者是前者的文饰。正如朱熹注曰：“素，粉地，画之质也。绚，采色，画之饰也。言人有此倩盼之美质，而又加以华采之饰，如有素地而加采色也。子夏疑其反谓以素为饰，故问之。”①是以素为“饰”，还是以素为“质”是子夏问题的根本所在，故孔子以“绘事后素”作答，指出绘画之事后于素地。朱熹注曰：“谓先以粉地为质，而后施五采，犹人有美质，然后可加文饰。”②既将“素”与“饰”的不同明显地区别开来，又清楚地说明两者在美的构成上有先“素”后“饰”密不可分的联系。这是对“素以为绚兮”的最好解释，也是对子夏提出的问题的最好回答。至此，就孔子与子夏所言之诗本身所作的具体问答已经结束。至于子夏接着说出的“礼后乎”，是他从孔子给他言《诗》中受到启发而作的

① 朱熹：《四书章句集注·论语集注》卷二，第63页。

② 同上。

由此及彼的联想,不再是言《诗》的本身。即由言《诗》中说到的人的“可加文饰”后于“人有美质”,画的“施五采”后于“粉地为质”,联想到“礼”的节文,也要后于其所节文的本质。由于子夏能够做到这样由此及彼,触类旁通的联想,孔子才给予“始可与言《诗》已矣”的赞许。

可是,由于《考辨》认为是“‘礼’后于《诗》”,并为了给其主张找根据,便抛开本符合逸诗和孔子答话原意的“素以为绚兮”和“绘事后素”为同意语的正确的思维逻辑,而在“绘事后素”上大做节外生枝的文章。于是,《考辨》写道:

> 孔子为什么用“绘事后素”来解释“素以为绚兮”呢?我们认为,孔子是从教育心理学的角度出发,把那些尚未启蒙的学生的心灵看作“素”,即一片洁白的底板;教育学生,引发学生,正是用彩笔在这块洁白的底板上描绘出各种各样的色彩,画出各种各样的图案。但这种描画又是有一定准则的,决不是海阔天空,信手涂鸦。因此孔子就用“礼”作为标准。因为“礼”可以集中体现孔子“乐而不淫、哀而不伤”的中和思想,具有强大的约束力,孔子就用它来制约那支描画的彩笔,在那片洁白无瑕的底板上,绘出符合中和之美的色彩和图案来。

这里所谓“孔子是从教育心理学的角度出发”云云,真是无中生有的凭空臆说,让人感到莫名其妙。至于孔子为什么用“绘事后素”来解释“素以为绚兮”,我们在前面已经作了具体解说,不再重述。即就《考辨》自己的有些话里也可以找到明确的回答,那就是“绘事后素”与“素以为绚兮”是“同意语”,用它去解释“素以为绚兮”便可以解开子夏“反谓以素为饰”的疑问。指出“素以为绚兮”是说先有素地,而后“为绚”。即先有素地,而后施文采。倒是《考辨》把“孔子是从教育心理学的角度出发”那样的凭空臆说强加给“绘事后素”,才真让人难以理解。那又怎样用它去解释“素以为绚兮”,以解开子夏“反谓以素为饰”的疑问呢?

再者,《考辨》一方面大肆强调孔子如何自觉地用礼教来制约《诗》教来教育学生,一方面又说:

> 孔子对子夏提出的“礼后乎”这个问题大加赞赏,竟然惊呼道:“起予者商也!始可与言《诗》已矣”,好像是一种长久思索而突然达到豁然开朗境界的惊喜,解除了孔子的心头之病——被《诗》引发的性情与

符合中和的矛盾。既然子夏已知道用“礼”来制约自己的性情,当然就可以放心地与他言《诗》了。

这样说来,倒不是孔子如何自觉地用“礼”去制约学生被《诗》引发的性情,使之符合中和的要求,而是孔子长久思索不得解决的“被《诗》引发的性情与符合中和的矛盾”,受到作为学生的子夏顿开茅塞的启发了。如果是这样,那孔子还有什么资格可以“放心地”与子夏言《诗》呢?

《考辨》为能“更加清楚”地说明问题,为其“‘礼’后于《诗》”之说再找根据,便又与《论语·学而》记载孔子赞许子贡“可与言《诗》”联系起来。孔子和子贡的这段对话是:

子贡曰:“贫而无谄,富而无骄,何如?”子曰:“可也。未若贫而乐,富而好礼者也。”子贡曰:“《诗》云‘如切如磋,如琢如磨’,其斯之谓与?”子曰:“赐也,始可与言《诗》已矣!告诸往而知来者。”

子贡和孔子在这里说的是应如何处贫处富的问题。子贡说的“贫而无谄,富而无骄”同孔子说的“贫而乐,富而好礼”显然是有高低层次之分的。孔子对子贡用“可也”许其所已能,用“未若”勉其所未至。子贡经过孔子这样的启发教育后,在如何处贫处富上,深感自己已至的认识和修养之不足,还应进一步提高,遂与《诗经·卫风·淇奥》所说的“如切如磋,如琢如磨”联系起来,感到应像治骨角玉石那样切磋琢磨、精益求精,不可自满自足。子贡由于能把自己经过启发教育而提高了的思想认识,由此及彼地与《诗》联系起来,孔子才给以“赐也,始可与言《诗》已矣!告诸往而知来者”的赞许。“告诸往而知来者”,既是子贡受到孔子“可与言《诗》”赞许的原因,也是子夏受到孔子“可与言《诗》”赞许的原因。正如朱熹注引谢氏曰:“子贡因论学而知《诗》,子夏因论《诗》而知学,故皆可与言《诗》。”①这里虽有子贡的因先“论学”而后“知《诗》”,子夏的因先“论《诗》”而后“知学”的区别,但都能把“学”与“《诗》”联系起来,这才是“可与言《诗》”的实质所在,“故皆可与言《诗》”。至于谁先谁后则是无关主旨的。可是《考辨》硬是要从孰先孰后上去做文章,不仅把子夏的“因论《诗》而知学”作为“礼”后于

① 朱熹:《四书章句集注·论语集注》卷二,第63页。

《诗》的根据,而且还硬要把子贡"因论学而知《诗》"的"告诸往而知来者"说成"'往'指的是《诗》,'来者'指的是'礼'",来为"'礼'后于《诗》"找根据,并说"这仅从字面上就可以分析出来"。可惜,"往"和"来者"字面的意思,恰恰与《考辨》说的意思相反。朱熹注曰:"往者,其所已言者。来者,其所未言者。"①自然,"告"是孔子"告","知"是子贡"知"。难道孔子已告子贡的"往"不是"富而好礼"的"礼",而是"如切如磋,如琢如磨"的《诗》,子贡所知的"来者"不是孔子未言之《诗》,而是孔子已言之"礼"?可见,《考辨》为把"礼后乎"说成"'礼'后于《诗》"从字面上去找根据也找错了。

那么,子夏"因论《诗》而知学"提出的"礼后乎",究竟"礼"后于什么,这还要与"论《诗》"联系起来。在"论《诗》"中,我们已知,人的后加文饰,是以人有美质为基础的;画的"后施五采",是"先以粉地为质"的。而从事节文的"礼",所后者也应是被节文的"质"。同时,还应是与"礼"结合起来能够构成孔子思想主体,对孔子和子夏来说都是不言而喻的,唯其如此,在孔子和子夏那样对话的特定情况下,才都感到没有再具体说出来的必要。因此,我们认为能够作为"礼"的本质,被"礼"节文构成孔子思想主体的只应是"仁"。先就孔子及其后学孟子有关论述来看。孔子曾说:"礼云礼云,玉帛云乎哉?"(《论语·阳货》)是说"礼"要有它的本质,不是徒具"玉帛"就可了事的。而《论语·八佾》篇记载的"人而不仁,如礼何?"就具体说明"仁"是"礼"的本质。人若不"仁"就失掉了"礼"的本质,也就无从为"礼"了。又《论语·颜渊》篇记载:"颜渊问仁。子曰:'克己复礼为仁。'"朱熹注引程子曰:"非礼处便是私意。既是私意,如何得仁?须是克尽己私,皆归于礼,方始是仁。"②则亦说明"仁"是"礼"的本质,"礼"是"仁"的节文。只有克尽与"仁"对立的"己私"复归于"礼",符合"礼"的规定和要求,才能"为仁"。再如《论语·八佾》篇记载:"林放问礼之本。子曰:'大哉问!礼,与其奢,宁俭;丧,与其易也,宁戚。'"就丧礼来说,以哀痛惨怛之"戚"为本。朱熹注引范氏曰:"戚者心之诚,故为礼之本。"③"戚",这个"心之诚",正是"仁,人心也"(《孟子·告子上》)的"人心"在"丧"上的表现。"戚"为"礼"之本,亦即"仁"为"礼"之本。再就《论语·阳货》篇记载孔子与宰予论三年之丧来看,宰予向孔子提出要把为父母服三年之丧改为服一年之丧,

---

① 朱熹:《四书章句集注·论语集注》卷一,第53页。

② 朱熹:《四书章句集注·论语集注》卷六,第132页。

③ 朱熹:《四书章句集注·论语集注》卷二,第62页。

孔子深责之说："予之不仁也！子生三年，然后免于父母之怀。夫三年之丧，天下之通丧也。予也有三年之爱于其父母乎？"三年之丧是"礼"的规定，而这个"礼"的规定，是根据"子生三年，然后免于父母之怀"，"有三年之爱于其父母"而来的，也是根据"夫君子之居丧，食旨不甘，闻乐不乐，居处不安"不能忘怀其亲而来的。宰予之所以要改三年之丧为一年之丧这个"礼"的规定，是他忘掉父母"三年之爱"而薄爱其亲的结果。对此，孔子以"不仁"责之。由此可见，正因宰予失掉仁爱其亲的"礼"的本质，所以才要否定三年之丧的"礼"的规定。《礼记・中庸》记载孔子答哀公问政说："仁者人也，亲亲为大；义者宜也，尊贤为大；亲亲之杀（等差），尊贤之等，礼所生也。"这里更直接说出"礼"产生于"仁"的"亲亲之杀"，"义"的"尊贤之等"，也是为节文"仁"的"亲亲之杀"，"义"的"尊贤之等"而存在的。以孔子私淑之徒自居的孟子也说："仁之实，事亲是也。义之实，从兄是也……礼之实，节文斯二者是也。"（《孟子・离娄上》）同样说明"仁"与"义"是本质，"礼"是为节文"仁"与"义"而存在的。孟子这段话和孔子答哀公问政对作为"礼"的本质的阐释是一致的，虽然"仁""义"并提，但归根结底还是以"仁"为本质。孟子说"仁之实"是"事亲"，"义之实"是"从兄"。"事亲"就是"孝"，"从兄"就是"弟"。而孔子弟子有子就说："孝弟也者，其为仁之本与！"（《论语・学而》）"孝""弟"都包括在"仁"之中。孔子虽然也说"义者宜也，尊贤为大"，而这个"尊贤"也在"仁"的范围之内。《孟子・离娄上》记载孟子引孔子的话说："道二，仁与不仁而已矣。"朱熹注曰："法尧舜，则尽君臣之道而仁也；不法尧舜，则慢君贼民而不仁矣。二端之外，更无他道。"①自然，这个"尊贤"也应在"法尧舜"的"尽君道""而仁矣"之中的。孟子还说："仁者无不爱也，急亲贤之为务。""尧、舜之仁不遍爱人，急亲贤也。"（《孟子・尽心上》）由此可见，孔子说的"义"的"尊贤"，孟子说的"义"的"从兄"也还都在"仁"的范围之内。所以归根结底，还是"仁"是"礼"的本质，"礼"是"仁"的节文。作为节文的"礼"，后于作为本质的"仁"。

现再来看怎样理解孔子说的"兴于《诗》，立于礼，成于乐"。

我们认为这里说的"《诗》""礼""乐"三者在对人的教育过程中，既有各自独特的性质、作用，又有相互配合、相互为用的关系。刘宝楠《论语正义》谓"学《诗》之后即学礼，继乃学乐"②，把三者的排列看作学的先后次

---

① 朱熹：《四书章句集注・孟子集注》卷七，第 277 页。

② 刘宝楠：《论语正义》卷九，高流水点校，中华书局，1990，第 298 页。

序。这也是《考辨》把“礼后乎”说成“礼”后于《诗》的一个“字面上”的根据。刘氏的说法,实属不妥,正如朱熹注指出:“按《内则》,十年学幼仪,十三学乐诵《诗》,二十而后学礼。则此三者,非小学传授之次,乃大学终身所得之难易、先后、浅深也。”①

“兴于《诗》”与《阳货》篇记载孔子说的“《诗》可以兴”的意思一样,两者都是以“兴”来说明《诗》对学《诗》者的教育作用的。前面我们说过朱熹注以“感发志意”释之,即认为《诗》的思想内容对学《诗》者的思想感情有启发感染的教育作用,所不同的是,《阳货》篇记载孔子对《诗》的教育作用的论述,除了“《诗》可以兴”外,并有“可以观,可以群,可以怨。迩之事父,远之事君”等具体全面的论述。这里则是以“兴于《诗》”一句从整体上来说明《诗》的教育作用与“立于礼”的“礼”的教育作用和“成于乐”的“乐”的教育作用并列提出的。就其是从整体上说明《诗》的教育作用来说,其所说的《诗》的教育作用,也应是“兴、观、群、怨”所说的《诗》所具有的那样诸多方面的教育作用,因而同样说明《诗》具有符合“仁”“礼”要求的思想内容。

那么,若说《诗》本身就具有符合“礼”要求的思想内容,是否有了《诗》的教育,就可不要“立于礼”的“礼”的教育了呢?当然不是。因为《诗》虽有符合“礼”的要求的思想内容,但却没有“礼”的“节文度数之详”②那样教人如何立身行事的具体规定,也还需要“所以立身”(包咸注)的“礼”的教育。所以孔子又说:“不学礼,无以立。”(《论语·季氏》)

有了《诗》的教育和“礼”的教育,也还需有“成于乐”的“乐”的教育,因“乐”有滋养陶冶人之性情的作用。有了“乐”的教育,就能使人乐于按照《诗》的思想内容、“礼”的品节规定行事。孟子曾用如下一段话来说明“乐”的教育作用:

> 乐之实,乐斯二者(指“仁”的“事亲”、“义”的“从兄”),乐则生矣;生则恶可已也,恶可已,则不知足之蹈之,手之舞之。——《孟子·离娄上》

有了“乐”的教育就可以乐于从事“仁”的“事亲”,“义”的“从兄”,和顺从容不能自已,以至于手舞足蹈而不自知,成为性情之自然。包咸以“乐所

① 朱熹:《四书章句集注·论语集注》卷四,第105页。

② 同上。

以成性”来解释“成于乐”是深得孔子之意的。

由此可见,在教育人的过程中,《诗》、礼、乐三者的关系,是相互配合、相互为用的关系,不是《考辨》所说的那样制约与被制约的关系。

总之,我们认为“礼后乎”是说“礼”后于“仁”。“仁”是“礼”的实质,“礼”是“仁”的节文。两者结合成为孔子思想的主体。并认为孔子在以仁、义、礼为标准的《诗》论中,对《诗》的政教功用给予高度的评价和大力的肯定。在对人的教育过程中,“《诗》”“礼”“乐”三者有着相互配合、相互为用不可或缺的关系。

谈孟子

一

孟子是战国中期的儒家代表,它既是战国时期重要的思想家,也是当时的大散文家。他的思想学说是继承孔子而来的,并发展了孔子的思想学说。他说:"予未得为孔子徒也,予私淑诸人也。"(《离娄下》,本文所注《孟子》引文出处均以篇名)又说:"乃所愿,则学孔子也。"(《公孙丑上》)当时人说他好辩,他说他并非好辩,而是为了"距杨墨""承三圣(禹、周公、孔子)"(《滕文公下》)。这都说明孟子是以继承孔子的思想学说为己志的。他的思想学说所代表的阶级和孔子一样是新兴封建地主阶级。不过他所处的时代与孔子的有所不同,社会的变革更加急剧化。一方面,兼并战争更加激烈,赋敛徭役更加惨重,人民的生活更加陷于水深火热之中;一方面,地主阶级的权势更加壮大,社会要求统一更加迫切,随着社会的进一步发展变化,孟子的思想学说较比孔子有进一步的发展,更进一步的明确。

孟子继承孔子的"仁",补充了孔子所不多说的"义",大倡仁义之说,并更加具体地运用到政治主张上来。此外,对礼、乐、忠、恕也都有所继承。这些都是封建社会所需要的思想意识,而以"仁义"为主。孟子说:"仁之实,事亲是也;义之实,从兄是也;智之实,知斯二者弗去是也;礼之实,节文斯二者是也;乐之实,乐斯二者。”(《离娄上》)“智”“礼”“乐”都是以“仁义”为主的,“仁义”的实质,则是“孝弟”。“弟”包括“忠”,他说:“未有仁而遗其亲者也,未有义而后其君者也。”(《梁惠王上》)所以,孟子的思想意识与孔子一样,是封建统治阶级所需要的以“忠孝”为本的思想意识。但孟子的思想也和孔子的一样还有其另外的一面——“爱人”的一面。他说:“仁者爱人,有礼者敬人。”(《离娄下》)这种“爱人”的精神表现在政治上就是施行爱民执政,也就是他所说的“仁政”。在孟子政治思想中,一切积极因素、人道主义精神都是“爱人”的“仁”的精神体现。

二

孟子政治学说的哲学根据则为“性善”论,他认为人生来的性都是善的,“仁、义、礼、智,非由外铄我也,我固有之也”(《告子上》)。“仁”“义”“礼”“智”都是人性中所固有的,不分统治阶级和被统治阶级都可以为善。被统治阶级能善则服从统治,如上面所引“未有仁而遗其亲者也,未有义而后其君者也”。统治阶级能善则能施行仁政,他说:“人皆有不忍人之心。先王有不忍人之心,斯有不忍人之政矣。以不忍人之心,行不忍人之政,治天下可运之掌上。”(《公孙丑上》)他的性善学说,是为其上爱下、下敬上的政治主张服务的,把维护封建统治和照顾人民利益从性的解说上作了统一,这对孔子“性相近也”之说,是一个发展。

孟子性善论的本身当然是唯心的,但就其产生的原因和作用来说,不无它的现实意义。它把人从先天说成一样,没有尊卑之分贵贱之别。一方面,这首先是广大人民力量壮大阶级意识增强的反映,春秋战国时期,由于生产力的发展,要求生产关系改变,使得封建领主制度日趋崩溃,人民要求人的待遇,要求提高人的地位,要求从人格依附的地位解放出来,孟子的性善论,反映了这种要求,并有助于这种要求的实现。另一方面,孟子的性善论有助于新兴地主阶级向领主夺取政权的斗争,他从性善出发,肯定人皆可以为尧、舜,尽管现在不是天子,只要能够施行仁政,就能统一天下,这给地主政权代替领主政权提供了理论根据。

三

孟子政治学说的精神和目的，不外乎劝说当时诸侯实行仁政以统一天下。这种精神和目的，不仅代表新兴地主阶级的利益和要求，同时有很大程度符合人民的利益和要求，他对时政的暴露和批判都是由此出发的。

在孟子政治思想中，具有突出的重视人民的思想。孟子由于重视人民，甚至说出："民为贵，社稷次之，君为轻。"(《尽心下》)这点多为研究孟子的人所称道，这种"民贵君轻"的说法是民本君末的意思，没有民就谈不到社稷，谈不到君子，与"民为邦本"是一种思想。在人民的人权被剥夺的社会里，孟子这种重视人民，显然把人民的地位提高了，是有很大的进步意义的。

孟子为什么这样重视人民呢？这要从他政治学说的行仁政以统一天下的总的精神和目的来理解。他说："得乎丘民而为天子，得乎天子为诸侯，得乎诸侯为大夫。"(《尽心下》)又说："桀纣之失天下也，失其民也。""得天下有道：得其民，斯得天下矣。"(《离娄上》)民之得失关乎天下之得失，这就是孟子重视人民的原因。

孟子虽然也主张自上而下的统治、自下而上的服从，但是有条件的，对绝对君权有所限制。他说："三代之得天下也以仁，其失天下也不仁。国之所以废兴存亡者亦然。"(《离娄上》)因而桀、纣虽为天子，而"贼仁""贼义"，则为"独夫"，汤、武可得而诛，不以弑君责之。(《梁惠王下》)诸侯呢，"诸侯危社稷，则变置"(《尽心下》)。国君对于臣下的任免、诛杀也不能自专，不但不能自专，也不能只听左右、诸大夫的话，而要听取国人的意见。他说："左右皆曰贤，未可也；诸大夫皆曰贤，未可也；国人皆曰贤，然后察之。见贤焉，然后用之。左右皆曰不可，勿听；诸大夫皆曰不可，勿听；国人皆曰不可，然后察之。见不可焉，然后去之。左右皆曰可杀，勿听；诸大夫皆曰可杀，勿听；国人皆曰可杀，然后察之。见可杀焉，然后杀之。故曰国人杀之也，如此，然后可以为民父母。"(《梁惠王下》)就君臣关系来说，在一定程度上杀也是相对的。君待臣好，臣待君也好；君待臣不好，臣待君也不好。他说："君之视臣如手足，则臣视君如腹心；君之视臣如犬马，则臣视君如国人；君之视臣如土芥，则臣视君如寇仇。"(《离娄下》)这些主张显然对君权有了限制。

孟子对绝对君权的限制,也积极地说明了他劝说诸侯行仁政而统一天下的精神和目的。梁襄王问孟子谁能统一天下,孟子回答:“不嗜杀人者能一之。”(《梁惠王上》)齐宣王问明堂是拆毁还是不拆毁,孟子回答:“夫明堂者,王者之堂也。王欲行王政,则勿毁之矣。”(《梁惠王下》)孟子这种积极鼓励诸侯实行仁政去统一天下的主张,是不能承认既定的君臣关系的。当时虽进入诸侯争王时代,上面还有周天子在;新兴地主阶级虽然权势很大,但仍未取得统一的政权。因而孟子的“闻诛一夫纣矣,未闻弑君也”的说法,这是有利于新兴地主阶级向领主夺取政权的。

同时,孟子对绝对君权的限制,也有利于仁政的施行。能对绝对君权加以限制,才能使政治在更大程度上符合人民的利益和要求,也才更有利于争取人民的拥护和支持。不过,“国人皆曰”“君之视臣如手足”云云,不免有些空想成分。

孟子对与仁政精神相反的当时政治的暴露和批判,成为他政治学说中另一光辉部分。这集中表现在反对横征暴敛的苛政和反对屠杀人民的掠夺战争上。

“省刑罚,薄税敛”(《梁惠王上》)是孟子积极主张的。基于这种主张,他极力反对致使人民饥饿死亡的苛政。他对梁惠王说:“庖有肥肉,厩有肥马,民有饥色,野有饿莩,此率兽而食人也。兽相食,且人恶之,为民父母行政不免于率兽而食人,恶在其为民父母也?”(《梁惠王上》)又说:“‘我能为君辟土地,充府库。’今之所谓良臣,古之所谓民贼也。”(《告子下》)这种把施行苛政比作率兽食人,把为君充府库的臣看作民贼,是极富批判精神的。

统一天下是孟子的要求,但孟子主张“以德服人”,不主张“以力服人”,(《公孙丑上》)因而屠杀人民的掠夺战争也是他极力反对的。他曾大声疾呼:“争地以战,杀人盈野;争城以战,杀人盈城。此所谓率土地而食人肉,罪不容于死。故善战者服上刑,连诸侯者次之,辟草莱、任土地者次之。”(《离娄上》)又说“‘我能为君约与国,战必克。’今之所谓良臣,古之所谓民贼也。君不乡道,不志于仁,而求为之强战,是辅桀也”(《告子下》)。

孟子并不是对所有的战争都反对的,他对保卫战争就非常赞成,滕文公对孟子说:“滕,小国也,间于齐、楚,事齐乎? 事楚乎?”孟子的回答是:“是谋非吾所能及也。无已,则有一焉,凿斯池也,筑斯城也,与民守之,效死而民弗去,则是可为也。”(《梁惠王下》)他是主张抵抗侵略,反对妥协投降的。

孟子赞成拯救人民灾难的“诛其君而吊其民”的战争。他认为,这样的战争是符合人民愿望的,“民望之,若大旱之望云霓也”(《梁惠王下》)。

孟子对战争的看法是从人民利害着眼的,对战争的赞成和反对是从人民赞成和反对出发的,只有这样才能取得人民的拥护和支持。人民的拥护和支持才是胜利的决定因素,在这方面,他作过非常正确论断:“天时不如地利,地利不如人和”,“得道者多助,失道者寡助,寡助之至,亲戚畔之;多助之至,天下顺之。以天下之所顺,攻亲戚这所畔,故君子有不战,战必胜矣”。(《公孙丑下》)至于怎样取得人民的拥护和支持,除了战争本身符合人民利益外,平素还要实行有利于人民之政,把政治和军事统一起来是孟子又一正确见解。梁惠王因屡为齐、秦、楚所败而问孟子。孟子对他说:“地方百里而可以王。王如施仁政与民,省刑罚,薄税敛,深耕易耨,壮者以暇日,修其孝悌忠信,入以事其父兄,出以事其长上,可使制梃以挞秦、楚之坚甲利兵矣。彼夺其民时,使不得耕耨以养其父母。父母冻饿,兄弟妻子离散。彼陷溺其民,王往而征之,夫谁与王敌?故曰:‘仁者无敌。’王请勿疑!”(《梁惠王上》)

孟子对战争的看法是较为全面的,战国时期是春秋以来兼并战争最激烈的时期,战争确给人民带来了深重的灾难。孟子反对屠杀人民的掠夺战争是具有人民的愿望的。战国时期又是新兴地主夺得政权逐渐取得胜利的时期,广大人民迫切要求统一的时期。孟子主张吊民伐罪的战争,也是符合社会发展的要求和人民的愿望的。不过,当时由领主和地主的矛盾引起的战争也好,由领主与领主的矛盾引起的战争也好,都是属于屠杀人民的掠夺战争,都应在孟子批判之列。但不能为此而说孟子反对代表新兴地主阶级的政权的统一。反对这种战争的残酷面,不等于反对统一。秦以暴力统一六国(另有其统一的原因)是史实,秦因过分暴虐而速亡也是史实。孟子的“域民不以封疆之界,固国不以山溪之险,威天下不以兵革之利”(《公孙丑下》),在当时是很高的政治境界,从精神上来说是非常宝贵的。

孟子继承了孔子的“恕”,以“老吾老以及人之老,幼吾幼以及人之幼”(《梁惠王上》)的推恩推爱的精神来要求统治阶级。他认为:“古之人(古代帝王)所以大过人者,无他焉,善推其所为而已矣。”(《梁惠王上》)推恩推爱的结果则是“与民偕乐”(《梁惠王上》)。“与民同乐”,“与民同之”,“与百姓同之”,“乐民之乐者,民亦乐其乐;忧民之忧者,民亦忧其忧。乐以天下,忧以天下”,能如此就“然而不王者,未之有也”了。(《梁惠王下》)

要求统治阶级与民同忧同乐,则是“(民)所欲与之聚之,所恶勿施尔也”(《离娄上》)的精神。不等于忧乐的具体内容也都相同。究竟什么是民之乐呢?孟子认为首先要“谷与鱼鳖不可胜食,材木不可胜用”,“使民养生丧死无憾”,这是“王道”的开始;进而使民“五十者可以衣帛矣”,“七十者可以食肉矣”,“黎民不饥不寒”(《梁惠王上》);再使人民受到庠序学校的教育,以明孝悌之义。这样的养之教之就是“王道”的成功。这也是孟子所期望的人民的生活。

要使人民获得这样的生活,最根本的要制民之产,使得民有恒产(主要是土地),要使民有恒产,首先要正经界,实行井田制度,“方里而井,井九百亩,其中为公田。八家皆私百亩,同养公田”(《滕文公上》)。这种制民之产的主张,在人民失去土地的情况下,主张民有可耕之田是对的,但主张实行井田制度是不符合现实的,实际是复西周之世。

总之,孟子的思想是继承孔子思想而来的,随着社会不同而有所发展,特别继承和发展了孔子的“仁”,创立了自己的仁政学说。他的政治学说是很富有正义感和人道主义精神的。痛斥暴君污吏,揭露社会黑暗,同情人民疾苦,重视人民利益,并有强烈的统一要求,都是具有较大的进步意义的,虽然其中有些偏于理想、空想甚至唯心成分。另外还要提到的,孟子政治思想中有复古之处,如主张实行井田制度,赞成“周室班爵禄”(《万章下》)式的等级制度,应是他的政治主张不见用于当世的一个原因。不过,这在孟子政治理想中显得无血无肉,居于极其次要的地位。从主要方面来看,孟子政治思想是符合新兴地主阶级要求的,说孟子的政治理论“成为封建时代最可宝贵的一种政治理论”①不是过当的。

四

《孟子》一书是对话形式(也有独白形式)议论性质的散文集,篇幅的扩大,技巧的提高,语言的纯熟运用,气势的雄壮,不但比起《论语》有很大的发展,而且在先秦散文中,也有其卓越的成就。他在先秦散文中是对后代影响最大的一部书。

《孟子》散文虽多属对话形式,但绝不是简单的语言记录,而是结构完整、富有变化的议论文。环绕论点,通过对话有条理有层次地展开事理的阐

① 范文澜:《中国通史》第一册,人民出版社,2009,第238页。

发和论述。这样的例子是举不胜举的,特别是篇幅较长、变化较多的文章,现就《孟子》第一章(“孟子见梁惠王”章)一个短篇来看,文章一上来写梁惠王问孟子:“叟(称孟子),不远千里而来,亦将有以利吾国乎?”孟子见问,先作“王,何必曰利,亦有仁义而已矣”的回答,然后按先后次序展开“利”的害处与“仁义”的好处的论述。最后以“王亦曰仁义而已矣,何必曰利”作结。“叟,不远千里而来,亦将有以利吾国乎?”提出问题。“王,何必曰利,亦有仁义而已矣”承上启下,对下文来说是总提。“利”的害处与“仁义”的好处的论述,对上文来说就是分承(“利”的害处的论述,承“王,何必曰利”;“仁义”的好处的论述,承“亦有仁义而已矣”),对本文来说又是分提。“王亦曰仁义而已矣,何必曰利”对上文来说是总结(“仁义而已矣”由“仁义”的好处的论述而来;“何必曰利”由“利”的害处的论述而来),也是全文的总结,并与“王何必曰利,亦有仁义而已矣”相呼应。由此可见,孟子的文章是层次分明、结构谨严而完整的论文,不是简单的语言记录。

孟子散文极富有变化。就孟子文章来说,很难找出那些固定的形式。运用多样的形式表达多样的内容,根据不同的内容选用不同的形式,内容形式丰富多样是其特点。譬如,有的先提出论点,然后加以阐述;有的先从旁写来,逐渐明确论点。前者如《公孙丑下》“天时不如地利”章,后者如《梁惠王下》“文王之囿”章。在《公孙丑下》“天时不如地利”章中,一上来就提出在作战上,“天时不如地利,地利不如人和”的论点,然后逐一阐述,为什么说“天时不如地利,地利不如人和”。为什么“天时不如地利”呢?“三里之城,七里之郭,环而攻之而不胜。夫环而攻之,必有得天时者矣,然而不胜者,是天时不如地利也”。为什么“地利不如人和”呢?“城非不高也,池非不深也,兵革非不坚利也,米粟非不多也。委而去之,地利不如人和也。”在“文王之囿”章中,写齐宣王因人民嫌其园囿之大,而问孟子。本文先从文王之囿大小说起,进而说到宣王之囿大小,最后阐明宣王广涉园囿严刑害民的论点。

就一篇文章(这里指的是一章)来说,则具有波澜起伏、变化多端而能紧紧环绕中心论点的特点。《梁惠王上》“齐桓晋文”章就是一例。本文牵涉方面很广,行文非常腾挪,充分体现论辩文的特长。文章牵涉虽广,但都与“尊王黜霸”这一中心思想紧密地联系着。兹就行文富有变化举例来看。齐宣王问孟子:“齐桓晋文之事,可得闻乎?”孟子回答:“仲尼之徒,无道桓文之事者,是以后世无传焉,臣未之闻也。”文章至此好像已完,可是,紧跟着写出“无以,则王乎”,一句推开,若决江河,下面文章都从此语生出。用笔自如,即此可见一斑。

孟子散文虽系议论文章,但多不做抽象的论述,结合具体事例,通过生动故事,运用形象的譬喻,或引征古书,或吸收寓言,或采取民歌和谚语,来说明或帮助说明抽象的道理,这样便增加文章说服力和生动性。如《梁惠王上》"王立于沼上"章,就是引《诗经 · 大雅 · 灵台》和《尚书 · 汤誓》之文来说明"贤者而后乐此,不贤者,虽有此不乐也"的道理的。就中以运用"譬喻"最为普遍,是孟子文章突出特点之一。如《离娄上》"为渊驱鱼"章写行仁政民归之时,运用了"民之归仁也,犹水之就下,兽之走圹也"的譬喻。水没有不就下的,兽没有不走圹的,以这种至浅至切的譬喻来说明没有不归仁的道理,既形象具体又深刻有力。汉赵歧《孟子题辞》说"孟子长于譬喻,辞不迫切,而意已独至"是符合孟子文章这方面的特点的。

孟子文章有引人入胜的特点。有些文章处处强调,步步深入,钳子一样钳住读者的注意力,直到完全读完为止,《公孙丑上》"夫子当路于齐"章即是一例,因本文较长,仍以"文王之囿"章为例,齐宣王问孟子:"文王之囿方七十里,有诸?"语气中含有文王之囿过大之意,孟子回答:"于传有之。"这已引起读者注意。宣王又问:"若是其大乎?"孟子回答:"民犹以为小也。"更加引起读者注意。宣王又问:"寡人之囿方四十里,民犹以为大,何也?"大者以为小,小者以为大,其故何在? 益发引起读者注意。最后孟子分别说出:文王之囿虽七十里,但与民同之;齐宣王之囿虽四十里,但等于陷民之阱。使读者完全信服,民以文王之囿为小是当然的,民以宣王之囿为大也是当然的。

孟子是散文大家,也是语言巨匠,《孟子》一书的语言运用,在先秦散文中,也是有其突出成就的。孟子的语言能够曲折地表意,而且能够确切传神。就其流利畅达、生动犀利来说,不但比起《论语》有很大发展,就是后来的散文(指文言)很少能够超过。《孟子》散文由于是议论文性质,又加上限于当时的艺术水平,还不能很好地塑造艺术形象,但其语言却已经具有写人体物的功能,如"卒然问曰"(《梁惠王上》),"王勃然变乎色"(《万章下》),"则怒悻悻然"(《公孙丑下》),"曾西蹴然曰""曾西艴然不悦曰""芒芒然归"(《公孙丑上》),"施施从外来"(《离娄下》),"天油然作云,沛然下雨,则苗浡然兴之矣"(《梁惠王上》),"始舍之(放鱼入池),圉圉焉;少则洋洋焉,攸然而逝"(《万章上》)都是非常贴切而形象的写人体物的语言。

孟子散文从语言到整个形式成就是多方面的,有待很好地研究和探讨。

关于理解《西门豹治邺》[1]的几个问题

辉县一中赵志敏、袁荣福两位同志对我在《函授通讯》第三期写的分析《西门豹治邺》提出不同的意见,赵、袁两位同志所持的基本观点是正确的,我完全同意,但在具体问题的提出与论述中,有的不符合我写的东西的原来意思,有的在看法上有出入。这里我就以下几个问题简单说说我的意见。

一、关于《西门豹治邺》写出哪些矛盾与他们之间的关系问题

在《西门豹治邺》写出哪些矛盾的问题上,赵、袁两同志不同意我认为的作品在具体事件记载中写出三个矛盾。他们认为有的矛盾应该提出而没有提出,有的矛盾不应该提出而提出了。

所谓应该提出而没有提出的矛盾,指的是西门豹与地方豪强的矛盾——统治阶级内部矛盾。这一矛盾,我在分析中不是没有提出,而是没在"结构情节"分析中提出,是在"主要思想"分析中提出的。至于为什么在这里提出不在那里提出,我觉得对作品所揭示的具体矛盾进行分析时,应放在

① 《西门豹治邺》出自司马迁《史记》卷一百二十六《滑稽列传》褚少孙的补文,中华书局,1982,第3211-3213页。

结构情节的分析中来分析;对西门豹治邺的阶级立场(他与地方豪强矛盾的性质)进行分析时,应放在对作品中的思想分析中来分析。前者意在指出,西门豹了解与解决了哪些具体矛盾,后者意在说明西门豹是站在哪个阶级立场上去了解和解决这些矛盾的,不能不加区分地混在一起提出。

所谓不应该提出而提出的矛盾,指的是人民思想上的矛盾——既反对而又不敢反对"为河伯娶妇"。这一矛盾,固然可以不单独提出,但不能说"单独提出来,就会削弱主要矛盾的地位,就会降低阶级矛盾所起的作用"。我觉得问题的关键不在于单独不单独提出,而在于能否对它有正确的认识。如果认识正确,把它提出来加以分析,恰好足以突出邺地人民同地方豪强与巫祝之间的矛盾,因为它本身就是阶级矛盾的具体表现,是统治阶级利用神权统治人民的结果。邺地豪强与巫祝之所以能够利用"为河伯娶妇"去残酷地压迫剥削人民,是与人民受这种封建迷信的制约密切关联的。因此要制止这一残酷绝伦的事情,不仅要制裁豪强与巫祝等害民分子,而且要破除存在人民思想上的封建迷信。为使这一点得到应有的强调,所以我把它作为一个矛盾而提了出来,并指出它与第一个矛盾的关系。

在几个矛盾之间的关系问题上,赵、袁两同志认为我是"把几个矛盾并列提出不分主次"。我觉得是不符合实际的。我在"结构情节"中具体分析了三个矛盾之间的关系:指出第一个矛盾是造成"城中益空无人,又困贫"的根本原因;指出第二个矛盾是"派生的矛盾,它随着第一个矛盾产生而产生,也将随着第一个矛盾解决而解决";指出解决第一、二个矛盾为解决第三个矛盾提供了条件;又指出解决第三个矛盾又返回来为破除迷信提供了物质基础。不仅说明这些矛盾之间的主次关系,也说明解决这些矛盾的先后过程。

二、关于《西门豹治邺》的阶级立场问题

关于这一问题,我在"主要思想"分析中具体分析了西门豹治邺的立场是封建阶级的,这里不再重述。赵、袁两位同志认为我在具体分析中又把西门豹说成是站在人民立场上,全心全意为人民服务的。其根据是因我在对作品的分析中有西门豹"注视人民疾苦""了解人民疾苦""解除人民疾苦""为人民除害"等词句。我觉得赵、袁两位同志是把这些词句从具体分析中

抽了出来(甚至从一个句子中抽了出来)作抽象的、孤立的理解的。首先这里所说的“疾苦”,具体指的是“为河伯娶妇”这样过于残酷的压迫和剥削,“注视”“了解”“解除”人民这样的“疾苦”,不能说也不应该说就是全心全意为人民服务。我们知道孔子反对猛于虎的苛政,柳宗元反对毒于蛇的赋敛,都是为封建统治服务的。其次,说西门豹“注视”“了解”“解除”人民“疾苦”,不等于说他是站在人民立场上的;为了缓和阶级矛盾、维护封建统治,是能够“注视”“了解”“解除”人民“疾苦”的。假如他真正站在人民立场上,那就不仅是反对“为河伯娶妇”的问题,而是根本反对封建压迫和剥削的问题。

三、关于《西门豹治邺》的历史作用问题

由于我在作品分析中认为西门豹解决了作品中所写的那些矛盾,没提到“人民在阶级斗争和生产斗争的决定作用”,而赵、袁两位同志认为这就是说“推动历史的一切功绩都是西门豹的”,“抹杀劳动人民在历史上的重要作用”。我完全同意在肯定西门豹在“治邺”的事件中所起的作用的同时,进一步指出人民在阶级斗争和生产斗争中的决定作用。但不能因为人民在阶级斗争和生产斗争中起决定作用,而否认西门豹在这一具体事件中所起的重要作用。在邺地,豪强与巫祝因漳水河患制造封建迷信对人民进行残酷剥削和压迫的具体情况下,西门豹采取的制裁害民分子、破除封建迷信、发动人民开十二渠等措施,对解除人民疾苦、根治漳河水患显然是有决定意义的,虽然归根到底还是人的阶级斗争和生产斗争在起决定作用。

附:

函授部《函授通讯》编辑同志:

我是学习语文的函授生。几年来的函授学习,对我的语文教学和思想认识有不少的帮助和提高。每次发来的《函授通讯》(语文版),同样给我不少启发。例如关于评价学生作文的文章,对我的作文教学有直接帮助。其他刊载的文章对我和其他函授生以及不少老师,都在实际上起到了指导作用。

我读了今年第三期王宽行老师的文章,并和同组教师赵志敏研究,认为对《西门豹治邺》的分析存在一些问题,但又不能肯定,因而就向您提出,希望答复。

我们对中学生要求,是生动活泼的主动发展。我要以学生的身份,对王老师的文章提出一些不同看法。我们觉得也是一个重要问题,关系着怎样讲古典文的问题,怎样评价历史人物的问题,如何运用阶级分析,分析历史问题等。如果王老师分析是正确的,那么以后对同类的文章都将这样分析。我们怀疑这样是不是可以实现教学目的,达到培养革命接班人的问题呢?不能肯定。

我建议:如果需要,也可以在这个通讯上,讨论一下这个问题,以便提高认识,改进教学。

此致

敬礼

辉县一中赵荣福

1965 年 6 月 2 日

编辑同志:

我们读了 1965 年第三期《函授通讯》(语文版)所载的王宽行老师对《西门豹治邺》的分析一文以后,有不少收获,特别是文章结构的分析,对我们的教学工作帮助很大。但是我们感到文章对该文思想内容的分析,有些地方不够恰当。我们觉得如果按照王老师的分析,给中学生讲解本文和类似的文章,很难达到培养革命接班人的目的。谨提出以下问题和我们一些不成熟的看法,希您研究答复,帮助我们提高。

第一,《西门豹治邺》一文究竟反映了当时社会上哪些矛盾?

王老师在本文分析时,提出了三个矛盾:一个是人民与地方豪强的矛盾。一个是人民思想上的矛盾。再一个是人民和自然灾害的矛盾。我们认为,这样认识不完全正确,提法也不够恰当。主要表现在:

(一)有的矛盾应该提出而没有提,有的矛盾不必要提出而提出来了。西门豹是一个封建官吏,西门豹治邺本身,相当明显地反映了西门豹与地方豪强的矛盾,他们之间的矛盾是统治阶级内部的矛盾,应该提出来:一方面,这是历史真实;另一方面不明确地提出这一点,西门豹治邺这件事的本质很难理解,对西门豹这个人物也很难作出正确的评价,(他为什么要治邺,他和地方豪强是什么关系?)人民思想上固然存在着矛盾,正如王老师说的是个派生的矛盾。但我们认为,归根到底还是地方豪强、祝巫与人民的矛盾。因为“人民俗语曰:‘即不为河伯娶妇,水来漂没,溺其人民云’”。这俗语实际上是统治阶级所制造散布、用来麻痹人民的。如果把统治阶级散布的影响,当作人民思想上一个矛盾单独提出来,那就会削弱主要矛盾的地位,就会降低阶级矛盾所起的作用。

(二)把几个矛盾并列提出不分主次是不恰当的。毛主席在《矛盾论》中说:“在复杂的事物的发展过程中,有许多的矛盾存在,其中必然有一种是主要的矛盾,由于它的存在和发展规定或影响着其他矛盾的存在和发展。”那么《西门豹治邺》一文所反映的主要矛盾是什么呢?我们认为是邺地人民与封建势力之间的矛盾。所以说它是主要矛盾,是因为这个矛盾直接支配和影响着另外两个矛盾。如果没有地方豪强对人民残酷的迫害和人民的反抗这个主要矛盾,就不会出现西门豹与地方豪强的矛盾。如果没有地方豪强以“为河伯娶妇”搜刮人民财产与人民被迫害这个主要矛盾,漳河水患也不会那么严重,人和自然灾害之间的矛盾也不会很尖锐。

总之,我们认为《西门豹治邺》一文反映出来的矛盾有三个:一个是人民与封建统治阶级的矛盾,一个是统治阶级内部的矛盾,一个是人民与自然灾害(水患)的矛盾。其中人民与封建统治阶级的矛盾是主要矛盾,它的存在、支配影响其他矛盾,这样认识才符合历史事实,也才能把握住文章的本质。不分主次地把矛盾并列提出,在理论上是错误的,在实践上是有害的。那样分析,就会掩盖阶级斗争所起的主要作用,减轻了统治阶级的罪恶。无形中就把人民所受痛苦,有一半归罪于老天爷,这是不符合实际情况的。不分主次的分析,就会使学生联想到:我国社会主义时期矛盾也没有主次,既是无产阶级与资产阶级的矛盾,又是人与自然的矛盾,还有人民思想上的矛盾。这样就必然削弱两个阶级、两条道路斗争的主要作用,造成学生在思想上和行动上的错误。

第二,应该怎样评价西门豹这个人物?

评价历史人物,应该站在无产阶级革命的立场上,用马克思主义历史唯物主义观点和阶级分析的方法,看其当时对人民的态度、对历史发展所起的作用、给予应有的历史地位。同时评价时必须遵循古为今用的原则,讲古典、评价历史人物,都要为社会主义革命和建设服务,为培养无产阶级革命接班人服务。我们认为,正确地评价西门豹和为当前革命服务是一致的。

王老师对西门豹这个人物,虽然没有集中进行评价,但却从散见于文章中的很多字句中,表现(达)了自己的看法,如:“为人民除害”这三个矛盾,都是注视人民疾苦的西门豹所要解决的,“解除人民疾苦”“了解人民疾苦”“就是符合人民意愿的西门豹和这两种斗争(阶级斗争、生产斗争)所进行的斗争”等等,这明显的是说,西门豹站在人民立场上,为民“治邺”的。这是总评价。这样不正确的大加赞扬之后,在文章的最后也指出:“他毕竟是一个封建官吏,他在具体矛盾斗争中的举动和措施,虽然客观上是符合人民的愿望和要求,但其根本出发点,还是维护封建统治发展封建经济出发的。”如果把前后两部分内容联系起来看,那么王老师对西门豹的看法,就可以得出下面两个非此即彼的结论:一个是西门豹是个封建官吏,他是站在封建阶级立场上为统治阶级服务的,但同时又是为民除害,全心全意为人民服务的。另一个是西门豹既是站在统治阶级立场为统治阶级服务的,又是站在人民立场上为人民服务的。我们认为这种评价是和客观的西门豹的历史地位相违背的,是不符合评价历史人物的原则的,所以对西门豹的评价是错误的。

(一)不符合封建社会阶级、阶级斗争的事实。

对历史人物的评价,同样应该用阶级分析方法来研究。自从有阶级以来的社会发展史,就是阶级斗争的历史,对每个人都要分析它的阶级地位和作用。毛主席在《实践论》中指出:“在阶级社会中,每一个人都在一定的阶级地位中生活,各种思想无不打上阶级烙印。”历史上和现实生活中,从来不会有一个人,站在剥削阶级立场上,去为人民服务的。没有既属这个阶级又属那个阶级的双重人格。西门豹也不例外。

西门豹是个封建官吏,他是统治阶级的一份(分)子。他的阶级地位决定了他只能维护统治阶级利益,为统治阶级服务,而绝不会全心全意为人民着想,为人民解除痛苦。他所以要“治邺”是因为他看到邺地人民与豪强祝巫存在着尖锐的矛盾,意识到人民的反抗与斗争将直接威胁着整个封建统治阶级的根本利益,为了维护封建统治阶级的根本利益,就采取了一些缓和阶级矛盾的措施,在一定程度上打击了地方豪强,这样对阶级矛盾暂时得到了缓和,对统治阶级是有利的,在客观上对人民也是有利的。认为西门豹是站在统治阶级立场上关心人民疾苦,全心全意为人民服务,不符合阶级斗争的事实,是抹杀了剥削阶级与被剥削阶级的界限,主张阶级合作的。那么能不能说,从他维护统治阶级利益这方面看,是站在统治阶级立场上,从他在客观上做了一些有利于人民的好事,又是站在人民立场上呢?这种认识更站不住脚。在阶级社会里,任何人都属于一定阶级,不属于这个阶级,就属于那个阶级,根本不会有模棱两可同时属于两个阶级的人。绝对不会有这样的情况,即同一个人在同一时期内,既站在统治阶级立场上,为统治阶级服务,又站在人民立场上为人民服务。如果这样认识,那就抛弃了阶级分析方法,否定了人的阶级性,是地主与农民的合二而一论。王老师对西门豹的看法,实质上正是这样。

(二)夸大西门豹的个人能力,忽视人民群众的历史作用。

对历史人物的评价,应该用历史唯物主义观点,根据其对人民、对历史、对生产所起的具体作用,给予应有的历史地位。笼统地肯定一切或否定一切都是不正确的,或者不适当的错误的肯定或因肯定而不敢肯定也是不正确的。但从王老师对西门豹这个人物分析来看,对他在历史上所起的作用显然是作了不适当的错误的肯定。认为当时存在着人民与地方豪强、人民与自然灾害、人民思想上等三个矛盾。这三个矛盾是怎样解决的呢?“这三个矛盾都是注视人民疾苦的西门豹所要解决的。”结果呢!正是由西门豹这个人物解决了。矛盾解决了,历史就向前发展了一步,推动历史的一切功绩都是西门豹的。把西门豹说成了了不起的英雄,认为有了西门豹,邺地人民的疾苦才解除了,而是人民在阶级斗争和生产斗争的决定作用却不提,显然,这是抹杀劳动人民在历史上的重要作用,是不符合历史真实的。《西门豹治邺》的作者褚少孙,由于历史地位与阶级地位的局限性,对西门豹是完全肯定的,作了过高的评价,对邺地人民的作用却看不见或忽视。这是过去的问题,那么今天再去分析此文时,就应当指出作者的局限性,分析出来人民的重大作用,恢复西门豹在历史上的本来面目。不能采取自然主义就文字表面分析问题。王老师不仅没有对作者分析认识,基本上是同意作者的观点,这是不恰当的。马列主义从来认为人民群众是历史的主人,推动着阶级斗争与生产斗争。表现在治邺这件事上也不例外。没有人民群众对封建统治阶级的斗争的推动,西门豹不可能采取措施打击地方豪强;没有人民群众向自然界(水患)的斗争,西门豹是不会自己去挖渠平治水患的。应当肯定,反地方豪强封建统治的斗争,治理漳河的斗争主要的是人民的功劳。不论阶级斗争、生产斗争任何一个方面所取得的成果,主要的都应该归功于人民群众。西门豹只不过是从统治阶级利益出发,在客观上做了一些有利于人民的事罢了。如果把邺地人民所取得的成绩都给西门豹一个人记在账上是错误的。但是,这并不是说可以否定西门豹的作用。我们认为:西门豹是封建地主阶级,站在与农民对立的阶级地位,他的一切措施的根本出发点都是为了统治阶级利益,而不是“为人民除害”,这是一个阶级立场问题,界限必须划清,丝毫不能含糊。但是具体问题要具体分析。不能把统治阶级人物看作没有差别。西门豹虽然是一个封建官吏，但在当时来说还是比较清明的，而且有一定的才能，他确实做了一些客观上有利于人民的好事，应当肯定：1.西门豹为了维护封建统治阶级利益，采取了一些坚决的措施，打击了地方豪强，缓和了阶级矛盾，这在客观上对人民是有利的；2.有一定才能的西门豹看到人民与地方豪强的矛盾，主要是通过“为河伯娶妇”表现出来，不解决这个问题，就达不到缓和阶级矛盾，维护封建统治阶级利益，因而就巧妙地用“入投河伯”破除了这个封建迷信。在这件事上，对人民的反对封建迷信的斗争起了相当有利的作用；3.西门豹为统治阶级着想，在一定程度上认识到人民在生产斗争中的作用，因而采取了发动人民治水的措施，有利于生产的发展。

（三）错误地评价西门豹，对培养革命接班人有很大的危害性。

了解过去，是为了今天。教古代的作品是要用来为今天的革命服务的。但这“古”要为“今”所用，就必须站在无产阶级立场上，用阶级分析方法和历史唯物主义观点，对历史遗产进行分析，并批判地继承。否则不仅不能起到好作用，反而会起到坏作用。评价西门豹，必须考虑为培养革命接班人服务。这是教学中的一个根本方向问题。如果按照王老师对西门豹的分析去给学生讲述，就无法解决学生提出的或思想自然产生的下列问题：1.地主阶级官吏能不能为人民服务？2.农民与地主的阶级斗争的主体是个人才智，还是农民群众？3.谁是历史的主人，是某些英雄，还是人民？如果按照王老师对西门豹的分析，很容易给中学生在思想上给予错误认识与影响，危害不浅。学生会认为：既然西门豹能以一个封建官吏为人民服务，那么出身于剥削阶级家庭的人，不经过脱胎换骨的改造，也可能全心全意为人民服务，转变立场也就无什么大的意义了；既然西门豹个人能解决阶级斗争、生产斗争有决定意义的问题，那么现在只要个人聪明、有才智，不必相信群众，不用依靠群众，也可以创造奇迹，知识分子也不用去和工农群众相结合，只专不红，对人民同样可以作出贡献；既然西门豹是个超群出众的英雄，那么也就是今天青年学生学习的榜样。这样会把学生引到哪里去呢？

以上是我们一些肤浅的看法，定有片面与错误，希批评指正。

赵志敏　袁荣福

谈理解《木兰诗》的几个问题

《木兰诗》是北朝乐府民歌中一篇优秀的长篇叙事诗,其所叙写的女英雄木兰代父从军的故事及主要人物木兰,千余年来得到广泛的流传,可以说家喻户晓,人人尽知。《木兰诗》常常被选作学校的语文教材。然而在过去的研究和教学中对其理解存在不少的分歧,甚至在一些主要问题上存在着分歧。这里只就以下几个问题谈谈个人的意见,以供讨论。

一、木兰参加的战争的性质问题

《木兰诗》是一篇描写木兰从军的故事诗,关于它的主人公木兰所参加的战争的性质问题,是评价《木兰诗》及其所写的人物首先要弄清的问题,否则,是不可能对诗篇及其人物作出正确评价的。可是有的同志却不是这样理解的。

首先,有的同志认为没有弄清诗中所写的战争性质的必要。如"从《木兰诗》本身无法判定所描述的战争的性质。因此,我们大可不必去判断这次战争的性质,说它是正义的或非正义的"①。毛泽东在《中国革命战争的

① 张毕来:《木兰是怎样一个人物》,载马俊华、苏丽湘编《木兰文献大观》,河南人民出版社,1993,第 333 页。

战略问题》一文中说:“战争——从有私有财产和有阶级以来就开始了的、用以解决阶级和阶级、民族和民族、国家和国家、政治集团与政治集团之间、在一定发展阶段上的矛盾的一种最高的斗争形式。”①战争既然是阶级斗争的产物,自来都是有正义与非正义的是非区别的,我们必须用阶级分析的方法去区别它的正义性和非正义性,作为评价从事战争的人物的是非标准。评价描写战争故事的《木兰诗》及其人物可以不要阶级观点和是非标准吗?

在这样的一个带有根本性质的错误认识的基础上,这位同志对诗中的主人公木兰作了极其错误的评价。他说:“如果要判断这次战争的性质,说木兰的国家被侵犯,是毫无根据的。相反,说她的国家去侵略别国,反而像一些。”②又说:“这首诗反映了人民爱好和平生活的思想情感。”③认为木兰是个爱好和平生活的人物,并认为木兰在战争中表现得非常坚定和英勇。还说:“作品既然很生动地描述了木兰这个女英雄代父从军,胜利归来,合家高兴的情景,我们读了,自然而然觉得木兰这个人物很可爱。”④这就使人感到费解了。根据上面所引这位同志所说的内容,可归纳如下的公式:一个可爱的女英雄—爱好和平生活—坚定和英勇地从事侵略战争。并且说:“这首诗反映了人民爱好和平生活的思想情感。”这究竟是什么样的奇怪的逻辑关系呢?我们知道,统治阶级所发动的对外侵略战争,不仅破坏被侵略国家的人民的和平生活,要受到被侵略国家人民的反对,而且也破坏本国人民的和平生活,也会受到本国人民的反对。一个体现人民爱好和平生活思想感情的真正爱好和平生活的人物能够坚定和英勇地从事侵略战争吗?再说,木兰要真是一个“坚定和英勇”地从事侵略战争的人物,她还能够体现人民爱好和平生活的思想感情和使我们觉得“很可爱”吗?若然,那又是哪个阶级的观点呢?这种离开阶级分析、不论战争性质如何、反正木兰是一个爱好和平生活的可爱的女英雄的说法是极其错误而有害的,不仅抹杀了战争的是非界限,也混淆了人民对待不同的战争所采取的不同态度。

难道真的“从《木兰诗》本身无法判定所描述的战争的性质”?或者“如果要判断这次战争的性质,说木兰的国家被侵犯,是毫无根据的。相反,说她的国家去侵略别国,反而像一些”?

---

① 《毛泽东选集》第一卷,人民出版社,1991,第171页。

② 张毕来:《木兰是怎样一个人物》,《木兰文献大观》,第333页。

③ 张毕来:《木兰是怎样一个人物》,《木兰文献大观》,第333页。

④ 张毕来:《木兰是怎样一个人物》,《木兰文献大观》,第337页。

我们认为《木兰诗》本身完全可以看出它所写的战争是反侵略的正义战争。

《木兰诗》产生于北魏拓跋氏统治北中国的时期,这是不少论者所承认的。根据历史记载,北魏和柔然之间有过长期而多次的战争,其间就有北魏防御柔然入侵的战争。《木兰诗》是一篇民歌,是劳动人民自己创作的。在北朝民族矛盾尖锐而复杂的社会现实中,人民的和平生活时常受到外来侵略的破坏,因此,人民就有可能也有必要按照自己的思想观点和美学理想去塑造反抗外来侵略的英雄形象,表现其热爱和平生活的思想与捍卫和平生活的坚定勇敢的斗争精神。决不能把歌颂支持侵略战争的人物当作人民思想的反映,或者说人民可能不论战争的性质,盲目地去歌颂战争中的人物。

现在让我们来看《木兰诗》的具体描写。《木兰诗》虽然没有直接说明这次战争是反侵略的战争,但从诗的具体描写中完全可以肯定下来。“昨夜见军帖”,写的是征兵文书星夜传来,说明征兵之急;“可汗大点兵”,说明征兵规模之大,大有全国征调、急于星火之势。接着写木兰迅速作出“从此替爷征”的从军决定;写她四市买鞍马的积极准备;写她“旦辞爷娘去,暮宿黄河边”,“旦辞黄河去,暮至黑山头”的奔赴战场。这一系列的征兵与行军的紧急情况,就是在敌人入侵、边地吃紧之下形成的。事实也正是这样,他们虽以“关山度若飞”的速度到达战地,而来犯的敌人已经兵马临境而“燕山胡骑鸣啾啾”了。若把这些描写与木兰形象的主要特点结合起来,就更清楚地看出这一战争的性质是反侵略的正义战争。木兰形象的一个鲜明而突出的特点是热爱和平生活,这是否认木兰参加的战争是反侵略的正义战争的这位同志所承认的。木兰形象的另一个鲜明而突出的特点是她在战争中表现得无比坚强和英勇,这也是这位同志所承认的。一个热爱和平生活的人,能够在战争中表现无比坚强和英勇,就具体而深刻地说明了这一战争只能是捍卫和平生活反侵略的正义战争,不能是破坏和平生活的侵略的非正义战争。这是形象本身的反映,也是生活逻辑的规定。毛泽东说:“中华民族不但以刻苦耐劳著称于世,同时又是酷爱自由、富于革命传统的民族。”①表现在民族矛盾问题上,则是“中华民族的各族人民都反对外来民族的压迫,都要用反抗的手段解除这种压迫。他们赞成平等的联合,而不赞成互相压迫。在中华民族的几千年的历史中,产生了很多的民族英雄和革命

① 《毛泽东选集》第二卷,人民出版社,1991,第623页。

领袖"①。"酷爱自由"、"反对外来民族的压迫"、"用反抗的手段解除这种压迫"和"不赞成互相压迫"是统一的。热爱和平生活,在战争中表现得无比坚强和英勇,她所参加的战争,只能是"反对外来民族的压迫"的反侵略战争,不能是"互相压迫"的侵略战争。也只有在这样的前提下她才能是英雄。

二、木兰的形象是不是爱国形象

这位同志在否定他所赞扬的女英雄木兰所参加的战争是反侵略的正义战争的同时,并否定木兰从军具有爱国意义。他认为要说木兰从军具有爱国意义,则"是附会人物和事件的政治意义"②。他说"这首诗的内容只是这样一句话:'女英雄代父从军,胜利归来,合家高兴。'"③说木兰有"勇于牺牲自己、为别人谋幸福的精神……这里的'别人'当然只限于她的父母姊弟"④。他的理由是"本诗从头到尾一直没写到她具有什么为国为民的思想情感,一直写的是亲子之间的爱","全诗从头到尾从无一语触及国家或人民。……因而说她'具有爱国精神'……是缺少根据的"。⑤

说本诗写出木兰代父从军,胜利归来,合家高兴,这是事实。但说没写到她具为国为民的思想感情,就未必为然了。这位同志强调分析作品的思想意义要从作品本身出发,我们完全同意。但从作品的本身去分析作品的思想意义,不等于从作品的文字表面去找作品的思想意义。因为文学作品的表现思想主要不是采取说白方式直接告诉读者,而是通过具体形象的展示。其实,这位同志也不是完全否认这一点的,只不过在谈《木兰诗》有无爱国思想等方面否认这一点罢了。假如因《木兰诗》在文字表面上的"无一语触及国家或人民",从而否认木兰的从军行动具有爱国意义,那么,不同样可以因作品没有"合家高兴"的字眼,而否认木兰胜利归来的"合家高兴"

① 《毛泽东选集》第二卷,第623页。
② 张毕来:《木兰是怎样一个人物》,《木兰文献大观》,第328页。
③ 张毕来:《木兰是怎样一个人物》,《木兰文献大观》,第336页。
④ 张毕来:《木兰是怎样一个人物》,《木兰文献大观》,第337页。
⑤ 张毕来:《木兰是怎样一个人物》,《木兰文献大观》,第332-333页。

吗？这位同志为什么能根据木兰胜利归来而合家高兴的场面描写承认木兰的“合家高兴”，不能根据木兰在战场上对敌进行英勇斗争和胜利归来天子要对她进行高封厚赏的场面描写说她的从军具有爱国意义呢？

不错，木兰从军的直接原因是代父，这一原因是当时一个家庭年轻女子之所以会出来从军的合情合理的原因，但不能因此而否认木兰从军具有爱国意义。其实，作品歌颂木兰的，主要在于她从军具有爱国意义，而不在代父。木兰从军之初虽然有“叹息”之情，但对“可汗大点兵”战争却毫无怨恨之意。可见她的“从此替爷征”的从军决定，除有家庭具体原因外，是在肯定这一战争的前提下作出的，不是单纯因为所谓“兵役无可逃避”，不是“无可奈何”的表现，而确有其积极支持这一战争的一面。她的代父与爱国是一致的。

况且木兰从军的原因还可说是代父，木兰在历时十年之久的战争中，不顾千辛万苦进行舍生忘死的英勇征战，就不是为了代父所能解释得了的了。因为仅仅为了代父不但不必如此，也是不能如此的。这究竟应该如何解释呢？这位同志对此作了他认为所谓不是政治意义附会的解释。他说：

> 这首诗里也没有厌战或咒骂战争的内容。因为诗里本要写木兰英勇，写她有丈夫气概。开头写她“市鞍马”“替爷征”的坚定；中间写她“万里赴戎机，关山度若飞”的英勇，又用“将军百战死，壮士十年归”写她经过了激烈的战斗，胜利归来；末了写她易装之后“出门看火伴”的情形。这些都是着意描写她的丈夫气概。因为着意描述这一面，厌战反战方面就不显明了。所以诗中充满了快乐情调。①

这段文字实在矛盾很多，不去一一说它。按照这里所说的意见，木兰实际是有厌战反战思想的，同时木兰在从军过程中的行动表现又是“坚定”、“英勇”和“有丈夫气概”的。这三者究竟怎样统一起来呢？这位同志有一个巧妙的办法，把它推到“诗里本要”这样写上去了。这真使人感到费解。这样说来，作品岂不是把木兰的英雄行为写成不受人物思想支配的莫名其妙的毫无意义的举动了吗？这不是把作品说成对生活的歪曲了吗？我看这不是作品对生活的歪曲，而是这位同志对作品的曲解。他把木兰的“坚

① 张毕来：《木兰是怎样一个人物》，《木兰文献大观》，第334页。

定”、“英勇”和“有丈夫气概”完全抽象化了。这种所谓不是政治意义上的附会,实在是对作品本来具有的政治意义的阉割。只有经过这样主观随意的阉割,才能把木兰的从军说成仅仅是为了“她的父母姊弟”,同国家、人民毫无关系;才能把木兰的热爱和平生活与捍卫和平生活本来统一着的思想和行为分割开来,从而抽掉木兰从军的爱国意义,抽象地肯定其英雄行为,甚至可以让热爱和平生活的木兰去“坚定”地、“英勇”地支持侵略战争,以显示其“有丈夫气概”。照这位同志看来,木兰只要为了“亲子之爱”能代父从军就是好的,只要在战争中表现得“坚定”、“英勇”和“有丈夫气概”就应该肯定,管他战争的性质如何和有无爱国意义。

我们认为,不仅应把木兰从军之初的叹息(因和平生活受敌人入侵的干扰所致)、从军途中的念爷娘、从军归来的合家欢乐看作人民对和平生活的热爱,还应把木兰从军的坚定、辞别爷娘的奔赴战场、在战争中作舍生忘死抗击敌人的斗争看作人民对国家疆土与和平生活的捍卫。这几个方面在作品中是紧密联系在一起而不可分割的。怎么能把木兰的从军特别是关系国家安危的历时十年的英勇斗争局限在一身一家的范围之内,说它没有保卫国土与和平生活的爱国意义呢?木兰的形象是爱国的形象,否则她就不能成为人民所喜爱的女英雄了;虽然她所爱之国是我们整个祖国的一个部分,是和我们整个祖国之内的封建割据政权联系着的。这是历史的局限。

三、木兰的形象是不是劳动妇女的形象

关于这一问题,这位同志的回答也是否定的。他在文章中以很大的篇幅说明木兰不是劳动妇女而是剥削阶级妇女。他认为“这首诗根本没有通过劳动生活的描述来表现木兰的性格。……既然没有劳动活动的描述,那么,以孤另另的‘当户织’三个字为根据,说木兰是个劳动妇女,就是附会了”①。

尽管这位同志也说“要就整个形象的各个方面作综合分析,才能判断她的阶级性”,也要“就木兰这个形象的其他方面看,有没有一些生活特征

① 张毕来:《木兰是怎样一个人物》,《木兰文献大观》,第328-332页。

可以同‘当户织’共同构成足够的条件表明木兰是劳动妇女”，可是他“分析”和“看”的结果是“全篇诗，除了第二句有‘当户织’三字而外，并无一语谈到劳动或劳动的希望”，因此“说木兰是个劳动妇女，就是附会了”。①

这位同志反对别人用孤立的方法分析木兰的形象，其实他正是用形而上学的孤立的方法来分析木兰的形象的，从而抽掉这一形象原有的阶级内容。他把“木兰当户织”一句从木兰整个形象描写中孤立起来，然后对这一句再作以意为之的解释；始而用抽掉阶级内容的“男耕女织”（按这位同志的说法，不论剥削阶级和被剥削阶级都是如此）加以诠释，认为“她是劳动妇女固可，说她是小家碧玉、大家闺秀均无不可”；继而进一步从“四德”中的“妇红”加以诠释，断定木兰“似乎家道富裕，居处华丽，生活闲适，俨然富家，绝非劳动人民”。②

我们认为《木兰诗》是一篇描写木兰从军的故事诗，它确实主要不是通过劳动生活描写来表现木兰的性格的。既然如此，这位同志为什么偏偏要根据所谓除“当户织”外没有劳动生活的描写来否认木兰是个劳动妇女呢？难道在从军的生活描写中就不能表现劳动人民的思想性格吗？一再声明要从诗的具体内容分析诗的思想的这位同志，偏偏在分析中离开了诗的具体内容，离开了诗所反映的主要矛盾。假如从诗的具体内容和所反映的主要矛盾出发分析木兰的思想性格，我看随处都可看到可同“当户织”相联系的生活特征，共同构成足够的条件表明木兰是个劳动妇女。

木兰是从军作战的英雄，也是广大劳动妇女中的一个，诗篇始终是把二者血肉一体地结合在一起来写的。开头以“唧唧复唧唧，木兰当户织”来写木兰的出场，就很值得我们注意。这里固然不是意在通过如何劳动来写木兰，但绝不能说它同于封建“四德”中的“妇红”。它的作用，在于清楚地写出木兰从军以前是个从事“当户织”劳动的劳动妇女。“当户织”是木兰平时生活的富有特征的典型概括。作品把主人公从军的事件同其平时劳动生活紧密结合起来作为故事的开端的描写，不仅说明木兰是个劳动妇女的身份，而且说明她是怎样在国家受到敌人侵犯和“阿爷无大儿，木兰无长兄”的情况下，从“当户织”的生活中走了出来而代父从军的。“唧唧复唧唧”于“当户织”的生活受到战争的干扰，“从此替爷征”是为了对“当户织”生活的捍卫。木兰在抗击敌人守卫国土的长期战争中，竟是那样坚强勇敢，直到

① 张毕来：《木兰是怎样一个人物》，《木兰文献大观》，第330-332页。

② 张毕来：《木兰是怎样一个人物》，《木兰文献大观》，第330-331页。

胜利而归,自然是劳动人民优秀品质的表现。胜利归来后,木兰又是那样坚决辞掉天子高官厚赏,要求返回故乡,更是劳动人民鄙视封建统治的功名利禄、热爱和平生活的思想品质的光辉表现,绝非是剥削阶级所能具有的。从这里,我们更其清楚地看出这个“当户织”的木兰的应征从军与英勇作战的崇高目的:不是为了立功受赏,而是为了保卫国土与和平劳动生活。因此,在胜利归来后,她是那样自然地重新回到往常的生活中去,回到普通的“当户织”的生活中去。“开我东阁门,坐我西阁(一作‘间’)床;脱我战时袍,着我旧时裳;当窗理云鬓,对(一作‘挂’)镜帖花黄”与“当户织”紧相照应,写出从军归来的女英雄重新回到和平劳动生活中来的无限喜悦的心情,体现了劳动人民的生活理想和愿望。

从上面所谈看来,木兰当国家受到敌人侵犯、和平生活受到破坏的时候,她毅然穿上戎装,辞别爷娘而应征从军;为了保卫国土与和平生活,在历时十年的战争中,作坚决勇敢奋不顾身的战斗;在和平生活得到保卫胜利归来以后,她坚决不要高官厚禄,脱下戎装,重新回到往常的和平生活中去。她是一个热爱和平、敢于斗争、不图功名利禄、具有劳动人民本色的、爱国的女英雄。她体现了我们中华民族热爱和平、反对侵略、不怕战争、反抗外来侵略的优良传统。作为女英雄来说,则又具有强烈的反封建意义。她是按照劳动人民的立场观点和美学理想塑造出来的光辉的女英雄形象。

附:关于“唧唧复唧唧”的解释

“唧唧”是象声词。也是因为是象声词,所以后人就多所解释。有的解释为“虫声”,有的解释为“机杼声”,有的解释为“叹息声”。我是同意解释为“叹息声”的。解释为“虫声”除了“唧唧”有“虫声”一解外,就没有更有力的理由。不错“唧唧”有“虫声”一解,但也有“叹息声”一解。既然这样,为什么要弃“叹息声”而解释为“虫声”呢?解释为“叹息声”不是来得更直接些吗?因为解释为“虫声”与诗的意思相去较远,是不太合适的。解释为“机杼声”,主要的理由是只有解释为“机杼声”才能和“当户织”相应,否则“木兰当户织”就无法解释了。我觉得这是对“当户织”的理解问题。认为只有手脚不停地织着才能叫“当户织”。其实就是停下来也可谓之“当户织”的。这句诗是写木兰在织布机上而作“唧唧复唧唧”之叹的。这在现在的语言里还有类似的用法。当然,单就这一句来说,把“唧唧”解释为“机杼声”是没有什么不可以的,可是一联系下句“不闻机杼声,唯闻女叹息”就确实不通了,是不可两立的矛盾。因而就只有在“不闻机杼声”前加上“忽然”二字,解释为“忽然织布机声听不到了”。我们说这种添词解释的办法,叫作不符原作精神的改写,不得谓之说明作品原意的解释。

我所以同意把“唧唧”解释为“叹息声”除了认为以上两种解释不合适外,还有以下理由:其一,“唧唧”一词有作“叹息声”使用的。白居易《琵琶行》中“吾闻琵琶已叹息,又闻此语重唧唧”,就是一例。其二,同在北朝乐府民歌中的而且句式相同的也作“叹息声”使用。《折杨柳枝歌》的“敕敕何力力,女子临窗织;不闻机杼声,只闻女叹息”的“敕敕”“力力”与《木兰诗》中的“唧唧”显然代表一种声音,也就是说“敕敕”“力力”就是“唧唧”。又《地驱乐歌》中有“侧侧力力,念君无极”,这里的“侧侧力力”又只能解释作“叹息声”。可见“侧侧”“力力”“敕敕”“唧唧”,都是用作“叹息声”的。另外,晋太宁初童谣有“恻恻力力,放马山侧”,其中的“恻恻力力”也是同样的用法。其三,从上下文来看,这样解释也比较恰当。“唧唧复唧唧,木兰当户织。不闻机杼声,唯闻女叹息”是两个分句组成的一个复句。两个分句共同表达一个意思——木兰叹息。前一分句里的“唧唧”是叹息声音的记录,后一分句里的“叹息”是唧唧声音的说明。两个分句在共同表达一个意思上是有相互补充并有强调的作用的。

基于以上的看法,我同意《高中语文课本》及余冠英先生的《乐府诗选》把“唧唧”解释为“叹息声”。

就对《孔雀东南飞》的理解谈谈古代文学研究应持实事求是态度

进行古代文学研究与进行其他学术研究一样,要有一个实事求是的态度,任何真正有学术价值的见解,无不是从实事求是的研究中得来的。然在实际研究中,却也时有不实事求是的情况存在,现从对《孔雀东南飞》的研究来看看这个问题。

《文学遗产》1989年第6期所载汤斌的《〈孔雀东南飞〉的悲剧与父系社会家庭结构形式的瓦解》就是一篇很不实事求是的文章。该文认为《孔雀东南飞》悲剧产生的主要原因来自作为父系社会焦氏家庭内部的婆媳的不能相容。在这篇万余字的长文中,对“焦母之所以不能容刘兰芝,刘兰芝之所以不能为之容忍”作了详尽的论述。

汤文认为,焦母之所以不能容忍刘兰芝,是她对其子仲卿有“极端自私的排他性”的爱。“在父系家庭中,女子丧失了相对独立的人格,而处于男子附庸的地位,她既已脱离了原来的几乎所有的血亲,就只有依附于丈夫和亲生儿子了。更由于丈夫一般是先于妻子辞世的自然现象存在,对儿子的依附也就更为突出。至于寡母,儿子自然是其唯一依赖了。”“焦母就是一位45岁左右的中年寡妇”,必然把感情倾注在独子仲卿身上,而对仲卿有“极端自私的排他性”的爱。“儿子是她一个人的,不能允许他人占有”。而“刘兰芝的美丽、温柔、贤惠、年轻,甚至对婆婆的孝顺的品德,都是对丈夫仲卿具有征服力的要素,因而都是值得憎恨的。刘兰芝的征服力越强,儿子就越不是儿子,刘兰芝也就越值得憎恨。所谓的‘此妇无礼节,举动自专由’,首先就是指的刘兰芝对仲卿的吸引和征服”。同时,作为一位中年寡妇的焦母对其子仲卿的爱还有性爱的因素,她对刘兰芝的排斥还有一种"性嫉妒"的心理,因而她对刘兰芝要进行"性虐待"。正如刘兰芝对焦母的抱怨所说,"十七为君妇,心中常苦悲。君既为府吏,守节情不移。贱妾留空房,相见常日稀。鸡鸣入机织,夜夜不得息。三日断五匹,大人故嫌迟。非为织作迟,君家妇难为"。"本来已经相见日稀,还要鸡鸣入机织,使之夜夜不得息;岂不是有意从中作梗吗?既然非为织作迟,何以故嫌迟呢?那么君家之妇难为之处何在呢?刘兰芝没有把谜底揭穿,实际上已经洞察了焦母的内心的奥秘,只是出于文明人的尊严感,才引而不发地戛然而止。'非为织作迟,君家女难为'就是心照不宣地加强了对婆婆进行性虐待的认定。"

汤文认为《孔雀东南飞》的悲剧产生固然主要由于焦母之不容刘兰芝,但刘兰芝也有不受屈辱的一面。焦母说她"举动自专由",她"主动请求驱遣,就是最强烈的表现"。

> 她说:"妾不堪驱使,徒留无所施,便可白公姥,及时相遣归。"她既已洞察了婆婆不容自己的决心,便主动提出接受驱遣,承受最悲惨的命运,这是何等的勇敢。同时,她也清楚地知道,仲卿是焦母溺爱的独子,她和仲卿是黄泉与共的伴侣,那么,她的离开既是对仲卿的极大打击,也就必然是对焦母的精神惩罚,于是,返回焦家的希望是有可能实现的。所以当仲卿发誓说"誓不相隔卿",她便立即回答"不久望君来"。如果刘兰芝真的回到焦家,则必然是焦母的屈服。或者是殉情而死,或者是不受欺辱地活着,刘兰芝选择了这样的人生道路,又是何等的胆识。这样刚烈的女子,在焦母面前,决不是可以任意欺凌的儿媳。

汤文认为"刘兰芝对焦母的这种态度",是"父系家庭中不同姓氏的母党争夺家庭内部统治权的斗争的表现,它和妯娌之间、姑嫂之间、妻妾之间的争夺,实属同一性质"。并认为"刘兰芝的性格和王熙凤实属同一类型,她已经征服了丈夫,拉拢了小姑,孤立了焦母,只等待最后一击的成功,如果她能被再次接到焦家,则必然是焦家之主,焦母只能退位。可惜她失败了,和贾南风、王熙凤的悲剧一样,终于造成了整个家庭的覆灭"。

我们认为,汤文所说的"刘兰芝和焦母互不相容"成为《孔雀东南飞》悲剧产生的原因,是完全出自作者脱离《孔雀东南飞》所写之事件矛盾冲突的主观臆测,而把这种主观臆测强加给诗篇不是实事求是的研究。

其实《孔雀东南飞》的诗前序文对所写事件的基本矛盾冲突和悲剧产生的原因就已作了简要的说明：

> 汉末建安中，庐江府小吏焦仲卿妻刘氏，为仲卿母所遣，自誓不嫁，其家逼之，乃投水而死。仲卿闻之，亦自缢于庭树。时人伤之，为诗云尔。

这里指出诗的最基本冲突，一为焦母对兰芝的驱遣，一为刘兄对兰芝的逼嫁。至于焦母为什么驱遣兰芝，用焦母的话说“此妇无礼节，举动自专由”。“无礼节”“自专由”指的是什么，《仪礼 · 丧服 · 子夏传》：“妇人有三从之义，无专用之道。故未嫁从父，既嫁从夫，夫死从子。”这就是说按照礼的规定女子只有“三从”的义务，没有“专用”的权利，也就是没有独立的人格，只能是男子的附庸。兰芝“举动自专由”就是要求有独立的人格，违反了“无专用之道”的礼的规定。《大戴礼记 · 本命》所规定的“妇有七去”第一条就是“不顺父母去”。所谓“顺父母”最主要的就是人格依附，要求有独立人格的“举动自专由”就是重要的“不顺父母”。焦母就是根据“不顺父母去”的规定驱遣兰芝。至于焦母平时对兰芝的虐待，诗中写得具体明白，兰芝分明“奉事循公姥，进止敢自专？昼夜勤作息，伶俜萦苦辛。谓言无罪过，供养卒大恩”。可是在焦母看来还是“此妇无礼节，举动自专由”的；兰芝虽然“机鸣入机织，夜夜不得息，三日断五匹”，然而焦母还是“故嫌迟”。说明兰芝嫁后在焦母的威虐下过的是被压迫、被奴役、被损害的生活，身受非人的待遇。在这种痛苦的生活经历中，不但使她感到“十七为君妇，心中常苦悲”，而且使她认识到“非为织作迟，君家妇难为”；因此也就培养了她那反压迫反奴役的反抗性格。她拒绝野蛮的封建迫害，她要求人身自主摆脱奴隶式的生活，她主动要求遣归。可是汤文为要把作者的主观臆测强加给诗篇，硬是要把“此妇无礼节，举动自专由”说成“首先就是指的刘兰芝对仲卿的吸引和征服”，要把“鸡鸣入机织，夜夜不得息”说成焦母对兰芝进行的性虐待，把兰芝在遭受焦母的虐待情况下的要求“遣归”说成意在重返焦家掌握家庭的统治权，“可惜她失败了”，终于造成整个家庭的覆灭。好像她是悲剧的制造者，要承担整个家庭覆灭的罪责。由于汤文对诗篇所写整个事件作了主观臆测的假想，也就必然要对诗的具体叙写作以随意的曲解。同时，对待其他一些具体叙写，使人不知怎样解释才符合汤文对诗篇所写整个事件的主观臆测，例如，若焦母真是因刘兰芝美丽、贤惠，对仲卿有征服力,会夺走她的儿子,那么她和仲卿一再说:“东家有贤女,自名秦罗敷,可怜体无比,阿母为汝求”,“东家有贤女,窈窕艳城郭,阿母为汝求”。将又怎样理解?再如,仲卿说“今若遣此妇,终老不复取”,不是正合焦母排斥儿媳的心愿吗?她为什么听了以后,却“槌床便大怒”起来呢?等等。何况,即使汤文所说的焦母和兰芝那样的矛盾能成立,而把它作为作品悲剧产生的原因,也是不全面的。因焦母驱遣兰芝,只是造成使兰芝与仲卿生离,没有刘兄对兰芝的逼嫁还不能使刘、焦死别,悲剧还不能最后形成。

总之,汤文对《孔雀东南飞》悲剧产生的原因的论述纯系离开作品所写事件实际的主观臆测,其对作品的理解,只会引起认识上的混乱。

《文字遗产》1990年第2期所载许兵的《〈孔雀东南飞〉悲剧根源再探》一文,不同意汤文以“母恋子”的潜意识为原因来说明焦母对兰芝的驱遣,但又认为刘兰芝没有生子女,是她“遭驱遣的最直接的根源”,同样是不符合作品所写事件的实际的。许文说:

> “共事二三年,始尔未为久。”结婚二三年而无子的原因也许并不在刘兰芝。但是“汉末建安初”(当是“中”)那样一个封建伦常秩序已经确立的时代,焦母必然把矛头对准刘兰芝。但是,焦母为什么不直接把无子嗣的罪名加在刘兰芝身上,而要假托她“无礼(节)”,“自专由”的罪名呢?这里有着深刻的社会原因及心理内容。“不孝有三,无后为大”中说的“孝”是对子而言,子尽孝,妇尽节,才是本分。无子嗣,是不孝行为,当怪罪儿子,但儿子毕竟是自家所生。故只能迁怒于媳妇。却不能以无子嗣斥之,只能托别的罪名,“无礼节”“自专由”对妇女来说是致命的。

说得这样曲折,但却不符合事实。《大戴礼记·本命》“妇有七去”第二条是“无子去”。怎么说焦母对兰芝,“不能以无子嗣斥之,只能托别的罪名”呢?把真正能够说明兰芝被遣的原因和兰芝具有反抗的性格的“此妇无礼节,举动自专由”曲解为因兰芝无子而驱遣的借口,从而置作品所写全部事实于不顾,诗所写封建礼教迫害与反封建礼教迫害的事件,凭空说成刘兰芝因无子被遣的事件,把在封建礼教迫害下造成的悲剧曲解为兰芝因无子被遣造成的悲剧。

另外,还有人认为焦母有“门第观念”而驱遣兰芝,是造成悲剧的一个原因,这也是不符合诗篇所写事件的实际的。因在作品所写事件中,焦母驱遣兰芝唯一原因和理由是“此妇无礼节，举动自专由”，这使她“久怀忿”“失恩义”非驱遣兰芝不可。在写其驱遣兰芝的整个过程中，从未有一字一句写到焦母因有门第观念而驱遣兰芝，直至兰芝和仲卿决计以死殉情，仲卿将其死志已决告诉其母以后，焦母出于劝仲卿才说出什么“汝是大家子，仕宦于台阁。慎勿为妇死，贵贱情何薄”的话，这难道是作品要控诉“门第观念”的罪恶所要采取的写法吗？若说作品要写兰芝因门第微贱而被驱遣，那么兰芝被遣之后，又写县令、太守接连派人来求婚又是为的什么呢？县令、太守与焦家的门第相较，应是刘兄说得对：“先嫁得府吏，后嫁得郎君。否泰如天地，足以荣汝身。”刘母也是这样的看法：“不堪吏人妇，岂合令郎君。”仲卿所说的“贺卿得高迁”“卿当日胜贵”，也是同样的认识。一句话，作品不是把“门第观念”作为构成悲剧的原因的，即使焦家门第高贵，刘家门第微贱，作品不是写焦母因有“门第观念”而驱遣兰芝的。不是而说成是，就不是实事求是，就是脱离作品的实际，是对作品的曲解。

要有局部和全局密切结合起来的研究方法。事物的局部是构成全局的基础，而全局又是统摄局部的，进行研究就必须把局部和全局密切结合起来。对研究一篇文学作品来说也是如此。文学作品的写作过程，是集字成句、集句成章、集章成篇，形成局部、全局有机统一的整体，要进行研究，就必须把作品的遣词造句和布局谋篇结合起来，才能取得由局部到全局的通体理解。这也正是对文学作品进行实事求是研究所必须具有的方法。

可是有的研究就不是这样，如前面所说到的汤文和许文，由于对《孔雀东南飞》悲剧产生的原因作了脱离作品全局的主观臆测，而只到作品的具体叙写中去找根据，就必然导致对作品的具体叙写的曲解。如汤文把“此妇无礼节，举动自专由”最能表现兰芝反抗封建礼教的诗句曲解为“首先就指的刘兰芝对仲卿的吸引和征服”，许文则把这两句说成焦母因兰芝无子而驱遣的借口。同时，脱离作品的布局谋篇也会影响对作品的遣词造句正确理解，反回来又会影响对作品布局谋篇的理解。这里就对《孔雀东南飞》的语句解释举两个例子来看。先看对“留待作遗施”的解释。朱东润主编的《中国历代文学作品选》注：“这句意思是说，这些东西留下来将来可以赠送给其他的人。”①北京大学中国文学史教研室选注的《两汉文学史参考资料》注：“此二句（指‘于今’二句）言‘这些东西既不配给新人用，只好留给

① 朱东润主编《中国历代文学作品选》上编第一册，上海古籍出版社，1979，第383页。

你等你作为送人之用吧,因为从此以后我们反正再没有见面的机会了'。言外谓'自己反正是不能再回来了,你如果把我的东西送给新人用,也只好由你了'"。① 这样的解释就完全脱离了诗句所在的语言环境,脱离了诗的情节和所表现的人物性格,是对诗句的严重曲解。我们知道刘兰芝最宝贵的反封建礼教的性格的一个方面是要求人格独立,另一个方面是维护她和焦仲卿之间生死不渝的爱情。她横遭焦母的驱遣之后,她与焦仲卿虽然被迫分离但他们之间的爱情却是坚如磐石、韧如蒲苇的,及至她回到家后,再遭其兄的逼嫁,她和仲卿作"黄泉下相见"之约,她的反抗性格也就最后形成。诗的情节也就发展到了高潮。"留待作遗施"就是用来表现她和仲卿有如磐石、蒲苇般的爱情诗句。它的基本意思应是留下这些东西作为送给你(指仲卿)的馈赠之物。"待",作"留之"解(见《中华大字典》)。"留""待"二字合起来也就是"留之"之意。"遗施"作"馈赠"解,作名词用,"馈赠之物"。以上下文联系起来看,上文于写"仍更被驱遣,何言复来还"之后,以铺陈的笔墨极写她的留下的东西既多且好:"妾有绣腰襦,葳蕤自生光。红罗复斗帐,四角垂香囊。箱帘六七十,绿碧青丝绳。物物各自异,种种在其中。"接着以谦逊而明确的语言,强调赠送的对象,"人贱物亦鄙,不足迎后人。留待作遗施",这是因为"于今无会因",从今以后没有见面的机会了。意思是人分离了,留下这些东西,以用作因物见人的纪念,以期"时时为安慰,久久莫相忘"。通过这样的赠物强调地写出了兰芝和焦仲卿之间难以分舍的感情,即磐石、蒲苇般的爱情。假如把"留待作遗施"说成"这些东西留下来,将来可以赠送给其他的人",那还有什么意思呢?若真是这样的意思,那诗的这一大段赠物叙写不成了游离于表现诗的情节和人物性格之外的多余的文字了吗?这不仅是对诗句的曲解,也必然影响对诗的情节和所表现的人物性格的理解。

再看对"徐徐更谓之"的解释。《中国历代文学作品选》的解说是"这句是说,关于出嫁的这件事慢慢地再说吧"②。《两汉文学史参考资料》的解说是"此连上文言'还是先回绝了媒人,慢慢再说吧'"③。这样的解说,也

---

① 北京大学中国文学史教研室选注《两汉文学史参考资料》,中华书局,1962,第685页。

② 朱东润主编《中国历代文学作品选》上编第一册,上海古籍出版社,1979,第384页。

③ 北京大学中国文学史教研室选注《两汉文学史参考资料》,第553页。

是脱离诗句所在的语言环境，脱离诗的情节和所表现的人物性格，不符合诗句本义。我们知道，刘兰芝遭遣之后，诗的情节冲突，主要是刘兰芝和焦仲卿的“结誓不别离”与刘兄逼嫁的冲突。“自誓不嫁”对刘兰芝来说是丝毫不能让步的。在县令遣媒来求婚之时，她怎么能一面叫她母亲去谢绝媒人，一面又和她母亲说：“关于出嫁的这件事慢慢地再说吧。”“今日违情义，恐此事非奇”，难道明“日违情义”，就不“恐此事非奇”了吗？刘兰芝所说的“徐徐更谓之”，是叫她母亲去婉言谢绝媒人，意思是说“你再慢慢地去给媒人说”。“自可断来信”是必须坚持的原则，“徐徐更谓之”是委婉谢绝的方法。事实上，她母亲也正是这样去谢绝媒人的：“阿母白媒人：‘贫贱有此女，始适还家门。不堪吏人妇，岂合令郎君？幸可广问讯，不得便相许。’”该是多么委婉而坚决不能许婚的谢绝之辞。这里还需要对“幸可广问讯，不得便相许”略作解释，《两汉文学史参考资料》的解释说：“‘幸可’二句：大意是：‘希望你广泛地打听一下，看看还有谁家的姑娘合适，我现在不宜就这样答应你。’陈祚明说：‘阿母语中亦有欲许意，写得含蓄。‘不得便相许，姑（姑且）稍俟耳。’按，陈说可取。”①这又是对刘母的话所作情理不通的曲解。自己许婚就是许婚，不许婚就是不许婚，叫人家再去打听“谁家姑娘合适”干什么？若人家打听合适的姑娘了，你怎么再许婚呢？又怎样“姑稍俟之”呢？其实这两句的意思是说：“希望你广泛打听一下，我们是不能许婚的。”“不得便相许”乃是“不得相许”或“不便相许”之意。“得”，“便”二字意思相同的连用（是古代民歌中常有用法，往往为了字句的齐整，声音协调而把意思相同的字词连用的）。事实上，媒人听了焦母的回话，就离去了，并没有“姑稍俟之”。

可见只有把局部和全局密切结合起来，才能正确地理解文学作品。

---

① 北京大学中国文学史教研室选注《两汉文学史参考资料》，第553页。

从曹植赠送诗看其前期的政治处境与思想

曹植的一生,以曹丕称帝为界可分前后两个时期。前期他“以才见异”(《三国志·魏书·陈思王植传》),深得其父曹操的赏识与宠爱,曾多次考虑要立他为太子。建安十六年(211年)封为平原侯,十九年(214年)徙封临菑侯。他从建安九年(204年)到二十四年(219年)的青少年时期,主要是在邺中度过的,平时多与邺下文人过着宴饮游乐、诗赋唱和的生活。后期,由于前期有几被立为太子的问题,受到曹丕与其子曹睿政治上的严加防范。在曹丕、曹睿父子的接替压迫下,他名为王侯,实为囚徒,终于在忧愤中死去。前后两期比较起来,确实有极为显著的不同,并且对其创作也深有影响。但若把其前期的生活经历归之为“志满意得”①,把这一时期的创作说成“公子不及世事,但美遨游”②,就未免不切实际了。这不仅直接影响对曹植前期生活、思想和创作的认识,而且也影响对其前后期生活、思想与创作之间的联系的认识。我认为,就曹植一般的生活经历和政治遭遇来说,前后两期确实有很大的不同,但就其政治抱负及其实现来说,则前后两期基本上是一致的。本文想就这个问题对曹植前期的政治处境与思想谈谈我的看法。

---

① 游国恩、王起、萧泽非等主编《中国文学史》(一),人民文学出版社,2004,第249页。

② 谢灵运:《拟魏太子邺中集·平原侯植诗序》,见严可均编《全上古三代秦汉三国六朝文·全宋文》卷三十三,中华书局,1958,第2280页。

要想知道曹植前期是否志满意得,必须首先知道他这一时期的志是什么,这在他建安二十一年(216 年)写的《与杨德祖书》中有较为具体的说明:

> 辞赋小道,固未足以揄扬大义,彰示来世也。昔杨子云先朝执戟之臣耳,犹称壮夫不为也。吾虽薄德,位为藩侯,犹庶几勠力上国,流惠下民,建永世之业,流金石之功,岂徒以翰墨为勋绩,辞赋为君子哉!若吾志未果,吾道不行,则将采庶官之实录,辩时俗之得失,定仁义之衷,成一家之言,虽未能藏之于名山,将以传之于同好;非要之皓首,岂今日之论乎!

首先,这里使我们看到,曹植是把“勠力上国,流惠下民,建永世之业,流金石之功”的立功放在其志的首位的,对于“采庶官之实录,辩时俗之得失,定仁义之衷,成一家之言”的立言,则是“吾志未果,吾道不行”之后的事,是“要之皓首”的晚年的事。至于被他视为“小道”的“未足以揄扬大义,彰示来世”的“辞赋”,就根本不在他志的范围之内。即此可见,“勠力上国,流惠下民”的建功立业之志,是他前期所具有的唯一无二之志。其次,还使我们看到,要实现建功立业之志,须有一定的职位,也是曹植认识到了的,如他所说,“吾虽薄德,位为藩侯,犹庶几勠力上国,流惠下民……”但曹植所希望得到的职位也只是能够“辅主惠民”(《求自试表》)的“臣”的职位,亦即一个以“怀此王佐才”(《薤露篇》)自许的人所希望得到的“王佐”的职位,至于“为君”他似乎从未想过。在他与曹丕谁为太子的问题上,他也从未真正争过。就其所说的“勠力上国”来说,这个“上国”指的则是刘汉王朝,说明他是要为这个刘汉王朝去“勠力”的。据《三国志·魏书·苏则传》记载:“初,则及临菑侯植闻魏氏代汉,皆发服悲哭。文帝闻植如此;而不闻则也。”又裴注引《魏略》:“初,则在金城,闻汉帝禅位,以为崩也,乃发丧;后闻其在,自以不审,意颇默然。临菑侯植自伤失先帝意,亦怨激而哭。”我们无意赞许曹植对刘汉王朝的拥戴,但从中却可看出他强烈追求的是实现建功立业之志,而不是个人或一家一姓的势位。不过这样的以臣自处,则是把实现建功立业之志的希望完全寄托在“明君”身上,所谓“愿得展功勤,输力于明君”(《薤露篇》),从“明君”那里取得实现建功立业之志的职位;否则,这种职位就无从取得,其志也就不能实现。曹植一生正是处在徒有建功立业之志而无实现其志的职位和权力的矛盾之中。这不仅在曹丕称帝之后过着“此徒圈牢之养物”(《求自试表》)生活的后期是如此,即使在曹丕称帝之前曹操当政时期的前期亦无不如此。他前期的这种政治处境与思想在他当时写给诸子的赠送诗中就作了具体反映。

在现存的曹植赠送诗中,只有《赠白马王彪》一篇写在曹丕称帝以后的黄初四年(223年),其余各篇都写在曹操当政时期的建安年间。那些表现曹植与诸子之间挚友情谊的诗篇,大多是反映他们不为世用的政治处境与思想的诗篇,深刻地揭示了他们冀用于世的要求与现实政治之间的矛盾。

先看《送应氏二首》对这一矛盾的反映。

第一首:

> 步登北邙阪,遥望洛阳山。洛阳何寂寞,宫室尽烧焚。垣墙皆顿擗,荆棘上参天。不见旧耆老,但睹新少年。侧足无行径,荒畴不复田。游子久不归,不识陌与阡。中野何萧条,千里无人烟。念我平生亲(平生亲,一作“平常居”),气结不能言。

第二首:

> 清时难屡得,嘉会不可常。天地无终极,人命若朝霜。愿得展嬿婉,我友之朔方。亲昵并集送,置酒此河阳。中馈岂独薄,宾饮不尽觞。爱至望苦深,岂不愧中肠。山川阻且远,别促会日长。愿为比翼鸟,施翮起高翔。

这两首诗是送别应玚之作,于送别之中寄寓着对应氏的不为世用的关心和同情。

诗的第一首以董卓于初平元年(190年)二月徙献帝于长安,纵兵焚烧洛阳宫殿那样丧乱的现实为送别的社会背景。整首诗都是从应氏角度来写的,以写应氏在“步登北邙阪,遥望洛阳山”的眺望之下,来展开社会乱离的景象描写和对社会灾难与个人遭遇联系在一起的情感的抒发,为下一首直接写送别作了准备,置诗所写的与友人的送别于深广的现实基础之上。

诗的第二首紧承第一首所写那样的乱离时代与生活,一上来就写“清时难屡得,嘉会不可常”,接着再以“天地无终极,人命若朝霜”从人生短暂上给以强调,充分写出“嘉会”的难得和弥足珍视。因而“愿得展嬿婉”自然成为情感上的殷切要求,然也就在此时而有“我友之朔方”之别。这样就从思想愿望和实际生活的矛盾中深刻写出别情之难当，“送别”也就自然是情理中事了。诗人在写其对应氏的送别，又是在写“亲昵并集送”的基础上给以突出和强调的。“中馈岂独薄，宾饮不尽觞”说明与其他亲友送别的不同。“爱至望苦深，岂不愧中肠”是不同的真正所在，也是诗的含义最深之处，但其具体所指却未直接写出。方东树说：“‘中馈’四句，义深文曲，言不能答其深望，故以为愧。”①张玉穀说：“玩‘爱至’二语，朔方之役，应必有望植止之而植不能者，故惜别中都带愤激。”②又说：“‘中馈’四句，借酒不尽欢，醒出望援无益之愧。”③

对“爱至”二句的意思究竟怎样理解，关系到应氏为什么要“之朔方”和其“深望”是什么的问题。应氏为什么要之朔方，古今说法不一。朱绪曾说：“朔方者，冀州，指邺言。此应玚辟为丞相掾属，子建在洛阳饯别而作。”④黄节不同意这个说法：“朱说亦未是，应玚《侍五官中郎将建章台集诗》以朝雁自喻曰：问子游何乡，戢翼正徘徊。言我塞门寒，将就衡阳栖。往春翔北土，今冬客南淮。远行蒙霜雪，毛羽日摧颓。建章台集不知何年。然考《魏志》，子桓于建安十六年(211 年)为五官中郎将，二十二年(217 年)立为魏太子。应诗题曰侍五官中郎将，则是建安十六年至二十一年事。而其诗曰‘往春翔北土，正与此诗我友之朔方相合。应诗是述客游，非赴官之语，故其诗又曰：良遇不可值，伸眉路何阶。是朱氏所云，此应玚辟为丞相掾属之说非也。”⑤案黄节认为应玚诗中说的“往春翔北土”正与曹植诗中说的“我友之朔方”相合，并谓“应诗是述客游，非赴官之语”，说法可从。把应玚的《侍五官中郎将建章台集诗》与曹植的《送应氏二首》结合起来方可对问题有较为具体的理解。现将应诗的全文抄录于下：

朝雁鸣云中，音响一何哀。问子游何乡，戢翼正徘徊。
言我塞门来，将就衡阳栖。往春翔北土，今冬客南淮。
远行蒙霜雪，毛羽日摧颓。常恐伤肌骨，身陨沉黄泥。

---

① 方东树：《昭昧詹言》卷二，清光绪方植之全集刻本，第 18 页。

② 张玉穀：《古诗赏析》卷九，许逸民点校，上海古籍出版社，2000，第 197 页。

③ 张玉穀：《古诗赏析》卷九，第 197 页。

④ 见黄节笺注《曹子建诗注》卷一《送应氏诗二首》黄注引，中华书局，2008，第 17 页。

⑤ 见黄节笺注《曹子建诗注》卷一，第 17 页。

简珠堕沙石，何能中自谐？欲因云雨会，濯翼陵高梯。
良遇不可值，伸眉路何阶？公子敬爱客，乐饮不知疲。
和颜既以畅，乃肯顾细微。赠诗见存慰，小子非所宜。
为且极欢情，不醉其无归。凡百敬尔位，以副饥渴怀。

全诗充满漂沦忧伤、生死莫测和冀为世用的思想感情，绝非已任官者所应有。这正是《送应氏二首》诗中所写的被送者。全诗共二十八句，前十四句写作者漂沦忧伤、生死莫测和不为世用的生活和思想，后十四句写其冀为世用，无不具有鲜明的时代特点。也就是他那充满灾难的生活遭遇是他所经历的乱离时代造成的，同时在那样充满灾难的乱离时代的经历中，也使他具有积极有为的历史使命感，怀有拯世济物、冀为世用的强烈愿望。他要求曹丕能像《诗经》所说的"凡百君子，敬恭尔位"那样对待自己的职守，给他以任用或援引，以副其冀为世用的饥渴之怀。读了应玚这篇写给曹丕冀其任用或援引的诗，就可对"爱至望苦深，能不愧中肠"有较为具体的理解，亦即应氏在"之朔方"之前，在政治上也曾深望曹植能够给以援引，曹植因不能答其深望，而以为愧。张玉穀说陈王"有爱才之心，而实无援才之力。故于同时六子，赠送诸什，时露此意"①。正因为曹植不能答应氏这种冀其援引的深望，所以应氏还不能结束"之朔方"的漂沦生活而副其冀为世用的饥渴之怀。"愿得展嬿婉，我友之朔方"对矛盾揭示得深刻，也正在这里。接着以"山川阻且远，别促会日长"表现离合之情的语句来写别离之意，最后以"愿为比翼鸟，施翮起高翔"来写送别者的思想愿望，含义亦极深刻，不仅是生活上的相伴不离，更是政治上的志同道合，有所建树。

建安十六年(211 年)正月，曹丕为五官中郎将，因此应玚写的这首《侍五官中郎将建章台集诗》最早不能早于建安十六年，又因诗中有"往春翔北土"句，那么曹植写的这两首送应氏"之朔方"的诗最早也不能早于建安十五年(210 年)。以"山不厌高，水不厌深，周公吐哺，天下归心"(曹操《短歌行》)自诩的曹操，到建安十三年(208 年)冬为止，先后消灭了陶谦、张济、吕布、袁术、袁绍、刘表等集团，基本上统一北方广大地区，成为这一广大地区的主宰者。建安十五(210 年)年春，还在所下求贤令中宣称："唯才是举，吾得用之。"可是被称为"建安七子"之一的应玚，同"绕树三匝，何枝可依"

① 张玉穀：《古诗赏析》，第 197 页。

的乌鹊一样，现在还是“朝雁鸣云中，音响一何哀。问子游何乡，戢翼正徘徊”的无所依归的孤雁，曹植在送别诗中对应氏这种欲为世用而不得的处境给以深切的同情，把应氏视为挚友，情属爱至，因无力对其援引而深感惭愧，并愿与为比翼之鸟而展翅高飞。在对应氏的惜别同情之中，也表现了其对现实的不满和愤激之情。从中也可看出曹植在政治上不副所怀的处境与思想。

曹植对当时诸子不为世用的同情是建立在深刻了解的基础之上的，正因如此，其对问题的揭示才极为深刻，再从《赠徐干》一诗来看：

惊风飘白日，忽然归西山。圆景光未满，众星灿以繁。
志士营世业，小人亦不闲。聊且夜行游，游彼双阙间。
文昌郁云兴，迎风高中天。春鸠鸣飞栋，流猋激棂轩。
顾念蓬室士，贫贱诚足怜。薇藿弗充虚，皮褐犹不全。
慷慨有悲心，兴文自成篇。宝弃怨何人，和氏有其愆。
弹冠俟知己，知己谁不然。良田无晚岁，膏泽多丰年。
亮怀玙璠（一作“璠玙”）美，积久德愈宣。亲交义在敦，申章复何言。

曹植在这里是以当时文人才士的知己来自任的。实际也正是这样，《三国志·魏书·王粲传》裴注引《先贤行状》说：“干清玄体道，六行修备，聪识洽闻，操翰成章，轻官忽禄，不耽世荣。建安中，太祖特加旌命，以疾休息。后除上艾长，又以疾不行。”又曹丕《与吴质书》说：“伟长独怀文抱质，恬淡寡欲，有箕山之志，可谓彬彬君子者矣。著《中论》二十余篇，辞义典雅，足传于后。”《先贤行状》和曹丕《与吴质书》极力要把徐干说成所谓“轻官忽禄，不耽世荣”，“恬淡寡欲，有箕山之志”的隐而不仕的人。曹植的认识就大为不然。他不仅对造成徐干这个蓬室士生活贫困的原因有真正的认识，给以怜念和同情，而且对其冀为世用的思想抱负亦有极为深刻的了解，即其所说“慷慨有悲心，兴文自成篇”。黄节说：“兴文成篇谓著《中论》也。《中论·爵禄篇》曰：故圣人以无势位为穷，百工以无器用为困，困则其资亡，穷则其道废。故孔子栖栖而不居者，盖忧道废故也。故良农不患疆埸之不修，而患风雨之不节，君子不患道德之不建，而患时世之不遇。《诗》曰：驾彼四牡，四牡项领。我瞻四方，蹙蹙靡所骋。伤道之不遇也。岂一世哉！

此诗所谓慷慨有悲心也。”①即此可见,徐干是有冀用于世以行其道的强烈愿望的。由于“伤道之不遇”而发出“岂一世哉”的慨叹,表现了其对使其不遇的现实政治的不满和怨愤,哪里是隐而不仕的人呢?曹植以“慷慨有悲心,兴文自成篇”二句,不但从思想上给以大力的肯定,而且从感情上给以深切的同情。其对徐干的处世经历和思想的认识绝非《先贤行状》和曹丕可比。他和曹丕虽都说到并肯定徐干的《中论》,但曹丕对《中论》所作的肯定也只是“辞意典雅”而已。曹植诗中“宝弃”四句,一方面说明徐干的不为世用责任完全在于当政者,另一方面说明不为世用的不是徐干一人,而是“诸子无一人见用于时”②,也包括诗人自己。“良田”四句承前所写,在不遇于时的处境下,以贤才必为世用的常理,对其友徐干进行慰勉,并以之自励。这也表现了曹植在政治思想的追求上一贯具有的信心和积极进取的精神。最后以“亲交义在敦,申章(申意于诗章)复何言”二句作结收到赠诗上来,寓愤懑于无可如何的心情表现之中。

志在“勠力上国,流惠下民”的曹植,其对具有同样志向的人的不为世用的关心和同情与对人民的关心和同情是完全一致的,在其《赠丁仪》诗中就把两者作了密切的结合。诗在写出“朝云不归山,霖雨成川泽。黍稷委畴陇,农夫安所获”那样对农夫遭受霖雨之灾的关心和同情之后,接着写出“在贵多忘贱,为恩谁能博!狐白足御冬,焉念无衣客”,表达对丁仪的贫贱不遇的关心和同情。我们从这里看到诗的思想深度,那就是对农夫的遭受霖雨之灾的关心和同情,是与对丁仪贫贱不遇的关心和同情紧密联系在一起的。而对农夫的关心和同情恰是《赠丁仪》的思想内容的有机组成部分。说明作者和贫贱不遇的丁仪的关系是具有“拯世济民”(《夏禹赞》)的共同抱负、相互了解、相互支持的关系,同时也使我们看到其对“在贵多忘贱”的“在贵”者所作的谴责的深义。即其所忘之贱,不仅是贫贱不遇的“无衣客”,也包括“安所获”的农夫,只有忘掉了“安所获”的“民”才会忘掉有“拯世济民”之志的“无衣客”。

对于有用世之志的人来说是见用于世的问题,在于能否施展自己的政治抱负,不单在官位的高低,现就曹植有关王粲的诗来看对这方面的反映。

王粲于建安十三年(208 年)入魏。根据《三国志 · 魏书 · 王粲传》记

---

① 黄节笺注《曹子建诗注》卷一《赠徐干》注文,第 51 页。

② 吴淇:《六朝选诗定论》卷五,汪俊、黄进德点校,广陵书社,2009,第 120-121 页。

载可知，王粲归附曹操是抱着得到重用施展政治抱负的希望的。就其入魏后所居的官位来说也不算低，最后官至侍中。但他并未真正得到重用，只是“博物多识，无问不对”和参加一些旧的礼仪制度的兴造而已。另有《三国志·魏书·杜袭传》记载：“魏国初建，为侍中，与王粲、和洽并用。粲强识博闻，故太祖游观出入，多得骖乘，至其见敬不及洽、袭。袭尝独见，至于夜半。粲性躁竞，起坐曰：‘不知公对杜袭道何等也？’洽笑答曰：‘天下事岂有尽邪！卿昼侍可矣，悒悒于此，欲兼之乎！’”从这里也可看出曹操对王粲在政治上不信任、不重用的态度，他受到曹操赏识的，也只是由于他“强识博闻”，可作“游观”一类的游乐生活的陪同和点缀而已。这也正像吴淇所说：“诸子在当时，皆以文人畜之，如齐稷下士，不治事而议论。诸子无有罹孔、杨之祸者在此，其不效功名于当世者亦在此。所以虽被宠接，而反郁郁不得志。”①曹植在《赠丁仪王粲》诗中就对丁仪、王粲这种政治上郁郁不得志的表现作了反映。诗中说“君子在末位，不能歌德声”，是说丁仪、王粲虽居官位，但对曹操用兵的功效不能给以歌颂。又说“丁生怨在朝，王子欢自营”，是说丁仪身在朝而怨位卑，王粲有职守而乐无营（案“欢自营”即王粲《七释》中所写的“深藏其身，高栖其志，外无所营，内无所事”之意。用黄节说）对此，曹植在诗中给以婉言规劝：“欢怨非贞则，中和诚可经。”李善注：“言欢怨虽殊，俱非忠贞之则，惟有中和乐职，诚可谓经也。”②即此可以看出，在曹操当政下，丁、王对其政治处境的不满。

当时建安诸子在不满其政治处境的同时，“皆倾心于子建”③，曹植《赠王粲》一诗对此就作了更典型的反映：

端坐苦愁思，揽衣起西游。树木发春华，清池激长流。
中有孤鸳鸯，哀鸣求匹俦。我愿执此鸟，惜哉无轻舟。
欲归忘故道，顾望但怀愁。悲风鸣我侧，羲和逝不留。
重阴润万物，何惧泽不周。谁令君多念，自使怀百忧。

王粲《杂诗》其一，与曹植这首诗应是相互赠答之作，把这两首诗结合

① 吴淇：《六朝选诗定论》卷五，第120页。

② 陈宏天、赵福海、陈复兴主编《昭明文选译注》第3册，吉林文史出版社，第419页。

③ 吴淇：《六朝选诗定论》卷五，第122页。

起来看就更有助于对其内容的理解。王粲《杂诗》其一：

> 日暮游西园，冀写忧思情。曲池扬素波，列树敷丹荣。
> 上有特栖鸟，怀春向我鸣。褰衽欲从之，路险不得征。
> 徘徊不能去，伫立望尔形。风飚扬尘起，白日忽已冥。
> 回身入空房，托梦通精诚。人欲天不违，何惧不合并？

黄节说："粲诗或为植而发，植此诗盖拟粲诗作也。自'羲和逝不留'句以上，皆逐句相拟。'重阴'二句乃拟粲诗'人欲'二句，'谁令'云云始是植意。君指王粲，'多念''百忧'指粲诗言也。"①此说甚是。但他又认为"欲归忘故道，顾望但怀愁"的思想内容与王粲《登楼赋》"情眷而怀归兮"等六句所写思归怀乡思想内容是相同的。② 说法实属不妥。这是在说王粲此时还在荆州。这本是早就有了的一种看法，清代吴淇就不同意这种看法："旧注谓粲在荆州，子建以此诗寄之。今复细玩，乃粲已至邺下。……若是在荆寄赠，定作山川阻修之语，乃云孤鸳在池，则近求非远求矣。"③再则，曹、王这两首赠答诗，都是即景抒情之作，不仅思想感情极为一致，就是具体抒情环境也是一个，绝非一在荆州、一在邺下那样两个政治环境和自然环境所能写出的。同时王粲诗的首句"日暮游西园"中的"西园"，也是曹植《公宴》诗"清夜游西园"和曹丕《芙蓉池作》诗"逍遥步西园"中的"西园"，盖即邺下铜爵园。曹植诗的"揽衣起西游"自然也是游的这个西园。这也是王粲已来邺下的明证。何况，即使这时王粲还在荆州而意欲归魏，那也绝不是"倾心"曹植的问题，而是仰慕曹操的问题，曹植的这首拟诗是无从写起的。我们知道曹植诗"欲归"二句系拟王粲诗"徘徊"二句，两者的意思是相同的。"欲归忘故道"，就是来游西园说的。作者是说自己来游之后，想要回去却忘了来时的旧路（故道），实际上就是王粲诗说的"徘徊不能去"之意。"顾望但怀愁"，也就是王粲诗"伫立望尔形"之意。表现出他们之间徘徊瞻顾、不能离去的思想感情。诗所揭示的这一矛盾，是王粲归魏之后形成的。

怎样理解"重阴"二句，也是关系到如何理解诗所反映的思想的一个重要问题。过去多认为"重阴"是用来比喻曹操的说法是不符合诗所反映的

---

① 见黄节笺注《曹子建诗注》卷一，第 55 页。

② 同上。

③ 吴淇：《六朝选诗定论》卷五，第 122 页。

思想的。曹植和王粲不能施展政治抱负的处境,是在曹操当政之下形成的,他们希望和要求在政治上能够互相支持,便和曹操当政下的政治环境形成尖锐的矛盾。诗篇借写鸳鸯求匹俦以寓欲为政治知音而不得之意,正是对这一矛盾的深刻反映,怎能就在反映这一问题上再用“重阴润万物,何惧泽不周”来歌颂曹操的雨露恩泽呢?当然曹植在其诗文中对其父曹操是时有歌颂的,如称之为“圣宰”和“皇佐”;对丁仪的“怨在朝”、王粲的“欢自营”也曾给以规劝式的批评。但总都是与作品反映的整体思想统一的,不能在一篇诗作之中对同一问题作前后矛盾的反映。实则“重阴”二句,是作者在深刻写出他与王粲愿为共展功勤的政治上的知音而不得的政治处境之后,以事物应有之常理来表现自己政治上的坚定的信念与顽强的追求的。正如陈祚明说:“‘重阴’句,与‘良田无晚岁’意同,而造语能异。”①同时,这两句又是拟王粲“人欲天不违,何惧不合并”二句的。两者思想一致,相互补充。他们就是以这样的坚定信念与追求相互鼓励的。故曹植诗最后以“谁令君多念,自使怀百忧”的劝慰之语作结。这里以责备的语气来表现坚定的信念与关怀的心情,同时也从中流露出来自现实的悲剧情绪,对产生这种悲剧情绪的现实亦有谴责之意。

在曹植赠送诗中,《赠丁翼》一诗,与那些因表现不遇于时的思想而采用“意深文曲”手法写出的诗不同,而是用直截了当的写法写出他和当时诸子那种政治上亲密无间的关系和思想主张。诗在写出诗人与当时诸子尽情欢宴之后接着写出:

> 我岂狎异人,朋友与我俱。大国多良材,譬海出明珠。
> 君子义休偫,小人德无储。积善有余庆,荣枯立可须。
> 滔荡固大节,世俗多所拘。君子通大道,无愿为世儒。

从这里可以看出曹植和当时与之欢宴的诸子的关系是亲密无间的。而这种亲密无间的关系是建立在他们同是国家的良材,及时进德修业,待时而用于世的基础上的。他们的处世思想和主张是“滔荡固大节,世俗多所拘。君子通大道,无愿为世儒”。结合曹植其他诗文来看,这里所说的“大节”“大道”,也就是他在《与杨德祖书》中说的“戮力上国,流惠下民”那样的

① 陈祚明评选《采菽堂古诗选》卷六,李金松点校,上海古籍出版社,2019,第181页。

“大节”“大道”。另外,他还在《求自试表》中说:“事君贵于兴国”,“以功勤济国,辅主惠民”。就其间的关系来说,“事君”“辅主”的目的和功效在能“兴国”和“惠民”,亦即“拯世济民”。再就“国”和“民”的关系来说,他在《转封东阿王谢表》中说:“古之仁君,必有弃国以为百姓。”竟把“民”的位置放在“国”的前面了。从这样的君、国和民的关系来看,实质是孟子说的“民为贵,社稷次之,君为轻”的儒家的民本思想的表现。这样的“大节”和“大道”是与他所反对和轻视的“世俗”和“世儒”相对立的,并且是有当世的内容的。即此可以看出他的思想主张与现实的矛盾。这个矛盾也正成为他们不为世用的原因。曹植写给当时诸子的赠送诗从多方面所揭示的他们冀为世用而不得的政治处境,正是这一矛盾的直接、间接的反映。

曹植和当时诸子政治抱负的形成,和造成他们冀为世用而不得的政治处境,都是有其社会原因的。

首先,他们那种“勠力于国,流惠于民”的政治抱负,是在汉末以来社会极为动乱、人民灾难极为深重的时代下形成的,是符合时代要求和广大人民意愿的。如在东汉末年农民起义被镇压以后出现了无数割据势力连年混战的局面,给广大人民以至整个社会造成巨大的灾难,统一和生活安定就成为整个社会的要求。正是在这样的社会要求下由众多的割据势力的混战局面,而出现魏、蜀、吴三国鼎立的局面,三国各在其境内实现了局部统一。但三国鼎立的本身仍然存在着割据战争这一祸乱之源。曹植在三国鼎立的局面下,极力主张消灭吴、蜀,实现统一。正如他在《求自试表》中说:“方今天下一统,九州晏如。顾西尚有违命之蜀,东有不臣之吴,使边境未得税甲,谋士未得高枕者,诚欲混同宇内,以致太和也。”再如,汉末经过农民大起义摧垮了代表士族地主利益的东汉王朝黑暗统治之后代表庶族地主的政治势力的进步,就在于在摧抑士族豪强之下,实行一些进步的政策和措施。曹植从消除曹魏政权内部隐患出发,在《陈审举表》中针对曹睿重用士族司马氏,大权日益落在异姓大臣手中,向其实行的“公族疏而异姓亲”的用人方针所存在的危险提出警告:“夫能使天下倾耳注目者,当权者是矣。故谋能移主,威能慑下,豪右执政,不在亲戚。权之所在,虽疏必重;势之所去,虽亲必轻。盖取齐者田族,非吕宗也;分晋者赵魏,非姬姓也。惟陛下察之!”曹睿不听曹植这样的劝告,结果曹魏政权被司马氏篡夺,建立了士族统治的西晋王朝。曹植这样的消灭吴、蜀实现统一和在曹魏政权内部清除士族势力的主张,虽然都是从巩固和发展曹魏政权角度提出的,但也都是符合社会要求和人民意愿的。另外曹植这样的主张,虽然也都是在其后期提出的,但又都是和前期就形成了的“戮力上国，流惠下民”的政治抱负的总的精神联系在一起的，在当时离开统一和消除士族势力，就不可能有“勠力于国，流惠于民”的政治。但这恰成曹植和当时诸子不为世用的原因。

汉末经过农民大起义，黑暗腐朽的东汉王朝虽被推倒，但又由于农民起义在统治阶级的镇压下失败了，士族地主的社会势力并没有被摧毁。在封建割据势力中，代表寒族地主利益的曹操为了巩固和发展自己的势力，采取了摧抑豪强等一些进步的政策和措施，包括在用人方面在一定程度上突破豪门士族的狭小范围，任用一些出身寒门微族的人。由于受阶级的局限，曹魏统治者为了取得豪门士族的支持也不得不向他们作些妥协，同时其本身也逐渐向士族转化。这在曹操取得北方实际统治权以及鼎足三分的形势形成以后就更是如此。到了曹丕就进一步向士族妥协过去。范文澜在《中国通史》中指出：“曹操改革了东汉的许多恶政，但恶政的根源之一，他并不能改革，那就是士族在政治上所占有的垄断地位。曹操变通东汉举孝廉制，录用‘不仁不孝而有治国用兵之术’的微贱人做官吏，企图冲淡士族的势力，事实上士族依然足以阻碍曹氏政权代替仅存空名的刘氏政权。曹操在氏族的阻力下，只好决心做‘周文王’，让儿子曹丕来处理代汉问题。220年，曹操死。魏文帝（曹丕）行九品官人法，承认士族有做官特权，又按公卿以下官吏等级分给牛畜和客户，在经济上予以优待。这样，曹丕就获得士族的拥护，废汉帝名号，建立起魏朝，士族中的拥汉派无形中消失了。”①这就是曹植和当时诸子不为世用的社会原因，也是在立嗣问题，曹丕获胜，曹植失败的根本原因。

当然曹操也曾大力搜罗文人才士，以至形成有名的邺下文人集团。曹植在《与杨德祖书》中对曹操这样的大力搜罗人才也曾大加称颂。但这是从文学创作角度搜罗人才的，并不是政治上的重用。正因如此，曹植在大谈曹操搜罗人才和大谈文学创作之后，却说“辞赋小道”，要以建功立业为己志，不“徒以翰墨为勋绩，辞赋为君子”。这也正是吴淇所指出的：“诸子在当时，皆以文人畜之”，“然不收之则失人望，故用之以充文学”。② 就以文学创作来说，这个在曹操扶植下形成的，以曹操为领袖，以曹丕为核心的邺下文人集团，其创作除有一些歌颂曹操的颂诗外，其主要内容是写以曹丕为核心的曹魏上层统治者与邺下文人的诗酒游宴生活，这也正是刘勰在《文

① 范文澜：《中国通史》第二册，人民出版社，2008，第282页。

② 吴淇：《六朝选诗定论》卷五，第120、122页。

心雕龙·明诗》中所说的："怜风月，狎池苑，述恩荣，叙酣宴。"其中大量的作品充满了贵族生活的奢靡华贵气息，并且从中也可以看出邺下的文人才士完全是以曹丕为代表的曹魏上层统治者诗酒游乐生活的陪从和点缀，充分说明他们是曹魏统治者"以文人畜之"的身份和地位。从主要创作内容和创作倾向来看，这样的文学创作与建安文学早期那些反映社会乱离、同情人民灾难的创作恰成鲜明的对比。

然而怀有建功立业之志的建安诸子并不安心于这样"以文人畜之"不能施展政治抱负的处境，"所以虽被宠接，而反郁郁不得志"①。建安诸子的这种思想感情，与志欲"勠力上国，流惠下民"的曹植产生了共鸣，但不为曹丕所理解。因此在以曹丕为核心的邺下文人集团中又形成了"当时诸子皆倾心于子建"的曹植与诸子的关系。在文学创作上也产生了与那些反映宴饮游乐生活的创作方向相反的曹植与诸子之间的赠送诗。其对曹植与诸子冀为世用而不得的反映，是与建安文学早期那些反映社会乱离和人民灾难的创作一脉相承的。其中所包含的作者对建功立业的强烈追求，也成为曹植后期文学创作的思想核心。他之所以能把"志深而笔长""梗概而多气"（刘勰《文心雕龙·时序》）的建安文学的大旗一举到底，并成为集大成者，是有其在"世积乱离，风衰俗怨"（刘勰《文心雕龙·时序》）的时代之下形成并贯穿其前后两期的政治思想原因的。

① 吴淇：《六朝选诗定论》卷六，第120页。

略谈王粲创作前后期的不同

王粲是建安文学重要作家之一，刘勰称其诗赋为“‘七子’之冠冕”（刘勰《文心雕龙·才略》）。他的文学创作，以其建安十三年（208年）归附曹操为界可分前后两个时期。这两个时期的文学创作，无论在思想内容上，还是在艺术风格和表现方法上都有明显的不同。

王粲的前期文学创作，总的来说是具有“建安风力”的，这也是刘勰在《文心雕龙·时序》篇中对当时文学创作进行总的概括所指出的：“观其时文，雅好慷慨，良由世积乱离，风衰俗怨，并志深而笔长，故梗概而多气也。”王粲这一时期的文学创作，在思想内容上，首先是把社会的灾难、人民的疾苦和诗人个人的社会遭遇密切结合起来对当时的乱离之世作了深刻的反映，同时也强烈地表达了诗人在乱离之世中形成的极为殷切的乱中思治的思想感情和渴望建功立业的政治抱负。其艺术风格是慷慨多气，表现方法为秉笔直书。《七哀诗》其一和《登楼赋》是诗人这一时期最富有代表性的诗赋创作。《七哀诗》其一：

西京乱无象，豺虎方遘患。复弃中国去，委（一作“远”）身适荆蛮。亲戚对我悲，朋友相追攀。出门无所见，白骨蔽平原。路有饥妇人，抱子弃草间。顾闻号泣声，挥涕独不还。未知身死处，何能两相完？驱马弃之去，不忍听此言。南登霸陵岸，回首望长安。悟彼下泉人，喟然伤心肝！

这里写的是诗人于汉献帝初平三年(192 年)董卓部下李傕、郭汜为乱长安被迫离开中原远适荆楚时的遭遇和所见所感,对当时乱离的社会现实作了极其深刻的反映。诗在这里是把诗人个人的遭遇与广大人民的遭遇结合在一起来写的,诗一上来写出李傕、郭汜这般豺虎祸乱长安,迫使诗人弃舍“中国”,远适“荆蛮”的再遭流徙。所谓再遭流徙,是诗人于初平元年(190 年)曾因董卓之乱随父从洛阳迁徙长安。这里用一个“复”字,不仅叙事准确,且亦加重感情的分量。接着再从写“亲戚对我悲,朋友相追攀”的行动角度,来写当时离去的悲苦不堪。但诗所要更其着重写出的是诗人对战乱给整个社会和广大人民造成的惨重至极的灾难。诗在这里,是在“出门无所见,白骨蔽平原”的展视下,以白骨蔽野、饥妇弃子的典型见闻来写战乱给社会和人民造成既深且广的惨重灾难。诗于写出诗人的遭遇和广大人民所受的灾祸之后,以“南登霸陵岸”四句作结,写出诗人乱中思治的强烈愿望和无比沉痛的慨叹。霸陵,是史称“文景之治”的西汉文帝刘恒的陵墓,诗人于“南登霸陵岸,回首望长安”之下,自然会抚今追昔产生治乱兴衰之感,发出“悟彼下泉人,喟然伤心肝”乱中思治的慨叹。这种乱中思治的思想感情是从诗人的遭遇和广大人民的遭遇联系在一起中产生的,而这种思想感情也是当时广大人民渴望国家统一、社会安定的时代情感的反映。同时,这样的治世的实现也正是诗人所要追求的政治理想。因此,“悟彼下泉人,喟然伤心肝”,不仅表现诗人对乱世的谴责和对治世的向往,同时也隐含着要为这个治世理想的实现而奋斗的政治抱负。由此可见,《七哀诗》其一在极其深刻地反映了当时乱离之世的同时,也表现了诗人伤时悯乱的思想和变乱为治的政治抱负之所以形成的现实原因。

在这一时期王粲还写了一些四言诗,如《赠蔡子笃》《赠士孙文始》《赠文叔良》《为潘文则作思亲》,其中或叙写友情,或凭吊亲人,都有对乱世的谴责和批判,反映了一个志士的忧国情怀。

反映乱离的社会现实,表现诗人忧乱思治的思想是诗人前期创作的一个重要方面,而另一个重要方面,则是表现他为实现治世理想而奋斗的行动和抱负不得实现的心情。

王粲是一个有极强烈的实现建功立业的政治抱负的诗人。“年十七(当是年十六之误),司徒辟,诏除黄门侍郎,以西京扰乱,皆不就,乃之荆州依刘表。”(《三国志·魏书·王粲传》)荆州是当时少战乱的地区,荆州牧刘表是负有善于汲引后进声誉的名士,且与王粲的祖父王畅有师生之谊,因此王粲就离开长安到荆州投靠刘表。

王粲做了刘表的幕宾后，就积极参与刘表的征伐事业，希望依靠刘表建功立业。他也确实为刘表的事业做了不少的努力，也表现了他一定的政治才能。这在他这一时期的不少作品中有所反映。作于建安三年(198 年)的《三辅论》是为巩固荆州内部的稳定而作的。刘表是在荆州镇压当时土著士族下站住脚跟的。当地土著士族心怀不满，制造舆论，攻讦刘表的对长沙用兵。王粲的这篇文章申明刘表用兵是为了“去暴举顺”，罪在不轨的长沙土著士族。王粲还帮助刘表做好结好刘璋的工作。《赠文叔良》一诗勉励刘表从事文叔良要千方百计做好结好刘璋的工作，并提出一些带有策略性的意见。这是由于他清醒地认识到荆州处境的艰危，东有孙权集团的窥视，北有曹操的威逼，只有和占据长江上游的刘璋结好，荆州才可有进退迂回之地。建安八年(203 年)在为刘表写的《为刘荆州谏袁谭书》和《为刘荆州与袁尚书》，他动之以感情，晓之以厉害，希望袁谭、袁尚兄弟停止斗争，不要给曹操以可乘之机，要求他们消除个人之间的恩怨，共同对付曹操。当时袁氏兄弟互争继承权，袁尚的兵力多于袁谭，袁谭在困急之余向曹操求救，这是引狼入室，对刘表来说，则失去牵制曹操的力量，后果不堪设想。

但是，刘表是一个胸无大志的人，只是为了割据称雄，又不善用人才。《三国志・魏书》本传说他“外貌儒雅，而心多疑忌”。当时很多中原之士云集荆州，而刘表都不能善用。对于王粲，“表以粲貌寝而体弱通脱，不甚重也”(《三国志・魏书・王粲传》)，致使他在荆州蹉跎岁月十五年之久，内心郁积很多怨愤和痛苦。其作于荆州后期的《登楼赋》则是抒发其流寓异乡政治思想不能实现的心情的：

> 遭纷浊而迁逝兮，漫逾纪以迄今。情眷眷而怀归兮，孰忧思之可任？凭轩槛以遥望兮，向北风而开襟。平原远而极目兮，蔽荆山之高岑。路逶迤以修迥兮，川既漾而济深。悲旧乡之壅隔兮，涕横坠而弗禁。昔尼父之在陈兮，有归欤之叹音。钟仪幽而楚奏兮，庄舄显而越吟。人情同于怀土兮，岂穷达而异心！

这里所抒写的思乡怀归之情，充满身世之感。它不同于一般的游子对家乡的思念，而是与作者怀才不遇、政治抱负不能实现的思想感情密切联系在一起的。“惟日月之逾迈兮，俟河清其未极。冀王道之一平兮，假高衢而骋力。惧匏瓜之徒悬兮，畏井渫之莫食。”(《登楼赋》)这里有时光流逝、清平之时难得的忧虑；有政治清明、施展自己才力的希冀；也有恐其不为世用的焦急和惶惧。这种忧时望治、冀为世用的心情的产生,既有遭世纷浊、乱中思治的总的时代原因,又有长期寄身荆州而不为刘表所用的具体生活环境。就表现的思想内容来说,《登楼赋》应当视为王粲对其在荆州时期的生活的总结,深刻地表现了诗人的政治抱负与其所处的现实的矛盾。因而他强烈地要求改变这种处境,以期得以实现政治抱负。同时《登楼赋》所表现的这样的思想内容又和《七哀诗》其一所表现的思想内容是一脉相承的。就写诗人的生活经历来说,《七哀诗》其一写的是离开长安赴荆州的悲苦之情,《登楼赋》写的是长期流寓荆州而殷切思归之情。就表达诗人的政治思想来说,《七哀诗》其一写的是乱中思治的思想感情,《登楼赋》写的是欲为治世理想的实现效力而不得的思想感情,两者又共同表现了诗人的忧世之情和治世之愿。与《登楼赋》写于同时的《七哀诗》其二,则是更加着重抒写思念故土的思想感情的。然于“羁旅无终极,忧思壮难任”的思想感情的抒写中,也同样包含着诗人志不得展的苦痛。

从上面所述来看,王粲前期文学创作的基本主题,是极其深刻地反映了当时“世纪乱离”的社会现实,反映了这个乱离之世给社会和人民造成了极为深重的灾难,也使诗人长期遭受流离播迁之苦。同时,也反映了诗人在乱离之世中形成的乱中思治的思想和建功立业的政治抱负,并抒发了冀为世用的强烈愿望和坎坷不遇的内心痛苦。这样的现实的反映和思想感情的表达,都是最富有当时“世积乱离”的时代特征的。并且,作品在对这样现实的反映和思想感情的表达中,又都是采用秉笔直书的方式,真正做到“造怀指事,不求纤密之巧,驱辞逐貌,唯取昭晰之能”(刘勰《文心雕龙·明诗》)。具有堪称“建安风力”(钟嵘《诗品》)、“梗概而多气”的风格。

王粲归附曹操以后的后期创作,除在题材内容上有刘勰在《文心雕龙·明诗》中所说的“怜风月,狎池苑,述恩荣,叙酣宴”那样与前期创作有明显不同的一面外,在表现方法上,特别在政治思想的表现上多用曲笔,多用象征比喻、曲折隐蔽的表现方法,与前期不同。自然,“梗概而多气”的风格,也就随之而削弱,甚至消失。

建安十三年(208年),当曹操南下荆州时,刘表已病死,王粲劝刘表的儿子刘琮归顺曹操。王粲被曹操辟为丞相掾,赐爵关内侯。在曹操“置酒汉滨”庆祝取得荆州胜利的宴会上,王粲奉觞祝贺时说:“方今袁绍起河北,仗大众,志兼天下,然好贤而不能用,故奇士去之。刘表雍容荆楚,坐观时变,自以为西伯可规。士之避乱荆州者,皆海内之俊杰也;表不知所任,故国危而无辅。明公定冀州之日,下车即缮其甲卒,收其豪杰而用之,以横行天下；及平江、汉，引其贤俊而置之列位，使海内回心，望风而愿治，文武并用，英雄毕力，此三王之举也。”（《三国志·魏书·王粲传》）王粲在这里从能否用人的角度指出袁绍、刘表的过失和对曹操的颂扬与希冀，以期能够得到曹操的重用，而实现其建功立业的抱负。

可是，由于曹操对当时诸子“皆以文人畜之”①，王粲归附曹操以后在政治上始终没有真正得到重用，同时又由于曹操对当时文士在政治上和思想上严加统治，使他们在文学创作上写什么、怎样写也不能不受到很大的限制。这在王粲的创作上都有极为具体的反映。

王粲由建安十三年（208年）归附曹操到建安二十二年（217年）病故的这个时期，也正是以“三曹”“七子”为中心的邺下文士集团由形成到衰落时期。王粲和其他邺中文人一样，首先通过对曹操行军用兵的描写写了一些对曹操文治武功的称颂之作，与其前期所写《七哀诗》其一对战乱的暴露有显著的不同。现就其所写《从军诗》五首来看。建安二十年（215年），王粲随曹操西征张鲁取胜，于二十一年（216年）春回到邺城，写了《从军诗》第一首。是年十月后，又从曹操征吴，十一月至谯，作《从军诗》第二、三、四、五首。诗人所写曹操征张鲁和征吴的战争都是消灭割据、促进统一的战争，是符合人民意愿和社会要求的，诗作给以应有的反映和称颂，是应该肯定的。诗作对曹操用兵的兵力之强、军容之盛、战功之大和取胜之速，都给以极力的铺叙与赞颂。同时，所有这些都是围绕对曹操的称颂写出的。如说“从军有苦乐，但问所从谁。所从神且武，焉得久劳师？相公征关右，赫怒震天威”（《从军诗》其一），又说“昔人从公旦，一徂辄三龄。今我神武师，暂往必速平”（《从军诗》其二），以及“筹策运帷幄，一由我圣君”（《从军诗》其三），并且是把歌颂曹操的军事和歌颂曹操的政治联系在一起的。如诗的第一首，于具体写出曹操西征张鲁获胜而结以“歌舞入邺城，所愿获无违”之后，接着写曹操“昼日处大朝，日暮薄言归。外参时明政，内不废家私。禽兽惮为牺，良苗实已挥”那样的从政行动和辉煌的政绩。又如诗的第五首把曹操的家乡谯郡与当时乱离荒凉的现实对比，誉之为圣贤之国，比作《诗经·魏风·硕鼠》所赞美的乐土。

诗人在诗中于赞颂曹操的文治武功的同时，也表明自己愿意为之效力的政治抱负和态度。如说“窃慕负鼎翁，愿厉朽钝姿。不能效沮溺，相随把

① 吴淇：《六朝选诗定论》卷六，汪俊、黄进德点校，广陵书社，2009，第120页。

锄犁。熟览夫子诗,信知所言非”(《从军诗》其一),“弃余亲睦恩,输力竭忠贞。惧无一夫用,报我素餐诚”(《从军诗》其二),“身服干戈事,岂得念所私”(《从军诗》其三),但不能为独断专行、刚愎自用的曹操所用。“筹策运帷幄,一由我圣君”,正是对曹操独断专行、刚愎自用的寓贬于褒的揭露。正如吴淇说:“运筹一由圣君,见刚愎自用,不听人言。”①在曹操的刚愎自用下,作者自然是无由施展政治才能实现政治抱负的。抒发归附曹操以来不能施展自己政治才能、实现政治抱负的思想感情,是王粲后期创作的一个重要内容,也是《从军诗》的一个重要内容。诗继写“筹策运帷幄,一由我圣君”之后便说:“恨我无时谋,譬诸具官臣。鞠躬中坚内,微画无所陈。许历为完士,一言犹败秦。我有素餐责,诚愧伐檀人。虽无铅刀用,庶几奋薄身。”(《从军诗》其四)上面说过,这首诗是作者于建安二十一年(216 年)从曹操征吴,十一月至谯以后作。他于建安十八年(213 年)已拜侍中,可谓身居显位。就这次从军来说,也是所谓“鞠躬中坚内”的。但这不等于在政治上受到曹操的重用,实则是仅备臣数不能有为的“具官臣”,而至虽则“鞠躬中坚内”却是“微画无所陈”的。自然也就无由像许历那样去施展谋略,取得“一言犹败秦”的功效。从“我有素餐责,诚愧伐檀人”的“自责”中,抒发了作者政治上不被重用的深沉感慨。关于王粲虽为侍中,实则不被重用也是史有记载的。《三国志·魏书·杜袭传》记载:“魏国既建,为侍中,与王粲、和洽并用。粲强识博闻,故太祖游观出入,多得骖乘,至其见敬不及洽、袭。袭尝独见,至于夜半。粲性躁竞,起坐曰:‘不知公对杜袭道何等也?’洽笑答曰:‘天下事岂有尽邪?卿昼侍可矣,悒悒于此,欲兼之乎!’”从这里可以看出曹操对王粲在政治上不信任、不重用的态度。他受到曹操赏识的,也只是由于他“强识博闻”,可作“游观”一类的游乐生活的陪同和点缀而已。其实不止王粲,曹操对其他文士也都如此。这也正像吴淇所说:“诸子在当时,皆以文人畜之,如齐稷下士,不治事而议论。诸子无有罹孔、杨之祸者在此,其不效功名于当世者亦在此。所以虽被宠接,而反郁郁不得志。”②建安二十二年(217 年)吴质在《答魏太子笺》中也说:“凡此数子(按指陈、徐、刘、应),于雍容侍从,实其人也。若乃边境有虞,群下鼎沸,军书辐至,羽檄交驰,于彼诸贤,非其任也。”都说明建安诸子在当世的不被重用。

曹操对当时文士在政治上不但不予信任和重用,且更严加统治,甚至孔

① 吴淇:《六朝选诗定论》卷六,第 134 页。

② 吴淇:《六朝选诗定论》卷六,第 120 页。

融、杨修竟遭他的杀戮。王粲所写的《咏史诗》,被人认为是借咏秦穆公以三良殉葬之史来谴责曹操杀戮文士的。诗的全文如下:

自古无殉死,达人共所知。秦穆杀三良,惜哉空尔为。结发事明君,受恩良不訾。临殁要之死,焉得不相随。妻子当门泣,兄弟哭路垂。临穴呼苍天,涕下如绠縻。人生各有志,终不为此移。同知埋身剧,心亦有所施。生为百夫雄,死为壮士规。黄鸟作悲诗,至今声不亏。

吴淇《六朝选诗定论》说:"旧注'空尔为',谓杀之而不留以辅生者。如此,是袭用史臣剩义,非诗之意也。不知此三字,即谚所云两头闪也。盖人主幸畜贤才,亦思得其力耳。自三良结发之日,到穆公临殁之日,其时不为不久矣,自当做出多少事业来,乃今日也是受恩,明日也是受恩,恩可谓不赀矣。然却不曾教他建得一些功,是穆公生前全没得他半星子力。乃至临殁,又要之以死,意谓三良受吾恩深,当事我于地下耳。然殉死之事,从古所无,未见其果事我于地下,徒贻达人之嗤笑。则死后又不曾得他半星子力。故曰'空尔为'为穆公惜也。然三良之死,虽是凭势强要,亦是三良心肯。当日三良遇穆公,虽无功名之分,然固已受其不赀之恩矣,则今日之死,可当做报恩。故虽'妻子'云云,他人未免移志,而志终不移者,心用于报恩耳。呜呼,丈夫生世,亦欲得时行志,勒勋旂常,乃仅仅以报恩终,又为三良惜也。为此诗。盖亦见魏武猜忌贤良,恩未受而诛已加,使如秦穆之待三良,恩深于前,死要于后,不犹愈夫徒诛已耶!"①吴氏之论,颇切诗意。张溥《汉魏六朝百三家集题辞·王侍中集题辞》也说:"孟德阴贼,好杀贤士,仲宣咏史,托讽黄鸟,披文下涕,几秦风矣。"②

由于曹植也是一个有建功立业政治抱负而又不受其父信任不能施展政治抱负的人,就这方面来说,他和诸子有相同的政治处境。他对诸子的思想和遭遇甚为了解和同情,因而诸子在不满其政治处境的同时"皆倾心于子建"③。王粲《杂诗》其一中,采用象征、比喻的手法,对此就作了反映:

日暮游西园,冀写忧思情。曲池扬素波,列树敷丹荣。上有特栖

① 吴淇:《六朝选诗定论》卷六,第136页。

② 见张溥著,殷孟伦注《汉魏六朝百三家集题辞注》,中华书局,2007,第101页。

③ 吴淇:《六朝选诗定论》卷五,第122页。

鸟,怀春向我鸣。褰衽欲从之,路险不得征。徘徊不能去,伫立望尔形。风飚扬尘起,白日忽已冥。回身入空房,托梦通精诚。人欲天不违,何惧不合并?

王粲在这里以“上有特栖鸟,怀春向我鸣”来比喻曹植在政治上的孤单,并向他(作者)来寻求政治上的知音。又以“褰衽欲从之,路险不得征”来比自己愿与曹植结为政治上的知音,但为险恶的政治途路所阻不能从其所愿,于是他顾瞻徘徊而不能去。……从而把自己与曹植在政治上互相倾注的心情和欲结为政治上的知音而不得的政治处境幽隐而深刻地表现出来。曹植有《赠王粲》一首,则是对王粲的这首《杂诗》所作的内容一样、方法相同的回答。

明白王粲、曹植这两首赠答诗所表现的思想内容后,对王粲《杂诗五首》其四、其五两首诗所表现的思想内容也就不难理解了。这两首诗也是用象征比喻的手法来表现他和曹植有关政治处境方面的思想内容的。

先看其四:

联翩飞鸾鸟,独游无所因。毛羽照野草,哀鸣入青(一作“层”)云。我尚假羽翼,飞睹尔形身。愿及春阳会,交颈遘殷勤。

诗的前四句写的应是诗人在政治上所倾慕的对方,联系前面所谈曹、王两首相互赠答的诗,这个诗人所倾慕的对方也应是曹植。这里一面以鸾鸟翻飞、高入青云给以赞誉,一面又以“独游”“哀鸣”写其处境的孤危,颇似曹植的身份、地位、才华、抱负和不受其父信任的政治处境。后四句,系写作者自己和对曹植的倾慕,并且希望能有一个好的时机,在政治上与之结为亲密关系。

再看其五:

鸷鸟化为鸠,远窜江汉边。遭遇风云会,托身鸾凤间。天姿既否戾,受性又不闲。邂逅见逼迫,俯仰不得言。

此诗写出作者一生的际遇。首二句“鸷鸟化为鸠,远窜江汉边”,系写作为三公之后,早年就具有出众才智的作者,由于身遭乱离,不得不委身荆蛮的生活变迁。三、四两句“遭遇风云会。托身鸾凤间”,是指建安十三年

(208 年),曹操南下荆州,作者归附曹操后的经历。作者归附曹操后,被曹操辟为丞相掾,赐爵关内侯,并自以为将在政治上得到重用,施展政治才能实现政治抱负。然而并非如此。五、六两句写其不被重用的原因,所谓“天姿既否戾,受性又不闲”。即《三国志》本传所说“貌寝通脱”,裴松之注说:“貌寝,谓貌负其实也。通脱者,简易也。”张华《博物志》卷四说他“行陋用率”。又《三国志》本传注引鱼豢语,豢尝怪粲等不甚见用而问韦仲将(诞),仲将云:“仲宣伤于肥戆。”俞绍初《王粲年谱》解释说:“所说‘肥’,当是王粲晚年体态;‘戆’者,盖指躁竞、通脱之性情。”①按王粲不被重用,主要应从思想性格上来理解,所谓“受性又不闲”,即在政治上有自己的见解、主张和行动,不能按照曹操的框格一味地逢迎,七、八两句“邂逅见逼迫,俯仰不得言”,写政治上的不被重用和受到压抑的处境。

也或许由于作者有“鸷鸟化为鸠”的经历,“俯仰不得言”的处境,社会生活的观感,同样以象征、比喻的手法,也写了一些借物述怀的咏物小赋。如《鹖赋》《鹦鹉赋》《莺赋》等都是,借以表达难以直述的情怀。像《鹖赋》所写:

> 惟兹鹖之为鸟,信才勇而劲武。服乾刚之正气,被淳駹之质羽。愬晨风以群鸣,震声发乎外宇。厉廉风与猛节,超群类而莫与。惟膏薰之焚销,固自古之所咨。逢虞人而见获,遂囚执乎绁累。赖有司之图功,不开小而漏微。令薄躯以免害,从孔鹤于囿湄。

这个“超群类而莫与”的鹖鸟,一变而“从孔鹤于囿湄”,难道能不寓有诗人原有“冀王道之一平兮,假高衢而骋力”(《登楼赋》)之愿,而归魏以后,只能做些陪同“太祖游观”之类的“雍容侍从”那样的身世之感吗?至于《莺赋》和《鹦鹉赋》把笼中“莺”和“鹦鹉”与大自然中的同类联系写出,自然也是寓有诗人社会生活感受的。

前面我们曾对王粲创作对曹操的文治武功的反映和称颂作了肯定,但是其中也还未免有言过其实的溢美成分,以至是有谀辞的。另外王粲后期创作还有一些谀辞充斥的歌功颂德之作。如《太庙颂》、《俞儿舞歌》四首、《蕤宾钟铭》、《无射钟铭》等都是。“太庙”,曹操的祖庙。《俞儿舞歌》四

---

① 王粲:《王粲集》附录二《王粲年谱》,俞绍初校点,中华书局,1980,第 94 页。

首,魏国初建所用。许学夷《诗源辨体》指出,仲宣《太庙歌》、《俞儿舞歌》四首其体出于《房中》《郊祀》,是典型的庙堂文学,内容、形式都无足取。

由于这一时期,建安文人云集邺下,政局也相对稳定,他们与曹丕兄弟游宴过从,吟诗作赋。“怜风月,狎池苑,述恩荣,叙酣宴”是其诗赋的主要内容。多是反映曹魏统治者为主的社会上层的华奢生活。王粲的《公宴诗》、《羽猎赋》、《杂诗》其一、《杂诗》其二都是这类的作品。钟惺说:“邺下西园,词场雅事,惜无蔡中郎、孔文举、祢正平其人以应之者! 仲宣诸人,气骨文藻,事事不敢相敌。《公宴》诸作,尤有乞气。故一切黜之,即黜唐应制诗意也。”①就作品的主要思想倾向来说,钟氏的批评是不为过分的。王粲这一时期还写不少咏物小赋,其中有许多题目也见其他文人创作,无疑都是受命之作,因此有些作品就带应酬性质,缺乏真情实感。但也有像我们前面所说过的那几篇托物抒情的咏鸟之作,既有深刻的思想内容,又有较高的艺术成就。另外,在王粲后期赋作中,还有《出妇赋》、《寡妇赋》和《思友赋》等优秀的抒情之作,表现出作者对广大妇女不幸遭遇的深切同情和对亡友的殷切思念,感情真挚,形式短小精悍。

① 钟惺、谭元春:《古诗归》卷七,湖北人民出版社,1985,第137页。

谈陶渊明作品的思想和艺术

一

陶渊明是一个抒情诗人，他以他的抒情诗文（主要是诗）抒发了诗人的情感，表达了诗人的思想，刻画了诗人的形象和性格。评价陶渊明的作品，首先应分析其作品中所写诗人自己的形象性格，从而评价作品的思想性和现实性。

陶渊明的作品主要写出陶渊明不满黑暗现实、憎恶腐朽政治、追求美好理想、不同流合污、高洁耿介的形象性格。这样的形象性格不是独立物外的，而是与现实密切联系着的。诗人所说的"世与我而相违"（《归去来兮辞》），不但说明他与现实的关系，也包含着他的作品的主要内容，因为他的作品是把"我"与"世"作为一个整体来反映的，因而透过"我"的分析也就可以认识与"我""相违"的"世"。在《感士不遇赋序》中有尤为具体的说明：

> 自真风告逝，大伪斯兴，闾阎懈廉退之节，市朝驱易进之心。怀正志道之士，或潜玉于当年，洁己清操之人，或没世以徒勤。故夷皓有安归之叹，三闾发已矣之哀。

“世”是“真风告逝，大伪斯兴……”黑暗混浊之世，“我”是“怀正志道之士”“洁己清操之人”，也就是欲“大济于苍生”、怀“稷契”之志的人。因而“我”与“世”势必“相违”，而“或潜玉于当年”，“或没世以徒勤”，使得隐者“有安归之叹，仕者发已矣之哀”。通过诗人自己形象性格的刻画深刻地反映与批判现实是陶渊明作品重要的特点。

正因作者不满黑暗的现实，所以向往古代，赞颂田园，追求桃花源式的理想社会。向往古代，不是复古；赞颂田园，不是美化农村粉饰现实；追求桃花源式的理想社会，不是引人逃避现实。因其是基于不满黑暗现实追求美好理想之上的，是与黑暗的现实社会相对立而出现的。应从作者主要的思想倾向、作品的思想实质进行考察，要看向往的是什么，赞颂的是什么，追求的是什么，如：

> 仰想东户时，余粮宿中田。鼓腹无所思，朝起暮归眠。既已不遇兹，且遂灌我园。——《戊申岁六月中遇火》

向往东户时的古代社会什么呢？是“余粮宿中田”的丰衣足食，是“鼓腹无所思”的无忧无虑，是“朝起暮归眠”的安乐无事。这正是现实社会所没有的理想社会，与饥寒交迫、生灵涂炭、动乱不安的现实恰成对比。“既已不遇兹，且遂灌我园”不正是因此而发出的感叹吗？诗人向往古代实是借古述志，对当时罪恶现实的否定，对理想社会的追求，并不是真的复古。元好问有两句诗说得好：“南窗白日羲皇上，未害渊明是晋人。”（元好问《论诗三十首》其四）是把陶渊明作为与现实有密切联系的人来理解的，不是真的要做“羲皇上”的古人。

对田园的赞颂是同样思想的反映。出仕与归隐是两种不同的途径，官场与田园是两个对立的环境。诗人热爱纯朴的农村正由于对污浊的官场的厌恶，称颂自然是对仕途上人事的否定。作者既然辞去官职，走上归田的道路，那他有热爱田园的情感，写出赞颂田园的诗歌，不是很自然而且是很好理解的吗？有的人偏偏离开主要是抒发作者情感的抒情的特点，离开作者主要思想倾向，硬要说陶渊明的田园诗美化了农村，粉饰了现实，掩盖了阶级矛盾。这是不符实际的。陶渊明的田园诗到底美化农村的什么、粉饰现实的什么呢？如：

> 方宅十余亩，草屋八九间。榆柳荫后檐，桃李罗堂前。暧暧远人

村,依依墟里烟。狗吠深巷中,鸡鸣桑树巅。户庭无尘杂,虚室有余闲。——《归园田居》其一

这里确实把农村写得很恬静、纯朴、优美,但也只是恬静、纯朴、优美,况且农村也确实有这样的一面。当时农村有没有饥寒交迫、民不聊生等另外的一面呢? 是有的。作者只写恬静、纯朴、优美的一面,是不是粉饰现实呢? 我们说不是。因为我们不能离开作品主要的思想倾向来理解。作品主要的思想倾向是否定官场生活,作品思想感情是"久在樊笼里,复得返自然"(《归园田居》其一)的思想感情的自然流露,是以理想的农村生活环境与污浊的官场生活现实相对比再现的。不但不是美化与粉饰现实,而且是对"闾阎懈廉退之节,市朝驱易进之心"的现实的否定和批判。

至于桃花源式的社会理想更是不满黑暗现实追求美好的理想社会的集中表现。其中有纯朴优美的环境,更有人人劳动无压迫无剥削的美好生活。作者是把桃花源内的生活与桃花源外的现实对比起来写的,对桃花源内生活的追求,正是对桃花源外现实的否定。"问今是何世,乃不知有汉,无论魏晋。此人一一为具言所闻,皆叹惋"(《桃花源记》)与"相命肆农耕,日入从所憩。桑竹垂余荫,菽稷随时艺。春蚕收长丝,秋熟靡王税"(《桃花源诗》)是多么鲜明的对比! "问今是何世"云云对现实的否定,又是多么彻底! "相命肆农耕"云云对理想的追求又是多么合理! 怎么能说它表明"此人逃避现实"的呢?

将美好的生活境界、社会理想与罪恶的现实对比从而反映并批判现实是陶渊明作品的"世与我而相违"的又一方面。

陶渊明的形象是与世相违的形象,陶渊明所歌颂的人物也是与世相违的人物,有洁己清操不同流合污的荷蓧丈人、长沮、桀溺、伯夷、叔齐和四皓,有反抗强暴同黑暗势力作斗争的荆轲、精卫和刑天,有"忮辩召患"(《高士赞九首・韩非》)的韩非,有受纣王迫害的箕子……这些英雄志士的群像又无不渗透陶渊明的思想,有深刻的现实意义,同样是对当时"大伪斯兴"之世的批判与否定。

我们说过,陶渊明描写田园恬静、纯朴、美好是与官场生活对比的,至于农村生活的饥寒交迫、灾难繁多,这在作者笔下也有真实的反映。首先作者在写个人生活遭遇中反映了农村饥寒贫困的面貌:

代耕本非望,所业在田桑。躬亲未曾替,寒馁常糟糠。岂期过满

腹,但愿饱粳粮。御冬足大布,粗絺以应阳。政尔不能得,哀哉亦可伤!——《杂诗》其八

炎火屡焚如,螟蜮恣中田。风雨纵横至,收敛不盈廛。夏日长抱饥,寒夜无被眠。造夕思鸡鸣,及晨愿乌迁。——《怨诗楚调示庞主簿邓治中》

另外还有一些诗篇有着类似的反映。作者的生活确实够困苦的了,但是这绝不限于作者,是有普遍的现实意义的。作者的生活还应胜过劳动人民的,他竟贫困到如此地步,更不要说广大人民了。从这些诗篇中已可以看到当时农村破产凋敝的面貌,再看作者在另外两篇中所描绘的当时社会图景:

徘徊丘垄间,依依昔人居。井灶有遗处,桑竹残朽株。借问采薪者,此人皆焉如?薪者向我言,死没无复余。一世异朝市,此语真不虚。——《归园田居》其四

畴昔家上京,六载去还归。今日始复来,恻怆多所悲。阡陌不移旧,邑屋或时非。履历周故居,邻老罕复遗。步步寻往迹,有处特依依。——《还旧居》

这该是多么凄凉悲惨凋敝的社会景象!它与桃花源式的理想社会是多么鲜明的对比!作者反对什么追求什么是非常清楚的,美化农村、粉饰现实、掩盖阶级矛盾、没有反映阶级矛盾云云从何处说起呢!

陶渊明是封建社会知识分子,然其思想的某些方面却突破封建统治思想观点。

“学而优则仕”是封建社会知识分子的道路,而他却是“先师有遗训,忧道不忧贫。瞻望邈难逮,转欲志长勤”(《癸卯岁始春怀古田舍》其二)。终于辞官归田从事农耕,一反“先师遗训”和“学而优则仕”的道路。

参加劳动使他认识(尽管还有局限)并肯定了劳动的意义。“人生归有道,衣食固其端。……开春理常业,岁功聊可观”(《庚戌岁九月中于西田获早稻》),“衣食当须纪,力耕不吾欺”(《移居》其二),一反封建统治阶级轻视劳动的观点。

在门阀制度森严阶级矛盾尖锐的同时,陶渊明一方面与当权的统治阶级有矛盾,另一方面看到统治阶级过于压迫人民,从而产生同情人民和民主

平等思想。据萧统《陶渊明传》记载,在陶渊明为彭泽令时曾“送一力给其子”,而以书示其子说:“此亦人子也,可善遇之。”①这样的思想在他辞官归隐之后,因社会地位与生活的变易而更有所发展。在《杂诗》其一中竟高唱出“落地为兄弟,何必骨肉亲”。这在维护血缘统治的门阀制度森严和阶级矛盾尖锐的时代,不能说不具有很大进步意义,它闪耀着民主平等的光彩。

陶渊明思想中这些进步成分是具有现实性和人民性的作品的思想基础。《桃花源记并诗》所表现的无压迫、无剥削、民主平等、人人劳动和平安乐的社会理想是这些思想集中而统一的光辉表现。

“大伪斯兴”的社会现实和作者进步的思想是陶渊明创作的现实基础和思想基础。其作品是有一定的人民性和深刻的现实性的。

由于时代原因和阶级局限,陶渊明及其作品也有消极的一面。陶渊明出身于没落官僚家庭,所受儒家正统教育以及流行当时的道家思想都给他以消极影响。他不满与反对黑暗现实,又不能从人民那里吸取力量,因而在与强大的封建黑暗势力相矛盾之中,有无所适从之感。就现实政治理想来说,“有志不获骋”(《杂诗》其二);就谋取功名利禄来说,“富贵非吾愿”(《归去来兮辞》);就成神成仙来说,“帝乡不可期”《归去来兮辞》;就从事耕植以自给来说,“夏日常抱饥,寒夜无被眠”(《怨诗楚调示庞主簿邓治中》)。在这种生活思想一无依归的情况下,诗人发出“人皆尽获宜,拙生失其方。理也可奈何,且为陶一觞”(《杂诗》其八)的慨叹,产生了人生空虚无常以及及时行乐的消极思想情绪。这些消极思想情绪应当从时代局限和阶级局限给以分析和批判。不过,这些消极思想情绪更主要的是在那样黑暗时代产生的,同时对陶渊明来说也是次要的、从属的,从属于美好的政治理想与黑暗现实相冲突这一主要矛盾的,往往是伴随着对黑暗现实愤激不满的思想感情出现在作品之中的。陶渊明依然是我国文学史上伟大的现实主义作家。

二

生活与艺术统一是陶渊明作品总的特点,写景与抒情统一是陶渊明描

① 收于王质等:《陶渊明年谱》,许逸民校辑,中华书局,1986,第251页。

写田园生活作品的特点。它的卓越的艺术成就就在这里,它的反形式主义唯美主义的功绩也在这里。陶渊明所处时代的文学风尚是“俪采百字之偶,争价一句之奇。情必极貌以写物,辞必穷力而追新”(刘勰《文心雕龙·明诗》)的形式主义唯美主义极其风靡的风尚,而陶渊明的作品却从表现生活内容出发具有独树一帜的艺术风格。

首先,陶渊明的作品展现了丰富多样的生活图景,从而也抒发了丰富多样的思想感情。如在《感士不遇赋并序》中写出黑暗混浊的现实社会图景,在《桃花源诗并记》中写出安乐美好的理想社会图景;在《归园田居》其一中写出纯朴、恬静的田园生活图景;在《归园田居》其四中写出悲惨凋敝的农村生活图景;在《咏荆轲》中写出反抗强暴、慷慨悲壮的生活图景;在《饮酒》其五中写出采菊赏景情致悠然的生活图景;在《归园田居》其三中写出辛勤耕作期望殷切的生活图景;在《怨诗楚调示庞主簿邓治中》中写出灾难重重饥寒交迫的生活图景;等等。同时在这些丰富多样的生活图景的描写中又无不渗透作者的思想感情,体现了作者丰富多样的思想感情。生活图景的多样却反映着共同的社会现实,思想感情的多样却体现着总的思想倾向。由于作者能够面向生活从生活出发并善于从现实生活中捕捉事物特征,所以才能写出篇篇具有特色和强烈感染力的艺术作品。其五光十色的艺术花朵是植根于现实生活土壤之中的。

其次,写景与抒情的统一是陶渊明田园诗的艺术特色。陶渊明归隐以前就有较多的田园生活,归隐以后更是长期生活在田园之中。这便是其诗写景与抒情统一的生活基础。陶渊明是田园生活的参加者,不是置身生活之外的田园景物的欣赏者,因而他的田园景物的描写也就是他田园生活的描写。如:

种豆南山下,草盛豆苗稀。晨兴理荒秽,戴月荷锄归。道狭草木长,夕露沾我衣。衣沾不足惜,但使愿无违。——《归园田居》其三

处处是田园景物描写,然又处处是田园生活描写。不仅写出景物,而更写出诗人的辛勤劳动生活与劳动中的情感愿望,景物、生活、情感是水乳交融密不可分的。试看“戴月荷锄归”,是一幅美丽的景物画图,也是一幅生动的生活画图。诗人就是画图中的带月荷锄辛勤劳动的晚归者。陶诗中的田园景物是田园生活的有机组成部分。

陶渊明是厌恶仕途向往田园的人,他对田园美好景物的描写也就是厌

恶仕途喜爱田园情感的抒发。《归园田居》其一中的“久在樊笼里,复得返自然”的情感是融注在纯朴、恬静、优美的景物描写之中的。正因诗人厌恶仕途喜爱田园,因而能把田园景物写得优美动人生气勃发。“迈迈时运,穆穆良朝。袭我春服,薄言东郊。山涤余霭,宇暖微霄。有风自南,翼彼新苗”(《时运》),写得多么优美富有生气。“山涤余霭,宇暖微霄”精细中见自然,“有风自南,翼彼新苗”自然中见精细,都是景真情切之笔。

陶渊明不是寄身世外醉心山水的人,而是面向现实关心现实的人。离开仕途置身田园固然使其有“复得返自然”之感的一面,但是那样黑暗的现实社会又不能不使他经常忧虑与苦闷。在他的田园诗中有不少诗篇表现了他这方面的情感,而诗中的田园景物与这方面的情感同样是冶而为一的:

白日沦西河,素月出东岭。遥遥万里辉,荡荡空中景。风来入房户,夜中枕席冷。气变悟时易,不眠知夕永。欲言无予和,挥杯劝孤影。日月掷人去,有志不获骋。念此怀悲凄,终晓不能静。——《杂诗》其二

环境的描写与心理刻画达到了高度的统一,清幽静寂的环境与“不能静”的情感构成矛盾,如此环境恰能发如此情感的深思,具有表现深刻浑然一体的艺术效果。

再次,精练朴素的语言与朴素自然的风格。“省静”“质直”是前人对陶诗的评语,也是陶诗精练、朴素的语言特点。陶诗确实能使用很少的语言表现丰富深刻的思想内容。如“此中有真意,欲辩已忘言”(《饮酒》其五)和“遥遥望白云,怀古一何深”(《和郭主簿》其一)所表现的思想情感不但要结合全篇而且要结合陶渊明整个思想才能充分理解。“夏日长抱饥,寒夜无被眠。造夕思鸡鸣,及晨愿乌迁”与“日月掷人去,有志不获骋。念此怀悲凄,终晓不能静”都具有力透纸背的表现力,其思想是非常深刻的。陶诗的语言不但精练,而且通俗朴素,不加藻饰。诗的思想情感,就从通俗朴素的语言中自然流露出来,从而也就形成了诗的朴素自然的风格。这种语言与风格特点的形成,与诗人的田园生活和学习人民语言有密切关系。

试论陶渊明的“质性自然”

——兼谈陶氏哲学思想属儒不属道

辞官归隐是陶渊明一生至为重要的经历，如何认识陶渊明，首要在于如何认识其辞官归隐，而认识其辞官归隐，又须从认识其辞官归隐的原因入手。

陶渊明在《归去来兮辞序》中说他辞官归隐的原因是“质性自然，非矫励所得”，又在《归去来兮辞》中说：“世与我而相违，复驾言兮焉求？”这个与世相违的“我”，即“质性自然”的“我”，“复驾言兮焉求”的辞官归隐，乃是其“质性自然，非矫励所得”的结果。由此可见，如何认识陶渊明，关键在如何认识其“质性自然”。如何认识其“质性自然”，古今却存着重大的分歧，而分歧之根本所在，乃是这个“质性自然”在哲学思想归属上，是属于任自然的道家，还是属于重伦理的儒家，并由此导致对陶渊明及其诗文在整个认识上的分歧。笔者认为陶渊明所说的“质性自然”，属于重伦理的儒家，与任自然的道家是根本对立的。

一、“质性自然”，即天赋善性

所谓“质性自然”，在陶渊明的思想中即天（大自然）赋善性。这就是他在《感士不遇赋》中所说的：

咨大块之受气，何斯人之独灵！禀神智以藏照，秉三五而垂名。

这里首先说明人和自然万物都是受大自然(大块)之气而生。同时，这里又强调说明作为万物之一的人虽同是受大自然之气而生，但与他物不同而“独灵”。人之所以独灵于他物，在于“禀神智以藏照”，有先天禀赋的聪明智慧，才“秉三五而垂名”，心通仁、义、礼、智、信之“五常”，与天地并立置于“三才”之中，“赞天地之化育”(《礼记·中庸》)，而垂名于世。诗人并在《神释》中说：“大钧无私力，万物自森著。人为三才中，岂不以我(神、神智)故?”同样强调由于人有先天禀赋的聪明智慧，心通“五常”，才能与天地并立置于“三才”之中。

“三才”之说，出自儒家经典之一的《周易》，《周易·系辞传》说：“《易》之为书也，广大悉备，有天道焉，有人道焉，有地道焉，兼三才而两之。”作为“五常”的仁、义、礼、智、信，乃儒家社会伦理纲领性的德目。可见，肯定人有得灵于他物先天禀赋的聪明智慧，心通仁、义、礼、智、信之“五常”，置于“三才”之中的人性自然说，乃儒家性善论的人性自然说。

在儒家性善论中，不仅肯定人有先天禀赋的善性，而且还极为重视对天赋善性的扩充。孟子说：“恻隐之心，仁之端也；羞恶之心，义之端也；辞让之心，礼之端也；是非之心，智之端也。人之有是四端也，犹其有四体也。……凡有四端于我者，知皆扩而充之矣，若火之始然，泉之始达。苟能充之，足以保四海；苟不充之，不足以事父母。”(《孟子·公孙丑上》)这里所说的“四端”，也就是陶渊明所说“秉三五而垂名”中的“五常”。朱熹《四书章句集注》引程子的话说：“四端不言信者，既有诚心为四端，则信在其中矣。”朱氏接着说：“愚按：四端之信，犹五行之土。无定位，无成名，无专气。而水、火、金、木，无不待是以生者。故土于四行无不在，于四时则寄王焉，其理亦犹是也。”

陶渊明在肯定人有天赋善性的同时，亦极重视对天赋善性的扩充，故在《感士不遇赋》中又说：

奉上天之成命，师圣人之遗书。发忠孝于君亲，生信义于乡闾。

“奉上天之成命”，说的是遵循上天所赋之善性。“师圣人之遗书”，说的是以圣人之遗书为师对天赋善性的扩充。“发忠孝于君亲，生信义于乡闾”，乃遵循和扩充天赋善性的功效。

《礼记·中庸》在第一章中说：

天命之谓性，率性之谓道，修道之谓教。道也者，不可须臾离也；可离非道也。是故君子戒慎乎其所不睹，恐惧乎其所不闻。莫见乎隐，莫显乎微，故君子慎其独也。喜怒哀乐之未发，谓之中；发而皆中节，谓之和。中也者，天下之大本也；和也者，天下之达道也。致中和，天地位焉，万物育焉。

此章作为阐述中庸之道的经文冠于篇首。朱熹注说："子思述所传之意以立言，首明道之本原出于天而不可易，其实体备于己而不可离，次言存养省察之要，终言圣神功化之极。盖欲学者于此反求诸身而自得之，以去夫外诱之私，而充其本然之善。"①就性善论来说，朱氏所说"首明道之本原出于天而不可易，其实体备于己而不可离"，乃是说人的善性出于天命之自然，即天赋善性。"次言存养省察之要"，则是说对天赋善性作"充其本然之善"的扩充。"终言圣神功化之极"，则是说所取得的"致中和，天地位焉，万物育焉"那样天人合一，"赞天地之化育"的功效，亦即陶渊明所说"秉三五而垂名"的功效。

二、性善论的人性自然说与任自然的人性自然说迥异

清人戴震在《孟子私淑录》中对孟子性善论所说的人性自然与老聃、庄周、告子、释氏任自然者所说的人性自然的不同作了相对照的论述，而不同之根本所在，人是同于禽兽，还是异于禽兽。如说：

老聃、庄周、告子、释氏之说，贵其自然，同人于禽兽者也。圣人之教，使人明于必然。②

① 朱熹：《四书章句集注·中庸章句》，中华书局，1983，第18页。

② 戴震：《孟子字义疏证·孟子私淑录》卷中，何文光整理，中华书局，1982，第2版，第148页。

又说：

> 人物以类区分，而人所禀受，其气清明，远于物之不可开通。礼义者，心之所通也，人以有礼义异于禽兽，实人之智大远乎物。然则天地之气化，生生而条理，生生之德鲜不得者；惟人性开通，能不失其条理，则生生之德因之至盛。物循乎自然，人能明于必然，此人物之异，孟子以“人皆可以为尧舜”断其性善，在是也。①

就戴氏对儒家性善论之人性自然的论述来说，大要不外陶渊明《感士不遇赋》篇首四句的概括，直可视为对陶氏赋文的阐释。

1.对人的不同认识。陶渊明既认为人和自然万物都是禀受天地之气而生，又认为人有独灵于他物的聪明智慧，这是一种唯物的宇宙观，既是和王充“天地合气，万物自生”②唯物的元气自然论是一致的，又是与其认为“人，物也，万物之中有智慧者也”③的认识是相同的。陶渊明不仅对人和物都是受天地之气而生从哲学上给以唯物的肯定，而且对人有独灵于他物、心通礼义的聪明智慧从文学上屡加称颂，把人之异于禽兽严格地区别开来。他之所以如此，在于“物循乎自然，人能明于必然”，置于“三才”之中，“赞天地之化育”。

任自然的道家既认为人和自然万物都产生于唯心主义精神本体的“道”，又把人和物等同起来，否认人有独灵于他物的聪明智慧。如庄子认为人与牛、马、野鹿等动物一样，都是自然万物，没有根本的不同。不但不承认人有独灵于他物的聪明智慧，而且认为智慧是与人的本性对立的，是对人的本性的破坏。只有彻底抛弃智慧，才能保全人的本性，也才不失之为人。如说：“同乎无知，其德不离；同乎无欲，是谓素朴。素朴而民性得矣。”（《庄子·马蹄》）又说：“其卧徐徐，其觉于于（无知貌）。一以己为马，一以己为牛。其知情信，其德甚真，而未始入于非人。”（《庄子·应帝王》）同时，在主张无为、反对有为的老庄看来，智慧是产生诈伪、祸乱亦即有为的根源，而主张“绝圣弃智”（《老子》十九章），实行愚民的无为政治，达到“虚其心，实其

① 戴震：《孟子字义疏证·孟子私淑录》卷中，第148页。

② 王充：《论衡·自然篇》，见黄晖：《论衡校释》卷十八，中华书局，1990，第775页。

③ 王充：《论衡·辨祟篇》，见黄晖：《论衡校释》卷二十四，第1011页。

腹，弱其志，强其骨，常使民无知无欲，使夫智者不敢为也，为无为则无不治”（《老子》三章）的目的。

2.对天人关系的不同认识。陶渊明认为人与天、地并立而为“三才”，“赞天地之化育”，对立统一而互补。在儒家“赞天地之化育”的思想中，实质是认识和遵循自然的本质和规律，对自然的改造和利用。如《孟子》所载“禹抑洪水”（《孟子·滕文公下》）、“益烈山泽而焚之”（《孟子·滕文公上》）、“后稷教民稼穑”（《孟子·滕文公上》）、“不违农时”（《孟子·梁惠王上》）、“斧斤以时入山林”（《孟子·梁惠王上》）等都是说的对自然的改造和利用。而庄子所认为的天人关系，则是“天与人不相胜也”（《庄子·大宗师》）。由于庄子认为人只是自然万物之一，是自然的一个组成部分，这样也就根本不存在胜天的问题了，所以他又说：“物（包括人）不胜天久矣。”（《庄子·大宗师》）因而在如何对待天人关系上，他就直截了当地主张“天而不人”（《庄子·列御寇》），一切顺从自然，不事人为。老子所说的“天之道，损有余而补不足，人之道不然，损不足以奉有余”（《老子》七十七章），在对待天人关系上，自然也是“天而不人”的。这样人也就无从“与天地参”（《礼记·中庸》），起“赞天地之化育”的作用了。

3.对社会伦理的不同认识。陶渊明要奉行仁、义、礼、智、信之“五常”，“发忠孝于君亲，生信义于乡闾”，而老庄对忠、孝、仁、义等社会伦理则是完全否定的。如老子说：“大道废，有仁义。智慧出，有大伪。六亲不和有孝慈，国家昏乱有忠臣。”（《老子》十八章）庄子说：“毁道德以为仁义，圣人之过也。”（《庄子·马蹄》）都是把仁义等社会伦理看作与其“法自然”的“道”与“德”是对立的，是对其“法自然”的“道”与“德”的破坏。否定忠、孝、仁、义等社会伦理的根本目的，在于摒弃人的社会性，让人从社会关系的束缚中解脱出来，向其所认为与禽兽无异的自然本性返归，以期实现老子的“小国寡民”（《老子》八十章），以至庄子的“至德之世”（《庄子·马蹄》）的社会理想，使人过着“民如野鹿”（《庄子·天地》），“同与禽兽居，族与万物并”（《庄子·马蹄》）那样与禽兽同游共处而无异的生活，把人和人类社会完全消融在宇宙自然之中。

从上面所谈看来，持儒家性善论观点的陶渊明，其《感士不遇赋》的开篇四句所表现的与道家任自然的老庄对人、天人关系和社会伦理认识的不同，关键在对人性认识的不同，即人在先天禀赋上有无独灵于他物心通“五常”的聪明智慧，从而导致对天人关系和社会伦理认识的不同。陶渊明在其《感士不遇赋》中，将“咨大块之受气”等四句冠于篇首，就极其郑重地说明，士应遵循天赋善性，奉行仁、义、礼、智、信之“五常”，置身于“三才”之中，履行人的天职，“赞天地之化育”。这就是其所说“质性自然”的基本含义。

三、进德修业，依道敦善

陶渊明的一生，是及时进德修业、扩充天赋善性、修身修道的一生，“朝与仁义生，夕死复何求”（《咏贫士》其四）的一生。

心怀“大济苍生”之志的陶渊明，自然认为进德修业为能见用于世、施展经世济民的政治抱负。这也就是他在《读史述九章·屈贾》中所说：“进德修业，将以及时。如彼稷契，孰不愿之？”他在《感士不遇赋》中也说：“士之不遇，已不在炎帝帝魁之世。独祇修以自勤，岂三省之或废。庶进德以及时，时既至而不惠。”这既把进德修业看作士之用世的必备条件，又因士之不遇于世、不为世用而大加哀叹。同时，进德修业、既是士之用世的必备条件，也是不为世用、洁身自好不可缺少的修养。正如他在《晋故征西大将军长史孟府君传》中说：“孔子称：‘进德修业，以及时也。’君清蹈衡门，则令闻孔昭；振缨公朝，则德音允集。”这里以孔子称道君子的及时进德修业对其外祖父孟嘉能官能隐的一生作了总的赞颂。

《荣木》一诗，是一篇以四章的篇幅集中抒写诗人深感时光易逝，应及时进德修业，修身修道之作。其诗序说：“荣木，念将老也。日月推迁，已复九夏，总角闻道，白首无成。”“总角”二句，化用孔子“朝闻道，夕死可矣”（《论语·里仁》）之意。“闻道”之“道”，乃人伦日用当行之道，亦即《中庸》所说“率性之谓道”“不可须臾离也”之“道”。“闻道”，本是终生致力之事，孔子所说“吾十有五而志于学，三十而立，四十而不惑，五十而知天命，六十而耳顺，七十而从心所欲，不逾矩”（《论语·为政》）的过程，也就是“闻道”的过程。孔子用“朝闻道，夕死可矣”说出，极言“闻道”之重要，并可说明“闻道”是其终生之志。陶渊明正是从这里化用孔子意的。其所说的“闻道”，乃志学于道之意，诚如清人蒋薰说：“闻道何容易，况总角耶？至云‘白首无成’,陶直以闻道作志学用耳。”①同时,诗人用“总角闻道,白首无成”之自责来化用孔子之意,也正在说明闻道之重要和迫切。

进德修业,修身修道,首要在于确立立身处世的准则,诗的第二章以“贞脆由人,祸福无门。匪道曷依,匪善奚敦?”(《荣木》)对诗人的立身处世准则作了概括。《左传·襄公二十三年》:“祸福无门,惟人所召。”诗在这里写出诗人立身行事,无论致祸致福,一以“依道”“敦善”为准,“贞”而不“脆”的思想性格。

“匪善奚敦”之“善”,从人性方面来说,乃“天命之谓性”的天赋善性,“匪道曷依”之“道”,亦即“率性之谓道”之“道”。

善,在儒家和陶渊明的思想中,都是一个带有总体性的德目。就士的出处来说,乃孟子所说:“穷则独善其身,达则兼善天下。”(《孟子·尽心上》)在陶渊明的思想中,总的来说,“原百行之攸贵,莫为善之可娱”(《感士不遇赋》)。具体到出处上,“大济于苍生”“发忠孝于君亲,生信义于乡闾”(《感士不遇赋》)是善,“养真衡茅下,庶以善自明”(《辛丑岁七月赴假还江陵夜行涂口》)也是善。以“依道”“敦善”为处世准则的诗人,身处“闾阎懈廉退之节,市朝驱易进之心”那样黑暗污浊之官场仕途的“大伪斯兴”之世,必然要上“宁固穷以济意,不委曲而累己”的道路。(《感士不遇赋》)

“总角闻道,白首无成”的自责,是就进德修业、修身修道说的,不是就从政为官实现政治抱负说的,因为后者关系到诗人所处之社会现实,不取决于诗人的主观意愿。《荣木》诗在第三章中说:“嗟予小子,禀兹固陋。徂年既流,业不增旧。”这里的“业”,系指读儒家经典著作。古直注“业不增旧”:“《曲礼》:‘请业则起。’郑注:‘业,谓篇卷。’”②接着,诗人以“志彼不舍,安此日富。我之怀矣,怛焉内疚”自责的诗句,表达其进德修业、修身修道的迫切之情。正如清人温汝能纂集《陶诗汇评》卷一所说“(三章)此不过望道心切,叹流年之既往,恐学业之无成,所以嗟固陋而怀内疚,即学如不及之意。”③

诗的第四章,承“志彼不舍”之意,振笔直抒,遵照先师遗训,定将进德修业,修身修道进行到底。诗云:“先师遗训,余岂云坠?四十无闻,斯不足

① 柯宝成编著《陶渊明全集(汇编汇校汇评)》,崇文书局,2011,第12页。

② 古直笺,李剑锋评:《重定陶渊明诗笺》,山东大学出版社,第10页。

③ 见北京大学北京师范大学中文系、北京大学中文系文学史教研室编《陶渊明资料汇编》,中华书局,1962,第14页。

畏。脂我名车,策我名骥。千里虽遥,孰敢不至!”诗中的“无闻”之“闻”,作“名声”解,“名车”“名骥”之“名”,作“令名”解。但有的论者,把这里的“名”,理解为实现政治抱负、建功立业的功名,这不仅不符合陶氏的诗意,也是不符孔子所用之“无闻”的语意的。主张“天下有道则见,无道则隐”(《论语·泰伯》)的孔子怎么能认为人只有在政治上建功立业才算“有闻”呢?又怎能认为处在“大伪斯兴”之世的陶渊明会认为实现政治抱负、建功立业是定能达到的呢?以“总角闻道,白首无成”自责的诗人,并深感“徂年既流,业不增旧”,其“脂我名车,策我名骥。千里虽遥,孰敢不至”,只能是指以终生“闻道”为心愿的进德修业、修身修道。

四、“宁固穷以济意,不委曲而累己”

以“依道”“敦善”为处世准则的诗人,生逢“大伪斯兴”之世,就只能走“宁固穷以济意,不委曲而累己”辞官归隐的道路。然而这条道路,正是招灾致祸的道路,诗人是受到了极其严峻的考验的。现就集中反映诗人这样生活的几首诗作来看。

其一,《戊申岁六月中遇火》。诗一上来就写出诗人由于“草庐寄穷巷,甘以辞华轩”的辞官归隐,招来一场“一宅无遗宇”的“遇火”的灾祸。而辞官归隐,又是其“依道”“敦善”的思想性格与其所处之“大伪斯兴”之世“相违”的结果。诗人在遇火之后的情境中展开“中宵伫遥念,一盼周九天”的遐想,首先对自己的生平经历作了一往情深的追忆:

总发抱孤介,奄出四十年。形迹凭化往,灵府长独闲。贞刚自有质,玉石乃非坚。

“总发”,即“总角”,“抱孤介”,是“闻道”,在“大伪斯兴”的社会现实中的特定表现,亦即以“依道”“敦善”为处世准则的思想性格在“大伪斯兴”的社会现实中的特定表现。对“总发抱孤介,奄出四十年”的思想行事的追忆与肯定,正是对立身处世不论致祸致福一以“依道”“敦善”为准、贞而不脆的思想性格的称道与肯定,正是对“宁固穷以济意,不委曲而累己”的辞官归隐的肯定。

诗进而从写诗人“大济苍生”的政治抱负与其所处之“大伪斯兴”之社会现实的矛盾写其弃官归隐的原因。诗人深情地对上古“东户时”那样苍生安民乐业之治世的“仰想”,基于对“大伪斯兴”之当世的否定——“既已不遇兹,且遂灌我园”,置招灾致祸于不顾,继续坚定不移地走弃官隐耕的道路。

其二,《怨诗楚调示庞主簿邓治中》,则是写诗人“结发”以来僶俛念善而招灾致祸的。

诗以“结发念善事,僶俛六九年”对诗人平生依道敦善的思想行事作了概括。

身逢世阻,而僶俛念善,正是招灾致祸的根源。诗人对此在认识上是非常清楚的。诗在写出诗人“念善事”的思想行事之前,即以“天道幽且远,鬼神茫昧然”二句写出诗人不信“天道”和“鬼神”能够祸福于人的清醒认识。又在写出诗人“念善事”的思想行事之后,写出诗人身逢世阻而灾祸重重的遭遇:

> 弱冠逢世阻,始室丧其偏。炎火屡焚如,螟蜮恣中田。风雨纵横至,收敛不盈廛。夏日长抱饥,寒夜无被眠。造夕思鸡鸣,及晨愿乌迁。

“祸福无门,惟人所召”,诗人这样灾祸重重的遭遇,正是自己身逢世阻而僶俛念善所致,故而接着就说:“在己何怨天,离忧凄目前。”并说“吁嗟身后名,于我若浮烟”,也无意要留身后之名,只是要按照自己的思想意志行事。这就极其深刻地写出诗人与其所逢之世阻相抗的“贞刚自有质,玉石乃非坚”的思想性格。

其三,《连雨独饮》,对表现诗人“质性自然”的“真”作了诗的“疏解”。

诗的前十句强调地写出人生必有尽,神仙不可期,饮酒远百情,一任天生的本性——“天岂去此哉,任真无所先”。如何理解这个“任真无所先”的“真”,乃是理解诗的主旨的关键。有的注者对“任真无所先”句引郭象注《庄子·齐物论》作解。郭注:“任自然而忘是非者,其体中独任天真而已。”①以任自然而忘是非的庄子思想作解是完全错误的,这不仅不符合本诗的诗意,也不符合陶渊明的整体思想,包括其对天赋人性的认识。这个

① 郭象注,成玄英疏:《南华真经注疏》内篇卷一,曹础基、黄兰发点校,中华书局,1998,第23页。

“任真无所先”的“真”是有严格的是非界限的，具体说来就是“善”，作为人性来说，就是天赋的善性。如《辛丑岁七月赴假还江陵夜行涂口》说：“养真衡茅下，庶以善自名。”“养真”就是“念善”，“养真衡茅下”，就是“穷则独善其身”，修养天赋善性。《怨诗楚调示庞主簿邓治中》所说“结发念善事，僶俛六九年”的“念善事”，就是本诗所说“自我抱兹独，僶俛四十年”所抱之“兹独”，也是《戊申岁六月中遇火》所说“总发抱孤介，奄出四十年”所抱之“孤介”。《戊申岁六月中遇火》所说“形迹凭化往，灵府（即心）长独闲”，就是本诗所说“形骸久已化，心在复何言”。身处“真风告逝，大伪斯兴”之世的诗人，其所抱之“孤介”“兹独”，存之于心，藏于“灵府”的，就是这个出之于天（自然）的“真”的本性，也就是“天命之谓性”的天赋之善性。其立身处世的准则是“率性”而行的“依道”“敦善”，置招灾致祸于不顾而僶俛念善，在“贫富常交战，道胜无戚颜”（《咏贫士》其五）的人生历程中，坚定不移地走“独善其身”的道路，放射着“万古浔阳松菊高”（龚自珍《己亥杂诗》其一百三十）的光辉。这是诗人身处“大伪斯兴”之世而“质性自然，非矫励所得”的结果。

五、经世济民，是诗人一生不二之志

“质性自然，非矫励所得”，只是就诗人身逢世阻而辞官归隐说的，不是对出自天赋善性“秉三五而垂名”所具有的人生观的正面陈述。出自天赋善性“秉三五而垂名”的人生观，不仅具有“愿为稷契”“大济苍生”的政治抱负，且把“赞天地之化育”视为自己的天职。

身逢世阻，而僶俛念善的陶渊明，虽未能“达则兼善天下”，而“兼善天下”依然是其毕生念善的深衷。为了坚守“独善其身”的固穷节，他一任时光流逝，形体变迁，坚定不移地走辞官归隐的道路，但对怀有经世济民“兼善天下”之志来说，则又对时光和生命极为珍视，且因徒有用世之志不得施展而深感恐惧和悲凄。如《杂诗》其一说：

盛年不重来，一日难再晨。及时当勉励，岁月不待人。

又《杂诗》其三说：

日月有环周，我去不再阳。眷眷往昔时，忆此断人肠。

前者写韶华易逝，时不再来，应及时建功立业，经世济民；后者写对生命的珍惜。诗人身逢世阻，徒有用世之志，不得施展，致负人生，使已有断肠之痛。

在《杂诗》其五中，诗人对自己一生徒有用世之志不得施展的思想感情发展变化过程分为四层作了深切入微的抒写。第一层，"忆我少壮时，无乐自欣豫。猛志逸四海，骞翮思远翥"。写出诗人少壮之时，极欲施展用世之志的心情。这种心情出自诗人"少年罕人事，游好在六经"（《饮酒》其八）那样读经而又涉世未深的少壮之年的主观愿望。其特点则是"无乐自欣豫"。第二层，"荏苒岁月颓，此心稍已去。值欢无复娱，每每多忧虑"。写出诗人原有的施展用世之志的主观心愿，随着岁月的流逝而逐渐消失的心情。这种心情出自诗人在岁月流逝的生活经历中对不能施展用世之志的社会现实渐有身感实受的认识。其特点则是"值欢无复娱，每每多忧虑"。郑文焯说："此心稍去，而志靡它；感叹岁月，履运增欷。"①此言甚是。第三层，"气力渐衰损，转觉日不如。壑舟无须臾，引我不得住"。以处大壑急流一刻不能停止之舟为喻，极写诗人深感气力日渐衰损，徒有用世之志，不得施展，无比焦急的心情。第四层，"前涂当几许，未知止泊处。古人惜寸阴，念此使人惧"。是就诗人人生历程的终结写的。隐居躬耕，是诗人早就确定了的道路和归宿，可是这里仍说"前涂当几许，未知止泊处"，并说"古人惜寸阴，念此使人惧"，便把诗人身逢世阻、志不得展的人生历程和归宿写得深感迷惘和沉痛。从全诗所写诗人思想感情的发展变化过程，可以看出，施展经世济民的政治抱负，是其一生不二之志。

在《杂诗》其二中，诗人又通过对一个素月、秋风、孤独、静寂而思维翻滚的不眠之夜思想感情的抒发，集中写出深感岁月逝去，志不得展的无限悲凄：

日月掷人去，有志不获骋。念此怀悲凄，终晓不能静。

这是诗人一个不眠之夜思想感情的抒发，也是诗人一生志不得展的集

① 郑文焯批，桥川时雄校补：《陶集郑批录》，转引自北京大学北京师范大学中文系、北京大学中文系文学史教研室编《陶渊明资料汇编》，中华书局，1962，第256页。

中概括。亦把岁月流逝、生命变迁和徒有用世之志不得施展联系写出，同样说明经世济民是诗人一生不二之志。

六、关于走“先师遗训”的道路

陶渊明在走什么道路的问题，曾在其诗中两次说到孔子的遗训。一次在《荣木》中说：“先师遗训，余岂云坠……”说的是进德修业、修身修道的道路，一定要在这条道路上一走到底。这是终生“闻道”的根本道路，前面已经说了。另一次在《癸卯岁始春怀古田舍》其二中说：“先师有遗训，忧道不忧贫。”说的是从政为官、经世济民的道路。孔子在这里是从“劳心”“劳力”分工上，对劳心的君子应走的道路说的。孔子在《论语·卫灵公》中说：

> 君子谋道不谋食。耕也，馁在其中矣；学也，禄在其中矣。君子忧道不忧贫。

朱熹注说：“耕所以谋食，而未必得食。学所以谋道，而禄在其中。”①王符《潜夫论·释难》中解释此文说：“君子劳心，小人劳力。故孔子所称，谓君子尔。”②这里说的“君子”，是从政为官的劳心者，其所谋之“道”和所忧之“道”，是经世济民，从政为官之“道”。“君子忧道不忧贫”说的是劳心的君子所忧虑的是经世济民从政为官之道的不修，不忧虑生活贫困而去从事农耕。意即劳心的君子应走经世济民从政为官的道路，不走劳力的从事农耕的道路。

那么，诗人为什么认为孔子所说“忧道不忧贫”的道路“瞻望邈难逮”而“转欲志长勤”呢？（《癸卯岁始春怀田舍》其二）有的论者认为“陶渊明提倡躬耕也具有蔑弃儒家名教的意义”，理由是“孔子鄙视劳动，樊迟问稼被他斥为小人。孟子也鄙视劳动，‘劳心者治人，劳力者治于人’被他说成是‘天下之通义’”；“陶渊明不赞成他们”，才认为孔子所说“忧道不忧贫”的

---

① 朱熹：《四书章句集注·论语集注》卷八，中华书局，1983，第167页。

② 王符：《潜夫论》卷七《释难》，王继培笺，上海古籍出版社，1978，第386页。

道路“瞻望邈难逮”而“转欲志长勤”的。①

我们认为这样的说法是不符合孔孟和陶渊明的实际的。首先认为孔孟都是从劳心、劳力分工上说的，都是对劳心的重视，不是对劳力的鄙视。先看《论语·子路》对樊迟问孔子作“学稼”“学圃”之请的记载：

> 樊迟请学稼。子曰：“吾不如老农。”请学为圃，曰：“吾不如老圃。”樊迟出。子曰：“小人哉，樊须也！上好礼，则民莫敢不敬；上好义，则民莫敢不服；上好信，则民莫敢不用情。夫如是，则四方之民襁负其子而至矣，焉用稼？”

孔子在这里和樊迟谈的虽是关于学农、学圃的具体问题，但却具备孟子劳心劳力分工论的基本内容和观点。孟子在与农家学派的信奉者陈相辩论什么是贤君中，较为系统地提出劳心劳力社会分工说：

> 有大人之事，有小人之事。……故曰，或劳心，或劳力；劳心者治人，劳力者治于人；治于人者食人，治人者食于人，天下之通义也。
>
> ——《孟子·滕文公上》

樊迟问孔子作“学稼”“学圃”之请，被孔子责之为“小人”，并进而指出“上好礼，则民莫敢不敬”云云，正是孟子所说“有大人之事，有小人之事”的社会分工，其中包含着劳心者与劳力者之间“治人”和“治于人”，“食人”和“食于人”的关系。这种治与被治和食与被食之所以是社会分工，在于两者在社会的构成中，有相互依存不可或缺的关系，这也就是孟子在《孟子·滕文公上》所说“无君子，莫治野人；无野人，莫养君子”所作的概括。

劳心与劳力的分工，在历史发展过程中，是有重大进步意义的社会分工。孔子从事教育的目的，在于培养治人的劳心者。作为孔子弟子的樊迟却有学稼、学圃之请，故被孔子以小人责之，意在教育樊迟对劳心的重视，不是对劳力的鄙视。孟子的劳心、劳力分工论，乃是对历史发展规律的认识和总结，也不是对劳动的鄙视。

再看陶渊明对孔孟劳心劳力分工思想的认识和态度。

---

① 袁行霈：《陶渊明研究》，北京大学出版社，1997，第 70-71 页。

陶渊明在其表现重农思想的《劝农》诗中，于历述农业生产的重要之后，在诗的最后一节特地写出：

孔耽道德，樊须是鄙。董乐琴书，田园不履。若能超然，投迹高轨。敢不敛衽，敬赞德美。

诗在这里把劳心、劳力对照起来，对“孔耽道德”和“董乐琴书”的劳心大加赞美。所谓“孔耽道德”，即孔子对于樊迟的学稼、学圃之请以小人责之之后所说的“上好礼”“上好义”“上好信”的劳心的社会分工，亦即“君子忧道不忧贫”从政为官的社会分工。由此可见，陶渊明对孔孟劳心劳力分工的思想和对孔子“忧道不忧贫”的遗训都是完全肯定和赞颂的。

那么，他又为什么认为孔子所说“忧道不忧贫”的道路“瞻望邈难逮”而“转欲志长勤”呢？

我们认为，孔子所说“君子忧道不忧贫”是从劳心劳力分工上，劳心的君子应经世济民从政为官的道路说的，至于能不能走这样的道路，还要看所处的社会现实。在这方面孔子另有大量的遗训。如说“天下有道则见，无道则隐”（《论语·泰伯》），“隐居以求其志，行义以达其道”（《论语·季氏》），等。一个“怀正志道之士”的诗人，身处“大伪斯兴，闾阎懈廉退之节，市朝驱易进之心”的无道之世，要走经世济民从政为官的道路是根本不可能的，所以才认为孔子所说“忧道不忧贫”的道路是“瞻望邈难逮”的道路，而“转欲志长勤”，遵照孔子“无道则隐”的遗训走上“隐居以求其志”躬耕的道路的。这是“世与我而相违”的结果，也是“质性自然，非矫励所得”之必然。清何焯《义门读书记·陶靖节诗》读“瞻望邈难逮，转欲志长勤”二句说：“此谓道不可行，聊为农以没世也。”①明黄文焕《陶诗析义》卷二释“长吟掩柴门，聊为陇亩民”二句说：“长吟者非真自弃于陇亩者也，不得不聊为之耳。胸中道德经济于怀，岂易向人道哉！”②

陶渊明身逢世阻，不得遵照先师“忧道不忧贫”的遗训走“君子劳心”经世济民的道路，成为他一生“有志不获骋”的政治悲剧，抒发这种悲剧情怀，是其诗文最基本的主题。

---

① 何焯：《义门读书记》卷五十，崔高维点校，中华书局，1987，第980页。

② 转引自北京大学北京师范大学中文系、北京大学中文系文学史教研室编《陶渊明资料汇编》，第131页。

七、关于“师圣人之遗书”

陶渊明在《感士不遇赋》中所说“师圣人之遗书”,上文与“奉上天之成命”联系,系对天赋善性的扩充;下文与“发忠孝于君亲,生信义于乡闾”联系,说明所具有的伦理政治功效。所以下面接着又说“推诚心而获显,不矫然而祈誉”。然而,诗人不遇于世,是“庶进德以及时,时既至而不惠”的。

清沈德潜《古诗源》说:“晋人诗,旷达者征引老、庄,繁缛者征引班、扬,而陶公专用《论语》,汉人以下,宋儒以前,可推圣门弟子者,渊明也。”①“师圣人之遗书”,陶渊明除在其诗文中常征引《论语》外,并可知其一生都在师读孔子述作整理的六经。如说“少年罕人事,游好在六经”(《饮酒》其十六),“诗书敦宿好,园林无世情”(《辛丑岁七月赴假还江陵夜行涂口》),直到晚年还在其《咏贫士》中说“诗书塞座外,日昃不遑研”。

诗人并在《饮酒》其二十诗中对孔子和六经在社会发展过程中所起的重大作用,作了全面而概括的反映:

> 羲农去我久,举世少复真。汲汲鲁中叟,弥缝使其淳。凤鸟虽不至,礼乐暂得新。洙泗辍微响,漂流逮狂秦。诗书复何罪,一朝成灰尘。区区诸老翁,为事诚殷勤。如何绝世下,六籍无一亲。终日驰车走,不见所问津。若复不快饮,空负头上巾。但恨多谬误,君当恕醉人。

这是一首抒写历史全过程的诗。在这一历史全过程中,包括上古以羲农为代表的原始氏族社会和进入三代以后的阶级社会两个历史阶段。诗写孔子于其所处之“羲农去我久,举世少复真”的春秋末叶,经过其一生周流列国、述作六经、兴教洙泗等的奔忙,又使之真淳起来,对这两个历史阶段,在继承和发展上作了贯串前后的联系。

诗人之所以能写出这样的歌咏历史的诗,是有其对历史发展过程和对孔子与六经的深切认识的。

---

① 沈德潜:《古诗源》卷九,中华书局,1998,第172页。

诗人对历史发展过程的认识,在其《感士不遇赋》中可以概见。诗人认为最能体现上古真淳世风的,在人与人的关系上,是“或击壤以自欢,或大济于苍生。靡潜跃之非分,常傲然以称情”。或潜或跃,无不出于本分之自然,完全是协调一致的。接着赋又从历史发展上写出“世流浪而遂徂,物群分以相形”,在人与人的关系上出现了“密网裁而鱼骇,宏罗制而鸟惊”害人者与被害者的对立。然而这样的时代,也是“淳源汩以长分,美恶作以异途”的时代。在此“美恶作以异途”的时代里,“原百行之攸贵,莫为善之可娱”。对治理国家社会来说,自然需要“善政”“善教”。在社会发展过程中,孔子之所以能使春秋末叶举世少复真的世风重新真淳起来,在于如《中庸》所说:“仲尼祖述尧舜,宪章文武。”朱熹注说:“祖述者,远宗其道。宪章者,近守其法。”①所谓“远宗其道”,最根本的,远宗尧舜“博施于民,而能济众”(《论语·雍也》)之道,亦即“大济于苍生”之道。所谓“近守其法”,乃近守文武典章制度治世之法。

“世流浪而遂徂”,诗人清楚地知道,以三皇五帝为代表的原始氏族社会那样的真淳世风一去不复返了,只有经过孔子远宗尧舜之道,近守文武之法地继承与发展,才能使世风具有自己时代特点重新真淳起来。“汲汲鲁中叟,弥缝使其淳”便对此作了概括,即对孔子为使世风再真淳起来的周流列国、述作六经、兴教洙泗等的思想行事作了概括。总的说来,都是对体现“祖述尧舜,宪章文武”治世之道的六经的述作和践履。

孔子生当周室衰、礼乐废、诗书缺的春秋末叶,其一生的政治行动,首要在变衰周为盛世。正如他自己所说:“如有用我者,吾其为东周乎?”(《论语·阳货》)朱熹注说:“为东周,言兴周道于东方。”②惜其不为世用,致有“凤鸟不至,河不出图,吾已矣夫”(《论语·子罕》)的概叹,朱熹注说:“凤,灵鸟,舜时来仪,文王时鸣于岐山。河图,河中龙马负图,伏羲时出,皆圣王之瑞也。”③可见孔子周流列国的奔忙,是为要实现变衰周为圣王那样盛世之志的。“祖述尧舜,宪章文武”的孔子,虽因不为世用,未能施展变衰周为盛世之志,但对体现尧舜之道和文武之法的六经却作了述作和整理。《史记·孔子世家》记载:孔子修《诗》《书》《礼》《乐》,序《易》,作《春秋》。孔子自己也说:“吾自卫返鲁,然后乐正,雅颂各得其所。”(《论语·子罕》)诗

① 朱熹:《四书章句集注·中庸章句》,第37页。

② 朱熹:《四书章句集注·论语集注》卷九,第177页。

③ 朱熹:《四书章句集注·论语集注》卷五,第111页。

以“凤鸟虽不至,礼乐暂得新”作了反映,既写出孔子的整理六经与变衰周为盛世密不可分的联系,又对六经得以整理,其在历史发展过程中的重要地位作了强调。诗并以“洙泗辍微响,漂流逮狂秦”对“仲尼没而微言绝”①,社会历史经过战乱不已的春秋战国到了狂暴之秦作了抒写。洙、泗二水名,孔子设教处。这里以洙、泗停止了流水的声响为喻,来写孔子去世后听不到精微的讲学声音了。《史记·孔子世家》记载:“孔子以诗书礼乐教弟子盖三千焉,身通六艺(六经)者七十有二人。”这里又是以孔子从事教育,“以诗书礼乐教弟子”来写其恢复真淳世风的。

总之,生当春秋末叶孔子,其一生恢复真淳世风的思想行动,是以体现其“祖述尧舜,宪章文武”治世之道的六经为中心的。孔子这种从当世出发的思想行动,对后世亦有深远的影响。诗的下文,就秦汉魏晋对六经的依违,关系到它们的兴衰存亡,从正反两个方面对社会历史的发展作了具有规律性的反映。

诗继“漂流逮狂秦”之后,以“诗书复何罪,一朝成灰尘”质问的诗句来写秦始皇的焚烧六经。写其对六经的仇视,和其残暴统治与六经的尖锐对立。秦始皇为什么要焚烧六经,这也是贾谊在《过秦论》中所揭示的:“废先王之道,燔百家之言,以愚黔首。”其结果是秦的速亡,“七庙隳,身死人手,为天下笑”。文末断以“仁义不施”,切中秦过之要害。

“区区诸老翁,为事诚殷勤”则是对汉初伏生、申公等传授六经,使六经得以保存之功的肯定。这是出自当时建立和巩固新的统一政权的需要。正如《史记·郦生陆贾列传》所载:“陆生时时前说称《诗》《书》,高帝骂之曰:‘乃公居马上而得之,安事《诗》《书》!’陆生曰:‘居马上得之,宁可以马上治之乎?且汤武逆取而以顺守之,文武并用长久之术也。……乡使秦已并天下,行仁义,法先王,陛下安得而有之?’高帝不怿有惭色,乃谓陆生曰:‘试为我著秦之所以失天下,吾之所以得之者何,及古成败之国。’”

“如何绝世下,六籍无一亲”,诗又以发问的诗句对魏晋时期崇尚老庄,贬黜儒学,曲解儒家经典,为门阀士族统治服务之玄风的社会现实作了反映。干宝《晋纪总论》说:“学者以庄老为宗而黜六经。”《宋书·谢灵运传》说:“有晋中兴,玄风独振,为学穷于柱下,博物止乎七篇。”《晋书·范宁传》记载范宁对玄学的创始者王弼、何晏的破坏儒学和世风给以揭露和申斥:

① 班固:《汉书》卷三十《艺文志第十》,中华书局,1962,第1701页。

“王何蔑弃典文,不遵礼度,游辞浮说,波荡后生,饰华言以翳实,骋繁文以惑世。搢绅之徒,翻然改辙,洙泗之风,缅焉将坠,遂令仁义幽沦,儒雅蒙尘,礼坏乐崩,中原倾覆。……吾固以为一世之祸轻,历代之罪重,自丧之衅小,迷众之愆大也。”

而且以王弼、何晏为创始的唯心主义玄学,其对儒学的破坏,还在于大搞儒道调和,以道家思想去注解儒家经典,通过对儒家经典的曲解把儒道两个根本不同体系的思想调和起来,建立以无为本的唯心主义玄学。到了郭象又改变做法,不是用道家思想去注解儒家经典,而是用儒家思想去注解《庄子》,把儒家的伦理道德原则建立在唯心主义玄学的所谓“自然”基础之上,使儒学进一步受到玄学化的破坏。

在此“六籍无一亲”,门阀士族统治的“绝世”下世风日坏。诗以“终日驰车走,不见所问津”作了反映。这里是与孔子周流列国相对照来写的。《论语·微子》记载:“长沮、桀溺耦而耕,孔子过之,使子路问津焉。”诗人目睹当时封建士大夫趋炎附势、追名逐利、终日驰车奔走,再也见不到有孔子那样关心世之盛衰而问津的人了。心怀“大济苍生”之志,“愿为稷契”的诗人,面对这样“闾阎懈廉退之节,市朝趋易进之心”,“大伪斯兴”的社会现实深感绝望,而给以“若复不快饮,空负头上巾”的彻底否定。正因是对当时现实的彻底否定,所以诗末又说:“但恨多谬误,君当恕醉人。”苏轼谓:“此未醉时说也,若已醉,何暇忧误哉?”①有此二句更足加深说明诗人对当时“六籍无一亲”的“绝世”,也正是“师圣人之遗书”的诗人不遇于世、“有志不获骋”的社会现实。

清邱嘉穗《东山草堂陶诗笺》笺注此诗说“公抱道统绝续之忧,而以酒自解如此”②。其实从诗所展现的社会发展规律中,由六经所具有的治世之道所形成的“道统”,是不会因逢魏晋时期“六籍无一亲”之绝世而“绝续”的,还将在一定的历史时期继续起治世的作用,以至成为形成中华民族源远流长的文化传统的重要组成部分。

司马迁在《史记·孔子世家赞》中说:“孔子布衣,传十余世,学者宗之。自天子王侯,中国言六艺者,折中于夫子,可谓至圣矣!”正是把孔子与其整

① 苏轼:《东坡题跋》卷二《书渊明诗二则》,屠友祥校注,上海远东出版社,1996,第105页。

② 北京大学北京师范大学中文系、北京大学中文系文学史教研室编《陶渊明资料汇编》,第199页。

理六经联系起来赞为至圣的。谭元春评“羲农去我久”四句说：“一片热肠，可作孔子赞。”①诗写孔子在历史发展全过程中通过对六经的整理和应用使世风继羲农之后重新真淳起来所起的重大作用，确可作为《孔子世家赞》不同形式的孔子赞。从而可以看出孔子和六艺在诗人思想中无比崇高的地位和愿学之意。这也正是诗人为什么屡称孔子之言为“先师之遗训”和说“师圣人之遗书”之所在。

① 钟惺、谭元春：《古诗归》卷九，湖北人民出版社，1985，第181页。

从辞官归隐看陶渊明

辞官归隐问题是评价陶渊明的关键问题,它不但关系着陶渊明的思想评价,也关系着陶渊明的创作评价。在评价陶渊明时对这个问题进行具体分析是非常必要的。

先从陶渊明出仕与归隐的原因来谈。陶渊明为什么出仕,又为什么归隐呢?否定陶渊明的同志认为:陶渊明的出仕纯粹为了飞黄腾达追求功名利禄,“他的抱负不同于李白的‘济苍生’,也不同于杜甫的‘致君尧舜上’”。归隐呢?“因为当时门阀制度森严,他爬不上去。他的不合作,乃是欲合作而不得,并不是什么对现实不满的反抗”。“他不为五斗米向乡里小儿折腰,如果给他六斗米他就折腰了。”并说陶渊明“在《命子》诗中对他的祖宗大加夸耀,吹嘘他们的‘武功圣德’。自己是爬不上去了,于是就寄希望于他的儿子:这些不正说明了陶渊明归隐的虚伪吗?”①如此等等。

我觉得这些说法是不符合陶渊明的实际的。首先,陶渊明的早期思想不但不是单纯的希求飞黄腾达追求功名利禄的思想,而且也不是单纯的出仕思想。在他出仕以前的思想中就存在着官与隐的两个方面:“忆我少壮时,无乐自欣豫。猛志逸四海,骞翮思远翥”(《杂诗》其五)是其一面;“少无适俗韵,性本爱丘山”(《归园田居》其一)、“弱龄寄事外,委怀在琴书。被褐欣自得,屡空常晏如”(《始作镇军参军经曲阿》)是其另一面。这种思

① 北京师大中文系二年级学生:《关于陶渊明评价问题的讨论》,《文学遗产》1958 年第 240 期。

想的两个方面同样表现在被认为陶渊明"自己是爬不上去了，于是就寄希望于他的儿子"的《命子》诗中。不错，陶渊明在诗中以"悠悠我祖，爰自陶唐。邈为虞宾，历世重光""桓桓长沙，依勋依德。天子畴我，专征南国"等一类的诗句去赞颂他的祖先武功勋德，但是也以"纷纷战国，漠漠衰周。凤隐于林，幽人在丘"等诗句来说明他的祖先为什么在"战国""衰周"时期没有高爵显位的原因。可见陶渊明对他祖先的治世出仕、乱世退隐的做法都是乐于称道的。况且他在诗中更以"于皇仁考，淡焉虚止。奇迹风云，冥兹愠喜"去赞颂他父亲为官不喜、去职不愠呢！由于这首诗是为其长子命名而作，所以在历述其先人武功勋德能官能隐之后提出对儿子的希望，那就是："名汝曰俨，字汝求思。温恭朝夕，念兹在兹。尚想孔伋，庶其企而！"希望儿子能像孔伋继承孔子一样去继承他的祖先。武功勋德固然希望能够得到继承，就是像孟子称道孔子的"可以仕则仕，可以止则止"(《孟子·公孙丑上》)也不可少，二者是统一的。这在他的《晋故征西大将军长史孟府君传》中说得更明白："孔子称：'进德修业，以及时也。'君清蹈衡门，则令闻孔昭；振缨公朝，则德音允集。"在陶渊明看来，"清蹈衡门""振缨公朝"无一不可，"令闻孔昭""德音允集"都应称颂，因同是能够"进德修业"的表现。如把《命子》诗所表现的思想看作单纯的出仕思想已不全面，再说他"自己是爬不上去了，于是就寄希望于他的儿子"就更不符合实际。况《命子》诗写在陶渊明的早年，他对自己的出仕还未完全失望呢！

其次，把陶渊明的出仕说成纯粹为了追求功名利禄，没有积极的政治思想，同样是与事实不符的。据萧统的《陶渊明传》所载，《五柳先生传》是陶渊明早年自况之作，"时人谓之实录"。《五柳先生传》中分明写出他是一个"不慕荣利"的人，又在"赞曰"中借黔娄之妻的话说他"不戚戚于贫贱，不汲汲于富贵"。其实陶渊明的高洁性格不仅《五柳先生传》写到，而在其他诗文中也是随时可见的。况且要说陶渊明一味追求功名利禄，那他辞官归隐必将不可理解，因为追求功名利禄本身是不可能使他辞官归隐的。彭泽县令的官位虽低，总不会低于农耕；五斗米之奉虽薄，也不会使其有冻馁之虞。当然，我们也不是说陶渊明根本就无功名利禄之念，但可贵的是他能"岂忘袭轻裘，苟得非所钦"(《咏贫士》其三)。问题就在有些同志把陶渊明说成"苟得"的人了。

陶渊明出仕的原因主要有二：一是为实现政治理想而仕，一是为贫而仕。前者是其政治抱负，后者为生活所迫。陶渊明出身官僚家庭，自幼受的儒家封建正统教育，使他具有靠拢封建统治阶级服务封建政治的思想，以其自身获显，荣宗耀祖。正如他自己所说：“奉上天之成命，师圣人之遗书。发忠孝于君亲，生信义于乡闾。推诚心而获显，不矫然而祈誉。”（《感士不遇赋》）不过这与一味追求功名利禄、纯然图谋富贵有所不同，它是与“直道”“至公”“不矫然而祈誉”是联系着的。更重要的其中具有改善封建政治、关怀人民的积极成分。这就是他在《感士不遇赋》中所说“或击壤以自欢，或大济于苍生”的“大济于苍生”。在《读史述九章·屈贾》中也有同样的说明：“进德修业，将以及时。如彼稷契，孰不愿之？嗟乎二贤，逢世多疑。候詹写志，感鹏献辞。”这完全是咏史自况之作，是愿为稷契的“写志”之作。就是《命子》诗中对其祖先武功勋德的颂扬也是与此精神相通的。由此可见陶渊明的用世思想与李白、杜甫的用世思想本质上是相同的，怎么能说他的抱负与“李白的‘济苍生’”“杜甫的‘致君尧舜上’”没有共同之处呢！

我们说陶渊明具有积极用世思想，又说他早年的思想中就存在着官与隐的两个方面。这与他所处的时代有关，也与他的社会地位有关。东晋时期社会极其黑暗，政治极其腐朽，首先与他积极的政治理想不符；其次，他虽出身官僚家庭，可是到他这时家道已趋衰落，与当权的门阀贵族尚有很大距离，很难取得施展政治抱负的职位。在他早年的用世思想中已有“弱冠逢世阻”（《怨诗楚调示庞主簿邓治中》）、“弱年逢家乏”（《有会而作》）的生活投影，与当权统治阶级存在着或显或隐的裂痕。不过他在出仕以前毕竟是“少年罕人事，游好在六经”（《饮酒》其十六）的人，对当时政治尚无深切认识，实现政治抱负的愿望尚未完全失去，因此仍具有“少时壮且厉，抚剑独行游”（《拟古》其八）的壮志。终于在生活贫困的情况下而出仕了，这就是萧统的《陶渊明传》所说的“亲老家贫，起为州祭酒”。陶渊明就是这样带着官隐不定的思想踏上仕途的。

可是，在陶渊明所处的时代里，为贫而仕还可达到愿望，为实现“大济于苍生”的政治理想而仕根本没有可能。他在《感士不遇赋并序》中说得十分清楚：

> 自真风告逝，大伪斯兴，闾阎懈廉退之节，市朝驱易进之心。怀正志道之士，或潜玉于当年；洁己清操之人，或没世以徒勤。故夷皓有安归之叹，三闾发已矣之哀。……
>
> 嗟乎！雷同毁异，物恶其上，妙算者谓迷，直道者云妄。坦至公而无猜，卒蒙耻以受谤。虽怀琼而握兰，徒芳洁而谁亮？哀哉！士之不

遇，已不在炎帝帝魁之世。独祇修以自勤，岂三省之或废。庶进德以及时，时既至而不惠。

陶渊明在历次出仕之中对这样现实的认识一次比一次深刻，不但使他感到像他那样“怀正志道”“洁己清操”的人与“大伪斯兴”之世“相违”，实现政治理想根本无望，而且也使他感到“口腹自役”的为贫而仕“深怀平生之志”，使一个原想“发忠孝于君亲”的人一变“甘贫贱以辞荣”。

宁固穷以济意，不委屈而累己。既轩冕之非荣，岂缊袍之为耻？诚谬会以取拙，且欣然而归止。拥孤襟以毕岁，谢良价于朝市。——《感士不遇赋》

这种认识上的莫大变易，是对黑暗已极的政治深刻了解与对实现政治理想完全无望的结果。

悟已往之不谏，知来者之可追。实迷途其未远，觉今是而昨非。——《归去来兮辞》

他终于辞去彭泽令而归隐田园不再出仕，与统治阶级宣告决裂了。

我们所以说陶渊明的归隐是与统治阶级的决裂，与一般的所谓归隐不同，这要从其政治理想与对统治阶级的态度来进行考察。一般所谓归隐，或因追求功名利禄而不得，无可奈何的归隐；或以归隐为手段，以便达到取得功名利禄的目的。现实上是与统治阶级分离了，思想上依然倾向统治阶级，是一种行离神合的所谓归隐。陶渊明完全不是这样，他的归隐是由思想上与统治阶级决裂到行动上与统治阶级决裂。更值得我们注意的这种决裂是他追求美好政治的理想与对当时黑暗的现实相矛盾达到不可调和地步的结果。正因如此，他的归隐才是难能可贵和坚定不移的。“夏日长抱饥，寒夜无被眠。造夕思鸡鸣，及晨愿乌迁”（《怨诗楚调示庞主簿邓治中》）不能移其志，任人怎样劝他再行出仕不能易其心。归隐后他虽然还不同于劳动人民，但他能离开统治集团走向田园，由一个封建官吏一变而从事“躬耕”，不能说不是一个很大的变易，不能说不是与代表腐朽政治的当权的统治阶级的决裂。

有的同志未对问题的实质进行分析，便认定陶渊明的归隐是“个人的、消极的、毫无意义的办法”,“对统治阶级无任何损失;对人民只有害而无益”,是“逃避现实”的。那么陶渊明怎样才不是消极的不是逃避现实的呢?参加农民起义吗?在官场之中反对腐朽政治吗?用自己的诗文去抨击和暴露黑暗现实吗?第一种要求未免太高,第二种要求在当时完全失去了可能,第三种要求正是陶渊明这样做了的。武装斗争是阶级斗争的最高形式,能够参加农民起义当然很好,可是这对作为封建社会的知识分子陶渊明来说实在是难能的事,就是劳动人民由于具体条件的关系也不是所有人都能参加农民起义的。我们不能以阶级斗争的最高形式来否认其他形式的斗争。置身官场反对不合理的政治在封建社会知识分子中是有的,不过也要看具体情况。陶渊明在那样极端黑暗、门阀制度森严的社会现实中,自己仅做过州祭酒、参军、县令一类的官,究竟对黑暗的现实政治能起什么样的作用呢!况且具体情况还要比这复杂得多。这样看来,陶渊明除去辞官归隐与统治阶级不合作外,恐怕不会有更多的道路可走了。我们不应不从实际出发以某种固定的要求去要求古人,不能因陶渊明未能如我们所想的这样或那样从而否定陶渊明。

我觉得陶渊明的辞官归隐从主要方面来说,不是消极的,而是积极的;不是逃避现实的,而是正视现实的;不是对人民有害无益的,而是对人民有益无害的。毛主席教导我们说:

> 无产阶级对于过去时代的文学艺术作品,也必须首先检查它们对待人民的态度如何,在历史上有无进步意义,而分别采取不同态度。①

在政治腐朽、人民灾难深重的封建社会中,陶渊明能坚持具有正义性的政治理想不与统治阶级同流合污而辞官,因感出仕有违“大济于苍生”之志,靠近人民而归田,实是具有积极意义的。在这种去彼就此的辞官归隐之中可以清楚地看出他那背弃统治阶级而倾向人民的态度。仅就这点来说就是值得肯定的了,况且他归隐以后并未消极下去,而以他那仅有的武器——文学创作对黑暗现实进行揭露和批判呢!不满黑暗现实,同情人民,追求美好的理想是陶渊明创作的主要倾向,从而表现了他对现实社会的否定与反抗。

---

① 《毛泽东选集》第三卷《在延安文艺座谈会上的讲话》,人民出版社,1991,第869页。

还有人不从具体时代出发,以李白、杜甫、白居易与陶渊明相比,从而否定或贬低陶渊明。这种把不同时代的作家放在一起相比是不够妥当的。李白、杜甫、白居易固然是我国古代的伟大作家,可是陶渊明在他的时代中也有他的成就。本文重点不在评价陶渊明的创作,不做具体论述,仅就其对黑暗现实的否定程度来说,在封建社会文人的创作当中,一般是赶不上的。我们能否据此来否定其他作家呢?同样是不能的。

陶渊明的辞官归隐不但本身具有积极意义,而且对陶渊明的思想与创作也有很大影响。陶渊明不满黑暗现实与仕途生活,但他又是“弱年逢家乏”的人,他要辞去官职必得参加农耕。在参加农耕的体验之中,他认识并肯定了劳动的意义(虽然与我们今天的认识有很大不同),这从《劝农》一诗中可以清楚地看出来。特别在辞去彭泽令之后,经过长期的“戮力”田亩,他更进一步认识到农耕的意义。“衣食当须纪,力耕不吾欺”(《移居》其二)不是他不事稼穑所能体验得到的。由此可见,辞官归隐不但表现了陶渊明一反封建知识分子“学而优则仕”的道路而从事农耕,而且也使他在农耕之中一反轻视并歪曲劳动的封建传统观点而认识并肯定劳动的意义。另外值得我们重视的,由于辞官归隐,陶渊明的思想逐渐增多民主、平等的因素。在门阀制度森严、阶级矛盾尖锐的时期,一方面陶渊明与当权的统治阶级存在着矛盾,另一方面统治阶级过于贱视奴役人民,从而使他产生同情劳动人民的思想。萧统《陶渊明传》记载,他为彭泽令时会“送一力给其子”,并以书示其子说:“此亦人子也,可善遇之。”这样的思想在他辞官归隐之后因社会地位与生活的变化而更有所发展,在《杂诗》其一中竟高唱出:“落地为兄弟,何必骨肉亲。”这在维护血缘统治的门阀制度森严的时代,不能说不具有很大进步意义。至于辞官归隐使陶渊明对统治阶级更增加不满,对劳动人民生活思想有进一步认识,对劳动人民有进一步同情,自不待述。陶渊明思想中这些进步成分都直接间接体现在他的创作之中,特别是在归隐后的创作中,增强了他作品的现实性和人民性。《桃花源诗并记》所表现的无压迫无剥削的社会理想,正是这些进步思想发展的集中表现。

当然,陶渊明思想还有其消极的一面,这消极的一面也是他与现实社会矛盾中伴随着积极思想而一同来的,因而我们要全面地来看陶渊明与现实的矛盾。有的同志把陶渊明和门阀贵族的矛盾与当时门阀贵族之间的矛盾混同起来一并加以否定,这是不妥当的。因为门阀贵族之间的矛盾是上层统治者争权夺利的矛盾,是以黑暗腐朽政治为基础的,它只能给国家人民带来更多的损失与更大的灾难。陶渊明与门阀贵族的矛盾则不是这样。他虽出身官僚家庭,由于家道衰落,实际上已沦到“上品无寒门”的“寒门”地步,与当权的门阀贵族存在着矛盾。他反对黑暗现实,有变革弊政的要求,这在客观上是对人民有利的。特别在他理想不能实现与统治阶级决裂后,他更加靠近人民,进一步接受了人民的影响。这对作为一个作家的陶渊明来说是他创作出优秀作品的源泉,也是一个封建知识分子之所以成为伟大作家的原因。同时,我们也应看到陶渊明和统治阶级的矛盾与劳动人民和统治阶级的矛盾还有不同,它是从带有统治阶级内部矛盾的性质开始的。官僚家庭出身以及所受的封建正统教育都给他以阶级局限的影响,但这些并不影响陶渊明是我国文学史上的伟大作家。

也谈陶渊明的化迁思想与审美创造
——读张晶先生《陶诗与魏晋玄学》

1991年第2期《文学评论》所载张晶先生《陶诗与魏晋玄学》一文认为“魏晋时期的美学思潮,基本是以玄学为其哲学基础的。生活于晋、宋时期的陶渊明,自然也难逃玄风之浸染的”。文章分“‘委运乘化’与随机的审美创造方式”、“‘复得返自然’:本体回归与审美投入”和“‘得意忘言’:陶诗的象征意蕴”三个部分来说明“玄学思维在陶诗风貌的形成中起着非常重要而深微的作用”。我不同意这样的看法,这里只就张文所谈的每一部分关于陶渊明的化迁思想与审美创造谈谈我的看法,与张先生商榷。

张文在“‘委运乘化’与随机的审美创造方式”的论题中,首先就陶渊明《饮酒》其五被苏轼谓之为“境与意会”的“采菊东篱下,悠然见南山”来说明什么是“随机的审美创造方式”。文章说随机的审美创造方式“就是并不事先预定诗的主题,然后再寻求物象进行寓托,而是在大自然和社会生活中随所感触,靠偶然性的契机创造审美意象。所谓‘境与意会’,是说创作主体的‘意’与客观之‘境’邂逅相遇,而非有意地寻求”。

文章进而认为这种随机的审美创造方式“是与诗人的玄学自然观有深刻的联系的”:

> 魏晋玄学中的“自然派”,继承了老庄哲学中纯任自然、反对人为的思想,用自然来否定名教。嵇康明确地提出了“越名教而任自然”的命题,来反对统治者的虚伪礼教,而主张顺任自然。……生活于东晋的陶渊明则发展改造了旧自然说,而在哲学上持一种新自然观。陈寅恪

先生在《陶渊明之思想与清谈之关系》一文中对此有精辟之论。其精要处如说:"盖其己身之创解乃一种新自然说,与嵇、阮之旧自然说殊异,惟其仍是自然,故消极不与新朝合作,虽篇篇有酒,而无沉湎任诞之行及服食求生之志。"

从上面所引张文看来,说陶渊明是玄学自然观,除了说他"生活于东晋"和"消极不与新朝合作",再也看不到有什么具体理由了。可是就是这样两个理由也不能成为理由。为什么"生活于东晋"和"消极不与新朝合作"(其实也不与旧朝合作)就非是玄学自然观不可呢!读来使人感到不是出自陶渊明思想作有理有据的论述,而是出自文章作者主观认为的强加。随后,张文就根据这样的主观认为把陶渊明的人生观归结为"委运乘化"上来,说"陶渊明的人生观可以概括为:'委运乘化。'这也是新自然观的核心"。

我们认为,说陶渊明的思想是玄学思想,说其诗文创作与"玄学自然观有深刻的联系",是对陶渊明的思想及其诗文创作的莫大曲解。张文对陶渊明的思想及其诗文创作的曲解,集中表现在对陶渊明的化迁思想和审美创造关系的曲解上。现在来看张文对被认为是陶渊明人生观的概括和"新自然观的核心"之"委运乘化"和与"创造"的关系所作的解说:

"委运乘化",即委顺自然,听凭事物的变化,进一步说,就是投身于这种宇宙万物的变化迁流之中。这种"委运乘化"的人生观,在陶诗中到处可见。

又说:

"委运乘化"的人生态度随变而适,不喜不惧,决不刻意地追求什么,也不躲避什么,而是坦然受之。诗人用这种"委运乘化"的人生态度,进行审美观察,写作诗歌,便有了境与意会、偶然得之的随机审美创造方式。

张文对陶渊明的人生态度作这样的曲解是以《形影神》的思想内容为依据的,如说:

> 在《形影神》组诗中，诗人最为明确地表示了自己委运乘化的人生态度。“甚念伤吾生，正宜委运去。纵浪大化中，不喜亦不惧。应尽便须尽，无复独多虑。”面对生死诗人无所挂怀，完全是听凭自然造化，对那些以生死为虑、汲汲于求仙或养生之举，诗人置之一哂。

我们知道《形影神》的主旨是在说明人的生死是个自然过程，有生必有死这个自然过程是人的主观意志所不能改变的。正确的对待态度，是顺从生必有死这样的自然规律，即所谓“甚念伤吾生，正宜委运去”做到“纵浪大化中，不喜亦不惧。应尽便须尽，无复独多虑”。可是张文却离开诗所表现的这样的主旨，把这里所说的对待生必有死的自然规律所应采取的态度，说成陶渊明对一切事物都“随变而适，不喜不惧，决不刻意地追求什么，也不躲避什么，而是坦然受之”的人生态度(以下简称“随变而适”的人生态度)，并说“诗人用这种‘委运乘化’的人生态度，进行审美观察，写作诗歌，便有了境与意会、偶然得之的随机审美创造方式”。这就大错而特错了，是对陶渊明的人生态度和用什么样的人生态度进行审美创造的莫大曲解。现在来看张文怎样以《归去来兮辞》为例对陶渊明的人生态度和审美创造进行曲解的：

> 诗人在《归去来兮辞》中的最后几句：“登东皋以舒啸，临清流而赋诗。聊乘化以归尽，乐夫天命复奚疑。”形象地说明了“委运乘化”之人生观与随机的审美创造方式之间的联系。乐天命，乘大化，随顺自然；徜徉于大自然的山水之间，随感而赋诗。一切都是那样自然而然，没有矫情，没有勉强。朱熹说得好：“渊明诗所以为高，正在不待安排，胸中自然流出。”这种“自然流出”的诗，与“委运乘化”的人生态度是同一机杼的。

必须指出这里所引“登东皋以舒啸”几句，既然是《归去来兮辞》中的几句，那就不应脱离《归去来兮辞》全篇把这几句孤立起来去认识、说明作者的人生态度与审美创造的联系。

我们知道《归去来兮辞》是一篇写作者辞官归田之作。作者为什么要辞官归田，那就是辞中说的“世与我而相违，复驾言兮焉求”，这里既有作者与世相违的矛盾，又有作者弃官归田的态度与行动。这样的人生态度，怎么能是所谓“随变而适”的人生态度呢？假如作者的人生态度真是所谓“随变而适”,既不追求什么,也不“躲避”什么,“而是坦然受之”,就不会与世相违,也不会辞官归田,“登东皋以舒啸”云云的生活与“审美创造”也就根本无从说起了。同时,作者这样弃官归田的行动与态度,又是有“悟已往之不谏,知来者之可追。实迷途其未远,觉今是而昨非”的是非清楚之认识基础和爱憎分明之感情基础的。因而,只有理解作者对官场仕途的憎,才能理解其对田园生活的爱,也才能理解其得以归田的那种如愿以偿的欣慰之情。

然而也还应该知道作者本有愿为稷契的用世之志(后面还要说到),因与世相违不得实现所产生的悲凄之情,而更随着弃官归田渗透在归田之后的生活思想之中。所以这篇赋在写出归田之后的喜悦之情的同时,也抒发了他那“善万物之得时,感吾生之行休”(《归去来兮辞》)的深沉慨叹。他是一个“怀正志道之士”身处“大伪斯兴”之世,在“世与我而相违”之下,不得不走上弃官归田之路的:

> 已矣乎,寓形宇内复几时,曷不委心任去留?胡为乎遑遑欲何之?富贵非吾愿,帝乡不可期。怀良辰以孤往,或植杖而耘耔。登东皋以舒啸,临清流而赋诗。聊乘化以归尽,乐夫天命复奚疑!

这里既写出作者摆脱黑暗污浊官场仕途的桎梏回到田园的欣慰,又写出作者不得见用于世“已矣”之哀。作者所走的“聊乘化以归尽”的弃官归田的路,是“宁固穷以济意,不委曲而累己”(《感士不遇赋》),亦即“委心任去留”与“大伪斯兴”之世抗争的路。这样的人生态度,绝不是“决不刻意地追求什么,也不躲避什么”的“坦然受之”的人生态度,而是处在“大伪斯兴”之世,既有执着的追求,又有强烈的与黑暗污浊之世抗争的人生态度。唯其如此,才能使其创作具有那样的“境与意会”的审美效果,我们也只有从这里才能真正领会其“境与意会”的审美效果。

此外,张文还说:

> 委运乘化的思想在其他诗作中也多有表露:“穷通靡攸虑,憔悴由化迁。”(《岁暮和张常侍》)“聊且凭化迁,终返班生庐。”(《始作镇军参军经曲阿》)“形迹凭化往,灵府长独闲。”(《戊申岁六月中遇火》)“迁化或夷险,肆志无窊隆。”(《五月旦作和戴主簿》)等等。

在张文看来,这些表露化迁思想的诗作,自然也是作者用“随变而适”

的人生态度进行审美观察写作的,反映作者“随变而适”的人生态度和思想。现在再来看这类诗作所反映的究竟是作者什么样人生态度和思想。

在陶渊明写自己生活思想的诗作中所用的“化”“迁化”“化迁”一类的词语,大体可分两类:一类系指岁月、身体的自然变化;一类系指时运变化,用以表现诗人身处“大伪斯兴”之世,听任时光的流逝、身体的变迁和置时运夷险于不顾,坚持自己与世相违的思想志节,走与世相违的隐居不仕的道路。

诗人在《戊申岁六月中遇火》一诗中说:

总发抱孤介,奄出四十年。形迹凭化往,灵府长独闲。贞刚自有质,玉石乃非坚。

又在《连雨独饮》中说:

自我抱兹独,僶俛四十年。形骸久已化,心在复何言。

这两首诗都是写诗人在数十年那样漫长的时间里,任凭岁月流逝,身体变化,而自己与“大伪斯兴”之世相违的“孤介”“兹独”的思想志节却坚贞不变。在这样与世相违的思想志节中蕴含着诗人的社会理想和对现世的不满。即使在遇火动深情的情况下,依然心忧世事。作“东户时”那样盛世的“仰想”。“自我抱兹独”中的“独”,系指“任真无所先”的“真”,即“真风告逝”之“真”,亦即《饮酒》其二十中说的“羲农去我久,举世少复真”之“真”,同样是包含诗人的盛世理想的。诗人身处“大伪斯兴”之世,而如此强烈地追求盛世理想的坚贞不屈的志节,自然要“甘以辞华轩”,而“且遂灌我园”了。

诗人在《怨诗楚调示庞主簿邓治中》诗中对其一生主要思想行为作了“结发念善事,僶俛六九年”的概括,极其具体而深刻地写出其与世相违的思想志节。

我们知道,“善”在儒家思想中是一个带有总括性的重要德目。孔子曾说:“善人,吾不得而见之矣,得见有恒者斯可矣。”(《论语·述而》)又说:“善人为邦百年,亦可以胜残去杀矣。”(《论语·子路》)还说:“笃信好学,守死善道。危邦不入,乱邦不居。天下有道则见,无道则隐。”(《论语·泰伯》)孟子也说:“鸡鸣而起,孳孳为善者,舜之徒也。”(《孟子·尽心上》)又说："禹闻善言则拜。大舜有大焉，善与人同。舍己从人，乐取于人以为善。自耕、稼、陶、渔以至为帝，无非取于人者。取诸人以为善，是与人为善者也。故君子莫大乎与人为善。"（《孟子·公孙丑上》）还说："古之人得志，泽加于民；不得志，修身见于世。穷则独善其身，达则兼济天下。"（《孟子·尽心上》）陶渊明是深受儒家所推重的"善"的思想影响的，尤其是孔子说的作为"笃信好学，守死善道"之表现的"有道则见，无道则隐"和孟子说的"穷则独善其身，达则兼济天下"，更可视为作士的陶渊明的出处准则。他在《感士不遇赋》中说："淳源汩以长分，美恶作以异途。原百行之攸贵，莫为善之可娱。奉上天之成命，师圣人之遗书。发忠孝于君亲，生信义于乡闾。推诚心而获显，不矫然而祈誉。"又在《辛丑岁七月赴假还江陵夜行涂口》中说："养真衡茅下，庶以善自名。"可见无论是仕还是隐都是要以善行事而获得声誉的。并在《荣木》中说："贞脆由人，祸福无门。匪道曷依，匪善奚敦？"则又可看出他立身行事不论致祸致福，一依"依道""敦善"为准，"贞"而不"脆"。"结发念善事，僶俛六九年"则是诗人这样的思想行事概括。

身逢世阻，而这样的思想行事，正是与世相违的、招灾致祸的思想行事。诗人对此，在思想认识上是极为清醒的。诗人在写出这样的思想行事之前，即以"天道幽且远，鬼神茫昧然"二句写出诗人不信"天道"和"鬼神"能够赏善罚恶的清醒认识。在写出这样的思想行事之后，又接着写出诗人处身当世灾祸重重的生活经历：

> 弱冠逢世阻，始室丧其偏。炎火屡焚如，螟蜮恣中田。风雨纵横至，收敛不盈廛。夏日长抱饥，寒夜无被眠。造夕思鸡鸣，及晨愿乌迁。——《怨诗楚调示庞主簿邓治中》

这样灾祸重重的生活遭遇，诗人深知正是自己身逢世阻而"依道""敦善"所致，亦即"念善事"所致，故而说"在己何怨天，离忧凄目前"，并说："吁嗟身后名，于我若浮烟。"但无意要留身后名，只是要按照自己的思想意志行事。最后以"慷慨独悲歌，钟期信为贤"二句作结，说明写诗的目的，在于让他那身逢世阻、"结发念善事"的志节，"离忧凄目前"的经历，"慷慨独悲歌"的情怀得到知音的了解。

从这首述行抒怀之作中，可以看出诗人的"念善事"与"逢世阻"之间存在着极其深刻的矛盾。在这样的矛盾中，诗人对所逢之"世阻"，不是"坦然受之"的"委顺"，而是作历久不衰坚强不屈的抗争。这正是诗人在《五月旦作和戴主簿》中说的:“迁化或夷险,肆志无窊隆。”意思是说,就遭遇时运来说虽有或夷或险的区分,但对听凭自己的意志行事的人来说就没有什么“窊”(洼)与“隆”(高)的不同,表现了诗人对所逢世阻的抗争。

在“世与我而相违”的生活经历中,陶渊明拥有坚贞不屈的思想志节,一任时光的流逝、身体的变化,坚定地走辞官归隐的路,但对怀有“大济苍生”(《感士不遇赋》:“或大济于苍生”)、愿为稷契(《读史述九章·屈贾》:“如彼稷契,孰不愿之?”)的用世之志来说,则又是对时光和人生极为珍惜的,且因徒有用世之志不得施展而深感悲凄和忧伤。如《杂诗》其一中说:

> 盛年不重来,一日难再晨。及时当勉励,岁月不待人。

又在《杂诗》其三中说:

> 日月有环周,我去不再阳。眷眷往昔时,忆此断人肠。

前者写韶华易逝,时不再来,应及时进德修业,勤于事功;后者着重在写对生命的珍惜,回忆往昔的岁月,使诗人有断肠之痛。

《杂诗》其五对其一生徒有用世之志而不得施展的思想发展过程作了极其深刻的抒写:

> 忆我少壮时,无乐自欣豫。猛志逸四海,骞翮思远翥。荏苒岁月颓,此心稍已去。值欢无复娱,每每多忧虑。气力渐衰损,转觉日不如。壑舟无须臾,引我不得住。前涂当几许,未知止泊处。古人惜寸阴,念此使人惧。

在对这样思想变化过程的抒写中,既写出诗人意欲施展用世之志的无比殷切,又写出用世之志不得施展的无限悲凄。诗对这一思想变化过程分四层次写出:第一层,“忆我少壮时,无乐自欣豫。猛志逸四海,骞翮思远翥”。写出诗人少年之时心怀壮志,极欲施展用世之志的心态。这样心态的产生,则是出自诗人少壮之年涉世未深的主观愿望,不是切实认识到社会现实给他提供了施展用世之志的条件。这一心态的特点是“无乐自欣豫”,而“骞翮思远翥”的“思”字,也是这一心态的表露。第二层,“荏苒岁月颓,此心稍已去。值欢无复娱,每每多忧虑”。写出诗人随着岁月的逝去,原有的乐观心情和施展用世之志的壮志渐渐消失而形成多忧多虑的心境。这样心境的产生,在于随着岁月的增加,对不能施展用世之志的社会现实日益有所认识。这一心意的特点是“值欢无复娱,每每多忧虑”。第三层,“气力渐衰损,转觉日不如。壑舟无须臾,引我不得住。前涂当几许,未知止泊处”。写出诗人深感不断衰老,时光飞速逝去,未来的岁月无多,不知自己的人生归宿是在何处,那样极端悲感的心境。这一心境的产生,在于一生未能施展用世之志。由于用世之志的未能施展,竟使他有不知自己的人生归宿将在何处之感,亦即使他有痛失人生之感。第四层,“古人惜寸阴,念此使人惧”。是对全诗的总结,写出诗人因光阴逝去,志未得展而产生的恐惧心情。

在《杂诗》其二中,诗人通过一个不眠之夜对其一生志不得展而深怀悲凄的思想感情作了集中而强烈的抒发:

> 白日沦西河(一作“阿”),素月出东岭。遥遥万里辉,荡荡空中景。风来入房户,夜中枕席冷。气变悟时易,不眠知夕永。欲言无予和,挥杯劝孤影。日月掷人去,有志不获骋。念此怀悲凄,终晓不能静。

“日月掷人去,有志不获骋。念此怀悲凄,终晓不能静。”既是诗人一个不眠之夜的思想感情的抒写,也是诗人一生志不得展的思想感情的集中概括。

由此可见,身逢世阻的陶渊明其化迁思想所表现的人生态度,无论是坚持刚贞不屈的志节走隐居不仕的道路,还是因徒有忧世济民之志不得施展而深怀悲凄,都是与其所处之世相违的态度,绝非张文所说“随变而适”的委顺态度。同时,作为一个伟大诗人也正是这样与世相违的人生态度进行审美观察和创作的。张文认为诗人以对所处世“随变而适,不喜不惧,决不刻意地追求什么,也不躲避什么,而是坦然受之……的人生态度,进行审美观察,写作诗歌,便有了境与意会”的“审美创造方式”,则是对诗人的诗文创作作了违反实际的曲解。可以说在陶渊明全部诗文创作中找不到一个这样的例子。

先就张文用来说明“境与意会”的《饮酒》其五中的“采菊东篱下,悠然见南山”来看。首先我们认为诗人对这样“境与意会”的诗句中所写的“采菊”“见山”的生活是喜爱的、追求的,同时,对与对立的官场仕途的“车马喧”是憎恶的、鄙弃的。诗一上来就以“结庐在人境,而无车马喧。问君何能尔？心远地自偏”四句写出诗人这样鲜明的思想感情。正因诗人有这样爱憎分明的思想感情，才能写出“采菊东篱下，悠然见南山”的“境与意会”的诗句。这是因为没有对官场仕途车马的“心远”，也就不会有回到田园的“地偏”；或即使回到地偏的田园，心仍留恋官场仕途，就不会有“境与意会”的“见南山”，也不会有“一篇神气都素然矣”①的“望南山”。很显然，这样“境与意会”“最有妙处”②的诗句是在诗人既有爱又有憎、既有追求又有鄙弃的人生态度所起的作用下写出的。

张文还从陶诗中摘出一些描写田园风光而被认为是“境与意会”的诗句。如“微雨从东来，好风与之俱”（《读山海经》其一）、“蔼蔼堂前林，中夏贮清阴”（《和郭主簿》）其一）、“平畴交远风，良苗亦怀新”（癸卯始春怀古田舍》其二）、“道狭草木长，夕露沾我衣”（《归园田居》其三）等等，而这些诗句所写之田园风光都是诗人作为写其隐居田园生活的有机组成部分写出的，无不表现诗人对隐居田园的生活的肯定与追求，对官场仕途以及整个与之相违之世的否定与鄙弃。可是张文却把这些描写田园风光的诗句从写诗人田园生活的诗篇中摘了出来，并认为是用既不追求什么，也不“躲避”什么的人生态度创作出来的“境与意会”的审美意象，这就从根本上抹杀了这些诗句本来所具有的“意”，也就根本无从理解其“境与意会”了。现就张文对《归园田居》其一所摘诗句的评述来看：

《归园田居》中的风物描写：“方宅十余亩，草屋八九间。榆柳荫后檐，桃李罗堂前。暧暧远人村，依依墟里烟。狗吠深巷中，鸡鸣桑树巅。”也是将充满生机的田舍风物“定格”在诗中。

这样一段描写田舍风光的诗句的“意”是什么，表现诗人什么样的思想感情，是用什么样的人生态度写出的，这要放在诗的全篇中来看。这是诗的中间一段，在它前面的有：

少无适俗韵，性本爱丘山。误落尘网中，一去三十年。羁鸟恋旧林，池鱼思故渊。开荒南野际，守拙归园田。

① 苏轼：《东坡题跋》卷二《题渊明饮酒诗后》，屠友祥校注，上海远东出版社，第78页。

② 同上。

在它后面的有：

户庭无尘杂，虚室有余闲。久在樊笼里，复得返自然。

在它前面的，写的是归田的原因：渴望摆脱官场仕途的羁绊，过无官场仕途羁绊的生活。在它后面的，写的是诗人回到田园后过着摆脱官场仕途羁绊而安闲自在生活的感受。中间是对田园的生活环境的具体描写，这样的生活环境是与官场“尘网”对立的环境，是“羁鸟”所恋之“旧林”，“池鱼”所思之“故渊”。它不仅有淳朴、幽美的“境”，也渗透着诗人摆脱官场羁绊，回到田园那种深感安闲自在、无限欣慰之“意”。正如明黄文焕说：“其一为初回，地几亩，屋几间，树几株，花几种，远树近烟何色，鸡鸣狗吠何处，琐屑详数，语俗而意愈雅，恰见去忙就闲，一一欣快，极平常之景，各生趣味。”① 正道出诗的“境与意会”。

通观全篇，诗把田园、官场对照起来写出诗人对田园生活的赞颂与追求，对官场仕途的憎恶与鄙弃，写出这样两个方面在诗人思想深处有密不可分的联系。诗的“境与意会”的审美意象，正是以诗人这样的人生态度创造出来的。只有把诗所写这样两个方面联系起来，才能对诗所创造的“境与意会”的审美意象有真正的理解。

张文认为用“随变而适”的人生态度进行审美观察，写作诗歌，便有了“境与意会”的审美创造方式。是不是认为用有喜有惧、有追求也有反对的人生态度就不能进行审美观察和“境与意会”的审美创造呢？我们认为，倒是张文所说的用所谓“随变而适”的人生态度进行审美观察和创造，是根本无法实践的主观设想，因为用不喜不惧，既不追求什么，也不“躲避”什么，又怎样进行审美观察和创造呢？其实，张文思想深处也并不真正这样认为，张文不是对其所列举的陶诗中那些描写田园风光的例子也认为“是诗人以对自然、对躬耕生活的满怀欣悦来感受外物，随机而得的”吗？“对自然、对躬耕生活的满怀欣悦来感受”并不正说明“对自然、对躬耕生活”的喜爱与追求吗？只是张文不想把这些描写田园风光的诗句放在全诗中和诗人与世相违的人生态度上进行理解和认识罢了。陶渊明正是以这样的爱憎分明，既有追求又有反对，与其所处“大伪斯兴”之世相违的人生态度进行审美创

① 黄文焕：《陶诗析义》卷二，转引自金融鼎编注：《陶渊明集注》，华东理工大学出版社，1993，第58页。

造,使其作品取得篇篇具有不可取代的个性化特征的。例如,同时表现诗人数十年与其所处之世抗争之志节的《戊申岁六月中遇火》《连雨独饮》《怨诗楚调示庞主簿邓治中》,所写的具体事物不同,而各自具有不可取代的个性化特征。《戊申岁六月中遇火》那种遇火动深情,“中宵伫遥念,一盼周九天”,怀古伤今的特点;《连雨独饮》那种借助飞云酒意,让代表思想志节的“真”和“心”翱翔于八表、盘旋于人生的特点;《怨诗楚调示庞主簿邓治中》那种历叙一生思想、行事、离忧、悲慨的特点,无不各以不可取代的个性化特征留在读者过目不忘的思想记忆之中。再如诗人抒写一生徒有用世之志不得施展的悲凄之情的《杂诗》其五和《杂诗》其二,由于具体的思想活动不同,也各有不可取代的个性化特征。《杂诗》其五,通过对一生不同时期所具有的不同心境的深切抒写,取得不可取代的个性化特征。《杂诗》其二,通过一个失眠之夜的思想感情的抒写取得不可取代的个性化特征。而这些具有不可取代的个性化特征之诗作的思想基础来自诗人与“大伪斯兴”之世相违的人生观,来自与“大伪斯兴”之世相违的“贞刚自有质,玉石乃非坚”(《戊申岁六月中遇火》)的思想志节。假如要把诗人这样与世相违的人生观比作百花争艳的花园的话,那么这些具有不可取代的个性化特征的诗作则是这个花园各放异彩的奇花。元好问在其《论诗》中对陶诗所作的诗的评论:“一语天然万古新,豪华落尽见真淳。南窗白日羲皇上,未害渊明是晋人。”又在自注中说“陶渊明晋之白乐天”。正深刻道出陶诗之所以取得那样万古长新不可取代的个性化特征,来自诗人用以进行审美观察和创作与当世相违的人生态度,对我们如何认识陶渊明及其诗作的思想与艺术是很有启发的。

怎样理解杜诗《望岳》

——与许永璋同志商榷

《文学评论》1980年第4期刊载一篇许永璋同志写的《说杜诗〈望岳〉》,谈了他对杜甫《望岳》("岱宗夫如何")一诗的理解。我和许永璋同志持有不同的看法,这里也谈一谈,请同志们指教。

许永璋同志认为"解说这首诗,先要研究写诗的立足点的问题,也就是诗人站在什么地方写诗"。这确实是与怎样理解这首诗有直接关系而需要研究的问题。许永璋同志研究的结果,他不同意王嗣奭所说的"公身在岳麓而神游岳顶",也不同意仇兆鳌所说的"诗用四层写意:首联,远望之色;次联,近望之势;三联,细望之景;末联,极望之情",而是把诗人写诗的立足点认定在日观峰上。我认为王嗣奭的"身在岳麓"之说,固有不妥,许永璋同志立足日观峰的意见,更难令人认同,倒是觉得仇兆鳌的"远望""近望""细望""极望"的说法颇有见地,合乎所写的情景的实际。

许永璋同志把诗人写诗的立足点确定在日观峰上的主要理由是"杜甫确曾登上泰山的日观峰"。其根据是杜甫在《又登后园山脚》一诗中曾说:"我昔(昔我)游山东,忆戏东岳阳。穷秋立日观,矫首望八荒。"其次,"日观峰并非'绝顶',泰山的绝顶是丈人峰",根据是《唐六典》:"泰山周一百六十里,高四十余里,群峰得名者甚多,而丈人峰在山顶,特立群峰之表。"因而"当时诗人虽然登上日观峰,兴犹未尽,还想登上丈人峰而一览"。另外许永璋同志虽然也认为结合作品来理解这一问题更为重要,但实际上都不是真正从作品实际出发去理解问题,恰好相反,而是离开作品,到作品以外去寻找根据,来确立自己的看法,然后按照自己的主观看法,去附会作品的内容。其结果使得这首名诗才真正“不得其解”。

我们认为即使杜甫《又登后园山脚》所说的“穷秋立日观”指的就是诗人写《望岳》的这次登山,也不足说明《望岳》非是登在日观峰上写的不可,其所写的内容,也完全可能是未登上日观峰的所见所感。至于“绝顶”是不是丈人峰的问题,许永璋同志根据《唐六典》的记载是把丈人峰看作是“绝顶的”,可是《泰山道里记》则说“绝巅西里许为丈人峰”①,可见“绝巅”还不就是丈人峰。未考这里所说的“绝巅”与《望岳》中的“绝顶”是否就是今天所说的“泰山极顶”。据说这个“泰山极顶”是泰山的至高点。日观峰在其东南,相去不远,而且两者之间又无险可攀。今天登泰山,过了“南天门”,一般先到“泰山极顶”,然后再去日观峰。若杜甫的登山路线同于今天,也可能是先到泰山极顶,然后才登日观峰的,即使先登日观峰,再想去泰山极顶,也只是举足之劳而已,何至要说“会当凌绝顶,一览众山小”的话呢?其实诗里说的“绝顶”只是泛指能成为登山大观的山的最高处而已,不一定拘构于某一至高点。须知作者是寻山访胜的游人,不是要夺登山锦标的运动员,而非要以山的至高点作为自己最终的奋进目标不可。这是因为即使就是山的至高点,也不一定就是登山览胜的最佳处,今天所说的泰山极顶,就远远逊色于日观峰。作为游记文的名作姚鼐的《登泰山记》不仅以大量的笔墨来写他登日观峰的所见所感,而且直认日观峰为泰山最高峰(“最高日观峰,在长城南十五里”),而对丈人峰却只字未提。杜甫是否登上丈人峰而得“一览众山小”了,不得而知。但于“忆戏东岳阳”之际,而使他不能忘怀的却只是“穷秋立日观,矫首望八荒”的登山之观。

正因许永璋同志的立论根据是从作品以外的“穷秋立日观”找来的,以此去理解作品,就不可能不是与实际不符的主观认为的附会,使其所理解的诗的境界出现无法统一的矛盾。如说:“第二句,写出汪洋的山色,衬托出雄峻的山势和空阔的眼界。一片‘青’色,铺洒齐、鲁两国之境而犹‘未了’,这只能是‘岱宗’的山色,也只能在登高远眺时才能产生出这种完美的境界。”联系诗的最后两句,就不禁使人想到:既然登在日观峰上已能“远眺”“岱宗”的“一片‘青’色,铺洒齐、鲁两国之境而犹‘未了’”,难道还有什么目力可及的“众山”不得“一览”吗?为什么还要说“会当凌绝顶,一览众山小”呢?诗人在《又登后园山脚》不是也说“穷秋立日观,矫首望八荒”吗?

① 聂鈫:《泰山道里记》,商务印书馆,1937,第23页。

既然“八荒”都在望中，难道这里所说的“众山”会在八荒之外，而不得“一览”吗？若真的在八荒之外，即使再登上“丈人峰”那样的“绝顶”，也怕难得“一览”的吧？

我们也认为诗人对“望岳”的生活描写，是有其立足点的，但这样的立足点不是固定在一个地方，而是有个未登山前的由远而近和既登山后的由低而高的不断移动的过程的。而这个过程，也就是诗人“望岳”的过程。诗的意境正像不断移动、变幻的电影镜头一样描绘了这个过程。仇兆鳌的“远望”“近望”“细望”“极望”之说，正是对这样的意境作了简要的概括。“远望”“近望”其立足点显然有个由远而近的转移。“细望”“极望”也不应仅是“目力”的活动，而应是与立足点的转移联系看的。从诗所描写的那样清晰可辨的精细的景色来看，绝非“近岳望山”，也非“身在岳麓”所可看得到的。因此，这后两联所写的情景，应是“登岳而望”的情景，但这个“登岳而望”绝不是也不包括登到日观峰的向下的俯瞰，而是未“凌绝顶”向上的仰望。因而，它依然是“望岳”的描写，而不是“矫首望八荒”或“一览众山小”的“岳望”。正因许永璋同志把诗所写的“望岳”的情景从“岳望”的角度来理解了，因而也就处处与诗意不符。

诗的首句以“岱宗夫如何”领起全诗，把诗人对泰山的无限向往而欲一望究竟的心情极其深刻地表现出来，下面七句以对“望岳”的具体描写对此作了回答。其对全诗展开景的描写和情的抒发都有很好的艺术作用，且把诗所写的全部情景交融于渗透在字里行间的一个“望”字之中。同时，这里所包含的思想感情，只能是从望岳之始就产生和引起了的心情的逼真描写，不能是登上日观峰以后才具有的心情的表达。那是违反生活情理的。诗的第二句以“齐鲁青未了”对第一句提出的问题首先作了回答。这是诗人始望泰山的感情和景色的真实描写。就抒情来说诗人于开始望见泰山的时刻，是不能对“岱宗夫如何”早就存之于心的问题无动于衷而到登上日观峰后才作这样回答的。就写景来说，这是远离泰山的远望的景色的逼真描写。仇兆鳌谓之为“远望之色”甚切。诗人初临（或尚未临）齐鲁之境，莽苍高远的泰山，以一片青色而朦胧的景象扑入诗人的视野，自齐到鲁其青未了。这是多么真实而又多么非同寻常的气象与感受。这不正“是‘岱宗’的山色”吗？为什么“只能在登高远眺时才能生出这种完美的境界”呢？恰好相反，若认为这是“登高而望”，反而不切境界的实际了，“齐鲁青未了”这个称道整个泰山的诗句为什么会只有“远眺”而无“近瞧”呢？请看王维写登终南山之高而望终南山之景的诗句：“太乙近天都，连山到海隅。”（王维《终南山》)这里既有主峰又有余脉,既有远眺又有近瞧,不是比只“远眺”“齐鲁青未了”的“境界”显得更“完美”更切生活实际吗?

三、四句:“造化钟神秀,阴阳割昏晓。”仇兆鳌说这两句写的是“近望之势”,应是诗人身近泰山犹能看其余貌的近望,与“齐鲁青未了”所写的境界相比,范围收拢了一步,景色清晰了一层。但依然是对泰山整体景色的描写,写出泰山那种钟聚天地之神秀,分割太空之昏晓,矗天拔地、雄伟峻极之势。这样的山的整体面貌,只有身置山外,才得看到,若身在山中,即使处身高峰,其所见到的山自身景象,也只能是“阴晴众壑殊”(王维《终南山》)的万千景象,不能是“阴阳割昏晓”的整体景象。许永璋同志在解释这两句诗时,一方面引徐增所说的“山后为阴,日光不到,因易昏;山前为阳,日光光临,故易晓”;一方面又引朱鹤龄注:“泰山东隅有日观峰,鸡鸣时见日出长三丈,即‘割昏晓’之义。”接着归结为“这都可证实地点、时间和景象的关系——只有在日观峰上观日出时才能欣赏到这种景象”。殊不知,徐、朱二说是相矛盾的。徐说是空间上以山前山后分昏晓,朱说是时间上以鸡鸣日出为界分昏晓。这真使人不知“地点、时间和景象的关系”是怎样个“证实”法?“这种景象”,“在日观峰上观日出时”又是怎样个“欣赏”法?是“欣赏”其东西“割昏晓”(按照朱说就是东西割昏晓,日自东出,西昏而东晓)呢,还是“欣赏”其南北“割昏晓”(按照徐说则是南北割昏晓,他所说的“山后”“山前”也就是“山北”“山南”)。许永璋同志之所以把诗的意境解释得这样混乱,正是他要在日观峰上观景的结果。

五、六句:“荡胸生层云,决眦入归鸟。”仇兆鳌说这两句写的是“细望”之景。这里所写的景象与三、四句相比,范围则更收拢了一步,景色也更清晰了一层。由对整个山势的描写,转而对细部景色的描写。不过这个细部景色,是一座巍峨大山的细部景色。从这样精细的景色描写中显示了泰山的雄壮。王嗣奭《杜臆》,从抒情的角度谓:“‘荡胸’句,状襟怀之浩荡;‘决眦’句,状眼界之空阔。”这样的“浩荡的襟怀”和“空阔的眼界”正是从所望的景象表现出来的。“荡胸”句,写景对人的影响;“决眦”句,写人对景的探求,写出情景交融、情景俱壮的境界。“细望”和“近望”是密切联系着的。这种依稀可辨的景色,自然是登山而望的近景。这里所要分辨的是,它是由下而上的“仰望”,而不是由上而下的“俯瞰”。因此,它是“荡胸生层云”的景象,而不是“白云回望合”(王维《终南山》)的景象。而许永璋同志却说什么“‘决眦’,就是诗人自己所说的‘矫首望八荒’。这时诗人正在放开眼界,饱览风光,而于云海苍茫之中已见众鸟纷纷归巢,不得不结束此游,大有未能尽兴之感。”矫首远望八荒之大，与决眦细望归鸟之小，境界迥异，怎么可以混同？同时，用“云海苍茫”来解释“荡胸生层云”又显得多么不当。再把“入归鸟”说成“已见众鸟纷纷归巢，不得不结束此游，大有未能尽兴之感”，更是自己想得太多，而给凭空涂上一层人为的“不得不结束此游”的无可奈何的情绪。

诗的最后两句“会当凌绝顶，一览众山小”，是在前六句实写的基础上所作的虚写。仇兆鳌说这句是“极望之情”。这个欲凌绝顶的极望之情，显然是在遥望绝顶、奔向绝顶而尚未至绝顶的登山途中产生的。就写景、抒情来说，在前面具体描写的基础上，使诗的情景描写升华到一个最高的高度。于通篇描写“望岳”之中，而结出“岳望”之意。也就是于描写“望岳”境界的极处，腾然出现“岳望”的境界，而这个“岳望”的境界又恰是描写“望岳”的得体之笔，于情于景都更其完美了“望岳”的描写。这里不仅直接以“众山”之小，反衬泰山之大，而且抒发了诗人对“登泰山而小天下”的登山大观的强烈向往之情。然又把这样的登山大观保留在“望岳”的设想之中，就又具有含蓄不尽的艺术感染力量。许永璋同志实际上是把“会当凌绝顶”的“虚摹”当作“穷秋立日观”的“实叙”了，也就是把“望岳”的情景，当作“岳望”来理解了，从而也就破坏了诗的写景、抒情规律。

怎样评价杜甫及其诗歌

——读傅庚生先生《杜甫诗论》

过去在古代文学研究与古代文学教学中存在着离开批判继承原则对古人肯定过多过高而批判不足的情况，特别对杜甫这样成就较大的作家更是如此。傅庚生先生的《杜甫诗论》就是这样一部具有代表性的著作。

傅先生的《杜甫诗论》对杜甫及其诗歌作了全面的论述，并在《前言》中说明要用马克思列宁主义的理解去研究杜诗，“批判与廓清”历代封建文人对杜诗“所捏造的荒谬说法”。① 但傅先生在对杜诗的具体论述中所持的基本观点与那些封建评注家并没有什么根本的不同，实质上都是封建儒家观点。所不同的，只是过去的封建评注家直接从忠君角度去肯定杜诗，而傅先生把杜甫的封建立场说成人民的罢了。本文想从杜甫的政治思想、杜诗的现实主义与《杜甫诗论》的研究方法三个方面提出商榷的意见，请同志们指教。

一、关于杜甫的政治思想

杜甫是我国古代伟大的现实主义诗人，他身经唐代玄宗、肃宗、代宗三

① 傅庚生：《杜甫诗论》，上海文艺联合出版社，1954，“前言”第3页。

朝。这个时期是唐王朝由盛转衰时期,是阶级矛盾民族矛盾非常尖锐时期,也是人民灾难极为深重时期。杜甫以他“世号诗史”的诗歌创作对这个时期的社会现实作了相当全面也相当深刻的反映,其创作成就很值得我们重视,这是没有问题的。但是我们的重视,只能以马克思列宁主义的立场观点给以科学的分析,不能离开马克思列宁主义的立场观点一味地抬高古人,以至抹杀阶级界限甚至古今界限。

认为杜甫背叛了自己的封建阶级、走向人民、站到人民立场上来了,是傅先生《杜甫诗论》的贯穿全书的看法。这里摘引几段于下:

> 杜甫跳出了他自己的阶级,投向人民的队伍里,把他的聪明才智和具有极成熟、极强烈的表现力及感染力的一支诗笔,跟人民的需要结合起来了,从此他的诗里的人民性得到比较充分的发挥,也发挥了战斗的作用,终于成就了它的伟大。①
>
> 用人民的耳目视听,用人民的声音歌唱,由这一个线索去了解杜诗,可以十得八九。②
>
> 处处为人民着想,自然考虑一切问题也都以人民的利益为前提。③

很清楚,傅先生是把杜甫说成背叛封建阶级、站在劳动人民立场上的反对封建统治的诗人的。现在让我们来看杜甫的政治思想究竟怎样。

《新唐书》本传说杜甫“情不忘君,人怜其忠”。苏轼也说杜甫“一饭未尝忘君”④。过去的封建文人从维护封建统治出发去肯定杜甫的忠君思想,固然为我们所不取,但他们认为杜甫具有极其强固的忠君思想,还是符合实际的,不是傅先生认为的那样:出自他们“抱着‘纲常’的成见”对杜甫的曲解和捏造⑤。我觉得封建立场是杜甫根本的阶级立场,忠君思想是他政治思想的核心。

杜甫在《进雕赋表》中说他出身于一个“奉儒守官,未坠素业”的仕宦家

---

① 傅庚生:《杜甫诗论》,第 87 页。

② 傅庚生:《杜甫诗论》,第 97 页。

③ 傅庚生:《杜甫诗论》,第 115 页。

④ 苏轼:《王定国诗集叙》,见孔凡礼点校《苏轼文集》卷十,中华书局,1986,第 318 页。

⑤ 傅庚生:《杜甫诗论》,“前言”第 3 页。

庭，自幼受着儒家封建正统教育，并且一生以儒者自居。他在《奉赠韦左丞丈二十二韵》说他出仕的目的在于“致君尧舜上，再使风俗淳”。他并以稷契自许，正如他在《自京赴奉先县咏怀五百字》中所说：“许身一何愚，窃比稷与契。”在他这种以尧舜期君以稷契自许之中，充分说明他以继承儒家为职志的思想。为了具体理解他的这种思想，我们追溯一下它的历史渊源。

应该知道，杜甫所说的尧舜之君，并不是原始氏族社会的氏族领袖，而是封建社会儒家理想中的封建君主。儒家的创始人孔子就是一个“祖述尧舜”①的人。他对尧舜可以说推崇备至。如说：“大哉尧之为君也！巍巍乎，唯天为大，唯尧则之；荡荡乎，民无能名焉。”（《论语·泰伯》）。又说：“巍巍乎，舜禹之有天下也而不与焉。”（《论语·泰伯》）至于继孔子之后的孟子更是“言必称尧舜”（《孟子·滕文公上》），他说：“我非尧舜之道，不敢以陈于王前。”（《孟子·公孙丑下》）他又曾转述伊尹的话说：“吾岂若使是君为尧舜之君哉？吾岂若使是民为尧舜之民哉？吾岂若于吾身亲见之哉？”（《孟子·万章上》）杜甫对尧舜的推崇，完全是从孔孟那里继承下来的，他的“致君尧舜上，再使风俗淳”简直是“吾岂若使是君为尧舜之君哉”那一段话的概括。至于稷契则又是儒家理想中的臣的楷模。孟子在《孟子·滕文公上》曾大事称道他们的政绩。他们的政绩是什么呢？一个（稷）掌管农事，使民从事稼穑，种植五谷，以期生活富有；一个（契）掌管教育，以“人伦”教民，以期奉守封建伦常。这种一富一教的政绩，正是儒家所谓“王道”政治的两个根本措施——“富之”“教之”，是为巩固封建统治、发展封建经济服务的。由此可见，以“致君尧舜上，再使风俗淳”为职志的以稷契自许的杜甫，其政治思想是典型的维护封建统治的儒家思想。

杜甫这种维护封建统治的思想又是非常坚定的。他在《自京赴奉先县咏怀五百字》中继“许身一何愚，窃比稷与契”之后说：“居然成濩落，白首甘契阔。盖棺事则已，此志常觊豁。”又以“葵藿倾太阳，物性固难夺”来说明他对当时的封建王朝有不可转移的向心力。

再从杜甫的一生经历来看。

杜甫的一生始终是拥护封建统治忠于封建君主的。“安史之乱”以前如此，“安史之乱”以后也如此；从政为官如此，寄身江湖也无不如此。只不过在不同的情况下而具体表现有所不同罢了。

---

① 阮元校刻《十三经注疏·礼记正义》卷五十三，中华书局，1980，第1634页。

“安史之乱”以前,由于唐王朝的政治腐败,阶级矛盾尖锐,并酝酿着严重的民族危机,他从维护封建统治出发,抱着改善封建政治的愿望,在长安从事历时十年之久的求官活动。“安史之乱”起来以后,国家民族与唐王朝的政权更处于危急存亡之中:他的忠君思想便与爱国结合起来。公元七五六年八月,他得知肃宗即位灵武,便从鄜州抛开家庭只身前往,竟至途中为安史叛军所俘,而困居长安。公元七五七年四月他又冒着生命危险逃出长安而至政府所在地凤翔。及至肃宗任他为左拾遗,使他有“涕泪授拾遗,流离主恩厚”(《述怀》)之感。不久因上疏救房琯触怒肃宗而被放还,卒至罢去。他在《壮游》一诗中曾对他做左拾遗的经过与思想作了如下的叙写:

备员窃补衮,忧愤心飞扬。上感九庙焚,下悯万民疮。斯时伏青蒲,廷诤守御床。君辱敢爱死,赫怒幸无伤。圣哲体仁恕,宇县复小康。哭庙灰烬中,鼻酸朝未央。

这里固然也表现出他的关心人民疾苦的思想感情,但更表现他对封建君主和封建王朝的无比忠实。这种忠于封建君主和封建王朝的思想,也毫不例外地表现在上疏救房琯的事件上。他之所以上疏去救房琯,固然和他“与房琯为布衣交”有关,更重要的还是因房琯“为醇儒,有大臣体”,“才堪公辅”,能“深念主忧”之故。(《新唐书·杜甫传》)“虽乏谏诤姿,恐君有遗失”(《北征》)也可作这方面的说明。因此,他在拾遗任上虽已作了“斯时伏青蒲,廷诤守御床”的努力,但仍感到“兖职曾无一字补,许身愧比双南金”(《题省中院壁》)。

后来他虽因遭到朝廷的摒弃而“漂泊西南天地间”(《咏怀古迹》其一),依然无时不在记挂着朝政和君主:

勋业频看镜,行藏独倚楼。时危思报主,衰谢不能休。——《江上》

小臣鲁钝无所能,朝廷记识蒙禄秩。周宣中兴望我皇,洒泪江汉身衰疾。——《忆昔》其二

偷生长避地,适远更沾襟。老病南征日,君恩北望心。——《南征》

北阙心长恋,西江首独回。茱萸赐朝士,难得一枝来。——《九日》其二

正因他身在江湖心恋魏阙，所以他以忠而被放的屈原自况。① 也正因他徒有"时危思报主，衰谢不能休"的忠于封建君主的"老臣心"而不得致力于朝廷，所以对诸葛亮的"两朝开济"之志未能实现而深感惋惜，竟至泪流满衣襟。② 他自己虽被排斥在政治之外没有效命朝廷的机会，还要把这种效命朝廷的希望寄托在别人身上，如他给他的朋友严武的诗说："公若登台辅，临危莫爱身。"（《奉送严公入朝十韵》）

尽管杜甫因在政治上受排挤也曾浮现过似乎想要远离政治的归隐的念头，但并不影响他想通过仕进服务封建政治的根本态度，并不像傅先生说的那样："……对君主，他归隐的念头与道家的思想便当了令。"③关于这点，杜甫自己给我们说得非常清楚："非无江海志，萧洒送日月。生逢尧舜君，不忍便永诀。"（《自京赴奉先县咏怀五百字》）这不仅说明他仕而不隐的处世态度，也说明他忠于封建君主的出仕思想。至于他在《奉赠韦左丞丈二十二韵》中所说的"今欲东入海，即将西去秦"，只不过是像孔子那样在"道不行"的情况下所作的"浮海"之叹罢了，所以他接着便说："尚怜终南山，回首清渭滨。"不错，在诗末有"白鸥没浩荡，万里谁能驯"的话，但这只是求官不得的愤激语而已。是的，杜甫后半生确实像白鸥一样过着浪迹江湖的生活，但那是政治遭受排挤使然，并不是原具白鸥之志而得如愿以偿。请看，"名岂文章著，官应老病休。飘飘何所似，天地一沙鸥"（《旅夜书怀》），"万事已黄发，残生随白鸥。安危大臣在，不必泪长流"（《去蜀》），不正是对白鸥式的身世的慨叹吗？也许傅先生会说，杜甫后半生过着漂泊的生活，是他自己辞华州司功参军而去的，怎么能说不是"白鸥没浩荡，万里谁能驯"理想的实现呢？诚然，杜甫是自己辞官而去的，但不能因此说他对封建王朝的离心。我们说过，杜甫是抱着"致君尧舜上，再使风俗淳"的政治理想出仕的，可是，像华州司功参军这样的小官，不但不是足以实现他那政治理想的"官守"，而且连他为左拾遗时那样的"言责"也没有了。他的辞官而去，正是政治上遭受排降的结果，绝不是为的"无官一身轻"④。因此，不但不能用来说明他对封建王朝的离心，就其出仕目的来说，恰好说明他对封建王朝的向心。

---

① 杜甫《地隅》一诗，其中有"悲凉楚大夫"之句。

② 杜甫《蜀相》一诗，其中有"两朝开济老臣心"和"长使英雄泪满襟"诗句。

③ 傅庚生：《杜甫诗论》，第30页。

④ 傅庚生：《杜甫诗论》，第11页。

从上面所谈杜甫对封建君主和封建政治的态度来看，可见傅先生说杜甫背叛了封建阶级是不能成立的，相反，适足说明他对封建阶级的忠实。

我们说杜甫忠实于封建阶级，不等于说他和当时的封建政治和封建统治者没有矛盾。但是，这种矛盾不是杜甫对封建阶级的背叛，不出自杜甫站在人民立场上和整个封建阶级的矛盾，而是出自他站在中小地主阶级立场上和门阀贵族地主的矛盾，是属于封建地主阶级内部的矛盾。这种矛盾表现在政治主张上，则是他接受儒家的在当时还有进步意义的“仁政”思想与当时极其黑暗暴虐的现实政治的矛盾。

杜甫出身的家庭，虽是一个世代为官的仕宦家庭，但仅一个小官僚小地主家庭。他的祖父杜审言仅是一个膳部员外郎，父亲杜闲也仅做过兖州司马和奉天县令一类的小官。他在《进封西岳赋表》中又说他“少小多病，贫穷好学”。

杜甫出身的中小地主阶层，在当时历史条件下，有其进步的一面，又有其落后甚至反动的一面。一方面在政治上经济上受大贵族大地主的压迫和榨取，对劳动人民能有一定的同情；又一方面又要剥削劳动人民，拥护封建剥削制度，依附大地主阶级，并不时想爬到大贵族大地主阶层中去。

杜甫出身并代表中小地主阶级，就确定了他的政治立场和政治态度。那就是拥护封建剥削制度，反对人民对封建统治阶级的反抗，但也反对大贵族大地主及封建政府过重的压迫和剥削，同情人民在这种过重的压迫和剥削下的不幸遭遇。因此，在政治上主张施行儒家的“省刑罚，薄税敛”的“民本”政治，也就是所谓“仁政”。同时也要求封建政府能够给中小地主阶级出身的知识分子留一条参与政治的仕进的道路。这样的政治主张，虽然是从中小地主阶级利益出发的，是维护封建统治服务的，但在当时历史条件下，对劳动人民来说也是比较有利的。

杜甫这样的政治主张和当时唐王朝已经走向衰朽的现实政治是有矛盾的。唐自开元后期到天宝年间，原来对中小地主和农民比较有利的均田制已经被破坏，土地向门阀贵族地主集中。代表贵族地主的李林甫、杨国忠与大宦官高力士等权奸分子把持朝政，而原来用以吸收中小地主出身的知识分子参与政治的科举制度也名存实亡，把中小地主出身的知识分子排斥在政治之外。再加上不断对外进行侵略战争，形成政治极其黑暗、统治阶级穷奢极侈、剥削压迫惨重、生产受到严重破坏、中小地主破产、人民灾难深重的局面。在这样的局面下，出身中小地主阶级、坚持比较进步的政治主张的杜甫，在政治上必然受到排挤。所谓“自然弃掷与时异，况乃疏顽临事拙”

(《投简咸华两县诸子》),“许身一何愚,窃比稷与契”,都清楚地说明他的政治主张的不合时宜。在政治上遭受排挤的同时,在生活上也使他过着“饥卧动即向一旬,敝衣何啻联百结”(《投简咸华两县诸子》)的与人民相去不远的贫困生活。“安史之乱”起来以后,更是饱经战乱,甘苦备尝。这就使他能够比较广泛地接触现实,比较深刻地认识现实,对上层封建统治者及其黑暗政治深为不满,对民族敌人极其痛恨,对劳动人民的困苦能够有较深了解并给以深切的同情。这就是杜甫思想进步所在。

由此可见,杜甫和上层统治者的矛盾,是中小地主阶级和门阀贵族地主的矛盾,是封建的“仁政”理想和现实的封建暴政的矛盾。这样的“仁政”理想也就成为杜甫反映现实、批判时政的政治标准。同时杜诗也正体现了这种思想在创作上的进步性与局限性。

二、关于杜甫诗的现实意义

我们对杜甫的阶级立场和政治思想有了基本了解以后,再来看他的诗歌在反映现实上的成就如何,主要看他对当时阶级矛盾和民族矛盾这两个主要的社会矛盾反映得如何。

首先杜甫以儒家的“仁政”标准对上层封建统治者的骄奢淫逸、封建政治的黑暗暴虐以及封建统治阶级对人民的残酷压迫和剥削作了相当深刻的反映。像《丽人行》《自京赴奉先咏怀五百字》就是这类作品的代表作。“朱门酒肉臭,路有冻死骨”(《自京赴奉先咏怀五百字》)以具有巨大艺术概括力的诗句揭示出阶级对立的现实。他甚至能本质地揭示出上层统治集团与人民之间的剥削和被剥削的阶级关系:“彤廷所分帛,本自寒女出。鞭挞其夫家,聚敛贡城阙。”(《自京赴奉先咏怀五百字》)另外杜诗也对唐王朝对外进行穷兵黩武的给人民带来无穷灾难的侵略战争作了较为深刻的揭露。《兵车行》《前出塞》《后出塞》都是这方面的重要作品。这些作品不仅把“安史之乱”前夕的阶级矛盾作了相当深刻的反映,而且也反映了“安史之乱”所以起来的社会原因。照傅先生看来,这主要是杜甫站在人民立场上去反映现实的结果。其实杜甫这种反对暴政、反对侵略战争的思想,并没有超出维护封建统治的儒家思想。孟子就曾说过:“庖有肥肉,厩有肥马,民有饥色,野有饿莩,此率兽而食人也。”(《孟子·梁惠王上》)又说:“争地以战，杀人盈野；争城以战，杀人盈城：此所谓率土地而食人肉，罪不容于死。故善战者服上刑。”（《孟子·离娄上》）如按照傅先生的看法，那么代表封建统治阶级的思想家孟子，也是站在人民立场上的了。

其实杜诗在阶级剥削的反映上，所暴露的只是封建官府加到人民身上的过于繁重的赋敛，也就是连孔子都反对的“猛于虎也”的苛政，而不是站在人民立场上根本反对封建剥削。在整个杜诗中就没有反映地主对农民进行地租剥削的诗篇。这种阶级立场的局限，只要和劳动人民根本反对剥削的作品一比，就可清楚地看得出来。像《诗经·伐檀》一诗所写的“不稼不穑，胡取禾三百廛兮；不狩不猎，胡瞻尔庭有县貆兮”才是人民的反对剥削的立场呢！

由于杜甫具有“穷年忧黎元，叹息肠内热”（《自京赴奉先县咏怀五百字》）的同情人民的思想，在他的诗歌中写了为数很多的同情人民种种不幸遭遇的诗篇，描绘了许许多多的劳动人民的生活形象。这是古代封建文人作家所少有的，是杜诗现实主义成就的一个重要方面。但是，也应看到在杜甫反映阶级矛盾的笔下，劳动人民的形象是苦难的、悲惨的、涕泪交流的形象，偶然写到人民对统治阶级的反抗，也是持着否定的态度。很显然，这是他的地主阶级立场决定了他不能歌颂劳动人民对地主阶级的反抗。只有劳动人民或站在人民立场上的作家才能做到，像汉乐府中的《东门行》，就是这样的作品。这就大大影响了杜诗在阶级矛盾反映上的现实主义的深刻性。

不仅如此，杜甫还把反抗封建统治阶级的起义的人民看作犯上作乱的盗贼和祸患：

> 莫取金汤固，长令宇宙新。不过行俭德，盗贼本王臣。——《有感》其三
>
> 万里烦供给，孤城最怨思。绿林宁小患，云梦欲难追。——《夔府书怀四十韵》

傅先生说杜甫“能够说出造反不怪百姓，已经是站在人民的立场去看问题”①。杜甫在这里确实说出人民起来反抗统治阶级的原因，在于官府的

① 傅庚生：《杜甫诗论》，第75页。

逼迫，但不能说是站在人民立场上去看问题的。能够看到并说出官逼民反这样的现实的，在封建士大夫中何止杜甫，问题在于他们对人民这种反抗都是持着否定和反对的态度。不是吗？杜甫在这里把起义的人民看作盗贼和祸患，完全是站在与人民敌对的立场上说话的，他所深为担忧的是封建统治阶级的安危，为此他劝统治阶级以“行俭德”的办法去消除人民的反抗。“行俭德”在当时虽然有它的进步意义，但目的在于消除人民对封建统治阶级的反抗，就是从维护封建统治出发的了。这就是封建“民本”政治，也是儒家所提倡的“仁政”的阶级实质，怎么能说是站在人民立场上去看问题的呢？特别在《喜雨》一诗中更其突出地表现了杜甫对农民起义的敌视态度：

> 春旱天地昏，日色赤如血。农事都已休，兵戎况骚屑。巴人困军须，恸哭厚土热。沧江夜来雨，真宰罪一雪。谷根少苏息，沴气终不灭。何由见宁岁，解我忧思结。峥嵘群山云，交会未断绝。安得鞭雷公，滂沱洗吴越！

杜甫在诗末自注说：“时浙右多盗贼。”仇兆鳌引“朱注”据《旧唐书》说：“宝应元年八月，台州人袁晁反，陷浙东州郡。广德元年四月，李光弼讨之。此诗末自注语，正指袁晁也。”“安得鞭雷公，滂沱洗吴越”，表明杜甫对农民起义要采取镇压的态度，表现了他那地主阶级立场固有的反动性。

这样的诗歌与傅先生说杜甫是站在人民立场上去反映现实的，该是多么不同。可是傅先生却据此得出这样的结论，说杜甫“走向了人民，只走向了封建王朝统治之下‘安分守己’的人民，他同情他们，为他们而呐喊；却又不能走向起义的人民……”①在封建王朝统治之下，主张人民“安分守己”，反对人民起来反抗，不是地地道道的封建统治阶级立场吗？怎么能说走向了人民呢？

可见傅先生所说的杜甫走向了人民，站在人民立场上的实质究竟是什么了。我们再引傅先生一段话就可看得更加清楚：

> 他讽刺朝廷，希望朝廷好起来，却还不是从统治者的利益出发的，是为了人民的缘故，所以他不是改良主义者。他认为朝廷设官，是为了

① 傅庚生：《杜甫诗论》，第75页。

人民；再进一步，他甚至于以为人民要一个天子，也正是为了人民，颇有些“民为贵，社稷次之，君为轻”的味道，虽然他没有明说出来。①

原来傅先生所说的杜甫的人民立场，就是儒家的“民为贵，社稷次之，君为轻”的“民本”立场。把这样的立场说成“不是从统治者的利益出发的，是为了人民”，不但今天不能这样去认识，恐怕连孟子和杜甫也不会同意的吧？孟子在说出这几句话之后，接着就说“得乎丘民而为天子，得乎天子为诸侯，得乎诸侯为大夫”（《孟子·尽心下》）。这也就是战国时期赵国的贵族赵威后所说的“苟无岁，何有民？苟无民，何有君？”②。“民为贵”就“贵”在这里，“君为轻”就“轻”在这里。到底从哪个阶级出发，为了哪个阶级，不是很清楚吗？但傅先生硬要把儒家思想说成人民的思想，把封建立场说成人民的立场罢了。很显然傅先生是以儒家观点评论杜诗的。

反映民族矛盾，反对外来侵略，表现爱国思想，是杜诗另一个极其重要的主题，有《春望》、《北征》、《洗兵马》、“三吏”、“三别”、《闻官军收河南河北》等为数很多的重要作品。杜诗在这样一个主题里，不仅写出作者自己而且也写出人民在安史叛军侵入中原以后所遭受的种种灾难和强烈的爱国思想，把民族矛盾和阶级矛盾交织起来的复杂的社会现实作了相当广泛也相当深刻的反映。在这样的社会矛盾的反映中，杜甫不仅能以深切同情的笔去写人民的重重灾难，而且能以热烈赞扬的笔去写人民对民族敌人的坚强反抗。原因是阶级矛盾退居次要地位，民族矛盾上升到主要地位，人民的利益和统治阶级的利益在反抗外来侵略上可以相对地统一起来。也就是说，杜甫歌颂人民对侵略者的反抗，与他所维护的地主阶级利益是一致的。另外，杜诗在反映和民族敌人进行斗争之中，也没忽视反映封建统治阶级对人民的压迫和剥削。

这样说来，在民族矛盾上升为主要矛盾的情况下，杜诗在反映民族矛盾中，作者的阶级立场与爱国思想和人民的阶级立场与爱国思想是不是就没有区别了呢？不是的，不像傅先生认为的那样：杜甫的阶级立场就是人民的阶级立场，他的爱国思想就是人民的爱国思想。因为爱国也不是抽象笼统的东西，是有其具体阶级内容的，地主阶级有从地主阶级利益出发的爱国，人民有从人民利益出发的爱国。虽然在反对共同的民族敌人的前提下，有

① 傅庚生：《杜甫诗论》，第75页。

② 何建章：《战国策注释》，中华书局，1990，“前言”第6页。

其一致的一面。

杜甫的爱国立场,自然是地主阶级的爱国立场。

首先,他的爱国是从维护封建统治出发和他的忠君思想紧密联系的。如他在《壮游》中说:"上感九庙焚","君辱敢爱死","哭庙灰烬中"。在《北征》中说:"东胡反未已,臣甫愤所切","至尊尚蒙尘,几日休练卒","胡命其能久,皇纲未宜绝"。这些都是极明显的表现。可是,傅先生却说杜甫"由于站在人民这一面来了,他所爱的才是伟大的、人民的祖国,不是天子一人之私的朝廷,不是特权阶级统治者的天下"①。我们当然不能否认在杜甫的爱国思想中有"下悯万民疮"的一面,但不能同意傅先生的说法,因傅先生的说法与杜甫的根本阶级出发点是不符合的。

其次,杜甫虽然也在一些诗歌里反映了人民的爱国思想与爱国行动,但是他把消灭民族敌人、收复祖国河山的希望完全寄托在封建王朝与少数王侯将相身上。现在我们来看他的一首《洗兵马》(一作《洗兵行》):

> 中兴诸将收山东,捷书夜报清昼同。河广传闻一苇过,胡危命在破竹中。只残邺城不日得,独任朔方无限功。京师皆骑汗血马,回纥喂肉蒲萄宫。已喜皇威清海岱,常思仙仗过崆峒。三年笛里关山月,万国兵前草木风。成王功大心转小,郭相谋深古来少。司徒清鉴悬明镜,尚书气与秋天杳。二三豪俊为时出,整顿乾坤济时了。东走无复忆鲈鱼,南飞觉有安巢鸟。青春复随冠冕入,紫禁正耐烟花绕。鹤驾通宵凤辇备,鸡鸣问寝龙楼晓。攀龙附凤势莫当,天下尽化为侯王。汝等岂知蒙帝力,时来不得夸身强。关中既留萧丞相,幕下复用张子房。张公一生江海客,身长九尺须眉苍。征起适遇风云会,扶颠始知筹策良。青袍白马更何有,后汉今周喜再昌。寸地尺天皆入贡,奇祥异瑞争来送。不知何国致白环,复道诸山得银瓮。隐士休歌紫芝曲,词人解撰河清颂。田家望望惜雨干,布谷处处催春种。淇上健儿归莫懒,城南思妇愁多梦。安得壮士挽天河,净洗甲兵长不用。

在当时历史条件下,在唐王朝还反抗外来侵略的情况下,虽然封建王朝在反抗外来侵略的斗争中还能够起到应有的作用,但在这样的斗争中的根

① 傅庚生:《杜甫诗论》,第151页。

本力量还在人民。杜甫把取得胜利的希望完全寄之于封建王朝,把克敌御侮之功完全归到少数王侯将相身上,显然是历史唯心主义的,是受其地主阶级立场制约的结果。

再次,在民族矛盾成为主要矛盾或民族矛盾依然严重存在的当时,杜甫虽然对统治阶级加在人民身上的繁重赋税和极不合理的兵役等残酷的压迫和剥削有所不满和反映,对人民处于水深火热之中的生活也能给以深切的同情,但他总是教人民一味忍受,不要向统治阶级作必要的斗争。这除了在“三吏”“三别”中有明显的反映外,在其他诗歌中也时有反映。如《甘林》一诗所写:

> 明朝步邻里,长老可以依。时危赋敛数,脱粟为尔挥。相携行豆田,秋花霭菲菲。子实不得吃,货市送王畿。尽添军旅用,迫此公家威。主人长跪问,戎马何时稀。我衰易悲伤,屈指数贼围。劝其死王命,慎莫远奋飞。

可见即使在反抗外来侵略的民族矛盾中,杜甫的封建统治阶级立场以及这种立场在创作上的局限也还是表现得很清楚的。虽然我们不能因此而否定杜诗在反映重大历史事件上的重大成就,但对这种立场及其在创作上的局限加以分析和认识还是有必要的。不能以抽掉阶级内容的爱国思想代替阶级分析,不能把地主阶级立场的爱国说成人民立场的爱国。

由于杜甫的阶级立场是封建阶级立场,他维护唐王朝的统治;又由于他的中小地主阶级立场和门阀贵族地主还存在着矛盾,他又不满唐王朝的政治;因此使他陷入深刻的矛盾之中。这种矛盾反映在诗歌里便是具有浓厚的抑郁而感伤的悲剧气氛。现就《自京赴奉先咏怀五百字》来看,诗的第一部分,在历述其政治理想与现实政治的矛盾之后,以“沉饮聊自遣,放歌颇愁绝”作结;诗的第二部分,在历述上层统治者与广大人民生活势同天渊之后,以“荣枯咫尺异,惆怅难再述”作结;诗的第三部分,在历述自己与更不如他的人民的生活苦难之后,以“忧端齐终南,澒洞不可掇”作结。这里不仅表现了诗人忧思莫解的思想感情,而且也写出诗人忧思莫解的现实根源与阶级根源。

傅先生曾把这首诗与《北征》相比,认为此诗有消极的情绪,不如《北征》写得积极、乐观、“希望的心情也比较肯定”。① 但两者不同的原因是什么呢？傅先生认为杜甫在写《自京赴奉先咏怀五百字》的时候“在生活上所受到的磨炼还不够，没有经过国破家亡之惨，没有在困难中把自己锻炼得更坚强……后来到写《北征》时，虽说只过了短短的两年，可是在这两年里，他生活上的波动太大了，磨炼在急速地加重和加深，在生与死的边缘上几次地奋斗着，没有倒下去，他却在困难中站起来了”②。我认为主要应从杜甫的阶级立场与这两首诗所反映的基本矛盾不同来理解。《自京赴奉先咏怀五百字》反映的是阶级矛盾，诗人站在中小地主阶级立场上，既维护唐王朝的封建统治，又反对唐王朝的黑暗统治，在唐王朝日趋衰朽的情况下，不但现实中的矛盾得不到解决（改善封建政治），而且思想上也没有出路。《北征》反映的是民族矛盾，诗人站在可以与他维护唐王朝统治的立场一致起来的民族立场上反对民族敌人的侵略，不但现实中的矛盾有解决的可能（消灭民族敌人），而且思想上也能坚决站在国家民族立场上反对民族敌人。这就是《北征》中“胡命其能久，皇纲未宜绝”“周汉获再兴，宣光果明哲”“煌煌太宗业，树立甚宏达”所表现的思想情绪和《自京赴奉先咏怀五百字》中“沉饮聊自遣，放歌颇愁绝”“荣枯咫尺异，惆怅难再述”“忧端齐终南，澒洞不可掇”所表现的思想情绪迥然不同的根本原因。

前面已经说过，即使在反抗外来侵略的民族矛盾中也还交织着阶级矛盾，因此杜诗在反映民族矛盾中依然存在着程度不同的抑郁而感伤的情绪。有人说《闻官军收河南河北》是诗人平生第一快诗。的确，“快诗”在诗人的作品中实在是不多的，只有从作者所处的时代与其阶级立场去分析认识。

力求通过仕进改善封建政治是杜甫基本的处世态度，但在他的诗歌中特别后期诗歌中也还时而流露隐逸遁世、闲适遣兴的消极思想，也要我们从他所经历的时代和他的阶级立场去分析认识。

我们说过，杜甫积极要求出仕是为了实现他的政治抱负，但这又和这样一个出身中小地主阶级知识分子的追求的功名利禄不时往上爬是联系着的。尽管他说“独耻事干谒”（《自京赴奉先县咏怀五百字》），他还是写过不少“干谒”的作品的。他不但向封建皇帝进赋献表，希望能被任用，而且也不断对皇帝下面的豪门权要有所投赠，希望得到他们的援引。这种追求功名利禄的愿望一旦遭受挫折，便会产生隐逸遁世、闲适遣兴的消极思想，

① 傅庚生：《杜甫诗论》，第55-56页。

② 同上。

唱出“宽心应是酒，遣兴莫过诗。此意陶潜解，吾生后汝期”（《可惜》）一类的调子。由此可见，他出仕固然是地主阶级立场的表现，即使产生隐遁之念也是地主阶级立场的表现。可是傅先生却说：“杜甫在出处上，有出仕与归隐的矛盾；在思想上，有儒家与道家的矛盾。对人民，他出仕的念头与儒家的思想便占了先；对君主，他归隐的念头与道家的思想便当了令。”①按照这样的说法去理解杜诗，不仅夸大了它积极的一面，而且也掩盖了它的消极的一面；既不利于精华的吸收，也不利于糟粕的剔除。

在对杜诗反映阶级矛盾和民族矛盾有了基本了解之后，再来看看它所反映的诗人的社会理想。

杜甫在不少诗篇或诗句中概括地表现出他的社会理想：

> 田家望望惜雨干，布谷处处催春种。淇上健儿归莫懒，城南思妇愁多梦。安得壮士挽天河，净洗甲兵长不用。——《洗兵马》（一作《洗兵行》）
>
> 故乡门巷荆棘底，中原君臣豺虎边。安得务农息战斗，普天无吏横索钱。——《昼梦》
>
> 天下郡国向万城，无有一城无甲兵。焉得铸甲作农器，一寸荒田牛得耕。牛尽耕，蚕亦成。不劳烈士泪滂沱，男谷女丝行复歌。——《蚕谷行》

傅先生引出这类诗后，作了如下的论述：

> 这在那时的社会里，只是好心的诗人由幻想中才能够接触到的幸福的太平盛世，封建王朝统治之下的人民是不可能得到的。在一千二百年后，诗人杜甫为人民的幸福生活而祈祷的理想才变为今日人民生活的现实；由人民奋斗的鲜血铺成了胜利的道路，才走上灿烂光明胜境在望的今天，这中间，经过多么悠长的岁月啊！②

不错，杜甫这样的社会理想，确实是在当时不能实现的符合人民愿望的美好的理想，但不能离开作者的具体时代、阶级立场及其整个政治思想不加

① 傅庚生：《杜甫诗论》，第 30 页。

② 傅庚生：《杜甫诗论》，第 119 页。

分析地认为所谓“在一千二百年后，诗人杜甫为人民的幸福生活而祈祷的理想才变为今日人民生活的现实”，抹杀我们今天的现实与封建时代杜甫的思想之间的时代区别与阶级界限。其实杜甫在这里所表现的社会理想与其整个的封建政治理想是不可分割的，具体说来：要把天宝以后的唐代恢复到贞观、开元全盛时期的唐代。“煌煌太宗业，树立甚宏达”（《北征》），是他对太宗时期的盛世的向往；“回首叫虞舜，苍梧云正愁”（《同诸公登慈恩寺塔》）是他对太宗时期的帝业不得复见的慨叹。仇注：“‘回首’二句，思古，以虞舜苍梧，比太宗昭陵也。”另外，他在《忆昔》其二中也对玄宗开元时期的所谓盛世作了经过美化的描写：

> 忆昔开元全盛日，小邑犹藏万家室。稻米流脂粟米白，公私仓廪俱丰实。九州道路无豺虎，远行不劳吉日出。齐纨鲁缟车班班，男耕女桑不相失。宫中圣人奏云门，天下朋友皆胶漆。百余年间未灾变，叔孙礼乐萧何律。

不是很清楚吗，杜甫所向往的社会是唐王朝贞观、开元时期的社会。他的社会理想是从地主阶级立场上提出的具有“叔孙礼乐萧何律”的封建的社会理想，怎么能说这样的理想能“变为今日人民生活的现实”呢？

三、《杜甫诗论》的研究方法

最后，我们再简单谈谈傅先生《杜甫诗论》的研究方法。

马克思列宁主义的阶级分析和历史唯物主义是研究人类社会历史唯一正确的方法，傅先生在《杜甫诗论》中所采用的方法恰恰相反——以人性论代替阶级分析，以历史唯心主义代替历史唯物主义。

傅先生认为杜甫是背叛了封建统治阶级站到了人民立场上来了的诗人，杜甫为什么能够背叛封建统治阶级站到人民立场上来呢？傅先生说：“他的浪子的习性，使他脱离了统治阶级；人道主义的思想，使他逐步接近人民。”①傅先生又说:“这个阶级的‘浪子’如何在杜甫身上形成的呢?首先是他意识中对于一世祖杜预在晋代所立下的功勋的崇拜与他实际生活着的小官僚家庭日趋没落之间的矛盾,其次是他由良心出发的同情人民与封建统治阶级欺压百姓间的矛盾,还有他的自恃才华与到处碰壁的矛盾……”②

很清楚,不仅傅先生所说的使杜甫“逐步接近人民”的“人道主义的思想”是没有阶级内容的,而且使杜甫“脱离了统治阶级”的“浪子的习性”也是没有阶级的内容的。前者用不着去说;后者,就傅先生所说的形成杜甫浪子习性的三点原因来看,二、三两点也没有多说的必要,因为那里所说的“良心”“才华”都是一望可知的抽掉阶级内容的抽象的东西。只有第一点似乎想从阶级上说明问题的,不过依然不是真正的阶级分析。因为所谓杜甫“意识中对于一世祖杜预在晋代所立下的功勋的崇拜与他实际生活着的小官僚家庭日趋没落之间的矛盾”怎么能成为他背叛封建统治阶级的原因呢?这不等于说,因为杜甫有了大官僚一世祖而且念念不忘这个大官僚一世祖才使他背叛封建统治阶级的吗?这是多么错误的论断。恰恰相反,正因为杜甫出身于自杜预以来的封建仕宦家庭才使他具有维护封建统治的思想。杜甫对他出身的“先臣恕、预以来,承儒守官”的仕宦家庭确实是“高自称道”。(《新唐书·杜甫传》)假如这就是傅先生所说的杜甫对其一世祖“功勋”的崇拜的话,那么这个“崇拜”只能使他去继承这个“承儒守官”的仕宦家庭,不能使他去背叛这个“承儒守官”的仕宦家庭。杜甫一生虽然官未长守,而儒却是始终承着的。

傅先生就是以这种抽掉阶级内容的“人道主义”、“良心”、“好心”和“才华”等人性论的观点去论述杜甫所谓背叛封建统治阶级走向人民的过程的。从这样的观点出发,尽管也提出了不少的矛盾,但这些所谓矛盾都是主观臆造出来的虚幻的矛盾。用这样主观唯心主义的方法去分析事物,自然不能符合事物的实际,对杜诗所表现的思想内容作了许许多多以意为之的解释,甚至认为杜甫在所谓背叛封建统治阶级走向人民的过程中还有这样一个阶段:“他这时[指天宝七载(748年)写《奉赠韦左丞丈二十二韵》的时候——笔者]虽要背叛了他自己的阶级,却并没有马上就转到人民这一

① 傅庚生:《杜甫诗论》,第75页。

② 傅庚生:《杜甫诗论》,第6页。

面来,所以这诗里也还不见有为人民的影子。”①这是不折不扣的虚构。他既然没“转到人民这一面来”,又是怎样“背叛了他自己的阶级”的呢?他“背叛了他自己的阶级”又没“转到人民这一面来”,他又立足于何处呢?难道两者之间还有一个真空地带吗?再如,一方面说杜甫具有儒家思想,一方面又说他不拥护封建伦常:“不做封建纲常的奴隶”②,或者说他“对儒家那种为封建统治御用的工具如纲常之类,并不彻头彻尾地拥护”③。我们知道,封建伦常是儒家思想的核心,不拥护封建伦常,哪里还有什么儒家思想呢?在封建伦常中,君臣一伦就算是最重要的了,像前面所说的忠君思想极为突出的杜甫,能说他不拥护封建伦常吗?唯其有这样主观主义的虚构和解释,才能把杜甫本来没有背叛封建统治阶级走向人民说成是背叛封建统治阶级走向人民,把杜甫的封建地主阶级立场说成人民的立场,把维护封建统治阶级利益的儒家思想说成代表人民利益的思想,把一千二百年前的封建的社会理想说成“在一千二百年后……才变为今日人民生活的现实”。阶级界限和古今界限全在这种主观虚构之下抹杀了,阶级分析和历史唯物主义全被这种人性论和历史唯心主义代替了,批判继承的原则全被这种崇古厚古的思想取消了。用这样的方法去研究文学遗产,不但根本无法做到剔除封建性的糟粕,吸收民主性的精华,而且必定会把封建思想毒素当作精华向读者传播的。

---

① 傅庚生:《杜甫诗论》,第 127 页。

② 傅庚生:《杜甫诗论》,第 154 页。

③ 傅庚生:《杜甫诗论》,第 30-31 页。

也谈陶渊明的政治倾向

陶渊明是中国古代文学史上一个著名的作家,同时在如何评价问题上,又是一个自来争论较多、分歧意见较大的作家。究竟应当怎样评价,仍然是个需要继续研究的问题。《开封师院学报》1977 年第 6 期刊载高文、何法周两位同志写的一篇《试论陶渊明的政治倾向》(以下简称《倾向》)对陶渊明的政治倾向作了论述。这里也想谈谈我们对陶渊明政治倾向的看法,与高文、何法周两位同志商榷,不当之处,请同志们指正。

如果我们概括得不错的话,《倾向》一文认为陶渊明的政治倾向是:封建正统观念、地主阶级的忠君思想主宰着他的灵魂,支配着他的言行。因此,他的或官或隐,时官时隐,特别是刘裕当权以后一隐而不再官,完全取决于他的忠于晋室,为晋守节。文章认为,"刘裕当政后,采取了一系列的有力措施,在一定程度上改变了东晋过去的反动门阀士族专权的状况和无法无天的黑暗政治,如重用寒门,削弱士族,消灭藩镇,加强中央集权,整顿官常,严肃法纪,等等,比起纲纪不正,门阀森严,大族擅权,豪强横行,藩镇割据的东晋王朝,确实有一些显著的进步。如果陶渊明是真正反对门阀制度,反对政治黑暗,那他就应该拥护刘裕和宋朝的建立。但是陶渊明却采取了相反的态度,坚决归隐,说'世与我而相违,复驾言兮焉求',在有人劝他再出仕时,他断然拒绝,坚决表示'吾驾不可回!'"因此,不但不能说他反对门阀制度,反对黑暗政治,相反,他却在客观上反对了刘宋的某些历史进步性。同时,该文为了说明陶渊明不反对门阀制度和黑暗政治,用了大量的笔墨对陶渊明的"世与我而相违,复驾言兮焉求"进行了论述。其结论是陶渊明

"决心不与刘裕合作,不做刘裕的官,既可全身,又能全节。这就是他的'世与我而相违,复驾言兮焉求'的真正思想,也就是他的'违己交病'中'违己'的真正心情。"

我们既不同意《倾向》一文对陶渊明政治倾向的认识,也不同意其所运用的论证方法。

一

"世与我而相违,复驾言兮焉求"是陶渊明辞彭泽令后所赋《归去来兮辞》中的两句话。我们认为这既是陶渊明辞彭泽令的原因的概括说明,同时也是他经过长期官场的生活实践的思想认识上的概括总结,而且归隐以后继续加深这个认识,成为"吾驾不可回"(《饮酒》其九)直至"愿言蹑轻风,高举寻吾契"(《桃花源诗》)的原因。若能结合陶渊明的一生经历给以全面的切合实际的分析,确实能够很好地认识陶渊明及其作品的政治倾向。

基于这一看法,我们首先就不同意把"世与我而相违"只看作是陶渊明为彭泽令(所谓刘裕当权)以后的事,同他为彭泽令以前的生活经历分割开来。我们认为陶渊明一生的经历几乎都是"与世相违"的经历,也几乎以全部的诗文塑造了他那"与世相违"的形象。当然这个经历和形象是在不断发展的。他曾说:"少无适俗韵,性本爱丘山。"(《归园田居》其一)又说:"总发抱孤介,奄出四十年。"(《戊申岁六月中遇火》)不适应世俗,正是"与世相违"的表现;"抱孤介",也不是与世融洽的。萧统在《陶渊明传》中说:"渊明少有高趣,博学善属文,颖脱不群,任真自得。尝著《五柳先生传》以自况,……时人谓之实录。亲老家贫,起为州祭酒,不堪吏职,少日,自解归。"可见萧统是把《五柳先生传》作为陶渊明早年自况之作的。陶渊明这篇"时人谓之实录"的早年自况之作,确实表现了他那"少有高趣""任真自得"的性格。这样的性格也就成为他二十九岁"起为州祭酒"之后,而又"不堪吏职,少日,自解归"的原因。这篇自况之作所描绘的形象就是"与世相违"的形象,所以他在赞文的最后说:"无怀氏之民欤?葛天氏之民欤?"他似乎不想承认他是当世的人了。虽然他也曾说过:"忆我少壮时,无乐自欣豫。猛志逸四海,骞翮思远翥。"(《杂诗》其五)但也只能是他少壮之时对世事阅历不够的思想情态的反映,不能看作是与世相合拍的表现。现在让我们再看他在《拟古》其八中所表现的思想："少时壮且厉，扶剑独行游。谁言行游近，张掖至幽州。饥食首阳薇，渴饮易水流。不见相知人，惟见古时丘。路边两高坟，伯牙与庄周。此士难再得，吾行欲何求？"他是以钦慕伯夷、叔齐和荆轲的思想感情而"抚剑独行游"，去寻找"相知人"的。然而知音之士难以再得，也就只好使他发"吾行欲何求"的慨叹了。这个"少时壮且厉"的形象，不也正是"与世相违"的形象吗？他虽然也说过"或大济于苍生"和"奉上天之成命，师圣人之遗书，发忠孝于君亲，生信义于乡闾"的话，但他从来也没有为实现"大济于苍生"的政治理想和"发忠孝于君亲"而出仕过。(《感士不遇赋》)他虽然也出仕过几次，但他总是把出仕的原因归之于为贫而仕。"亲老家贫，起为州祭酒"是如此，他说："畴昔苦长饥，投耒去学仕。将养不得节，冻馁固缠己。"(《饮酒》其十九)作镇军参军是如此，他说："此行谁使然？似为饥所驱。"(《饮酒》其十)最后，为彭泽令亦无不如此，他说："余家贫，耕植不足以自给，幼稚盈室，瓶无储粟，生生所资，未见其术。……家叔以余贫苦，遂见用于小邑。"(《归去来兮辞》)而且总是感到"违己""负怀""志意多所耻"(《饮酒》其十九)，视之为"迷途"，而"终怀在归舟"(《乙巳岁三月为建威参军使都经钱溪》)。即使被《倾向》一文认为"志在扶晋"的陶渊明"在恢复晋朝政权的最大功臣刘裕手下做官……是再好不过了"而又出仕做镇军参军中，也丝毫看不到他要"发忠孝于君亲"的思想影子。只不过像他《始作镇军参军经曲阿》中所说是"婉娈憩通衢"，"暂与园田疏"而已，哪里像个"志在扶晋"而要"发忠孝于君亲"的样子？何况刚一踏上仕途就"绵绵归思纡"，"心念山泽居"呢？甚至使他有"望云惭高鸟，临水愧游鱼"之感，而要"聊且凭化迁，终返班生庐"了。(《始作镇军参军经曲阿》)还是他自己说的"此行谁使然，似为饥所驱"更其切合实际一些。

从上面所谈看来，"世与我而相违"，不能只限制在陶渊明为彭泽令以后，还应包括他为彭泽令以前；"复驾言兮焉求"，也是他思想上长期存在的官与隐的矛盾的解决。这在他辞彭泽令所写的《归云来兮辞并序》和《归园田居》其一都作了集中的说明。《归去来兮辞序》说："质性自然，非矫厉所得。饥冻虽切，违己交病。尝从人事，皆口腹自役。于是怅然慷慨，深愧平生之志。"所谓"皆口腹自役"，就不是指的一事；所谓"深愧平生之志"，就不是指的一时。同时也把出仕和归隐的原因说得非常清楚。只有根据这样的序文才能理解他在辞中所写的"因事顺心"的思想感情。他自比为无心出岫之云，又比作倦飞知还之鸟。倦飞固然与最后一飞有关系，但一飞毕竟构不成倦飞。《归园田居》其一对他这样的生活经历和思想感情作了诗的概括。如说:“少无适俗韵,性本爱丘山。误落尘网中,一去十三年。羁鸟恋旧林,池鱼思故渊。开荒南野际,守拙归园田。”唯其如此,才会使他有“久在樊笼里,复得返自然”的典型的思想感受。可见陶渊明“与世相违”之外,而其“复驾言兮焉求”思想的形成,也是有其并非一朝一夕的生活根源和思想根源的。若把“在官八十余日”的为彭泽县令,从“一去十三年”的“误落尘网中”分割出来去寻找陶渊明归隐的原因,从而论定他的政治倾向,实是一种不“顾及作者的全人”的办法。

究竟陶渊明所说的“世与我而相违,复驾言兮焉求”的“世”是什么样的“世”?“我”是什么样的“我”?两者又为什么“相违”而成为“复驾言兮焉求”的原因的?这需要我们把陶渊明和他所处的社会现实结合起来作进一步认识。

陶渊明在《感士不遇赋并序》中对上述问题作了具体的说明。下面让我们摘引几段来看。

> 自真风告逝,大伪斯兴,闾阎懈廉退之节,市朝驱易进之心。怀正志道之士,或潜玉于当年;洁己清操之人,或没世以徒勤。故夷皓有安归之叹,三闾发已矣之哀。

《感士不遇赋》自然是陶渊明自述己怀之作,是针对其所处的当世而发。这段序文就对“世与我而相违”作了概括。“世”是“大伪斯兴”之“世”,“我”是“怀正志道”“洁己清操”之“我”。两者也就必然“相违”;隐则“潜玉于当年”,仕则“没世以徒勤”。“闾阎懈廉退之节,市朝驱易进之心”,对封建政府和士大夫作了总的否定。那就是蝇营狗苟,争权夺势,追名逐利,造成政治的黑暗、社会的污浊。其间自是包含作者耳闻目睹以及身感实受的当世的社会内容的。还有值得我们注意的,他对当世的批判与否定,往往是和他理想的传说中的古代相比之下进行的。“自真风告逝,大伪斯兴”就是如此。所谓“真风”就是传说中的古代的自然淳朴之风。“故夷皓有安归之叹”也是如此。伯夷、叔齐慨叹的是:“神农虞夏忽焉没兮,我安适归矣!”(《史记·伯夷列传》)四皓慨叹的是:“唐虞世远,吾将安归!”(《高士传·四皓》)都是借传说中的古代来否定当时的现实的。不仅序文是这样,赋的全篇都是这样。

咨大块之受气，何斯人之独灵！禀神智以藏照，秉三五而垂名。或击壤以自欢，或大济于苍生。靡潜跃之非分，常傲然以称情。

这是对理想的古代社会的具体描写。隐者“击壤以自欢”，仕者“大济于苍生”，无不适合其本分而一任性情之自然。二者在自然淳朴之世风中，是协调的、融洽的，没有害人者和受害者之分。这实是对理想中的古代整个社会的人与人的关系的描写。就“士”的遇与不遇来说，这里是“遇”的描写，与下面的“不遇”相对照。

世流浪而遂徂，物群分以相形。密网裁而鱼骇，宏罗制而鸟惊。彼达人之善觉，乃逃禄而归耕。山嶷嶷而怀影，川汪汪而藏声。望轩唐而永叹，甘贫贱以辞荣。

“世流浪而遂徂”四句是对原始氏族社会解体进入阶级社会在作者思想上产生的朦胧认识的描写，是“世之不遇”的“逃禄而耕”的时代原因，社会制度方面的原因，所以才“望轩唐而永叹，甘贫贱以辞荣”。

淳源汩以长分，美恶作以异途。原百行之攸贵，莫为善之可娱。奉上天之成命，师圣人之遗书。发忠孝于君亲，生信义于乡闾。推诚心而获显，不矫然而祈誉。

说明随着淳源的汩没、人群的长分，产生美恶不同的道德；肯定“为善之可娱”，士所应奉行的道德。这里所说的“美德”“善行”，虽然看来都是封建道德信条，但同“秉三五而垂名”一样，是和“或击壤以自欢，或大济于苍生”的“真风”“淳源”的社会理想连在一起的，因此，不能取容于当代。所以说：

嗟乎！雷同毁异，物恶其上。妙算者谓迷，直道者云妄。坦至公而无猜，卒蒙耻以受谤。虽怀琼而握兰，徒芳洁而谁亮？

又说：

哀哉！士之不遇，已不在炎帝帝魁之世。独祗修以自勤，岂三省之或废。庶进德以及时,时既至而不惠。

接着在举出历史上一系列“士之不遇”的事例之后,其结论是:

苍旻遐缅,人事无已。有感有昧,畴测其理。宁固穷以济意,不委曲而累己。既轩冕之非荣,岂缊袍之为耻?诚谬会以取拙,且欣然而归止。拥孤襟以毕岁,谢良价于朝市。

怀疑“苍旻”,否定人事,固守己意,不以富贵为荣,不以贫贱为耻,“欣然而归止”地走上“拥孤襟以毕岁,谢良价于朝市”的辞官归隐的道路。

总之,读了陶渊明这篇《感士不遇赋》,使我们对他的“世与我而相违,复驾言兮焉求”有个较为集中而具体的了解。这个与“我”相违的“世”,是“大伪斯兴”云云之“世”,是与“真风”“淳源”相对立的,是“物群分以相形”的结果。他这个“我”,虽有“大济于苍生”的抱负,“发忠孝于君亲”的意愿,“庶进德以及时”的精神,然在“雷同毁异,物恶其上”的世风中,是“时既至而不惠”的。由于“士之不遇,已不在炎帝帝魁之世”,也就只好“望轩唐而永叹,甘贫贱以辞荣”了。

到底这个慕“真风”,羡“淳源”,念“炎帝”,“望轩唐”与当世之世相违而至“复驾言兮焉求”的“我”有什么样的具体的政治理想呢?这在他《戊申岁六月中遇火》中所想到的似乎能找到更其明确的答案:

总发抱孤介,奄出四十年。形迹凭化往,灵府长独闲。贞刚自有质,玉石乃非坚。仰想东户时,余粮宿中田。鼓腹无所思,朝起暮归眠。既已不遇兹,且遂灌我园。

这样的遇火动深情,“中宵伫遥念,一盼周九天”时咏出的抒情、述怀的诗句,或可作“士之不遇”的注脚和“世与我而相违,复驾言兮焉求”思想方面的诠释吧?元好问在其《论诗》中说:“一语天然万古新,豪华落尽见真淳。南窗白日羲皇上,未害渊明是晋人。”又在其自注中说:“陶渊明晋之白乐天。”这种认为陶渊明的作品在于借“诵古”以“非今”的看法是颇有见地的。当然说“未害渊明是晋人”固可,说“未害渊明是宋人”亦无不可。因为他这样的“东户时”的“仰想”,不但“晋世”与之相违,“宋世”也可以说是与之相违的。既是“复驾言兮焉求”的思想原因,也是“吾驾不可回”的思想力量，以至发展成为“桃花源”式的社会理想。

真正与陶渊明相违的“世”，是上层封建统治者，也就是裁“密网”制“宏罗”者，以及在其统治下所造成的黑暗现实。对广大劳动人民，也就是他所说的“农人”则是愿意接近的。如他在《癸卯岁始春怀古田舍》其二中说：

> 先师有遗训，忧道不忧贫。瞻望邈难逮，转欲志长勤。秉耒欢时务，解颜劝农人。平畴交远风，良苗亦怀新。虽未量岁功，即事多所欣。耕种有时息，行者无问津。日入相与归，壶浆劳近邻。长吟掩柴门，聊为陇亩民。

有去就有归。在他的生活道路上，辞官就得归田，逃禄就得归耕，离开上层封建统治者就要接近下层劳动人民。归隐后，在“晨出肆微勤，日入负耒还”（《庚戌岁九月中于西田获早稻》），“晨兴理荒秽，戴月荷锄归”（《归园田居》其三）的长期“躬耕”生活中，使他有“田家岂不苦”，“四体诚乃疲”（《庚戌岁九月中于西田获早稻》）的劳动感受，有“衣食当须纪，力耕不吾欺”（《移居》其二）的劳动认识，有与农民“农务各自归，闲暇辄相思，相思则披衣，言笑无厌时”（《移居》其二）的关系和感情。也有“代耕本非望，所业在田桑。躬亲未曾替，寒馁常糟糠。岂期过满腹，但愿饱粳粮。御冬足大布，粗絺已应阳。政尔不能得，哀哉亦可伤”（《杂诗》其八）的困苦，甚至“夏日长抱饥，寒夜无被眠。造夕思鸡鸣，及晨愿乌迁”（《怨诗楚调示庞主簿邓治中》）。在“贫富常交战，道胜无戚颜”（《咏贫士》其五）的坚持中，在接受劳动人民的思想影响下，对与之相违的世更有进一步的认识，终于产生了《桃花源记并诗》所表现的反对封建剥削，否定君权的乌托邦理想。

现在让我们看他的“桃花源”的社会理想。《桃花源诗》中说：

> 相命肆农耕，日入从所憩。桑竹垂余荫，菽稷随时艺。春蚕收长丝，秋熟靡王税。

这个社会理想最根本的特点，是以小农经济为基础的，人人劳动，自食其力，没有阶级压迫，没有王税剥削，徭役不兴，战乱不作，纯厚古朴，和谐宁静的社会理想，并以“童孺纵行歌，斑白欢游诣”来强调它的美好。

作者是把这样的社会理想作为现实社会的对立面来写出的，正如《桃花源记》中所说：

> 自云先世避秦时乱，率妻子邑人来此绝境，不复出焉，遂与外人间隔。问今是何世，乃不知有汉，无论魏晋。此人一一为具言所闻，皆叹惋。

《桃花源诗》中也说：

> 奇踪隐五百，一朝敞神界。淳薄既异源，旋复还幽蔽。借问游方士，焉测尘嚣外？

假如说作者其他某些描写田园生活的作品借写田园生活来否定官场的话，这里则是借写整个社会理想来否定整个社会现实，其间是包含着作者一个思想发展过程的。这个过程是由对封建黑暗政治的不满，到追求“秋熟靡王税”，否定封建赋税剥削，否定君权统治的发展过程，也是由“畴昔苦长饥，投耒去学仕。……是时向立年，志意多所耻。遂尽介然分，终死归田里”（《饮酒》其十九）到“愿言蹑轻风，高举寻吾契”（《桃花源诗》）的发展过程，也就是他“与世相违”的发展过程。

这个社会理想，固然是从作者生活实践过程中产生的，但不能看成是作者单纯个人的生活理想的追求，它也直接、间接地反映了当时劳动人民（农民）的反对封建剥削和封建压迫的思想愿望，有较为深广的现实意义，它抨击当时现存社会的基础，对当时现存社会具有批判的作用，是有其积极意义的。

不过，这种社会理想，纯系一种空想。这样理想的社会，不但当时不可能有，过去也不曾有过，将来也永远不可能有。因为，小农经济是封建经济的基础，是不可能“相命肆农耕”下去的，势必两极分化，出现封建生产关系，“靡王税”是不可能的。同时，这种社会理想，不是建立在阶级斗争规律基础之上的，而是超乎阶级斗争的幻想。就其中没有阶级剥削和阶级压迫来说，由于时代和阶级的局限，是不可能沿着社会发展规律向前看，找到通过阶级斗争来实现这种理想社会的科学道路的。这就只好回过头来求助古代，把古代某些社会形态加以想象和美化来作为寄托这种社会理想的形式。虽然就其实质来说不是复古，但总使这种社会理想涂上一层复古的色彩。这有作者思想的局限，也有时代的局限，有当时作为小生产者劳动农民的局限。它虽然有这样那样的局限，但终究不能掩盖它从某一方面反映了农民反对封建剥削和压迫，批判和抨击当时现存社会的思想光辉。

陶渊明生活的时代是阶级矛盾、民族矛盾、统治阶级内部矛盾极其尖锐复杂的时代，特别在门阀士族统治下政治极其黑暗，充分暴露了封建制度的反动性。靠镇压农民起义起来的刘裕，在其代晋自立的过程中，虽然对直接阻碍他代晋自立的某些士族有些打击，但并未根本改变门阀士族统治的状况，他所“实行皇帝专制的中央集权”①也不是多么稳固的。他的长子少帝是在宫廷矛盾中被杀掉的；他的三子文帝元嘉时期，出身寒微的鲍照就是以反对门阀特权统治著称的作家。作为“弱冠逢世阻”（《怨诗楚调示庞主簿邓治中》）、“弱年逢家乏”（《有会而作》）的陶渊明，在其早年就具有不满黑暗现实的“与世相违”的思想是完全可以理解的。他的这种“与世相违”的思想日益支配着他的“与世相违”的行动，终于使他走上辞官归田的道路，又在长期归田、从事农耕、接近农民的过程中，产生“桃花源”那样的社会理想，也是很自然的。值得我们注意的，他的“与世相违”的思想，不是对当时现实的一般不满，而总是以他理想中的传说时期的古代，来否定当前的乃至有阶级以来的社会现实，也就是“物群分以相形”以后的社会现实。关于这点古人早有指出，如宋代王安石在其《桃花行》中说：“闻道长安吹战尘，春风回首一沾巾。重华一去宁复得，天下纷纷经几秦？”②更不要说把陶渊明的辞官归隐和他的“桃花源”的社会理想归之于为晋守节了。清代马璞《陶诗本义》在评《拟古》诗时说：“渊明念念黄、农，即宋不篡晋而终身晋世，岂能为晋所用乎？”③又在评《桃花源诗》时说：“渊明一生心事总在黄、唐莫逮，其不欲出之意盖自秦而决，故此诗一起即曰：‘嬴氏乱天纪，贤者避其世。’其托避秦人之言，曰‘乃不知有汉，无论魏晋’，是自露其怀确然矣。其胸中何尝有晋，论者乃以为守晋节而不仕宋，陋矣。”④

---

① 范文澜：《中国通史》第二册，人民出版社，2015，第468页。

② 高克勤：《王安石诗文选注》，上海古籍出版社，1998，第22页。

③ 北京大学北京师范大学中文系、北京大学中文系文学史教研室编《陶渊明资料汇编》，中华书局，1962，第221页。

④ 马璞：《陶诗本义》。转引自钟忧民：《陶渊明论集》，湖南人民出版社，1981，第50页。

二

和高、何二同志讨论陶渊明的政治倾向时,不能回避地涉及陶渊明与刘裕的关系问题。

前面已经说过,《倾向》一文是这样论述他们之间的关系的:“刘裕懂得一些劳动民众的疾苦”,“刘裕当政后,采取了一系列的有力措施,在一定程度上改变了东晋过去的反动门阀士族专权的状况和无法无天的黑暗政治”。而陶渊明竟然不拥护刘裕,坚决归隐,那么他会反对门阀制度、反对政治黑暗吗?这样,《倾向》一文在论述刘裕与陶渊明的关系时,就把刘裕当作一把尺子,用拥护他还是反对他,与他合作还是坚决归隐为标准,来衡量陶渊明的一些重要的政治态度,由此得出否定的结论。

这种观点和论证方法是非常值得商榷的。

毛主席指出:“无产阶级对于过去时代的文学艺术作品,也必须首先检查它们对待人民的态度如何,在历史上有无进步意义,而分别采取不同态度。”①评价历史人物也应如此。我们知道,刘裕的确有比前人(东晋的几个皇帝以及桓玄等人)进步的地方:实行皇帝专制的中央集权,打击了反对他的一些士族势力,胜利地进行北伐,平定了关洛,并且采用了土断法,使民一其业,如此等等。而陶渊明也确实反对了包括刘裕在内的一些封建统治势力。那么能不能由此得出结论说,陶渊明的倾向就是落后的甚至反动的呢?不能。这是因为我们必须全面地、正确地分析和评价刘裕这个历史人物,看一看刘裕这个人物到底能不能反对;我们又必须具体研究陶渊明反对刘裕什么,他反对得对不对。大家知道,历史上的刘裕并不是劳动人民的代表,而恰恰是地主阶级的一个头子,他的一些比较进步的措施也只是对封建制度的某些环节作一些改良而已,他不可能根本改变政治黑暗的状况,他也没有根本改变腐朽的门阀制度。刘裕所代表的地主阶级仍然是残酷地压迫和压榨劳动人民的,阶级矛盾和阶级斗争仍然是十分尖锐的。这里,我们不妨举几个例子,来揭露刘裕的某些真实情况。正是刘裕,血腥地镇压了东晋末

① 《毛泽东选集》第三卷《在延安文艺座谈会上的讲话》,人民文学出版社,1991,第869页。

的农民起义。他是以东讨孙恩农民军起家的。隆安三年(399年),所谓“法令明整”,也正是为了有效地镇压农民起义。是刘裕“追恩于沪渎,及海盐,又破之。三战,并大获,俘馘以万数。恩自是饥馑疾疫,死者太半,自浃口奔临海”①。孙恩在临海死去后,农民起义军推卢循为领袖。卢循领导农民起义军曾浮海破广州,获刺史吴隐之,以后又过岭,途经南康、庐陵、豫章等地,打败了抚军将军刘毅及其几万军队,并且攻克江、豫二镇,使起义军发展到十余万人,“舟车百里不绝”,吓得朝廷大臣“欲拥天子过江”,以保社稷。②这时,又是刘裕显示出了他那镇压农民起义军的卑鄙才干。他一听到农民起义军过岭后一路胜利的消息,立刻停止北伐,班师回朝。然后亲率大军血腥屠杀农民起义队伍,于义熙七年(411年)扑灭了燃烧达十余年的这个农民革命烈火。《倾向》一文把卢循占据广州说成了是“割据势力”,把刘裕消灭卢循说成了“为消灭国内割据势力而进行统一战争”,是一种功绩,这显然是十分错误的。《倾向》一文说“刘裕是较重视纲纪国法的”,这话也不错,但是我们应该知道,这种“纲纪国法”是为了维护地主阶级的统治的,是为了保护刘裕本人及整个统治阶级的长远利益的。它主要是对付农民群众的,另外也协调地主阶级内部各阶层各集团的矛盾,对地主阶级的不法行为作某种程度的限制,限制到不至于激起大规模的农民起义从而危害了整个封建王朝统治的地步。但是由于地主阶级贪得无厌的本性,他们总是自己制定纲纪国法,又随即自己去破坏它。到了东晋末年,纲纪国法的确成了一张空纸。从维护整个地主阶级利益出发,一些地主阶级头子都想整顿纲纪国法。例如,《倾向》一文所说的“腐朽已极的”的桓玄,也是想整改的:“先是朝廷承晋氏乱政,百司纵弛,桓玄虽欲厘整,而众莫从之”③,“晋自中兴以来,治纲大驰,权门并兼,强弱相凌,百姓流离,不得保其产业。桓玄颇欲厘改,竟不能行”④。刘裕与桓玄不同的地方在于,刘裕想了并且实行了,而桓玄却只想并不能实行。刘裕在实行的时候,是以对自己争权夺利有无好处为标准的。例如“诸葛长民贪淫骄横,为士民所患苦,公以其同大义,优容之”,只是因为他后来“将谋作乱”,所以刘裕把他杀了。⑤ 又如王镇恶,骄

① 沈约:《宋书》卷一《武帝本纪上》,中华书局,1974,第3页。
② 沈约:《宋书》卷一《武帝本纪上》,第19页。
③ 沈约:《宋书》卷一《武高本纪上》,第9页。
④ 沈约:《宋书》卷二《武帝本纪中》,第27页。
⑤ 沈约:《宋书》卷二《武帝本纪中》,第29页。

纵贪侈,也是个很残暴的人。他攻克长安时,将财宝“极意收敛,子女玉帛,不可胜计”,但刘裕“以其功大,不问也”。有人告王镇恶把姚泓伪辇偷藏起来,表现出日后想当皇帝的政治野心。刘裕这才不放心,秘密派人去核查。密探的结果说明王镇恶只是剔取辇上的金银饰物,“而弃辇于垣侧”,刘裕“闻之,乃安”。① 刘裕出身寒族,反对他的高门士族多一点,所以客观上他打击了一些高门士族的政治势力。但是他并没有也不愿意改变东汉末年以来所形成的门阀制度,这种制度也正是他的统治基础。像修《宋书》的沈约,他的先辈就是吴兴士族,“江东之豪莫强周、沈”②,沈约一门,在宋、齐、梁三代,也都仕宦显赫,沈约本人在宋时就任尚书度支郎的高职。又如谢姓,是东晋四大姓之一,“刘裕以(谢)安勋德济世,特更封该弟澹(谢安的一个孙子)为柴桑侯,邑千户,奉安祀……元熙中,(澹)为光禄大夫,复兼太保,持节奉册禅宋”③。有些士族,即使为刘裕的政敌出过大力,但只要过去有恩于刘裕,现在又不反对他,刘裕不仅不打击,不杀害,而且给以高官显爵。如王谧,因为曾经代刘裕还过所欠刁逵的社钱三万,所以虽然在桓玄篡位时,王谧“手解安帝玺绂,为玄佐命功臣”,但是刘裕却不顾众人要杀王谧的意见,“笺白大将军,深相保谧,迎还复位”,④王谧的官职一直升到司徒、录尚书、扬州刺史。因为门阀制度仍然存在,阶级矛盾十分尖锐,所以农民起义连续不断,刘裕篡晋建宋不久,就有富阳孙法光领导的起义(423 年),广汉赵广领导的十多万农民起义(432 年),等等。另外,统治阶级内部争权夺利的斗争也异常激烈,刘裕所杀的重要将领和大臣,就有法兴、刘毅、刘藩、诸葛长民、谢混、郗僧施、鲁宗之、司马休之等多人,其中不少是和刘裕“俱举大义”的。这种军阀之间的残酷混战,当然也给群众带来灾难。总之,即使是刘裕掌权当政,社会风气仍然是“闾阎懈廉退之节,市朝驱易进之心”,政治状况仍然是“密网裁而鱼骇,宏罗制而鸟惊”。(《感士不遇赋》)在这种情况下,陶渊明不与刘裕合作,甚至反对刘裕,怎么能够说是落后或反动的呢?诚然,陶渊明并不是农民诗人,而是地主阶级的知识分子,但是他看到了封建制度的某些弊病,不满于腐朽的门阀制度和黑暗的政治;他亲自参加劳动,认为“人生归有道,衣食固其端。孰是都不营,而以求自

① 沈约:《宋书》卷四十五《王镇恶传》,第 1370 页。

② 房玄龄等:《晋书》卷五十八《周札传》,中华书局,1974,第 1575 页。

③ 房玄龄等:《晋书》卷七十九《谢安传》,第 2077 页。

④ 沈约:《宋书》卷一《武帝本纪上》,第 10 页。

安”(《庚戌岁九月中于西田获早稻》);同情劳动人民的疾苦,感叹“山中饶霜露,风气亦先寒。田家岂不苦?弗获辞此难”(《庚戌岁九月中于西田获早稻》);并且与农民有较为密切的联系;“时复墟曲中,披草共来往。相见无杂言,但道桑麻长”(《归园田居》其二);幻想建立一个没有压迫,没有剥削,“春蚕收长丝,秋熟靡王税”(《桃花源诗》)的理想社会。这种进步的政治倾向难道不值得肯定吗?这种否定君权的政治理想难道不比刘裕的进步得多吗?

陶渊明不愿与刘裕合作,这是一个事实。但是,陶渊明并不只是反对刘裕一人,本文前面已经详细论述,陶渊明一生的经历几乎都是“与世相违”的经历,这里不再重复。下面我们要说的是,从具体事实来看,作为陶渊明最后归隐、不再出仕的原因的,也不是《倾向》一文所说的是因为陶渊明看到“其时(引者注:指乙已岁三月,即 405 年三月)刘裕已把晋廷的要职人事做好了安排,军政大权已完全掌握在自己手中,安帝不过是一个徒有虚名的皇帝”,所以“要保持晚节”,最后归隐。刘裕篡晋是在公元 420 年,离陶渊明归隐尚有十五年之久。刘裕到底是什么时候完全掌握大权的,这是一个可以讨论的问题。从史料来看,刘裕虽是“共举大义”征讨桓玄的盟主,有大功劳,有大权力,但是在败桓玄后的数年中,还有一个刘毅和他相抗衡。“(刘)毅与公俱举大义,兴复晋室,自谓京城、广陵,功业足以相抗。虽权事推公,而心不服也。”①刘毅有力量牵制刘裕,可以不听甚至蔑视刘裕的劝告。这里仅举两例。其一,义熙三年(407 年),扬州刺史王谧死去,朝廷让刘裕入辅,并领扬州,但是刘毅怕刘裕的势力太大了,所以想让自己一派的谢混为扬州刺史,“以内事付尚书仆射孟昶”②,此计虽然未成,但是说明当时内部钩心斗角十分激烈,刘毅还是很有力量的。其二,义熙四年(408 年),刘毅抗表南征卢循农民起义军,刘裕知道以后怕刘毅得了头功,写信给刘毅说,根据他过去的经验,农民军的锋芒不可轻视,让刘毅等候他一起南征。刘裕写信劝说还不够,又派刘毅的从弟刘藩去阻止刘毅行动。但是刘毅却大骂刘藩说:“我以一时之功相推耳,汝便谓我不及刘裕也!”③气愤地把书信投在地上,亲自带兵南征了。刘毅的问题一直到义熙八年(412 年)才最后彻底解决。所以说在义熙元年(405 年)三月,陶渊明归隐之前,

① 沈约:《宋书》卷二《武帝本纪中》,第 28 页。

② 沈约:《宋书》卷四十二《刘穆之传》,第 1304 页。

③ 房玄龄等:《晋书》卷八十五《刘毅传》,第 2208 页。

刘裕把军政大权“完全掌握在自己手中”,似乎是有问题的。不管刘裕实际上是什么时候开始掌握大权的,《倾向》一文在分析《述酒》诗时,说陶渊明认为是在义熙二年(406 年),即他归隐后的下一年。《倾向》一文这样写道:“‘豫章’句,说刘裕封为豫章郡公。义熙二年(406 年),即刘裕当政的第二年十月,刘裕上疏要求封起兵讨桓玄的将领,‘于是尚书奏封唱义谋主镇军将军刘裕为豫章郡公’。刘裕由此逐步发展,至于夺位。这句是点明刘裕得权之始。”请注意,“刘裕由此逐步发展”“刘裕得权之始”是在陶渊明归隐后的下一年——406 年。但是《倾向》一文在分析陶渊明归隐的原因时,却撇开这个材料不管了,硬说是由于刘裕篡晋,这不是自相矛盾吗?陶渊明的归隐,是他一生与世相违的必然结果。当然这种必然性是通过看来好像偶然的事件表现出来的。导致陶渊明最后归隐的导火线是什么呢?萧统的《陶渊明传》中记载:陶渊明当彭泽令的那年年终,上面派来一个督邮官到县,县吏请陶渊明束带见他,陶渊明说:“我岂能为五斗米,折腰向乡里小儿!”“即日解绶去职,赋《归去来》。”这里又一次表现了陶渊明不合俗韵的性格。

《倾向》一文引用鲁迅的话,说陶渊明“确有‘金刚怒目’的一面,不是‘浑身静穆’”。这是对的。但文章认为陶渊明的“金刚怒目”是因桓玄和刘裕篡晋而发,特别是因“刘裕的北伐也好,削弱士族势力与藩镇割据也好”等等进步措施而发的,所以是错误的、落后的。这个结论是我们不能同意的。鲁迅说陶渊明有“金刚怒目”的一面,是持肯定的态度的。“自己放出眼光看过较多的作品,就知道历来的伟大的作者,是没有一个‘浑身是“静穆”’的。陶潜正因为并非‘浑身是“静穆”,所以他伟大’。”①这中间说的“伟大的作者”也完全不是反语。陶潜“金刚怒目”式的最典型诗句就是“精卫衔微木,将以填沧海。刑天舞干戚,猛志固常在”了。这种关于精卫与刑天的描写与歌颂,对统治阶级是很不利的。鲁迅曾经指出阔人们是希望人民柔顺的,然而“陶潜先生又有诗道:‘刑天舞干戚,猛志固常在。’连这位貌似旷达的老隐士也这么说,可见无头也会仍有猛志,阔人的天下一时总怕难得太平的了。”②陶渊明确实也有正统思想,对刘裕篡晋不能无动于衷,但是他的“金刚怒目”主要是针对整个黑暗现实的,因此是进步的。陶渊明的确不与刘裕合作,但是他并没有像《倾向》一文所说的,反对刘裕的进步措施。

① 《鲁迅全集》第六卷《“题未定”草》,人民文学出版社,2005,第 444 页。

② 《鲁迅全集》第一卷《春末闲谈》,人民文学出版社,2005,第 218 页。

例如刘裕的北伐从客观上来说，这是件对于光复旧土、统一国家有进步意义的事情。陶渊明是否“反对刘裕北伐”呢？没有。《赠羊长史》中说：“九域甫已一，逝将理舟舆。闻君当先迈，负疴不获俱。”不是对刘裕破后秦、灭姚泓，全国开始统一的局面感到高兴吗？不是因为有病不能和羊长史一起去中都而感到遗憾吗？他在《述酒》中又写道“双陵甫云育”，意思是说平定了关洛，人民才可以长育，不是对于北伐后秦又是加以肯定的吗？当然，他看到刘裕北伐的主观目的是为了自己的私利，即《倾向》一文所说的“借北伐来提高自己的威望以达到伐晋的目的”，现实黑暗的状况并不可能有多大的改变，所以在肯定北伐成果的同时，也表示要继续隐居，请羊长史“路若经商山，为我少踌躇”（《赠羊长史》），凭吊有名的四皓。可见，陶渊明反对的是刘裕北伐的主观目的，而不是反对刘裕北伐收复旧土统一国家的这一个实际效果。至于说陶渊明反对刘裕“削弱士族势力与藩镇割据”，这在历史上是很难找到什么根据的。《倾向》一文只是依靠推论：因为刘裕有这些进步措施，而陶渊明却“决心不与刘裕合作，不做刘裕的官”，所以陶渊明反对这些进步措施。如果能够这样推论的话，那么，在陶渊明隐居期间，所发生的一切有利于人民群众的事情，都可以认为是陶渊明所反对的了。这样一来，岂不是太冤枉了陶渊明吗？

除了陶渊明与刘裕的关系外，还有一个陶渊明与桓玄的关系问题。《倾向》一文说：“桓玄既是当时最高的门阀士族，最强大的藩镇割据者，又是一个动害政理，好谀恶直，性格贪鄙的人物，但是陶渊明却当了他的幕僚。”意思是说陶渊明并不怎样好，不能说陶渊明“看不惯当时政治的卑劣和腐败”。《倾向》一文仅仅根据做不做桓玄的部属，来判断陶渊明某个方面的政治思想态度，这是很难令人信服的。在“腐朽已极的人”的手下做过事的，不一定不是好人。就拿《倾向》一文很称赞的刘裕来说吧，他就当过桓玄的下属，而且当桓玄掌握了东晋王朝的实权之后，他还对人这样说过：“桓玄必能守节北面，我当与卿事之；不然，与卿图之。”①可见，“腐朽已极”的桓玄如果不篡晋，刘裕还要继续服事桓玄的。当然，刘裕自己也想掌握大权，也想篡晋，和桓玄决一雌雄不过是时间问题。当过桓玄的幕僚，是不能由此责怪陶渊明的。如果他助虐为害，那当然是另外一件事了，但是在历史上还没有发现过这类材料。《倾向》一文认为陶渊明也反对过桓玄，“因为

① 沈约：《宋书》卷一《武帝本纪上》，第4页。

桓玄这时要乘镇压孙恩起义之机,夺取晋朝政权,他反对而又无力阻止,只好等着瞧”。这是说明“地主阶级的忠君思想主宰着他的灵魂、支配着他的言行”的一个重要材料。但是这样论述陶渊明也很有问题,因为《倾向》一文认为陶渊明自千里江陵入都,“是为桓玄乞讨孙恩的公事而来”,而“桓玄乞讨孙恩是别有用心,连朝廷都知道,陶渊明岂有不知之理”,那么,读者不是也可以据此推理说陶渊明为桓玄篡晋出了力,是不忠于晋室的吗?我们认为陶渊明确实对桓玄当政时的黑暗现实不满,不然,他就不会发出“静念园林好,人间良可辞”(《庚子岁五月中从都还阻风于规林》其一)、“商歌非吾事,依依在耦耕”(《辛丑岁七月赴假还江陵夜行涂口》)等感慨了。如前所述,陶渊明一生与世相违,这个世既包括刘裕当政的时期,也包括桓玄矫情任算、不可一世之日,又包括了司马道子、司马元显飞扬跋扈、生杀任意的横行之时,它囊括了与陶渊明思想志愿相违的所有社会现实。

三

《倾向》一文认为陶渊明政治倾向的核心问题是志在扶晋,为晋守节。“因此,大士族出身的桓玄也好,较寒微的刘裕也好,只要在还没有篡晋之时,他都可以在他们手下做官;刘裕的北伐也好,削弱士族势力与藩镇割据也好,只要为代晋而发,他都以归隐表示反对,在客观上他确实也反对了刘宋的某些历史进步性。这就是陶渊明在晋宋之际在上述历史事件中所表现出的政治倾向。”

这种概括是不符合陶渊明的真实面貌的。我们认为陶渊明对晋室主要是持批判态度的,这是他政治倾向的极为重要的一面。此外,陶渊明对晋室,主要是对安帝和恭帝的遭遇,又持同情和怀念的态度,这里面既有可以理解的部分,也有受正统观念影响的错误部分。

为了更充分地说明我们的观点,很有必要简单地回顾一下历史上关于这个问题的争论。

最早把陶渊明说成是一个完完全全为晋守节的忠臣的,是修《宋书》的沈约:“自以曾祖晋世宰辅,耻复屈身后代,自高祖王业渐隆,不复肯仕。所著文章，皆题其年月，义熙以前，则书晋氏年号，自永初以来唯云甲子而已。”①以后有许多人沿袭这个说法，并加以发挥，例如萧统、李延寿、李善、王质、朱熹等都恭维陶渊明“耻事二姓”。而宋惠洪则扩展到包括对桓玄的态度在内：“桓公弄兵权，刘裕窃神器。先生于此时，抽身良有以。”②吴仁杰也是这个观点：“先生……值桓氏乱，闲居弥年。”晁公武也说：“桓玄篡位，渊明自解而归。”③从这种观点出发，不少人认为：陶渊明的几乎每首诗都是眷念故君之作。对上述观点首先提出异议的是宋僧思悦，他指出陶渊明诗中题甲子者，从庚子(400年)到丙辰(416年)有九首，“皆晋安帝时所作”，但是，庚申(420年)，晋才禅宋，“宁容晋未禅宋前二十年，辄耻事二姓，所作诗但题以甲子而自取异哉？矧诗中又无有标晋年号者；其所题甲子盖偶记一时之事耳”。④ 以后有许多学者继续加以考证，基本上推翻了“惟云甲子”之说。至于陶渊明是否是一个彻头彻尾的晋室的忠臣，他的大部分诗歌是否都为斥篡悼国而发，除了否定“甲子”论外，也有很多人从分析陶渊明的思想入手提出怀疑。许学夷说“靖节诗，惟《拟古》及《述酒》一篇中有悼国伤时之语，其他不过写常情耳，未尝沾沾以忠悃自居也”⑤。方东树认为《始作镇军参军经曲阿》，“就本题本诗解之，不过前言不求仕，今乃暂仕”，陶渊明“本量非石隐激讦，亦非求富贵利达”，他鄙视“见几行遁”的所谓“高人”，也大不同于所谓“殉国立节”的“仁人”，沈约、萧统“强为傅会”地说明陶渊明是因禅代之故而不仕，乃“沈约、萧统智不足以识公”。⑥ 显然，方东树比许学夷大大进了一步。许学夷只是认为陶渊明不以忠悃自居，而方东树则认为陶渊明是本量高致，“别见高怀”。本文第一部分已引清马璞在评《拟古》诗和《桃花源诗并记》时的两段话，这里不再重复。马璞是以更明确的语言否定了关于陶渊明“守晋节而不仕宋”的论点。到了近代和现代，持这种看法的人越来越多。例如梁启超就认为“渊明只是看不过当

① 沈约：《宋书》卷九十三《陶潜传》，第2288页。

② 北京大学北京师范大学中文系、北京大学中文系文学史教研室编《陶渊明资料汇编》，中华书局，1962，第47页。

③ 北京大学北京师范大学中文系、北京大学中文系文学史教研室编《陶渊明资料汇编》，第99页。

④ 王质等：《陶渊明年谱》附录《陶渊明年谱中之问题三》，许逸民校辑，中华书局，1986，第271页。

⑤ 许学夷：《诗源辩体》卷六，人民文学出版社，1987，第4页。

⑥ 方东树：《昭昧詹言》卷四，续修四库全书本，第507页。

时仕途的混浊,不屑与那些热官为伍,倒不在乎刘裕的王业隆与不隆。……当时士大夫浮华奔竞,廉耻扫地,是渊明最痛心的事。他纵然没有力量移风易俗,起码也不肯同流合污,把自己人格丧掉。这是渊明弃官最主要的动机,从他的诗文中到处都看得出来。若说所争在什么司马的姓刘的,未免把他看小了。"①朱自清指出"全不信《宋传》语者,仅东方树、梁启超二氏",接着他进行了考证和论证,结论是"二氏之说是也"。②

回顾历史上的这个论争,对于我们今天讨论陶渊明的政治倾向是非常有借鉴意义的,可以帮助我们少走一些弯路。

《倾向》一文认为陶渊明"既反对桓玄篡晋","也反对刘裕夺位",清楚地说明"封建社会的正统观念、地主阶级的忠君思想主宰着他的灵魂、支配着他的言行"。和过去评论者显然不同的是,《倾向》不是赞扬而是批判了"耻事二姓"的态度,批判正统观念和忠君思想当然是对的,但是问题在于陶渊明的政治思想主要并不是受正统观念和忠君原则所主宰和支配的。从思悦、马璞到梁启超和朱自清,在这个问题上已经廓清了一些东西,但是由于历史的或阶级的局限,他们并不能够完全科学地、全面地来论述这个问题。

在陶渊明与晋室的关系问题上,当陶渊明看到现实政治极端黑暗的状况,拿他理想中的上古的圣君来与司马氏作对比时,他是严厉地批判晋室、否定晋室的。"羲农去我久,举世少复真。"(《饮酒》其二十)晋朝也包括在内的。在陶渊明的眼里,晋室没有一个皇帝可以称得起是圣君的,可以使士为知己者死的,所以即使在他早年,在他夸耀他的祖先滔滔功德,说到曾为晋大司马的曾祖陶侃时,也以"功遂辞归"之句,流露了及时归隐、免遭灾祸的情绪。后来,陶渊明在出仕途中,对朝政的腐败、官场的丑恶,更有着切身的体会,以至于最终归隐,并写出了王安石正确评论为"儿孙生长与世隔,虽有父子无君臣"③的《桃花源诗并记》,根本就没有把司马晋放在眼里。我们的意思并非是说,在历史上有忠君思想(甚至很浓厚)的人,就不能成

① 梁启超:《陶渊明·陶渊明之文艺及其品格》,商务印书馆,1947,第3版,第5页。

② 朱自清:《陶渊明年谱中之问题》,《清华大学学报(自然科学版)》1934年第3期。

③ 王安石:《桃源行》,吕祖谦编《宋文鉴》卷十三,齐治平点校,中华书局,1992,第170页。

为伟大的人物。众所周知,屈原眷眷于楚怀王,但屈原仍然是伟大的诗人、杰出的爱国主义者;岳飞精忠到非常愚蠢的地步,但岳飞还称得上是一个少有的民族英雄。然而陶渊明却从未称颂过晋朝任何一个皇帝的功德,也不曾为扶晋而设想过什么治国平天下的策略,这只是一个客观的事实。他描写桃花源里的事发生在晋太元中,那里面的人物却“不知有汉,无论魏晋”,他会对司马晋抱有多大希望呢?《倾向》一文说:“陶渊明在桓玄专政和夺位的过程中,真是从事躬耕了。”陶渊明对桓玄篡位可能不会无动于衷,但是他这时候没有做官,直接的原因是他生母死了,按照封建礼教,他必须在家居丧三年左右。完全不是因为他忠于晋室,在为晋守节。《倾向》一文认为“清楚地表现出他的政治倾向”的是《述酒》一诗。文章这样分析说:“诗中把刘裕当政以来逐步发展的经过,如封豫章郡公,诛灭晋宗室,进行北伐,求加九锡,进封宋王,杀死恭帝等等,逐条写来,历历在目,如数家珍。可见……他对晋朝日趋衰亡的政局是非常关心的。”可是,陶渊明数的不是晋室的家珍,列举的不是恭帝的种种美德,他数的是刘裕的“家珍”,列举的是刘裕在代晋过程中的几件大事。在陶渊明看来,晋朝早已开始衰亡了。“重离照南陆,鸣鸟声相闻。秋草虽未黄,融风久已分。素砾皛修渚,南岳无余云。”(《述酒》)是自从南渡以来就开始衰亡了。从历史上看,东晋的所有皇帝都是凭姓司马才能登上宝座的。朝政大权实际上操纵在几个互相倾轧、此消彼长的大姓手里。东晋的第一个皇帝司马睿(晋元帝),在登帝位受百官朝贺时,竟再三请王导同坐御床受贺,由此可见一斑了。晋朝南渡即衰,后来经桓玄之乱(404 年)就更不行了。所以当 420 年刘裕派人讽示晋安帝应该把帝位拱手让给他的时候,晋安帝就说晋室早被桓玄所亡了,后来被刘裕延长将近二十年,现在要他禅让,他是完全甘心的。《倾向》一文说陶渊明“在‘南岳无余云’之下,接着就说‘豫章抗高门’,表明他看到东晋气数已尽,即在于刘裕的当政”。这和陶渊明的原意是不相合的,也和《倾向》一文前面的解释(“‘秋草’二句,喻南渡后国势渐衰”)是自相矛盾的。陶渊明批判晋室,否定晋室,看到晋室的衰亡是完全必然的,这是陶渊明对待晋室的主要态度。但是陶渊明的思想是复杂的,他又有受正统思想影响而同情晋室、怀念晋室的次要的一面。特别是当他看到刘裕用狡诈、伪善、凶狠、毒辣的手段来夺取帝位,并残害已经没有抵抗力,也不成其为障碍的零陵王(被废的恭帝)时,他的同情更是在晋室这一面的。义熙十四年(418 年),刘裕使人暗害安帝,然后立恭帝,以便日后代晋。元熙二年(420 年),刘裕逼恭帝禅位。这时候,陶渊明写了《拟古九首》,一方面同情恭帝,把他比喻为种在长江边的桑树,说“枝条始欲茂,忽值山河改”,一方面也稍有指责地说“本不值高原,今日复何悔”。意思是:你为刘裕所立,又为刘裕所废,又有什么可以后悔的呢?永初二年(421年),恭帝已被废为零陵王,但是刘裕还要加以残害。先以毒酒一罂授张祎,使鸩王,张祎自饮而死。继而又令兵人窬垣进药,王不肯饮,于是掩杀之。这件事使陶渊明非常愤慨,他谴责刘裕篡国弑君的罪恶,同情零陵王连被废为山阳公的汉献帝的命运都不如〔“山阳归下国,成名犹不勤”(《述酒》)〕,悼念零陵王说:“天容自永固,彭殇非等伦。”(《述酒》)我们说陶渊明的同情是可以理解的,是因为刘裕在统治阶级内部争权夺利的斗争中,手段的确很卑鄙、很残忍。我们又说陶渊明的同情是有许多错误的地方,是因为陶渊明存在着封建阶级的正统思想,也颇缺乏辩证的观念。他批判了刘裕当政时的黑暗政治,这是完全对的。他在肯定刘裕北伐的实际效果的同时,斥责刘裕的主观目的是为了实现自己的政治野心,这也是对的。然而他有些正统的思想,他没有辩证地看到刘宋王朝比起东晋王朝来,的确有一些进步的地方。这个局限性并不能证明陶渊明是个为晋守节的忠臣。我们不能因为这个次要的一面,而否定了陶渊明一生与世相违,强烈地批判和谴责东晋王朝黑暗政治的更重要的一面。

以上是我们对陶渊明政治倾向问题的一些粗浅看法,不当之处,望高、何二位同志及其他同志指正。

也释“江花”

白居易的名作《忆江南》有“日出江花红胜火,春来江水绿如蓝”两个描写江南风光的名句。对其中的“江花”应当如何解释,邢军同志的《关于“江花”》①对鲍弘用同志的《关于“日出江花红胜火”》②有过意见不同的争论。邢军同志认为鲍弘用同志把“日出江花红胜火”理解为描绘了江边鲜花怒放的美景未免过于牵强,而说:“这个‘江花’只能是滔滔江水在春风吹动下泛起的浪花,不能是别的。”究应如何解释,我却同意鲍弘用同志的意见,感到邢军同志的理解不妥。因这关系到如何理解白居易的这篇名作,在此也来谈谈我的看法。

邢文因上句的“日出江花红胜火”与下句的“春来江水绿如蓝”对仗,其中的“江花”和“江水”在结构上都是偏正关系,“江”字是“花”和“水”的限制词,遂认为“江花”不能是“江边的鲜花”,只能是“江水的浪花”。我觉得这样的理由与结论之间是无必然联系的。首先就上下两句是对仗关系来说,“江花”只能是“江边的鲜花”,不能是“江水的浪花”。这是因为上句的“江花”若是“江水的浪花”,就和下句与之相对的“江水”同为一意,同指一物(“江水的浪花”还是指的“江水”),却正犯了对仗所忌讳的“合掌”的毛病。只有“江花”是“江边的花”,才和与之相对的“江水”不至意同从而合乎对仗的要求(当然不是工对,因同有一个“江”字)。再就“江花”和“江

① 见《文言文教材难句试释》,《语文学习》1980 年第 1 期。

② 见《文言文教材难句试释》,《语文学习》1979 年第 2 期。

水”的结构相同都是偏正关系来说,也不能得出“江花”非是“江水的浪花”不可的结论。因把“江花”“江水”分别理解为“江(的)花(浪花)”“江(的)水”这样表示领有的固然同是偏正关系的结构,但分别理解为“江边的花”“江中的水”这样表明处所的也同样都是偏正关系的结构。何况把“江花”的“花”释为“浪花”终嫌过于牵强,倒是把“江”字作为表示处所来使用的一类的构词方法在古代诗词中则为常见。如“江枫渔火对愁眠”(张继《枫桥夜泊》),“落月摇情满江树”(张若虚《春江花月夜》),“经年不上江楼醉”(白居易《病起》)等。其中的“江枫”“江树”“江楼”都与“江花”的结构相同,在各句中应分别理解为“江边的枫”“江边的树”“临江的楼”。若分别理解为“江的枫”“江的树”“江的楼”,那就非把“江边”看作“江”的一个组成部分而总称之为“江”不可。若是这样,那么,“江边的花”也就可以称之为“江的花”了。为什么“江枫”仍为“枫”,“江树”仍为“树”,“江楼”仍为“楼”,而“江花”不能仍为“花”非是“浪花”不可呢?

邢文又以杜甫《哀江头》对“江花”的运用作为佐证,说明“江花”是指“江中的浪花”。如说:“杜甫诗《哀江头》也有‘人生有情泪沾臆,江水江花岂终极’两句,后句言‘江水自流,江花自发,永无休止’,‘江花’也就是指江中的浪花。”殊不知杜甫《哀江头》中“江花”的“花”,正是“花草”的“花”,不是“浪花”的“花”。有的杜诗版本就是“江草江花岂终极”,而于“草”字下作注“一作水”,仇兆鳌《杜诗详注》本即是;有的版本则是“江水江花岂终极”,而于“水”字下作注“一作草”,钱注本即是。“江草江花”也好,“江水江花”也好,无疑都是把“江花”的“花”作为“花草”的“花”来理解的。仇注谓“江草江花,触目增愁”①,固然如此,而邢文所引“江水自流,江花自发”,亦无不如此,所谓“江花自发”,即“江花自开”之意。薛道衡《人日思归》中的“人归落雁后,思发在花前”,《红楼梦·葬花词》中的“明年花发虽可啄”,都是把“花发”作为“花开”使用的。所谓“江花自发”,只能是“江花自开”,不能是“浪花泛起”。

仇氏又在《哀江头》注中引梁简文帝诗:“江花玉面两相似。”②只有“花草”的“花”和“人面”可以相似,哪有“浪花”和“人面”而可相似的呢?杜诗较梁简文帝诗为晚出,白词又较杜诗为晚出,前者约定俗成地规定着后者含意,是不容主观臆测的。

---

① 仇兆鳌注《杜诗详注》卷四《哀江头》,中华书局,1979,第331页。

② 仇兆鳌注《杜诗详注》卷四《哀江头》,第331页。

邢文既把“江花”“江水”看作同是写的江水，那又怎能既是“红胜火”，又是“绿如蓝”呢？因此也就只好说：“‘日出江花红胜火，春来江水绿如蓝’两句，不是一句写岸上，一句写江里，而是上句写远景，下句写近景。两句描绘了一幅春天日出时的壮丽画面。”这种远景、近景之说，纯属主观臆想，在诗句描写中是找不到任何根据的。因为，“日出”不是照远不照近，“春来”也不是管近不管远；“江花”不应只指局部，“江水”本是说的全局。我们认为这两个描写江南景色的诗句，“日出”，取日光之红，与江岸红花相映，则“江花”更加显得红艳，故云“红胜火”；“春来”，取春色之青（“春帝”曰“青帝”。杜甫有“青春作伴好还乡”之句）与江中绿水相映，则“江水”更加显得碧绿，故云“绿如蓝”。同时，这两句又都是江南春日景色的典型描写。“春来”句固然是写春日江南的景色，“日出”句也同样是写春日江南的景色。后者是把红花作为“春”的一个典型景色、“春”的一个标志来写的。这种把“花”作为春的标志来写，在古今诗词中都是随处可见的。“春色满园关不住，一枝红杏出墙来”（叶绍翁《游园不值》）、“等闲识得东风面，万紫千红总是春”（朱熹《春日》）、“醉貌如霜叶，虽红不是春”（白居易《醉中对红叶》），都是以“花”作“春”的很好说明。因此，“日出”二句都是抓住春日江南最富有特征的景色来写的。“红胜火”的“江花”，“绿如蓝”的“江水”两相辉映，构成“春日”这个季节、“江南”这个地点最秀丽最富有特征的景色。它是“江南好，风景旧曾谙”的具体展现，又是“能不忆江南”情感抒发的景色基础。邢文对“江花”的解释，正抹杀了这个春日江南的景色特点，损害了词的这样情景交融的意境。

谈范仲淹《岳阳楼记》的写作目的

范仲淹《岳阳楼记》这篇千古传诵的名文,其写作目的是什么,至今还存在着不同的看法。其中有一种认为作者意在规劝滕子京谨言远祸的说法,近些年来颇为流行。持这种"规劝"说的主要材料依据是宋代范公偁《过庭录》中的一段记载:

> 滕子京负大才,为众忌嫉。自庆帅谪巴陵,愤郁颇见辞色。文正(范仲淹)与之同年友善,爱其才,恐后贻祸;然滕豪迈自负,罕受人言,正患无隙以规之,子京忽以书抵文正,求《岳阳楼记》,故记中云:"不以物喜,不以己悲,先天下之忧而忧,后天下之乐而乐。"其意盖有在矣。①

为了更好地理解文学作品,引证一些切合实际的具有说服力的材料是完全必要的。但作为范仲淹的五代孙的范公偁,其出自耳闻口授性质的《过庭录》所记述的这个说法与事实是否符合,似需研究,况且述说者自己已是在作"其意盖有在矣"的揣测了。我们认为这样一个揣测和这段文字的整个记载都是与作品所写的思想内容和当时的史实不相符合的。

先从当时的史实来看,吴小如先生的《范仲淹〈岳阳楼记〉考析》②一文,在这方面作了具体而中肯的论述,可供参考。这里就不再详述了。只要

① 范公偁:《过庭录》,明稗海本,第7页。

② 吴小如:《范仲淹〈岳阳楼记〉考析》,《语文教学通讯》1980年第1期。

我们对宋仁宗庆历年间以范仲淹为代表的进步士大夫集团与保守派官僚集团之间进行的时政改革与反对这种改革的斗争历史有个基本了解,就可看出范公偁《过庭录》的这个记载与史实是多么不符了。范仲淹是当时的进步士大夫集团主张时政改革的领袖人物之一。他于庆历三年(1043 年)从西北边境调回朝廷任枢密副使(掌管全国军事的中央官,是枢密使的副职),继又升任参知政事(副宰相)。在其任参知政事时,曾同韩琦、欧阳修等针对当时弊政提出十项改革主张。但因受保守派官僚集团的反对和破坏,于庆历五年(1045 年)以范仲淹、韩琦、欧阳修等力主改革时政的人全被贬出朝廷而完全失败。是年正月范仲淹的参知政事被罢免,改知邪州(今陕西邪县),十月又改知邓州(今河南邓州市)。

范仲淹与滕子京既是同榜考中进士(宋真宗大中祥符八年,1015 年)的好友,又在政治上多年共事,一直密切合作。滕子京的任职与被贬,都与范仲淹以及当时进行时政改革的斗争有密切关系。他于庆历三年到四年受到保守势力的弹劾而被贬知岳州(今湖南岳阳),正是在范仲淹任参知政事时期。当时保守派官僚统治集团,表面上是弹劾滕子京,实际却把斗争矛头指向范仲淹和韩琦。范仲淹对滕子京也进行了大力营救,结果滕子京才免于落职处分,于庆历四年(1044 年)春天改知岳州。滕子京的受劾被贬的事件,实是当时保守与革新两派政治势力斗争的一个组成部分。

《岳阳楼记》就是在这样的历史背景下,作者于庆历六年(1046 年)九月应滕子京之请在邓州任上写出的。只要我们联系当时的历史背景,细读全文,就不难看出,作者为岳阳楼作记是有其明确的政治目的的。他同前此置身于同保守势力进行政治斗争一样,是有其严正的是非立场、鲜明的思想倾向和坚强的斗争意志的。也可以说《岳阳楼记》的写作是以前进行的政治改革斗争在思想上的继续。可是范公偁在其《过庭录》中,却把滕子京身受弹劾被贬知岳州的事件,从当时两派政治斗争中脱离出来,说成什么“滕子京负大才,为众忌嫉”,纯属出自私人之间的嫉妒。并把滕子京身遭贬谪以后的表现,说成完全出自计较个人得失而怀有悻悻之怒的所谓“愤郁颇见辞色”。甚至把范仲淹为岳阳楼作记,也说成只是出自与滕系“同年友善,爱其才,恐后贻祸”的私人关系,而达到劝滕谨言远祸的目的。这样一来,就把滕子京受劾遭贬之事,从性质上作了歪曲。同时,把滕子京说成政治上极端患得患失的庸人,更把范仲淹那样“论天下事,奋不顾身”(《宋史·范仲淹传》),力图刷新政治,积极主张改革的大政治家,诬为胆小怕事、明哲保身的政治懦夫了。至于《岳阳楼记》所表现的思想,也就自然随之而受到歪曲。下面再结合作品进一步来看。

我们之所以说范公偁在其《过庭录》中所作的“其意盖有在矣”的揣测是与作品表现的思想不相符的。首先,在于作品给我们写出两种截然不同的处世思想和处世态度。“以物喜”“以己悲”,是以个人得失为中心的;“不以物喜,不以己悲,先天下之忧而忧,后天下之乐而乐”,是以天下忧乐为前提的。前者又是作者在作品中所大力批判和否定的。可是,滕子京遭受弹劾被贬的事,与以范仲淹为代表的进步士大夫集团进行时政改革是紧密联系着的,是保守势力反对革新势力借机寻衅的结果。在这样的具体情况下,滕子京对其受劾被贬,即使有所谓“愤郁颇见辞色”的表现,也是应该的。从性质上来说,也如同屈原遭谗被放,而有“长太息以掩涕兮,哀民生之多艰”(屈原《离骚》)的牢骚之情一样,是不应属范仲淹所说的“以己悲”的范畴的。对这样的是非,范仲淹是能分辨得很清楚的。事实上他对滕子京的看法也正是这样(这在下面还要谈到)。范仲淹在文中所要否定的是“以物喜”“以己悲”,而不是“喜”和“悲”,若为天下,或“喜”(乐)或“悲”(忧)都是应该肯定的。另外,范仲淹在文章中所要肯定和否定的,是两种截然不同的处世思想和处世态度,绝不是什么意在担心滕子京“愤郁颇见辞色”会有后祸。关于如何对待祸福,范仲淹也是有他自己的观点的。这除上面所引《宋书》本传说他“论天下事,奋不顾身”,欧阳修在给他的信中也说:“窃惟希文(范仲淹的字)登朝廷,与国论,每顾事是非,不顾自身安危,……”①何况滕子京身遭谪守巴陵之祸和范仲淹身遭谪守邓州之祸,恐怕都不是所谓“愤郁颇见辞色”之故吧?而“不以物喜,不以己悲,先天下之忧而忧,后天下之乐而乐”,在当时具体条件下,也不是个人免祸求福的秘诀。关于这些,范仲淹和滕子京应该都是很清楚的。因此,“其意盖有在矣”的揣测,于事于理都是没有根据的。

其次,认为范仲淹以写《岳阳楼记》来作为“规劝”滕子京的方式方法,也是很难令人置信的。范仲淹和滕子京既然是“同年友善”的好友,为怕滕子京“愤郁颇见辞色”而后贻祸,其对滕子京进行规劝,所可采用的方式方法应该是很多的。无论滕子京多么“豪迈自负,罕受人言”,也不至于对出自关心自己的任何规劝一概拒绝接受的。若他“罕受人言”真正到叫人无法规劝的程度,反而能够接受为岳阳楼作记的规劝方式,和被认为“以物

① 欧阳修:《与范希文书》,张春林编《欧阳修全集》,中国文史出版社,1999,第263页。

喜”“以己悲”的规劝内容，实在是难以想象的。若他认为记中所说的“以物喜”“以己悲”与自己的“愤郁颇见辞色”无涉，那将起不到规劝的作用；若他认为记中所说的“以物喜”“以己悲”是在暗指自己的“愤郁”表现，又将断难被他那样“罕受人言”的人接受，甚至使他会有被诬之感。何况此记又将在岳阳楼这样的登临胜地，以书之于石的方式公之于众，而又垂于后世呢？细味“登斯楼也，则有去国怀乡，忧谗畏讥，满目萧然，感极而悲者矣”，以及“登斯楼也，则有心旷神怡，宠辱偕忘，把酒临风，其喜洋洋者矣”，是颇含讥讽深责之意的。接着作者又以“嗟夫”那样的慨叹领起，大发“予尝求古仁人之心”云云的正面议论，随后又以“噫！微斯人，吾谁与归”的感慨深沉作结，益发显出谴责世俗之意。作者怎么能以此暗指“同年友善”、政见相同而又互相支持的滕子京，并以此作为对他进行谨言远祸的规劝呢？且不要说，又是应滕子京之请而为其重修的岳阳楼作记了。

再次，从文章的整体内容安排来看。文章一开始在叙写作记的缘由中，就对“谪守巴陵郡”的滕子京的政绩给以大力颂扬。“越明年，政通人和，百废具兴”，非但不是“以物喜”“以己悲”的表现，而且也绝不是“以物喜”“以己悲”——所谓“计较个人的眼前得失”所能办得到的。同时，写滕子京又正是在“政通人和，百废具兴”之下来重修岳阳楼的。这种名胜古迹的重修，在为观景赏胜的同时，是更有其立言兴教的目的的。“刻唐贤今人诗赋于其上”是为此，嘱托“同年友善”、政见相同的范仲淹为之作记更是直接为此。范仲淹正是欣然接受岳阳楼的重修者滕子京的嘱托来为岳阳楼作记的，并在记中郑重写出这种嘱托与被嘱托的关系——“属予作文以记之”。修楼者和作记者，不但政见一致，处境相同（同遭贬谪），而其修楼作记意在立言兴教的思想用心也是完全一致的。作者在记中，先就谪守巴陵郡的滕子京的政绩，始叙楼之所以修；再就自己的政治理想的追求，继写记之所以作。修楼者的政治行动和作记者的政治理想是完全一致的。这个一致，就问题的性质来说，正一致在“不以物喜，不以己悲”上。范仲淹从作者的角度，对前者给以直接的赞扬，对后者以无限向往之情出之，成为既倾向鲜明、意志坚定，又非常谦逊的即景抒情、言志的名作。寓立言兴教于山水记胜之中。怎么可以把为“北通巫峡，南极潇湘”，可以向天下晓喻是非的登临胜境而作的《岳阳楼记》视之为规劝（实是谴责）滕子京谨言远祸之作呢？

必须指出，《岳阳楼记》的写作目的，非但不是规劝滕子京如何去谨言远祸，而且恰好相反，乃是借着为此名胜古迹作记的机会向天下晓谕，同时也正告战胜自己的政敌，他们实行政治改革的主张是正确的，他们的遭受贬谪是错误的。即使身遭贬谪,也决不屈服,必将把他们正确的政治主张、崇高的政治品格、宏伟的政治理想,矢志不移地坚持下去。这样的写作目的,作者在作品中主要是通过对“谪守巴陵郡”的滕子京的政绩的颂扬和“处江湖之远”的自己的述志表现出来的。中间对“迁客骚人”的“以物喜”“以己悲”的叙写,则是作为对二者的陪衬出现的。先从对滕子京的政绩的颂扬来看。文章的开始两句便写出滕子京谪守的时间、谪守的地点以及谪守的身份和职务,都为下文颂扬政绩作了铺垫。同时,这里说明滕子京的受劾被贬正是在作者任参知政事进行时政改革之时。滕子京在政治上是作者的合作者,时政改革的拥护者。这也正是他受劾被贬的根本的原因所在。作者直言不讳把这样的“谪守”真相写了出来,作为对战胜自己的当政者的表示来说,是有“自反而缩”的抗争之意的。这样的抗争之意,愈发显现在对“谪守”者的政绩的颂扬上。“越明年”极言历时之短,“政通人和,百废具兴”极言政绩之大。这对一个“谪守”者来说,自然是很大的颂扬,是不合世俗的、冒犯当局的颂扬。然而它是事实,是一个“谪守”者把改革弊政的主张和思想用之于其谪守之地而取得的政绩的事实。作者在《祭同年滕待制文》中也说:“巴陵政修,百废具兴。虽小必治,非贤孰能。”这说明滕子京“谪守巴陵郡”的“政通人和,百废具兴”的政绩的取得是其改革弊政的结果。这是对一个被贬谪者的颂扬,也是对当时保守派官僚统治集团及其造成的黑暗腐败的政治局面进行坚强不屈的斗争。这里所述说的一个“处江湖之远”者的处世态度和所向往的政治理想,与对“谪守巴陵郡”的滕子京政绩的颂扬实质上是一致的,只不过是思想境界更高的表现而已。当然,这也是不能作为使人谨言远祸的规劝的。关于文章中间对“迁客骚人”的“以物喜”“以己悲”的描写,我们说过,是作为对滕子京政绩的颂扬和对作者的自述己志的陪衬出现的。文章对迁客骚人的计较个人得失固然是否定和批判的,但真正的斗争矛头还不是指向他们,而是指向那些造成政治黑暗、反对政治改革的保守派官僚统治集团。而对“迁客骚人”却是希望他们能够抛开一己之荣辱得失,关心时政和天下的忧乐。这也应是文章意在立言兴教的一个方面。

宋王辟之《渑水燕谈录》说:“庆历中,滕子京谪守巴陵,治最为天下第一。政成,重修岳阳楼,属范文正公为记,词极清丽。苏子美书石,邵悚篆额,亦皆一时精笔。世谓之‘四绝’云。”①作为“四绝”之一的《岳阳楼记》怎么能把奠定“四绝”基础的岳阳楼的重修者滕子京作为“以物喜”“以己悲”的谴责对象呢?同时,这样的谴责也与“百废具兴”“治最为天下第一”云云的事实不符,而这些事实在人们的意识中也是增加岳阳楼的美的重要因素。作品也正是把岳阳楼的重修放在“政通人和,百废具兴”之后,又以“乃”字冠之来处理的,这里也不无楼因人而著称的因素。何况那种谴责胜迹修造者的做法,在此类文字中,恐怕也是古今无例的。事实上,岳阳楼经过滕子京的重修,范仲淹的作记,不仅“巴陵胜状”从此名声大著,而滕子京的声誉也随之流传永久。若无范公偁《过庭录》“其意盖有在矣”的煞有介事的揣测,有谁会在《岳阳楼记》中看出或想到范仲淹是在用“以物喜”“以己悲”来暗示和告诫滕子京呢?

(与刘景林合著)

① 王辟之:《渑水燕谈录》卷六,上海书店,1990,第4页。

谈辛弃疾《破阵子·为陈同甫赋壮词以寄之》

辛弃疾从宋孝宗淳熙九年(1182 年,时年四十三岁)起,落职闲居信州上饶(今江西上饶市)达二十年之久。淳熙十五年(1188 年)冬,他的好友陈同甫来访,停留十日,“长歌相答,极论世事”〔《祭陈同甫(一作“父”)文》〕。这首寄给陈同甫的《破阵子》,则是二人别后所作。

辛弃疾生当民族灾难深重的南宋时期,他是一个既有抗金壮志又有抗金才略的人。他到南宋任职后不断上书陈抗金御侮、收复失地进而全部统一中国之策,然当时南宋朝廷在投降派控制下,都不予采纳。他也始终不被重用,只在后方任一些地方守令、提点刑狱、转运副使、安抚使之类的职务,甚至长期落职闲居,徒有豪情壮志而不能实现。这种处境,给他思想上造成极大的苦闷,表达他渴望收复河山的豪情壮志和抒发壮志未酬的悲愤之情,成为他的词的重要内容。《破阵子·为陈同甫赋壮词以寄之》就是其中一首具有代表性的作品。

这首“赋壮词”以写壮志的词,是把抗金御侮而不得的生活现实与渴望收复失地的生活理想密切结合在一起来写的。从这种理想与现实密切结合的描写中,揭示了理想与现实的矛盾,写出了渴望率师北伐、收复失地的壮志,抒发了徒有壮志而不能实现的悲愤之情,从而也揭露了南宋朝廷妥协投降的罪恶。由于作品在理想与现实的紧密结合中把作者率师北伐收复失地的生活理想写得好像实有其事,就有人误解为是作者念念不忘其少年时期抗金的战斗生活。殊不知在作者实际生活中,是从来没有过像作品所写的这样声势浩大的率师抗敌、收复失地的战斗生活的。正因为没有这样的生活,所以才使他“醉里挑灯看剑”。也正因为没有这样的生活,他才兴“可怜白发生”之叹。不错,作者确有像《鹧鸪天》(“壮岁旌旗拥万夫”)那样“追往事,叹今吾”之作,但与这首词不同。那首词是对具体往事的追念,这首词是对抗击金人、收复失地的整个理想的表达。这从两首词的题记中也可清楚地看得出来。那首《鹧鸪天》的题记是“有客慨然谈功名,因追念少年时事,戏作”。这首《破阵子》的题记是“为陈同甫赋壮词(一作‘赋壮语’)以寄之”。是不能把“赋壮词”或“赋壮语”理解为“写壮事”的。要说写的是壮事的话,那也是理想中应有的壮事,而不是现实中实有的壮事。正因苟且偷安、庸懦腐朽的南宋朝廷对金屈辱求和,才使作者这种理想中应有的壮事未能变成现实中实有的壮事。因此,这里是“赋壮词”以言志,也是“赋壮词”以寄慨。下面就词的具体描写略加分析。

就词所写的理想与现实的内容来说,在章法结构上打破了词的分片形式。词的首尾两句是作者实际生活的描写,中间八句是作者生活理想的表达。所谓“赋壮词”,主要体现在中间八句,然而同首尾两句有密不可分的内在联系。

“醉里挑灯看剑”,是行动描写,也是心理刻画,是作者忽想抱负不得实现而又殷切希望实现的生活表现。因为思想抱负的不得实现,使他苦闷,所以他醉酒,因为殷切希望实现,所以他醉酒中还要挑亮灯光细看宝剑这个用来消灭敌人、收复河山的武器。然而这样的武器却被长期弃置不用,“短灯檠,长剑铗,欲生苔。雕弓挂壁无用,照影落清杯”(《水调歌头·严子文同傅安道和前韵因再和谢之》)。这怎能不使他感到苦闷?挂壁无用的雕弓的照影偏偏落在酒杯中,正表现他这种极其苦闷的心情。他又在《送剑与傅岩叟》诗中写道:“莫邪三尺照人寒,试与挑灯仔细看。且挂空斋作琴伴,未须携去斩楼兰!”寒光照人的宝剑,挂在空斋与琴作伴,似亦应该,不必“携去斩楼兰”。说来好像心平气和,实则其中包含着深沉的感慨。“醉里挑灯看剑”,恰是在不得“携去斩楼兰”的处境中而欲“携去斩楼兰”的心理表现。这个欲“斩楼兰”的心理表现,正是下文所写的生活理想的思想基础。

“梦回吹角连营”,从这句开始便从对现实生活的描写进入对想象中的率师北伐、收复河山的描写。醉里所念,梦中所想,则是萦绕于心不能忘怀之事。这里用“梦回”二字紧承上面“醉里”句的生活描写引出下文,便把率师北伐写得似梦非梦、似有实无。以充满想象的浪漫手法,绘声绘色、酣畅淋漓地写出以锐不可当之势声势浩大地率师北伐。这虽不是“铁马冰河入梦来”（陆游《十一月四日风雨大作》）那样梦境的直接描写，然而一梦醒来，竟是连营接寨、号声四起的点兵出征，也绝不会是现实生活所实有，而只能是作者生活理想描写，只不过这里把作者这种生活理想写得如同真有其事罢了。同时只有在理想的空间才能这样充分地“赋壮词”以写壮志。

“八百里分麾下炙，五十弦翻塞外声”，是继“吹角连营”之后，对点兵盛况的具体描写。一写犒赏将士，一写演奏军乐。“八百里”和“五十弦”都有渲染夸张之意。前者极写防地的广阔、兵将的众多，后者极写军乐的悲壮。随后结以“沙场秋点兵”，便把出征前的点兵盛况声情并茂地写了出来。有人因《世说新语·汰侈》载有王君夫与王武子比射赌牛的故事，便把“八百里”解释为牛〔《世说新语》：“王君夫（恺）有牛，名八百里駮”〕，因而也就把“八百里分麾下炙”只是解作麾下分食烤牛肉。这样的解释与“赋壮词”的“壮”的特点有什么关系呢？因为它抹杀了词所写的防地广阔、兵将众多的点兵盛况，同时也抹杀了能够克敌制胜的强大的军事力量，而且也与词的句意不符。这句的意思应是在八百里广阔的防地上，众多的兵将都分食着烤肉。关于“五十弦”的描写，就瑟有五十弦来说，也可以说这里的“五十弦”是实写，然而作者突出“五十弦”的特点写到词中，就显得军乐演奏得极其悲壮，对写阵容之壮和士气之盛，都有烘托渲染的作用。同样，“沙场秋点兵”也不能仅仅理解为“古代点兵用武，多在秋天”才写“秋点兵”的，目的更在借秋天的气象来写点兵的气象。欧阳修在其《秋声赋》中对秋有这样的描写：“夫秋，刑官也，于时为阴（就二气说）。又兵象也，于行为金（就五行说）。是谓天地之义气，常以肃杀而为心。”“秋点兵”，正是借秋这个天地肃杀之义气来写点兵的肃杀气象的。它将像秋以余烈之气使草木摧败零落那样，以摧枯拉朽之势，横扫敌人，收复失地。

率师伐敌、收复失地的过程，是点兵、出征和取得胜利的过程，也就是用反抗的手段解除民族压迫的过程。词在描写这个过程中颇有动静交错之致。

还从点兵说起。“吹角连营”“八百里分麾下炙”和“五十弦翻塞外声”都是动的描写，及至结以“沙场秋点兵”，便立时出现一个集众为一、阵容整肃、待命出征的静的境界。这个静是化“吹角连营”云云（动）而来之静，是在出征（动）前夕之静，其中蕴含着克敌制胜之动。它像“来如雷霆收震怒”（杜甫《观公孙大娘弟子舞剑器行》）那样，把“雷霆震怒”之动收在静中。有了这样动在静中的点兵之静，才会有下文所写那样的出征之动。

“马作的卢飞快，弓如霹雳弦惊”，写出征。又像“㸌如羿射九日落，矫如群帝骖龙翔”(杜甫《观公孙大娘弟子舞剑器行》)那样,来写行军作战之动。文辞甚约而笔势雄健,写出行军作战的疾风迅雷之势。“马作的卢飞快”极写快,“弓如霹雳弦惊”极写猛,选取马、弓这样行军作战具有代表性的事物给以突出特征的描写,自是迅猛异常,不可阻挡。这是取得收复河山胜利之动。

“了却君王天下事,赢得生前身后名”,是写行军用兵所取得的最终胜利,是“平戎万里”“整顿乾坤”(《水龙吟·甲辰寿岁韩南涧尚书》)的胜利。此系作者平生的心愿和最大的理想。这里以“了却”“赢得”极其舒缓的笔调出之,表现了作者夙愿得偿,感到无限安慰的心情。同时表现出经过惊风急雨斗争之后民族危难得以解除而呈现出一个承平安定的社会景象。这又大有“罢如江海凝清光”(杜甫《观公孙大娘弟子舞剑器行》)之致。就“赋壮词”以述壮志来说,至此已达这种思想感情的高峰,充分写出作者的思想抱负和生活理想。

“可怜白发生”,写徒有壮志不得实现的现实生活。作品于充分写出作者生活理想之后,笔锋陡转,猛然回到徒有壮志不得实现的现实生活中来,以慨叹年华徒然流逝的“可怜白发生”之句结束全词。于陡转猛结之中,同上面所写生活理想作鲜明的对比,构成尖锐的矛盾对立的两个方面。同时,这里所写徒有壮志不能实现的现实生活,又包含在首句所写“醉里挑灯看剑”的现实生活之中,作了首尾相连的呼应。从而深刻地揭示了理想与现实的矛盾,表达了壮志,抒发了壮志未酬的悲愤之情,同时也有力地揭露和批判了南宋朝廷屈辱求和的罪恶。

由此可见,作品所写作者的生活理想和生活现实是对立统一的矛盾两个方面。作品运用了切合内容需要的章法结构和艺术构思把两者密切结合起来进行表现,揭示出两者之间的内在联系,达到抒情、言志、反映现实的目的。当然,这还只能是作者在生活实践中所能做到的不自觉的反映。

这个理想与现实的结合,就创作方法来说,也是现实主义和浪漫主义的结合。作品在按照现实生活实有的面貌反映现实的基础上,以大量的笔墨、丰富的想象和夸张的浪漫主义的手法,写出作者由点兵、出征到反民族压迫、收复宋朝失土的过程。这个过程只是生活应有的过程,不是生活已有的过程,是浪漫主义的理想。在作者这个理想中,虽然也交织着忠君思想和个人功名观念,但在“神州沉陆”(《水龙吟·甲辰寿岁韩南涧尚书》、“南共北,正分裂”《贺新郎·用前韵赠金华杜仲高》)、“长安父老,新亭风景,可怜依旧”(《水龙吟·甲辰寿岁韩南涧尚书》)的民族危难时期,在南宋朝廷却是“剩水残山无态度”(《贺新郎·陈同甫自东阳来过余》)的情况下,他以“平戎万里”为职志,决心要完成“整顿乾坤事”,反对妥协投降,是符合广大人民愿望和时代要求的,决不限于维护一个封建王朝的统治和个人的升沉得失。尽管作者的政治抱负在南宋朝廷奉行投降政策的统治下始终没能实现,南宋王朝也终于亡掉了,但其作品所表现的政治理想并没有随之而消逝,却一直激励着人们进行反对民族压迫、反对妥协投降的斗争。

至于辛弃疾的词以丰富深刻的社会内容,慷慨奔放的战斗豪情,新颖多彩的艺术手法,进一步把词从写儿女闲情的狭小的圈子里解放出来,并一扫绮靡婉约之风,形成健康豪放的风格,在本篇都有具体的体现。这里就不多谈了。

附:辛弃疾《破阵子①·为陈同甫赋壮词以寄之②》

醉里挑灯看剑③,梦回吹角连营④。八百里分麾下炙⑤,五十弦翻塞外声⑥。沙场秋点兵⑦。　　马作的卢飞快⑧,弓如霹雳弦惊⑨。了却君王天下事⑩,赢得生前身后名⑪。可怜白发生!

〔注释〕

①破阵子:词牌名。《词谱》卷十四:“陈旸《乐书》云:‘唐《破阵乐》属龟兹部,秦王所制,舞用二千人,皆画衣甲,执旗旆。外藩镇春衣犒军设乐,亦舞此曲,兼马军引入场,尤壮观也。’按唐《破阵乐》乃七言绝句,此盖因旧曲名,另度新声。”

②陈同甫:名亮,字同甫(一作同父),永康(今浙江永康市)人。力主抗金,但一生没有做过官。其政治见解、平生遭遇和文学创作风格,都和辛弃疾相似。故二人成为挚友,常相赠答以共勉。赋壮词,即作壮词。作诗亦谓之赋诗。《历代诗余》卷一一八引《古今词话》:“陈亮过稼轩,纵谈天下事”,别后,“幼安赋《破阵子》词寄之”。《艺蘅馆词选》丙卷:“无限感慨,哀同甫,亦自哀也。”

③挑灯:把灯挑亮。

④梦回:梦醒。吹角连营:连营接寨号声四起。角:号角。营:军垒,营垒。

⑤这句写犒劳将士。八百里:用以极写防地广阔,兵将众多,兵力之大。分麾(huī,挥)下炙(zhì 质):分给部下以烤肉。麾下:部下。麾:军中指挥

的旗子。《史记·李广传》:“广廉,得赏赐,辄分其麾下,饮食与士共之。”炙:烤肉。

⑥这句写军乐的演奏。五十弦:用以极写军乐的悲壮,士气之盛。《史记·封禅书》:“泰帝使素女鼓五十弦瑟,悲,帝禁不止。”此处盖取五十弦瑟宜于演奏悲壮歌曲之义。这里用“五十弦”代瑟的写法,有突出、强调的意思。李商隐《锦瑟》:“锦瑟无端五十弦,一弦一柱思华年。”也是突出、强调“五十弦”的写法。翻:创作曲语,配制曲词,都叫作“翻”,此处是演奏的意思。塞外声:边塞上雄壮悲凉的军乐。

⑦沙场:战场。点兵:检阅军队,即将用兵。秋点兵:古代点兵作战,多在秋天,故云“秋点兵”。取秋肃杀之义。

⑧的卢:马名。《相马经》:“马白额入口至齿者,名曰榆雁,一名的卢。”相传刘备在荆州,刘表宴请刘备,蒯越、蔡瑁要害刘备,刘备发觉了,仓皇逃走。到了襄阳城西檀溪水中,马溺不得出。备急呼曰:“的卢,今日危矣,可努力!”的卢一跃三丈,脱离险境。(见《三国志·蜀志·先主传》引《世语》)

⑨霹雳(pì 劈 lì 历):迅急而巨大的雷声。《尔雅》注谓雷之急击者为霹雳。这里用来比喻猛烈的弓弦声。《南史·曹景宗传》景宗谓所亲曰:“我昔在乡里,骑快马如龙,与年少辈数十骑,拓弓弦作霹雳声,箭如饿鸱叫。”又《北史·长孙晟传》:“突厥之内,大畏长孙总管,闻其弓声,谓为霹雳。”

⑩了却:完成。天下事:指收复宋朝失土、统一中国的事业。

⑪赢得:取得、博得。

魏晋南北朝的小说

一、中国古代小说溯源

魏晋南北朝时期是小说开始以独立的文学样式出现在中国文学史的时期。在此以前是有它从远古就开始了的漫长的形成过程的。

中国古代文学中的诗歌、神话、传说、散文以及寓言故事等诸种文体都远在小说形式之前而产生,并发展到成熟地步。除诗歌对小说的影响较为间接外,其他各体对小说的产生和发展都有直接影响,特别是神话、传说更可视为小说形成的源头。

在现存的不够充足的材料中,我们仍然可以窥察出自神话、传说到小说形成的演变过程。这个演变过程,就题材内容来说则是由神化逐步走向人化的演变过程,这在《山海经》、《穆天子传》、《汉武故事》和《汉武帝内传》有关西王母的记载中就有一个轮廓的体现。

《山海经》是一部记载我国古代神话最多的古籍。其《西山经》中的西王母是一个兼有人、兽特征的怪神,而《大荒西经》中的西王母又是一个兼有人、兽特征与神为邻而共居昆仑之丘的怪人。前者固然是原始神话中的神的形象,后者虽谓之为人但其具体形象与前者并无区别。这种此处为人、彼处为神、人神共处而人神不分的现象正是原始神话的特色。

《穆天子传》是我国较早的一部传说。它对穆天子巡游会见西王母的记载就与《山海经》不同。首先它把穆天子巡游的故事作为人事来传述的，其中的中心人物穆天子又是历史上实有的人，作为史书的《左传》对此也有记载。其次故事中的西王母也由一个兼有人、兽特征的怪神或怪人的形象变为一个人化了的主治西土的国君形象。穆天子与西王母的交往，俨然如两国人君之间的交往，没有显著的人神界限。不过这与《山海经》中的人神不分不同：《山海经》中的人神不分以神为主，是神化的结果；这里的没有显著的人神界限，以人为主，是人化的结果。但不是说《穆天子传》的故事和故事中的人物没有神的色彩，人化了的西王母依然具有神的气质自不必说，就是作为人的穆天子也有神的因素，他们之间交往的故事自然也非现实所有。这正表现出《穆天子传》具有界乎神话与“人话”之间的传说的特色。它是西王母故事由神话而人化的第一步。

《汉武故事》与《汉武帝内传》都是魏晋以后的小说。它们所记载的汉武帝拜会西王母的故事显然是《穆天子传》的继承。不过它们与《穆天子传》又有显著的不同。其故事本身虽然也是荒诞不经的怪异之谈，但反映汉武帝迷信神仙、酷好方术则为历史所实有，司马迁的《史记》在这方面就有详尽的记载。另外，穆天子与西王母的会见没有显著的人神界限，而汉武帝拜会西王母的人神界限就非常清楚。前一个西王母是以似为现实所实有的主治西土的别国人君出现在故事之中的，后一个西王母则以身居灵境，乘紫云，驾斑龙，发肤肌骨、衣着穿戴尽非凡俗的“灵人”而出现的，并且是远离人间、高居人上、能够祸福于人的精神统治者。这样也就使故事失去了传说的性质而成为宣扬宗教迷信的“人话”了。不过这里所写的人事是对鬼神的迷信和崇拜，魏晋南北朝一些宣扬宗教迷信的小说都属此类。至于那些来自民间的以神异的形式表现人民生活、思想和愿望的小说更是神话传说的健康继承和发展。

再从写作技巧上看，这个演变过程也很清楚。《山海经》对西王母的记载只是静止地、极其简单地写出其形象的部分特征，也未形成一个故事。《穆天子传》对西王母的记载就粗具一个有头有尾的故事情节，并能初步在人物具体言行描写中表现人物的性格。《汉武故事》尤其是《汉武帝内传》故事情节更加完整，描写更加细致，形象更加鲜明，环境气氛与人物描写也较和谐统一。

魏晋南北朝小说从古代神话、传说发展而来是非常清楚的，若就内容性质、构思方法、艺术特征来看，那些记载神鬼灵异的志怪小说由神话、传说发展而来更为直接。

先秦时期的诸子散文与先秦、两汉时期的历史散文,无论是在人物性格特征的捕捉与描写上,也无论是在故事情节的创造上,都对魏晋南北朝小说有很大的影响。又由于它们是历史上真人真事的记载,而对魏晋南北朝的记载传闻轶事的轶事小说的影响也就显得更大,更为直接。如轶事小说中成就最高的《世说新语》,不仅从艺术手法上可以明显地看出它受《论语》的影响,就连前四篇的标目(德行、言语、政事、文学)都是从《论语》中来的,可见《论语》对它影响之深了。

战国时期散文发展的同时,在比喻的基础上,神话传说的影响下产生了大量的寓言故事。它的主要特点是通过鲜明的、形象生动的故事说明事理。正因它具有鲜明的形象和生动的故事,所以对小说的产生也有很大的影响。这些寓言故事,除了共同具备上述寓言的一般特点外,其间又有显著的区别。一种寓言属于神话性质具有浓厚的浪漫色彩;一种寓言多取材于生活实际,现实色彩较浓。前者对志怪小说影响较大,后者对轶事小说影响较大。

魏晋以后的小说虽然是在从先秦就已经成熟或接近成熟了的诸种文体影响之下形成的,但它们都各自独立成体,其本身都还不是小说,与小说尚有一定距离。从它们到小说形成还需一个酝酿阶段。现存的所谓汉人小说有托名东方朔的《神异经》《十洲记》,托名郭宪的《汉武洞冥记》,托名班固的《汉武故事》《汉武帝内传》,托名刘歆的《西京杂记》,等。其实这些作品都不是出自汉人之手,而是魏晋以后作品。因此两汉时期还只是由先秦诸种文体到小说形成的酝酿时期。

两汉在民间故事的滋养中,在神话、传说、寓言故事多方影响下所产生的似子非子、近史非史接近小说的作品实是很多的。班固《汉书·艺文志》在《诸子略》的《小说家》中记载有十五种书,共一千三百八十篇,并指出"小说家者流,盖出于稗官,街谈巷语,道听途说者之所造也"①。可惜这些作品到了隋代便完全散佚了。鲁迅在《中国小说史略》中说:"惟据班固注,则诸书大抵或托古人,或记古事,托人者似子而浅薄,记事者近史而悠缪者也。"②其间会有不少近于小说的著作。

另外,从现存的汉人著作中还可看到这种似子非子、近史非史而又接近

① 《汉书》卷三十《艺文志第十》,第1745页。

② 鲁迅:《中国小说史略》,人民文学出版社,1952,第17页。

小说的著作的一斑。前者如刘向的《说苑》与《新序》，后者如《东方朔外传》、赵晔《吴越春秋》、袁康《越绝书》、《燕丹子》等。尤其是《燕丹子》不但故事情节完整，而且能运用富有特征的为正史所不载的细节描绘人物形象，其更近于小说了。

中国小说经历了如上所述的长期形成过程，在魏晋南北朝适宜的社会条件下产生并开始兴盛起来。

魏晋南北朝时期，阶级矛盾、民族矛盾、统治阶级内部矛盾异常尖锐和复杂，成为历史上极其动乱而黑暗的时期。人民在这样动乱而黑暗的年代里，除与本民族和异民族的统治阶级进行斗争外，还继承了古代神话、传说的优良传统，并通过充满美丽幻想的神怪故事反映其生活、理想和意志。这是志怪小说产生的重要的社会基础和健康的生活源泉。

魏晋南北朝时期又是宗教迷信思想非常盛行的时期，也是志怪小说产生与兴盛的重要社会原因。正如鲁迅《中国小说史略》所指出的："中国本信巫，秦汉以来，神仙之说盛行，汉末又大畅巫风，而鬼道愈炽；会小乘佛教亦入中土，渐见流传。凡此，皆张皇鬼神，称道灵异，故自晋讫隋，特多鬼神志怪之书。"①因此也就给志怪小说注入了一些宗教迷信的思想。

这一时期不仅宗教迷信思想盛行，老庄玄学也弥漫于整个社会上层，加以"汉末士流，已重品目"②与"九品官人"制度的影响，在士族文人之中形成清谈玄远与品藻人物之风。记载清谈隽语传闻逸事的轶事小说也就因之而产生。

二、志怪小说

志怪小说在魏晋南北朝小说中，数量最多，思想内容也最复杂。神话传说、旧闻逸事、民间故事、宗教迷信等，不仅一并出现在这一时期志怪小说之中，而且往往一并出现在一书之中，甚至在一篇之中也会呈现着思想内容复杂的状态。究其原因，大抵有三：一、各种思想同时流行，给人以复杂的影响；二、神话、传说、旧事、逸闻在发展演变之中往往没有严格界限；三、各书

① 鲁迅：《中国小说史略》，第 47 页。

② 鲁迅：《中国小说史略》，第 65 页。

虽有专人搜集整理与写定,但故事题材的来源很广。

这一时期的佛、道二教虽然对志怪小说都有很大影响,但由于道教产自中国本土,佛教乃系外来,在对中国固有文化思想传统的影响上存在着不同,而给志怪小说的影响也不一样。

在一些宣传神仙方术、炼丹服食、长生久视、白日升天等道教思想的志怪小说中,往往把这些思想与古史、逸闻、神话、传说结合起来。这里又可分为两种。一种是近于历史、传说的志怪小说,如《拾遗记》(晋王嘉撰)、《西京杂记》(晋葛洪撰)、《汉武故事》(南齐王俭撰)、《汉武帝内传》都是一些近于野史的志怪小说,或于一书之中既载神怪故事又载人间琐事,或于一则故事之中既有史实依傍又杂神怪之说。即使葛洪《神仙传》所写的神仙,也要托之历史人物,甚至把墨子也写成"愿得长生,与天地相毕"的神仙了。另一种是写远方山川异物、仙迹灵境的志怪小说,如《神异经》《十洲记》《汉武洞冥记》等,但这两种无论哪一种的思想内容与艺术形式都与过去文化思想有极其密切的关系。就思想内容说,首先,汉末形成而盛行于魏晋南北朝的道教,就是在当时社会条件下吸取古代巫祝、阴阳五行、神仙方术等思想资料形成的。其次,由于"天神地祇人鬼,古者虽若有辨,而人鬼亦得为神祇。人神淆杂,则原始信仰无由蜕尽;原始信仰存则类于传说之言日出而不已"①,造成新神沿旧而产生,旧神应新而转变的古今纠葛状态。因此有些志怪小说既有古代神话、传说的迹象,又渗透当时的神仙道术思想。再次,古代的历史和神话传说也往往不分,影响所及,也就成为志怪小说兼写历史上的传闻遗事与借历史上的人物事件宣扬神仙道术思想的一个原因。就艺术形式来说,这两种志怪小说的艺术形式也是过去的继承和模仿。《汉武故事》《汉武帝内传》等人物传记式的小说是《穆天子传》的继承,《神异经》《十洲记》等着意记载山川异物仙迹灵境的小说是《山海经》的模仿。

佛教传入中国后,自然也会与中国原有的鬼神迷信思想相结合。即以佛、道二教来说,虽有相互排斥的一面,也有相互渗透的一面。不过佛教毕竟系自外传来,自有其思想体系。反映在志怪小说上面,往往不托古人、古事而自为新说。这一时期宣扬生死轮回、因果报应、天堂地狱、经象显效、应验实有等佛教思想的重要志怪小说有宋刘义庆的《宣验记》、齐王琰的《冥祥记》、北齐颜之推的《冤魂志》与《集灵记》、侯白的《旌异记》。

---

① 鲁迅:《中国小说史略》,第 28 页。

我们说过,这一时期志怪小说内容非常复杂,即如前面所谈诸书的内容也并非都是单纯的道教或佛教思想的宣扬,此外更有很多各种思想内容杂糅的志怪小说。重要的有魏曹丕(一作张华)的《列异传》、晋张华的《博物志》、晋干宝的《搜神记》、题为晋陶潜撰的《搜神后记》、宋刘义庆的《幽明录》、梁吴均的《续齐谐记》等,以《搜神记》的成就最大。

由于这一时期宗教迷信思想影响广泛,宗教徒以编造和搜集神怪故事为传道布教的手段,一般士大夫文人也信鬼神为实,有以"发明神道之不诬"①为目的去搜集整理神怪故事,使得宗教鬼神迷信思想在志怪小说中经常以正面宣扬出现,成为麻痹人民维护封建统治的糟粕。这类志怪小说除了把宗教鬼神迷信思想渗透在大量的具体故事之中以外,有时还让鬼直接出来与执无鬼论者斗争。《搜神记》卷十六的《阮瞻》与《施续门生》就是这样的两则故事。意在说明鬼神实有,并能祸福于人,使人崇信和畏服。《冥祥记》中的《赵太》故事写晋人赵太"死而复生""案行地狱"的经过,极力证明善恶果报、生死轮回的不诬。目的要人民"奉法""作善",皈依佛教,听任统治阶级压迫剥削不去反抗。其为封建统治阶级服务的阶级本质是显而易见的。另外,一些宣扬神仙方术思想的故事,除了满足统治阶级的妄想长生不死、肉体成仙的欲望外,也有引导人们逃避现实寄希望于玄想的一面,对封建统治起着巩固的作用。

志怪小说虽系士大夫文人搜集整理撰写而成,并且多为证明鬼神之实有,"发明神道之不诬",但其故事题材的来源广泛,多非出自撰述者的虚构和臆造,加以撰述态度较为谨严,尽量保持其本来面目,故有不少的民间故事得到收集和保存,并非纯是宗教鬼神迷信思想的宣扬。在这方面,干宝的《搜神记序》②作了很好的说明。从序中除了看到撰述者以修史的态度去对待志怪小说的撰述之外,并可看到故事题材极其广泛的来源。或"考先志于载籍",出自"群言百家";或"收遗逸于当时","采访近世之事",来自"访行事于故老"与"耳目所受"。时间上包括古今,空间上远近并收。这就使志怪小说的客观意义超出"发明神道之不诬"的撰述目的,甚至适得其反。

《搜神记》卷五所载《张助》一则故事很值得我们重视。它通过具体事实有力地说明了鬼神的存在完全出自人们的幻觉,证实了鬼神之说的诬妄。在宗教鬼神迷信思想盛行的当时,具有反迷信的积极意义。它与阮瞻、阮修

① 干宝:《搜神记》,中华书局,1979,"搜神记序"第 2 页。

② 干宝:《搜神记·搜神记序》,中华书局,1979。

(《世说新语》的《方正》篇载其事)以及著《神灭记》的范缜等无鬼论的主张共同体现着反迷信的斗争。

《列异传》和《搜神记》卷十六所记载的《宋定伯》与《搜神记》卷十八一些记载鬼魅妖物为害于人而人起而除之的故事,表现了人们虽然相信有鬼魅妖物的存在,但又敢于和鬼魅妖物作斗争的勇敢无畏的精神。须知,作为麻痹人民意志统治人民思想的宗教迷信,不但要人相信鬼神的存在,而且要人相信鬼神能祸福于人,从而产生敬畏慑服之心。这些描写人们觉得鬼魅妖物不可畏并起而与之斗争的故事,不能不说是在宗教迷信思想领域内所进行的削弱宗教迷信统治的一种斗争。有的故事还写鬼魅妖物能为人们的斗争所屈服。《搜神记》卷十一记葛祚故事虽是对一个"去民累"、除妖物的官吏的颂扬,但却体现了人们的意愿与完全可以战胜鬼魅妖物的坚定信念。

此外,更有不少作品通过神奇怪异的故事直接反映社会现实:揭露统治阶级的罪恶,反映人民的生活、思想、感情和愿望,表现人民反抗统治阶级的坚强不屈的斗争精神。这里面又有两种情形。一种情形,虽有宗教鬼神迷信成分,但其主要精神实质却是人民思想感情的表达。如有的故事虽然也在肯定善恶果报与阴司冥报思想,但其善恶标准是属于人民的,受到恶报的正是残害人民的统治阶级。在这类作品中,我们既要肯定其反映人民思想感情的合理内容,也要批判宗教鬼神迷信思想所带给人民的影响。另一种情形,虽有神奇怪异色彩,但无宗教鬼神迷信的成分,纯是人民健康的合理的思想反映。

《搜神记》卷二《扶南王》记载"扶南王范寻养虎于山,有犯罪者,投与虎,不噬,乃宥之";"又养鳄鱼十头,若犯罪者,投与鳄鱼,不噬,乃赦之";"又尝煮水令沸,以金指环投汤中,然后以手探汤。其直者,手不烂;有罪者,入汤即焦"。这种以猛虎、鳄鱼、沸汤辨别有罪无罪的看来荒谬的行为,充分表现了统治阶级屠杀人民甚于毒蛇猛兽的残酷本质。至于是非曲直有罪无罪在他们那里是根本被颠倒了的。《冤魂志》中的《弘氏》写"梁武帝欲为文皇帝陵上起寺,未有佳材,宣意有司,使加采访"①。南津校尉孟少卿为了迎合皇帝,妄加罪名,处死木商弘氏,没收其材木充作建寺之用。此外《搜神记》卷十一的《东海孝妇》、晋祖冲之《述异记》的《秣陵乐伎》都对吏治黑暗、刑罚妄加、枉杀人民的社会现实作了具体反映。这些作品不仅暴露

① 罗国威:《〈冤魂志〉校注》,巴蜀书社,2001,第 90 页。

了统治阶级罪恶,而且表现了人民对统治阶级的反抗。或通过阴司冥报的方式,写弘氏追取孟少卿及其他有关官吏,写乐伎追取秣陵令;或采用感天动地的办法写孝妇周青被东海太守枉杀之后“郡中枯旱,三年不雨”(《搜神记》卷十一《东海孝妇》);《搜神记》卷七的《淳于伯》也作了与《东海孝妇》类似的反映。这都是人民对统治阶级强烈的抗议与正义的裁判。

暴露统治阶级残杀人民的罪恶,反映人民对统治阶级的反抗,《搜神记》卷十一《三王墓》表现得异常充分。莫邪“为楚王作剑,三年乃成”,被楚王杀害。其子赤得到山中行客帮助,结果杀了楚王为莫邪复仇。作品特别突出地表现了赤与行客那种不怕牺牲坚毅勇敢反抗强暴的斗争精神。同卷《韩凭妻》一面暴露宋康王夺韩凭之妻何氏,逼死韩凭夫妇,甚至还不许合葬的荒淫与残酷,一面歌颂韩凭夫妇生死不渝的爱情与不为统治阶级淫威所屈服的宁死不屈的反抗精神。作品最后以“生于二冢之端”的“根交于下,枝错于上”的“相思树”来象征他们任何残暴势力所不能摧毁的坚贞爱情,表现了人民对他们的同情与颂扬。

封建统治阶级对人民最凶残,在正义事业面前也最怯懦;人民最善良,在正义事业面前也最勇敢。《搜神记》卷十九《李寄》就作了很好的反映。故事记载东越闽中有庸岭,中有大蛇,常常危害于人,地方官吏也多有死者。面对这种毒蛇之害,自私、愚蠢、凶狠、怯弱的“都尉令长”,非但不能为人民除害,反而听信巫祝的妄言,竟以民间幼女祭蛇,而至“累年如此”。在这种封建官吏与毒蛇共同危害人民的情况下,一个贫家小女李寄,毅然奋不顾身,怀剑将犬,智能并施,与毒蛇进行搏斗,终至斩了毒蛇,除去人民积年之害,充分表现了劳动人民舍己为人的高贵品质与勇敢无畏的英雄主义精神。

在民族矛盾尖锐与统治阶级为了争权夺利不断发动战争的战乱不已的年代里,人民是饱受乱世的忧患的,这在志怪小说中也多有反映。《列异传》中的《望夫石》以极其经济的艺术手法雕刻了一个丈夫从军其“妇携幼子饯送此山,立望而形化为石”的形象。这样一个形象是人民生活理想和愿望凝聚而成的,它说明人民多么殷切地盼望战乱止息过着全家团聚太平无事的生活。《搜神记》卷七中的《毡帢头》反映了人民对异族入侵的警惕和预感。同卷还有不少故事对统治阶级内部矛盾造成的战乱也作了预感式的反映。

在志怪小说中也有一些反映青年男女要求婚姻自主反对封建婚姻制度的作品。《搜神记》卷十五的《王道平》《河间郡男女》和卷十六的《紫玉》,《幽明录》的《卖胡粉女》和《庞阿》都是这类作品。在这些作品中,除了揭露封建制度桎梏青年男女爱情的罪恶本质外，还以为情而死、为情复生、为情而离魂相就、为情而人鬼相亲来歌颂坚贞不渝的爱情写反抗封建礼教的斗争精神。

另外，志怪小说还记载很多渗透人民美丽幻想的神话传说。其中有远古的旧的神话传说的记录，也有近世或当时的新的神话传说的保存。前者如《山海经》所载的《夸父追日》与《搜神记》卷十四所载的《嫦娥》，后者如《搜神记》卷一载的《董永》与《搜神后记》所载的《白水素女》。《董永》写天上的织女与贫家孤苦"肆力田亩"的董永结为夫妇，助董永偿债。《白水素女》写天河中的白水素女与孤苦无依"躬耕力作"的谢端"守舍炊烹"，使谢端能够成家室，"居常饶足"。这些充满劳动人民生活理想和愿望的优美动人的故事千百年来一直为劳动人民所喜爱。

由于志怪小说古今并收，远近俱取，有些甚至是从古籍中原样摘录下来的，不但内容复杂，艺术高低也有悬殊。能够作为当时志怪小说艺术水平标志的则为当时所流传的优秀的民间传说。

从志怪小说的多数作品来看，艺术水平是不高的。有的只是对某种社会现象或自然现象作三言两语一鳞半爪的记载，既无人物描写和故事情节，也谈不上篇章结构，自然还不能视之为小说。不过，也有不少作品粗具故事情节，具有不够复杂但也相当完整的事件叙述，也有一定的人物性格描写。这些作品可以说已初步具备小说条件，成为小说雏形。这一类型的作品，一般说来，重在事件叙述，不重人物描写。其结构情节，主要服从于事件的叙述，不是为了表现人物性格，不能把事件叙述与人物描写很好地结合起来。因此人物的性格形象只是在事件的叙述中偶尔写到，不够突出和完整。

另外，在志怪小说中确也出现一些艺术较高的短篇小说，不但故事曲折完整，而且具备把事件叙述与人物描写结合起来的结构情节，并能从情节发展上矛盾冲突中去表现人物性格。如《韩凭妻》详细曲折地写出宋康王和韩凭夫妇之间的压迫与反抗的斗争过程，而宋康王的荒淫残暴、韩凭夫妇宁死不屈的反抗性格与生死不渝的坚贞爱情，也就在这一斗争过程中得到表现。

这些优秀的志怪小说也开始能够运用富有特征的细节去进行人物与事件的描写。如《三王墓》对山中行客与楚王斗争经过的描写，《李寄》对李寄斩蛇的具体描写，都是采取细节描写完成的。前者表现了行客与残暴的封建统治阶级进行斗争时的机智、沉着与勇敢，后者表现了李寄与毒蛇作斗争时的机智、沉着与勇敢。其事件的生动具体、人物性格的丰满充实，都是与能够运用细节描写密不可分的。

在这些优秀的志怪小说中,虽然也有神奇怪异的色彩,但都是现实生活人民理想的反映。天上的神、阴间的鬼与世外灵境的仙都不是远离人间现实生活的,而是渗透人民生活理想和愿望的艺术形象。把现实生活的反映与人民理想的表达作了紧密的结合是这些优秀的志怪小说的重要特征,也是现实主义与浪漫主义相结合的特征。这像我们前面所提到的《三王墓》《韩凭妻》《东海孝妇》《弘氏》《王道平》《河间郡男女》《紫玉》《董永》《白水素女》等都有程度不同的体现。现从《王道平》来看,故事写男的王道平与女的父喻相爱,"誓为夫妇"。后来"王道平被差征伐",久不得归。父喻受"父母逼迫"嫁给他人,"经三年,忽忽不乐,常思道平,忿怨之深,悒悒而死"。及王道平还家,闻知此事,至墓前,"悲号哽咽,三呼女名,绕墓悲苦,不能自止"。故事写到这里已深刻揭示出封建制度桎梏青年男女爱情造成"生死永诀"悲剧的罪恶本质,反映了社会现实。可是故事并未就此停止下来,而以父喻复活与王道平结为夫妇作为结局。这种理想中的团圆结局是与生活中的"生死永诀"的悲剧紧密结合着的,是争取婚姻自主反抗封建礼教的斗争精神与斗争理想的强烈反映。志怪小说虽受远古神话传说影响,但在这些优秀的作品中已基本脱离古代神话传说那种出自幻觉的荒诞不经状态,成为自觉地反映生活现实表现生活理想的艺术方式。

从文学发展的历史上来看,魏晋南北朝志怪小说更有其重要意义,在题材内容上、艺术形式上、创作方法上对后来小说发展都有很大影响。它与这一时期的轶事小说在古代小说史上共同居于开端启始的地位。唐代是古代小说史上开始"有意为小说"①的时期,唐代传奇小说正是魏晋南北朝志怪小说的直接继承与发展。无论创作方法的提供、结构情节的创造、人物性格的刻画与细节描写的运用,魏晋南北朝志怪小说都给唐代传奇小说打下了进一步发展的基础。像唐传奇中的《南柯太守传》和《枕中记》自《幽明录》中的《焦湖庙祝》发展而来,唐传奇中的《离魂记》自《幽明录》中的《庞阿》发展而来,固然非常明显,即如唐传奇中的《霍小玉传》对霍小玉的鬼魂处理也不能说不受魏晋南北朝志怪小说的影响。魏晋南北朝志怪小说对后代小说的影响绝不限于唐代,自宋至清,志怪式的小说时有继起之作,清代蒲松龄的《聊斋志异》是其发展的顶峰。另外它对后代文学的影响也绝不限

① 鲁迅:《中国小说史略》,第 75 页。

于小说,像对后代戏剧的影响也很清楚。元代关汉卿的《窦娥冤》就对《东海孝妇》与《淳于伯》的题材和手法有所吸取,明代汤显祖的名作《还魂记》也应受《王道平》和《河间郡男女》一类作品启发。至于鲁迅的历史小说《铸剑》取材于《三王墓》,现在黄梅戏所演的古典剧《天仙配》渊源于《董永》,又是志怪小说对现代文学还有影响的例子。

三、轶事小说

在魏晋南北朝小说中,与志怪小说不同而属于另一流派的,则有记载传闻轶事的小说。所谓"轶事"是指史书不记载而散失的事。加之所载"俱为人间言动,遂脱志怪之牢笼"①,故而将其称之为轶事小说。汉魏之际邯郸淳的《笑林》、晋裴启的《语林》、郭澄之的《郭子》、宋刘义庆的《世说新语》、梁沈约的《俗说》、殷兰的《小说》等都属轶事小说一类,而以《世说新语》为代表。

《世说新语》的作者刘义庆是刘宗贵族,袭封临川王。他不但"爱好文义"而且"招聚文学之士,远近必至"。(《宋书·刘义庆传》)内容广泛的《世说新语》概非出自刘义庆一人之手,而是与门下文人共同编撰而成。全书所记之事,起自后汉,止于东晋,按照内容性质自《德行》至《仇隙》共分三十六篇。梁刘孝标为之作注,征引浩博,用书四百余种,又大大丰富了《世说新语》的内容。

如果说志怪小说一些来自民间的优秀作品从社会下层人民生活角度反映了社会现实,那么《世说新语》则从社会上层封建士大夫生活角度对社会现实作了一定程度的反映,它全面而真实地展示了封建士大夫阶级的生活思想面貌。

魏晋时期是统治阶级以争权夺利为中心的篡弑屡起的内部矛盾尖锐时期。以严刑峻法诛除异己威慑文士成为上层统治阶级集团谋夺政权巩固统治的重要手段。《世说新语》在这方面曾作了具体反映。如《尤悔》篇与《文学》篇所写魏文帝曹丕对其同胞弟兄曹彰、曹植进行的迫害,正是剥削阶级

---

① 鲁迅:《中国小说史略》,第65页。

的残酷本性的本质体现。又如《德行》篇所写阮籍的“至慎”与嵇康的居常无“喜愠之色”那种异常的性格与行为，正是在这种异常的社会环境中形成的。

封建统治阶级在进行黑暗残酷统治的同时过着穷奢极欲荒淫腐朽的生活，《汰侈》篇作了集中的反映。他们生活的穷奢极侈不但达到骇人听闻的地步，而且相互争豪比富，以侈靡为荣。封建统治阶级不但视人民所创造的财富如粪土，而且视人民的生命如草芥。本篇在对石崇杀人劝酒与王敦因观其变的残暴行为的记载中就作了深刻的反映。

盛行于当时统治阶级之中的清谈之风，正是在这种政治、生活的现实基础上与佛道老庄的思想基础上形成的，是统治阶级颓废萎靡空虚妄诞的思想行为的表现，也是《世说新语》揭露统治阶级腐朽本质反映社会现实的另一重要题材。

在国家多故人民灾难深重的时候，而封建士大夫阶层却崇尚清谈，以摆脱世事为高，其实质究竟是什么呢？《言语》篇记载王羲之对谢安的批评就是一个很好回答：

> 王右军与谢太傅共登冶城。谢悠然远想，有高世之志。王谓谢曰：“夏禹勤王，手足胼胝；文王旰食，日不暇给。今四郊多垒，宜人人自效，而虚谈废务，浮文妨要，恐非当今所宜。”

这不是不顾国计民生、颓废逸乐、苟且偷生的腐败表现吗？同篇又载：

> 刘真长为丹阳尹，许玄度出都就刘宿。床帷新丽，饮食丰甘。许曰：“若保全此处，殊胜东山。”刘曰：“卿若知吉凶由人，吾安得不保此！”

从这两个清谈名士的对话中可以看出那些标榜清高的清谈名士又是多么热衷于功名利禄，其沽名钓誉故作高雅的实质不又昭然若揭了吗？

此外，士大夫文人之中如嵇康、阮籍的旷放、简傲、谈论玄远、无视礼法名教、不与世事的行为也有不满黑暗现实的一面，因此也就受到维护礼法名教之流的攻击。如何曾主张把阮籍“流之海外，以正风教”（《任诞》）；嵇康更深为统治者所嫉恨，遭杀身之祸（《雅量》）。《世说新语》所描绘的嵇康、阮籍的性格和行为之所以具有一定的积极意义就在于此。

《世说新语》还记载了另外一些比较值得肯定的人物言行和事迹。在异族入侵国难方殷时期，王导意欲克复神州的主张，刘琨、温峤图谋恢复的行动，都具有爱国主义精神。(《言语》)在清谈之风盛行时期，王羲之能对“虚谈废务，浮文妨要”的清谈之弊提出严正批判(《言语》)；在封建士大夫阶层醉心富贵利禄时期，管宁割席与华歆分坐，表现了对金钱势力的蔑视(《德行》)；在门阀士族横暴统治时期，何充却不畏权势当面揭露王敦对其兄王含“贪浊狼藉”行为的袒护(《方正》)。这些人物言行事迹在封建统治阶级腐朽至极的当时都是具有积极的意义的。

《世说新语》确实是一部能够全面展示魏晋统治阶级生活思想面貌的重要的文学著作，然从反映社会现实的深度来看，还是有很大局限性的。就题材范围来说，它所反映的现实生活只限于社会上层封建统治阶级，而于劳动人民生活则无直接反映。这就使得它不能从主要阶级矛盾上全面而深刻地反映社会现实。就写作观点来说，《世说新语》中故事从开始产生到搜集整理完全出自封建士大夫观点。因此对所记载的人物言行事迹，不但在正确反映与评价上受到阶级局限的影响，甚至直接宣扬封建统治阶级思想，散发封建毒素。这都是需要在肯定《世说新语》的现实意义与思想价值的同时给予批判和扬弃的。

《世说新语》在思想内容上不同于志怪小说。由于《世说新语》所写的内容“俱为人间言动”，不但反映现实，而且直接取材于现实，这对促进小说走上描写现实生活的道路是有积极影响的。

由于《世说新语》是在汉末以来士流中盛行品藻人物之风的现实中产生的，而品藻人物具有“声名成毁，决于片言”①的特点，这也就形成《世说新语》以短小的篇幅、简单的情节、精练的语言通过人物生活言行片断的记载描写人物性格的艺术特点。

要片言决定人物的声名成毁，首先要求熟悉生活，观察生活，从生活中发现并把握人物具有代表性的性格特征。其次还要求以特别简练的语言艺术从对实际生活的描绘中把这种性格特征恰当地表现出来。《世说新语》在这方面确实具有很高的艺术手法。它的许许多多性格突出而色彩鲜明的人物形象，却是用极少的笔墨勾画出来的。如阮裕焚车的不以财物私于己(《德行》)，庾亮不卖的卢马不以所恶施于人(《德行》)，王戎不取道边李的

① 鲁迅:《中国小说史略》，第65页。

聪明智慧(《雅量》),谢安作泛海戏的从容镇定(《雅量》),以及前边曾谈到的嵇康、阮籍、刘琨、温峤、管宁、华歆、王导、王敦与石崇等等,都是性格鲜明突出的艺术形象。

现从其情节与语言两方面来看。《世说新语》中一些成功的艺术形象都是用人物自己的生活言行表现出来的。它善于将人物生活言行中富有特征的细节组成简单的然而又恰能表现人物性格特征的情节。如管宁割席拒华歆的故事,在管、华"共园中锄菜"与"同席读书"两个细节描写中已把二人对金钱势力的不同态度作了生动的描绘,最后又以管宁割席与华歆分坐的细节把情节作进一步的补足,而管宁蔑视金钱势力的性格就从这一情节中得到出色的表现。《世说新语》的情节完全是从生活中提炼出来的。

《世说新语》往往能以简单的情节把两个甚至更多个人物组织到情节中来一并进行表现。在不同的人物性格表现中又有相互映衬对比的作用。管宁割席拒华歆的故事就是这样。再如《雅量》篇记载:

> 桓公伏甲设馔,广延朝士,因此欲诛谢安、王坦之。王甚遽,问谢曰:"当作何计?"谢神意不变,谓文度曰:"晋阼存亡,在此一行。"相与俱前。王之恐状,转见于色。谢之宽容,愈表于貌,望阶趋席,方作洛生咏,讽"浩浩洪流"。桓惮其旷远,乃趣解兵。王、谢旧齐名,于此始判优劣。

有了王坦之的临危而惧,更显谢安的从容镇定。同时这种人物的映衬对比作用完全是从生活事件的有机联系中自然表现出来的,毫无生拼硬凑之嫌,同样是《世说新语》能从现实生活中提取艺术情节的结果。

《世说新语》又能以简单的情节来创造表现人物性格的环境,其特点就在于这种环境的创造就在事件本身叙写之中。还从上面的例子来看。故事一上来在写"桓公伏甲设馔,广延朝士,因此欲诛谢安、王坦之"这样一个事件开端的同时也就写出一个剑拔弩张的斗争环境,随着事件的发展王坦之临危而惧的表现,更显得故事充满紧张的斗争气氛。谢安履险为夷,从容镇定的性格就在这样一个环境中得到充分表现。结果竟取得桓温"惮其旷远,乃趣解兵",而至环境根本改变的胜利。

《世说新语》的故事情节一般都很简单,其对人物性格的描写,也多只写人物性格某一方面的突出特点,很少写人物性格的发展成长过程。然而间或也有这样的作品,如《自新》篇对周处的描写。故事开始写周处"凶强侠气,为乡里所患",与水中的蛟、山中的虎成为义兴"三横";接着写周处刺虎杀蛟为民除害;最后写周处乃至知道自己"为人情所患"而尽改前非。相当完整地写出人物性格发展转变过程。

《世说新语》不但能从生活中提炼情节,也能从生活中提炼语言,语言的精练隽永是其艺术成就的另一重要方面。由于《世说新语》从人物言行记载中表现人物性格反映社会现实,而其语言艺术也就表现在人物言行的记载上。鲁迅说《世说新语》"记言则玄远冷俊,记行则高简瑰奇"①,正是从人物言行记载上看《世说新语》的语言艺术的。

《世说新语》的语言往往像诗一样地精练,能以极少的语言概括极丰富的思想内容。《德行》篇写司马昭谓阮籍"言皆玄远,未尝臧否人物",又写王戎"与嵇康居二十年,未尝见其喜愠之色",《赏誉》篇写"王仲祖称殷渊源:'非以长胜人,处长亦胜人'"。这些经过人物无数次的言行实践所表现出来的性格特征,作品仅以三言两语就作了出色的概括,显然是以细致观察生活为基础的。

《世说新语》语言的精练概括更体现在描写人物极其具体的言行表现具有一般社会意义的性格上。管宁割席拒华歆中的管宁见片金"挥锄与瓦石不异"、华歆见片金"捉而掷去之"都是极其具体的人物行动描写,然其意义绝不限于这种行动的本身,在于它所揭示的具有一般社会意义的人物性格。这样精练的性格化的语言也就具有寓一般于个别的艺术功能。记行的语言如此,记言的语言也是如此。《企羡》篇写"孟昶未达时,家在京口,尝见王恭乘高舆,被鹤氅裘。于时微雪,昶于篱间窥之,叹曰:'此真神仙中人!'"孟昶羡慕富贵的思想神情便从"此真神仙中人"一语的记载中就传神地表现出来。

《世说新语》的艺术成就,当然是小说史上特定阶段的成就,比起唐传奇以后的小说来还是不够高的。如一个人物的言行事迹往往被分散记载在许多不同的故事中甚至记载在许多不同的篇目中。因此,《世说新语》虽有人物形象描写,但多不作全面、集中、完整的刻画。同时篇幅简短,情节结构也极简单,这固然与其要求片言决定声名成毁的内容有关,也与当时小说发展的艺术水平有关。志怪小说中的某些优秀作品在这些方面虽然成就较高,但也比不上唐传奇以后的小说。

① 鲁迅:《中国小说史略》,第67页。

虽然如此,《世说新语》以它独特的艺术成就对后世小说发展还是有很大影响的。除了对促进小说走上描写现实生活的道路起着积极作用以外,像人物性格的描写、情节和语言的提炼对后代小说也有很大影响。它与志怪小说中一些优秀作品的艺术成就共同成为唐传奇以后小说发展的基础。杰出的历史小说《三国演义》关于曹操父子的描写更有直接取材于《世说新语》之处,特别在曹操权诈、阴险、毒辣性格的描写上受到《世说新语》更多的启发。

从小说篇幅的由小到大、情节结构的由简而繁、人物形象的由单薄而丰满这样一个发展过程来看,《世说新语》当然还处在幼稚阶段,可是从笔记小说这一特殊的文学样式来看,《世说新语》却成为后来笔记小说的典范。它以杰出的艺术成就确立了这一独立发展的文学样式。像唐王方庆的《续世说新书》,宋代王谠的《唐语林》,明代何良俊的《何氏语林》、李绍文的《明世说新语》,清代梁维枢的《玉剑尊闻》,吴肃公的《明语林》,都是《世说新语》的仿效之作。

至于《世说新语》所载的故事内容,或被古代戏剧取作题材,或被诗、文、词、曲引作典故,可见其影响之广了。

汉乐府民歌与五七言诗

一、乐府机关与民歌的关系

汉代是我国古代民歌继《诗经》之后又一次得到较大规模收集的时期。这一时期的民歌不但标志着民歌本身从《诗经》以来的巨大发展,而且对后来诗歌的发展也有巨大影响。民歌之所以在这一时期能够得到收集、保存和流传与乐府机关的设立有极其密切的关系,班固的《汉书》对此有明确的记载:

至武帝定郊祀之礼……乃立乐府,采诗夜诵,有赵、代、秦、楚之讴。以李延年为协律都尉,多举司马相如等数十人造为诗赋,略论律吕,以合八音之调,作十九章之歌。以正月上辛用事甘泉圜丘,使童男女七十人俱歌,昏祠至明。①

自孝武立乐府而采歌谣,于是有代、赵之讴,秦、楚之风,皆感于哀乐,缘事而发。亦可以观风俗,知薄厚云。②

① 《汉书》卷二十二《礼乐志第二》,中华书局,1962,第 1045 页。

② 《汉书》卷三十《艺文志第十》,第 1756 页。

这里说明,乐府机关的设立开始于汉武帝。乐府的职责,在于让贵族文人写作诗歌与采集民歌,并制作乐曲,把这些诗歌谱之入乐令乐员歌唱。其目的无非是统治阶级为了祀神灵、祭祖庙、观风俗、兴乐教、朝会宴飨与宫廷娱乐等。其中最值得我们注意的是采集民歌,它客观上对民歌起着收集、保存和流传的作用。

乐府机关的设立,虽然始于武帝,但也并非事出突然,汉王朝统治者从其阶级目的出发,自汉高祖以来对乐舞歌诗之事就很注意。《汉书·礼乐志》说:

> 初,高祖既定天下,过沛,与故人父老相乐,醉酒欢哀,作"风起"之诗,令沛中僮儿百二十人习而歌之。至孝惠时,以沛宫为原庙,皆令歌儿习吹以相和,常以百二十人为员。文、景之间,礼官肄业而已。①

就是"乐府"一名也在乐府机关设立以前就有。《史记·乐书》说:

> 高祖崩,令沛得以四时歌舞宗庙。孝惠、孝文、孝景无所增更,于乐府习常肄旧而已。②

不过,这里所说的"乐府"实际指的是"太乐"官署③,不能因"乐府"一名出现在武帝以前就认为乐府机关的设立不始于武帝。所以班固在《汉书·礼乐志》中一面有"孝惠二年,使乐府令夏侯宽备其箫管"④的说法,一面又说"至武帝定郊祀之礼……乃立乐府"⑤。这不是班氏的说法有矛盾,而是两个"乐府"的含义不同。

武帝设立乐府,不仅摆脱以往"习常肄旧"的状态,而更把采集民歌作为重要的任务。当时采集民间歌谣的地域是很广的,就《汉书·艺文志》所记载的有:

---

① 《汉书》卷二十二《礼乐志第二》,第1045页。

② 《史记》卷二十四《乐书第二》,中华书局,1982,第1177页。

③ 参看王运熙《乐府诗论丛·汉武始立乐府说》。

④ 《汉书》卷二十二《礼乐志第二》,第1043页。

⑤ 《汉书》卷二十二《礼乐志第二》,第1045页。

吴、楚、汝南歌诗十五篇；
燕代讴、雁门、云中、陇西歌诗九篇；
邯郸、河间歌诗四篇；
齐、郑歌诗四篇；
淮南歌诗四篇；
左冯翊、秦歌诗三篇；
京兆尹、秦歌诗五篇；
河东、蒲反歌诗一篇；
雒阳歌诗四篇；
河南、周歌诗七篇；
河南周歌声曲折七篇；
周谣歌诗七十五篇；
周谣歌诗声曲折七十五篇；
周歌诗二篇；
南郡歌诗五篇。①

可惜这些民歌大都没有保存下来，这可能与汉哀帝罢乐府官员事件有关。《汉书·礼乐志》记载哀帝“性不好音”②，特别认为“郑卫之声兴则淫辟之化流”③，下令将乐府原有的八百二十九个演奏员罢去四百十一人。随着演奏民间乐歌的人员的罢去，而已被采集的民歌也就有较大的散失的可能。

哀帝对乐府人员的裁革，固然给民歌的收集、保存和流传带来很大损失，但也并未因此而中断乐府采集民歌的影响。一方面如《汉书·礼乐志》所说“百姓渐渍日久，又不制雅乐有以相变，豪富吏民湛沔自若”④，一方面因采集民歌对统治阶级有观风俗、知薄厚、利统治的作用，一直为东汉政府所重视，故而现存的乐府民歌多系东汉作品。

汉乐府诗虽然同是入乐的诗，但却包括两个截然不同的部分：一为贵族文人的制作，一为广采于各地的民歌。前者如《郊庙歌辞》中的司马相如等

① 《汉书》卷三十《艺文志第十》，第 1754 页。

② 《汉书》卷二十二《礼乐志第二》，第 1072 页。

③ 《汉书》卷二十二《礼乐志第二》，第 1073 页。

④ 《汉书》卷二十二《礼乐志第二》，第 1074 页。

作的《郊祀歌》与唐山夫人作的《安世房中歌》，内容歌功颂德，形式典雅富丽，是典型的庙堂文学；后者保存在《鼓吹曲》、《相和歌》、《清商曲》和《杂曲》四类之中，无论在思想上和艺术上都有很大的价值，是乐府诗中的精华。

二、乐府民歌的思想内容

“感于哀乐，缘事而发”是汉乐府民歌的现实主义特点。题材广泛，思想深刻，从各方面反映了两汉特别是东汉的社会现实，展示了人民的生活、思想、感情和愿望。

反映阶级矛盾的。阶级矛盾是阶级社会中最普遍最根本的矛盾。刘邦窃取秦末农民起义的果实，建立了汉王朝的封建统治政权。汉初统治阶级采取恢复生产“与民休息”的措施，使得社会经济得到发展。在经济发展的同时，统治阶级对人民采取残酷的剥削和榨取也就跟着而来。再则，由于生产力的提高、工商业的发展，富豪大贾也随之而出现。在官府的搜刮和商贾的盘剥之下，人民趋于破产，生活濒于贫困。还在史家称为“文景之治”的时期就形成了“富者田连阡陌，贫者无立锥之地”（董仲舒《论限民名田》）的贫富悬殊的情况，使得人民过着“卖田宅，鬻子孙，以偿债”（晁错《论贵粟疏》）的生活，更不要说汉王朝的政治趋于腐败时期，特别是东汉末年了。这样阶级矛盾的现实在民歌中得到深刻的反映。《东门行》就是杰出的一篇：

> 出东门，不顾归。来入门，怅欲悲。盎中无斗米储，还视架上无悬衣。拔剑东门去，舍中儿母牵衣啼：“他家但愿富贵，贱妾与君共餔糜。上用仓浪天故，下当用此黄口儿。今非！”“咄！行！吾去为迟，白发时下难久居。”

这是一首描写劳动人民在统治阶级残酷剥削压迫下无法生活下去起而反抗的诗歌。官逼民反的社会现实，在这里得到深刻的反映。正如贾谊在《陈政事疏》中说：“饥寒切于民之肌肤，欲其亡为奸邪，不可得也！国已屈矣，盗贼直须时耳。”晁错也在《论贵粟疏》中说：“夫腹饥不得食，肤寒不得衣,虽慈母不能保其子,君安能以有其民哉?”贾谊、晁错虽然是出于维护封建统治的观点,但却说出官逼民反的社会现实。诗中鲜明地写出不同的阶级生活,统治阶级过的是“富贵”的生活,劳动人民过的是“餔糜”的生活。诗中主人翁正是为了“盎中无斗米储,还视架上无悬衣”不能生活下去才“拔剑东门去”起而反抗统治阶级的。汉代统治阶级对人民进行残酷的剥削压迫,因而不断出现规模大小不等的农民革命,终于推翻了汉王朝的统治。

《妇病行》从妻死儿幼饥寒交迫的描写中反映阶级社会劳动人民悲惨生活的另一侧面。

与劳动人民生活相反,统治阶级的生活则是奢侈淫佚穷乐极娱的。正如《相逢行》所描绘的:“黄金为君门,白玉为君堂。堂上置樽酒,作使邯郸倡。中庭生桂树,华灯何煌煌。”这与劳动人民岌岌不可终日的生活该是多么鲜明的对比。

汉乐府民歌就是这样从各个不同的生活侧面来揭示阶级矛盾的。

反映战争的。汉代统治阶级制造战争也是造成人民严重灾难的重要的一面。汉代自武帝开始不断对外进行掠夺战争,其间也有外来民族压迫而引起的战争,更有统治阶级内部矛盾的战争。掠夺战争和统治阶级内部矛盾的战争给人民带来深重的灾难自不待言,就是在反对外来民族压迫的战争中,统治阶级也要对人民进行阶级压迫。人民在统治阶级制造的战争中,不但经济上受到更加沉重的剥削,而且被迫去服兵役,再加生产遭到破坏,人民处于家破人亡骨肉离散的境地:

> 战城南,死郭北,野死不葬乌可食。为我谓乌:“且为客豪,野死谅不葬,腐肉安能去子逃?”水深激激,蒲苇冥冥。枭骑战斗死,驽马徘徊鸣。梁筑室,何以南?何以北?禾黍不获君何食?愿为忠臣安可得?思子良臣,良臣诚可思,朝行出攻,暮不夜归。——《战城南》

这里由战场“野死不葬”悲惨景象的描写,到战士出征在外不得耕稼“禾黍不获”的联想,到对阵亡兵士“朝行出攻,暮不夜归”的哀悼,凝成叙事与抒情相结合的反战诗篇。深刻地揭露了残杀民命、破坏生产、穷兵黩武战争的罪恶本质,强烈地表达了人民的反战情绪。

诗篇在具体描写中运用了独特的能够深刻揭示事物本质的表现方法。如对战场悲惨景象的描写,就不用一般描写方法,而用“野死不葬乌可食。

为我谓乌：‘且为客豪，野死谅不葬，腐肉安能去子逃？’”这样就更深刻地揭示出统治阶级进行屠杀人民的战争的残酷，并充分地表现了诗人对阵亡兵士深切同情的悲愤心情，“梁筑室，何以南？何以北？禾黍不获君何食？愿为忠臣安可得？”也是同样的手法。这里不是真正地担心禾黍不获而统治阶级没什么吃，而是对统治阶级进行战争破坏生产的痛恨。人民被迫离家去服兵役，就是愿作一个“出粟米麻丝以奉其上”的“忠臣”也不可得。其对统治阶级的怨愤之情是非常之深的。

再看另一个反战诗篇：

十五从军征，八十始得归。道逢乡里人，家中有阿谁？遥看是君家，松柏冢累累。兔从狗窦入，雉从梁上飞。中庭生旅谷，井上生旅葵。舂谷持作饭，采葵持作羹。羹饭一时熟，不知饴阿谁？出门东向看，泪落沾我衣。——《紫骝马歌辞》

诗就一个从军六十五年之久的老兵士从军归来家庭破败情况的描写暴露了封建统治阶级进行的非正义的战争和不合理的兵役制度的罪恶。它以最典型最富有特征的现象描绘了主人公的一生。过去是“十五从军征，八十始得归”，六十五年的岁月在出生入死千辛万苦的征战中度过。现在呢？家破人亡，没有归宿之所。将来呢？孤苦无依，难以生存下去。“出门东向看，泪落沾我衣。”展现出一个茕独无告、须发苍然、泪落纵横、凝神痴想、悲愤沉痛而绝望的老人形象，有力地说明统治阶级制造的穷兵黩武的战争与极不合理的兵役制度给人民带来多么严重的灾难、多么深切的痛苦。

在战争频仍且徭役繁重的社会现实中。去乡离井、室家离散更是常有之事。乐府民歌也有一些抒写征夫与其家人互相思念之情的作品。像《饮马长城窟行》《艳歌行》《悲歌》《巫山高》等都是这种相思之情的真实反映。

反映宗法制度的压迫本质的。宗法制度是维护封建统治的工具，它是阶级压迫在宗族以内或家庭之中的反映。《孤儿行》就是一篇从一个家庭孤儿受兄嫂虐待的描写中暴露宗法制度压迫本质的作品：

孤儿生，孤子遇生，命独当苦！父母在时，乘坚车，驾驷马。父母已去，兄嫂令我行贾。南到九江，东到齐与鲁。腊月来归，不敢自言苦。头多虮虱，面目多尘。大兄言办饭，大嫂言视马。上高堂，行取殿下堂。孤儿泪下如雨。使我朝行汲，暮得水来归。手为错，足下无菲。怆怆履霜,中多蒺藜。拔断蒺藜,肠肉中怆欲悲。泪下渫渫,清涕累累。冬无复襦,夏无单衣。居生不乐,不如早去,下从地下黄泉。春气动,草萌芽。三月蚕桑,六月收瓜。将是瓜车,来到还家。瓜车反覆,助我者少,啖瓜者多。愿还我蒂,兄与嫂严。独且急归,当兴校计。

乱曰:里中一何譊譊!愿欲寄尺书,将与地下父母,兄嫂难与久居!

孤儿与兄嫂的关系完全是压迫与被压迫、剥削与被剥削、奴役与被奴役的关系。孤儿之所以遭到兄嫂的奴役和虐待是由封建私有制和封建家长制造成的。因为封建私有制的关系,兄嫂才把剥削奴役加到孤儿身上;因为封建家长制的关系,兄嫂也才能够剥削奴役孤儿。从一个家庭悲剧中揭示出封建宗法制度的本质,是具有普遍而深刻的社会意义的。它使人们认识到这种制度存在的不合理,从而反对这种制度。

表现爱情,反对封建礼教与反映贵族豪强欺压民间妇女的。乐府民歌中也有一些与爱情有关的诗歌,而更直接表现爱情的则是《有所思》和《上邪》。《有所思》写一个女子听到她所爱的人"有他心"之后以示与之决绝的。诗以反复曲折的笔法描绘了主人公既欲"勿复相思"而又情不自禁相思的痛苦之情。《上邪》写诗中的主人公呼天抢地以示与对方永远相爱之意:

上邪!我欲与君相知,长命无绝衰。山无陵,江水为竭,冬雷震震夏雨雪,天地合,乃敢与君绝!

表现了真挚、热情、坚定不移的爱情。这些表现爱情的诗歌具有深厚的反封建意义。

在封建礼教大备的当时,妇女们的地位更其低下,除了受封建礼教一般压迫之外,还要受男权压迫,表现在爱情生活上,常有身遭捐弃之虞。乐府民歌在这方面也有真实反映。除了《上山采蘼芜》是一篇弃妇之辞以外,还有《塘上行》《白头吟》《怨歌行》等与之相类似的作品,同样具有反封建意义。

反映贵族豪强欺压民间妇女遭到反抗的,在乐府民歌中则有著名的《陌上桑》一诗。诗中塑了一个秦罗敷那样坚贞、美丽、机智、勇敢、刚毅不屈、反抗贵族豪强的女性形象,同时也揭露了统治阶级欺压民间妇女的罪恶现实。

总之,汉乐府民歌对两汉社会现实的反映不但是非常广泛的,而且也是非常深刻的。反映了种种社会矛盾特别是阶级矛盾;反映了广大受压迫者种种灾难与痛苦,特别是对人民的灾难和痛苦;反映了广大受压迫者对封建压迫的坚强反抗,特别是劳动人民对封建统治阶级的坚强反抗。就中又无不渗透了人民的理想和愿望。

在种种社会矛盾的反映中,尤其值得重视的是乐府民歌能够在描写劳动人民被压迫被剥削的生活的同时写出劳动人民对封建统治阶级的反抗,深刻地揭示出尖锐的阶级矛盾。《东门行》就是这种具有代表意义的作品。在我国古代文学史上有不少伟大的现实主义文人作家,由于他们具有同情人民的思想,能够反映人民的苦难生活;但这也往往因受阶级的局限,在反映阶级矛盾的作品中,劳动人民的苦难形象总是多于反抗形象,甚至缺乏反抗形象。乐府民歌是劳动人民自己的创作,不但能够反映人民自己的痛苦生活,而且能够歌咏人民自己对封建统治阶级的反抗。这是以《伐檀》《硕鼠》为代表的周代民歌的现实主义传统的继承与发展,也是人民文学战斗传统的继承与发展,从而可以看出乐府民歌现实主义成就的高度。

三、乐府民歌的艺术成就

汉乐府民歌不但在现实主义传统上是周代民歌的继承与发展,在艺术手法上也是周代民歌的继承与发展,可以看出人民文学的不断成长。

乐府民歌在句法上,变周代民歌以四言为主的句法向五七杂言发展,并使五言诗达到了成熟的地步。这种诗的句法的发展变化是由发展了的生活内容所决定的。反过来说,这种发展了的句法也便于表达发展了的生活内容。在章法上,变周代民歌复沓的章法为集中叙写的章法。这对反映复杂的生活内容、刻画人物形象是有很大作用的。表现形式的发展变化从属于表现内容的需要,是人民文学作品的特点,也是一切优秀的文学作品的特点。

周代民歌多抒情诗,叙事诗很少,而抒情诗已很成熟,叙事诗仅仅开始成长。乐府民歌除在抒情诗上继承并有所发展以外,而其更主要的成就,在于叙事诗不仅在数量上增多,而且其发展也已成熟。现从以下几个方面来看。

从叙事与抒情手法的运用来看。“感于哀乐，缘事而发”既是乐府诗思想内容上思想性强的特点，又是其艺术手法上叙事与抒情相结合的特点，体现了思想内容与艺术手法的一致。这也是从周代民歌继承发展而来。周代民歌抒情诗的特点在于不作单纯的情感抒发与心理描写，而是即事抒情。但它仍以抒情为主，主要抒发抒情主人公的主观感受。叙事从属于抒情，于抒情中见叙事。乐府民歌叙事诗的特点在于对现实生活事件不作客观主义的描摹，在叙事的同时也揭示主人公的内心世界，表现作者的爱憎感情。但它仍以叙事为主，主要是全面而直接地展现现实生活的某一方面的生活图画。抒情从属于叙事，于叙事中见抒情。从这里我们既可以看到乐府民歌是周代民歌的继承（叙事与抒情相结合），又可看到乐府民歌是周代民歌的发展（变抒情诗为叙事诗）。《妇病行》《孤儿行》《东门行》《十五从军征》《陌上桑》等都是叙事与抒情相结合的叙事诗。像《孤儿行》既展现了孤儿受兄嫂虐待的历历在目的生活图画，又迸发出“泪痕血点，结掇而成”①的强烈感情。再如《十五从军征》本是一篇叙写一个老兵士从军归来的叙事诗，但它也具有很好的抒情效果，使读者不但看到老兵士的苦难形象，而且也感到老兵士的悲愤的沉痛已极的感情。这种悲愤沉痛的感情是从叙事诗中自然涌现出来的，“出门东向看，泪落沾我衣”这一叙写人物行动的诗句包含着多么强烈的感情。

另外，有些叙事诗，或以第一人称来写，或以第一人称与第三人称合用来写，也是抒情与叙事相结合的一个表现。它说明诗人与主人公关系的密切，甚至密切到难以分解的程度。这样写来，自然是倾向鲜明感情浓厚的。

从结构情节来看。乐府民歌变周代民歌复沓的章法为集中叙写的章法，是章法的变化，也是结构的变化，同时与抒情、叙事也有密切关系。前者结构较松弛，后者结构较紧严；前者能够反复吟咏便于抒情，后者能够集中描写便于叙事。周代民歌多抒情诗，故多使用复沓的章法，而且运用得很好。在少数偏于叙事的作品中就不用或开始突破复沓的章法，如《谷风》和《氓》。也有偏于叙事而仍采用复沓章法的，如《东山》，不过大大影响情节的连贯。《谷风》和《氓》虽已突破复沓的章法，但结构仍显松弛，情节不够紧凑。乐府民歌在这方面就有很大发展。

乐府民歌情节更大的优点在于能够很好地体现生活规律，表现人物性

---

① 沈德潜编《古诗源》卷三，岳麓书社，1998，第 53 页。

格。《东门行》以短短几十个字的篇幅出色地刻画了反抗封建统治阶级压迫剥削的反抗形象,并且非常真实地写出人物性格的成长过程。这是由于诗篇能把人物放在情节冲突中按照生活规律进行刻画的结果。诗一上来写主人公“出东门,不顾归。来入门,怅欲悲”。从这样一个去而复回的行动描写中,逼真地写出主人公要反抗而又不能决然走去的矛盾心理,其反抗性格尚未最后形成。可是再到家中一看,“盎中无斗米储,还视架上无悬衣”,感到实在难以生活下去,这时才真正坚强地“拔剑东门去”,任凭其妻怎样以最能打动他的话进行牵衣啼哭地劝阻,都不能阻止他的反抗行动,“咄!行!吾去为迟,白发时下难久居”。从这样的情节冲突与人物性格成长的过程中可以清楚地看出阶级压迫与剥削逼得人民起而反抗的现实,反映了尖锐的阶级矛盾。

从人物形象塑造来看。乐府民歌塑造了为数很多的人物形象,这些人物形象的塑造虽有简单与复杂的不同,但都是劳动人民在深厚的生活基础上塑造出来的个性鲜明具有典型意义的艺术形象。

乐府民歌塑造人物形象的手法固然很多,但在深厚的生活基础上选用典型事例把人物形象描写与生活图景的展示紧密结合起来是其塑造人物形象最为基本的艺术特色。如《孤儿行》在行贾、办饭、视马、行汲、收瓜几个日常生活事例叙写之中,一方面使得兄嫂虐待孤儿这一封建家庭生活内幕像打开画卷一样展示在读者面前,一方面把受尽兄嫂剥削和奴役的类同奴仆的孤儿形象雕塑出来。可以说字字是生活图景的描绘,也可以说处处是人物形象的塑造。这里所选用的一些事例都是构成孤儿形象的典型事例。行贾一事说明孤儿完全是兄嫂致富的工具,与商人的奴仆无异。办饭、视马、行汲表明孤儿在家又是一个无事不做、无苦不受的家庭奴隶。孤儿与兄嫂的这种关系在收瓜事件中更有进一步的揭示。孤儿在“瓜车反覆,助我者少,啖瓜者多”无力禁止的情况下,还要作“愿还我蒂”的要求。孤儿为什么要作这样的要求呢?因为“兄与嫂严。独且急归,当兴校计”的极其理智的想法,深刻地说明了孤儿与兄嫂的主仆关系。因为没有瓜蒂,仆人是更加无法向主人交代的。有了兄嫂虐待孤儿的特定生活,才会有孤儿这样的奴仆对待主人的特定心理。所有这些都表现了孤儿的形象是有深厚的生活基础的。

此外,乐府民歌的语言也是古今论者共同称道的。通俗、朴素、形象、精练自不必说,更重要的,都是生活化、性格化的语言,成为当时极好的文学表现手段。就中描述与叙写的功能大大提高,具有很大的雕塑性,同样标志着叙事诗的发展。

四、《孔雀东南飞》

《孔雀东南飞》是汉代乐府民歌叙事诗发展成熟而出现的一个高峰。它不但是当时叙事诗成就最高的标志，也是我国古代第一篇光辉的民间长篇叙事诗。

本篇在现存的古籍里，最早见于南朝徐陵编的《玉台新咏》，题目是《古诗为焦仲卿妻作》，宋朝郭茂倩《乐府诗集》把它编入《杂曲歌辞》。《玉台新咏》在诗的前面有一个简短的序言：

> 汉末建安中，庐江府小吏焦仲卿妻刘氏，为仲卿母所遣，自誓不嫁。其家逼之，乃没水而死。仲卿闻之，亦自缢于庭树。时人伤之，为诗云尔。①

这里对作品的事件与作品的写作年代作如此明确的记载，应有事实依据而非出于臆造。它说明这个长篇叙事诗是东汉末年建安时期的作品。后虽有人以为它是六朝之作，但所提的理由都是作为否定原序的依据。相反的，如从作品反映的现实内容和文学发展情况来看，恰好说明原序的可信。封建礼教经过春秋、战国以来的逐步发展至汉代而及于完备，成为维护封建社会统治的有力工具。东汉末年，封建礼教虽因东汉王朝统治的崩溃而有所动摇，但由于渐渍已久与封建统治阶级的竭力维护，它在实际生活中与思想意识上尚未真正失去统治力量。反抗封建礼教压迫，暴露封建礼教罪恶的《孔雀东南飞》正是这种社会现实的深刻反映，不应该是礼法名教衰退已久的六朝时期的产物。再从文学发展上来看，东汉末年不但民间叙事诗发展成熟，在文人创作中也现出篇幅较大的叙事诗，像蔡琰的五言《悲愤诗》就是一篇长达五百余字的优秀的叙事诗篇。《孔雀东南飞》出现在这一时期实是很自然的，它是汉代民间叙事诗高度发展的结果。但说《孔雀东南

① 佚名：《古诗爲焦仲卿妻作并序》，见徐陵编《玉台新咏笺注》卷一，吴兆宜注，程琰删补，穆克宏点校，中华书局，2013，第 43 页。

飞》产生在建安时期，不等于说以后就没有润色和修改，即使诗中有个别词语到六朝时期才普遍使用也不足为奇，不能据此而否认《孔雀东南飞》是建安时期的作品，何况这些词语在汉末早已有之了呢？

《孔雀东南飞》是通过婚姻悲剧反对封建礼教，具有深厚的人民性和深刻的现实性的光辉诗篇。焦仲卿和刘兰芝夫妻殉情的悲剧是在焦母和刘兄封建家长逼迫下形成的。作品对封建礼教代表者给以无情批判和鞭挞，对封建礼教反抗者给以热切同情和颂扬，从而有力地揭露了封建礼教的罪恶本质，表现了人民反抗封建礼教的思想感情和愿望。

《孔雀东南飞》现实主义的深刻性，不仅在于它所反映的问题是封建社会经久的极其普遍的社会问题，而且还在于它能够反映特定历史时期的现实特征。我国古代文学在长期封建社会中以婚姻悲剧为题材反映封建礼教罪恶本质的作品是很多的，但因具体历史时期不同又具有各自不同的思想特点。《孔雀东南飞》对当时封建礼教完备而统治残酷的现实作了典型的反映。它的悲剧的深刻性在于它真实地写出它的主人公是如何身受封建礼教迫害既反对封建礼教又受封建礼教的一定制约而走上特定的反抗封建礼教的道路的。

《孔雀东南飞》深刻的思想性和高度的艺术性集中表现在人物形象的塑造上。首先刘兰芝是它大加刻画的一个。兰芝最主要最宝贵的性格是她反抗封建礼教的反抗性格。这种反抗性格的形成，是她追求合理生活——要求人格自主、维护坚贞爱情——与封建礼教发生矛盾的结果。不过要认识这一形象的全部意义，还要看封建礼教对她的制约。

兰芝自幼就受有很深的封建教育："十三能织素，十四学裁衣。十五弹箜篌，十六诵诗书。"这样一个能织素、会裁衣、晓音乐、通诗书、知礼仪、谙妇道的兰芝嫁后该是怎么样呢？她是以封建礼教的要求去做的，"奉事循公姥，进止敢自专？昼夜勤作息，伶俜萦苦辛。谓言无罪过，供养卒大恩"。可是，兰芝这样尽心竭力以封建妇道自持的做法，在焦母看来还是"此妇无礼节，举动自专由"的；兰芝虽然"鸡鸣入机织，夜夜不得息。三日断五匹"，而焦母却是"故嫌迟"。这都说明兰芝嫁后在焦母的威虐下过的是被压迫、被奴役、被损害的生活，身受非人的待遇。在这种痛苦的生活经历中，不但使她感到"十七为君妇，心中常苦悲"，而且使她认识到"非为织作迟，君家妇难为"，因此也就培养了她那反压迫反奴役的性格。她拒绝野蛮的封建迫害，她要求人身自由摆脱奴隶式的生活。这便与焦母形成不可调和的矛盾，成为诗中压迫与反压迫的典型冲突之一。

在这一矛盾冲突中,兰芝自知不可能改变焦母对她的态度,改变她的生活处境,但她又不能忍受焦母对她施加的最野蛮的封建迫害,因此她只有忍受夫妻别离之痛,迎接未来的一切不幸,主动提出"便可白公姥,及时相遣归"。这一方面表明兰芝的勇敢与坚强,一方面又表明在当时封建礼教的制约与思想影响下,她也不可能采取另外的反抗道路与方式。至于兰芝身当被遣之际的着意装束与辞别婆母的言语行动,同样是性格坚强而又不能摆脱封建礼教影响的表现。

兰芝虽横遭驱遣与仲卿分离了,但她与仲卿的爱情却是固若"磐石"、韧如"蒲苇"的。这是兰芝光辉的悲剧性格另一个典型冲突,终于使兰芝的反抗性格最后形成。

身负无限委屈"不迎而自归"的兰芝,不但自己有愧不能堪的"进退无颜仪"的痛苦,而且还受到了不明真相的母亲的责怪。好在经过兰芝作"儿实无罪过"的陈述之后,得到其母的谅解和同情。不过罪恶的封建势力并没有就此而放松对兰芝的迫害,因而兰芝也就没有停止向封建势力作坚强不屈的斗争。

县令家的求婚,兰芝采取通过母亲谢绝媒人的方式作了拒绝,以全其与仲卿"结誓不别离"的情义。可是,当太守家再来求婚母亲无能为力,其兄以"不嫁义郎体,其往欲何云"凶狠无情地向她逼嫁的时候,她便决计以生命来维护自己与仲卿生死不渝的爱情,向其兄作斩钉截铁的回答:

> 理实如兄言。谢家事夫婿,中道还兄门。处分适兄意,那得自任专!虽与府吏要,渠会永无缘。登即相许和,便可作婚姻。

兰芝对代表封建势力的阿兄以及自己毫无政治经济权利的家庭地位的认识是非常清楚的。她自知悲剧的必然到来,她不向封建迫害者作任何乞求,决计在表面允婚之下与封建势力作宁死不屈的斗争。因此,在仲卿闻变前来之际,她便恳切而坚决地以"黄泉下相见,勿违今日言"与仲卿相约。兰芝的反抗性格就此发展到了顶点。最后从容不迫地"揽裙脱丝履,举身赴清池"了。

"处分适兄意,那得自任专"系封建礼教的规定,是深受封建礼教影响的兰芝所承认的,故云"理实如兄言";但它与自己对爱情的坚贞存在着尖锐的矛盾,又是她生活理想所不能屈从的,故而"举身赴清池"。因此,以殉情的斗争方式是兰芝在当时社会条件下所可能采取的最坚决的斗争方式,也是其反抗性格最坚强的表现。

仲卿是诗中另一个反封建礼教的重要人物,他始终与兰芝站在一起向封建势力进行斗争。他了解兰芝,钟爱兰芝,同情兰芝,反对其母对兰芝的封建压迫。当他知道兰芝将无端受到其母的驱遣,便向其母明白表示要与兰芝“结发同枕席,黄泉共为友”,并以“女行无偏邪,何意致不厚?”向其母进行询问。及至其母用“吾意久怀忿,汝岂得自由!东家有贤女,自名秦罗敷。可怜体无比,阿母为汝求。便可速遣之,遣去慎莫留”等话来对他进行威逼和利诱时,他又坚定地表示“今若遣此妇,终老不复取”。所有这些都表现了仲卿对代表封建礼教的母亲的反抗。及至其母一定要驱遣兰芝他无力挽回之后,他一再向兰芝表示“誓不相隔卿”“誓天不相负”。及至兰芝遭到刘兄的逼嫁他们的爱情受到最后的破坏,他便与兰芝以死相约。终于在兰芝“举身赴清池”之后,他便以生命相殉而“自挂东南枝”。追求坚贞爱情反抗封建礼教是仲卿最基本最主要的性格,同样是渗透人民思想感情的反抗封建礼教的人物形象。

仲卿的反抗性格也是有其发展形成过程的,他与兰芝虽同是反封建礼教的人物,但在悲剧发展过程中他又有自己的性格特点。这是作品能把人物性格放在具体环境、事件、人物关系中进行刻画的结果。表现在矛盾斗争中最突出的一点,则是兰芝与仲卿虽然同是遭受封建迫害的,但兰芝是直接受迫害的,仲卿则较为间接。这无论是焦母对兰芝的虐待与驱遣,刘兄对他们的迫害,都是如此,因为焦母对他们的迫害,首先是对兰芝的驱逐与逼嫁。不过,无论哪种迫害都破坏着他们共同的“结誓不别离”的爱情生活,这就形成两个反封建礼教人物又有各自不同的性格特点。仲卿虽无比同情兰芝身受其母迫害的遭遇,但对其母专横残暴的了解没有兰芝身受的真切。仲卿虽对他们的爱情前途异常担心,但对悲剧的发展没有兰芝认识得清楚。这在他们的行动上都有不同的表现。如当兰芝向他提出“便可白公姥,及时相遣归”的无奈要求时,兰芝已清醒地认识到没有“复来还”的可能了,可他依然抱有很大的希望。在整个矛盾斗争过程中,他虽不听母言而助妇语,不从母命而与妇约,不为母生而同妇死,显得是非清楚,立场鲜明,斗争也很执着,然在果决、刚毅的程度上较之兰芝则逊色。这种性格上的略有差异,来自受封建礼教的迫害略有不同。至于仲卿的反抗方式和道路也和兰芝一样,不能超越时代给他的局限。唯其如此,他们也才都是特定时代的艺术典型。

作品并以极其经济的笔墨成功地刻画了两个悲剧制造者焦母和刘兄的形象。

焦母的形象是蛮横、专断、毒辣、残酷的封建婆婆形象。试看:兰芝明明“三日断五匹”,而她偏偏“故嫌迟”。兰芝本来“奉事循公姥,进止敢自专”,而她认为“此妇无礼节,举动自专由”。当仲卿表示不愿驱遣兰芝,她却专横地说:“吾意久怀忿,汝岂得自由!”尤其当她听仲卿说出“今若遣此妇,终老不复取”,便立刻槌床大怒厉声斥责仲卿“小子无所畏,何敢助妇语!吾已失恩义,会不相从许”。必须指出,她这种残暴、专横的性格和行为是封建制度造成的,封建礼教在支持她。《大戴礼记·内则》又有“子甚宜其妻,父母不悦,出”的规定。焦母正是这些封建律条在现实生活中的化身。她的蛮横专断,兰芝的横遭驱遣,仲卿的无力挽回,都是封建礼教使然。

刘兄是与焦母本质相同而具体表现又有某种区别的另一个封建家长形象。凶恶、暴躁、势利、自私是其主要性格特征。作品仅仅几笔就把他这种性格特征生动逼真地刻画出来:

> 阿兄得闻之,怅然心中烦。举言谓阿妹:“作计何不量?先嫁得府吏,后嫁得郎君。否泰如天地,足以荣汝身。不嫁义郎体,其往欲何云?”

在这种威逼、利诱并施的逼嫁行为中,更可看出由于封建制度造成的他在家庭中的特权地位。因此,“中道还兄门”的兰芝因在家庭毫无地位可言,也就失掉了人身自主权,只有“处分适兄意,那得自任专”了。“不嫁义郎体,其往欲何云?”正是刘兄以这种特权地位对兰芝进行驱逐性的逼嫁的。婆家驱遣,娘家不留,浩阔天地,却无兰芝容身之处,只有毅然走上了“举身赴清池”的抗争道路了。

由此可见,焦母和刘兄的性格都是最能体现封建礼教罪恶本质的性格,兰芝和仲卿的性格的可贵就在于对罪恶的封建礼教的反抗。《孔雀东南飞》就是通过这两种不同性格的冲突来展示它的反封建的主题,体现它的民主性的精神的。

《孔雀东南飞》又是一篇故事情节曲折完整的叙事长诗。诗的整个情节是围绕一个中心两个重点展开的。一个中心:是兰芝和仲卿为要求婚姻自主,进行坚强不屈的反封建礼教的斗争。两个重点:一是焦母对兰芝的驱遣,一是刘兄对兰芝的逼嫁。在反映社会本质,体现生活规律,表现人物性格上具有变化而不离奇,铺陈而不枝蔓,细致而不繁缛的特点。

诗的情节既能把人物组织到尖锐的矛盾斗争中来,使得人物性格得以充分展示，又能从人物性格展示中逻辑地揭示情节发展的必然规律，使得情节的发展与人物性格的成长达到有机的统一。

诗的情节在第一个矛盾斗争重点中，把兰芝、仲卿与焦母组织到尖锐的矛盾斗争中来，以焦母与兰芝之间的压迫与反压迫、奴役与反奴役的斗争作为情节的开端。在这一矛盾斗争中，作品深刻地揭示出两个对立的社会性格。同时这两个对立的社会性格也规定了矛盾的不可调和的性质。兰芝不甘屈辱的要求遣归，仲卿劝说其母的失败，就是矛盾不可调和的具体表现。这样，诗的情节就必然向兰芝被遣发展，矛盾也就必须以兰芝被遣、仲卿与兰芝夫妻别离而解决。在这一矛盾解决的同时，孕育在这一矛盾之中的新的矛盾也就产生。那就是兰芝与仲卿之间的夫妻别离的生活与“结誓不别离”的感情的矛盾。诗的情节在新产生的矛盾中，随着县令的求婚和太守的求婚向另一个矛盾斗争重点发展。及至刘兄出来逼嫁，而封建礼教的婚姻包办与兰芝和仲卿的要求婚姻自主，便又形成不可调和的矛盾。结果使诗的情节必然向兰芝和仲卿作“黄泉下相见”之约发展而达到高潮。此后诗的主人公，一个“举身赴清池”，一个“自挂东南枝”，乃是情节发展的必然结局。诗的主人公的悲剧性格也就最后形成，封建礼教的吃人本质也就彻底揭露。

由此可见，《孔雀东南飞》的情节是在现实生活条件下，人物性格冲突中，遵循着事物发展规律发展的。它的全部发展过程也就是封建压迫与反压迫矛盾斗争的发展过程，又是主人公悲剧性格成长过程。围绕这个主要情节进行多方面的细节描写与场面描写，从而创造出赖以反映社会现实的典型性格，这样的情节技巧正标志着汉乐府民歌叙事诗的发展成熟。

诗的主要情节虽然起自“十三能织素”，止于“自挂东南枝”，但从作品整个结构来看，在它前面的起兴开头与它在后面的充满美丽幻想的结尾也是作品的有机组成部分。前者对引起本事、增加艺术联想、创造悲剧气氛都有积极作用，后者能够更其强烈地表现人民的生活愿望与反对封建礼教争取婚姻自主的胜利信念。它与本事描写的结合，又是古代诗歌在现实主义与浪漫主义结合上的一个范例。

五、乐府民歌在文学史上的地位和影响

汉代乐府民歌以其辉煌的成就在文学史上有着重要的地位和深远的

影响。

对以前来说,它继承并发展了周代民歌的现实主义传统,创造了新的艺术形式,提高并丰富了艺术手法。

对当时来说,人民以自己的诗歌广泛而深刻地反映了当时的社会现实。特别在统治阶级文人作品内容歌功颂德形式僵化时期尤其重要。以其丰富的内容、深湛的思想、新鲜的形式出现在汉代诗坛,不仅是当时现实主义文学重要组成部分,而且是文学创作的新鲜血液,逐渐受到文人作家的重视和学习,使得文人诗作具有新的起色。

对以后来说,汉代乐府民歌对后诗影响是很深远的,尤其重要的是它对现实主义诗歌的发展有着巨大的影响。建安时期是接受乐府民歌现实主义精神影响最早的时期,采用乐府古题反映当前的现实成为一代风气,形成以现实主义精神为核心的足以标志一代诗歌特征的"建安风骨"。此后,西晋时期的左思、东晋时期的陶潜、刘宋时期的鲍照无不受乐府民歌现实主义精神的影响,而鲍照更是直接学习乐府取得重要成就的作家。现实主义诗歌成就更大的唐代诗人也深受汉代乐府民歌的影响。作为唐代现实主义诗歌早期的倡导者陈子昂,不仅在创作主张上推崇"汉魏风骨",而且在创作实际中作了实践。李白是多方面创造性地学习乐府民歌的大诗人,至有"乐府则太白擅奇古今"①的成就,而对于乐府民歌的现实主义诗人杜甫更是继承并发扬乐府民歌的现实主义精神。他学习乐府写下一些"即事名篇,无复倚傍"②的光辉的现实主义作品。乐府民歌本来就是即事名篇的,杜甫这种乐府而又不用乐府古题的做法,正是在学习乐府民歌上较之以往前进一步的表现。中唐时期的元稹、白居易,便继杜甫之后把他们"因事立题"的现实主义诗歌名之为"新题乐府"或"新乐府",更与同时期的其他作家掀起新乐府运动,使得乐府民歌的现实主义精神得到空前的发扬。

在诗歌艺术方面,汉乐府民歌的乐府体裁的建立,叙事诗的写作技巧的成熟,五言、杂言与七言形式的运动,都对后来诗歌有极其广泛的影响。

---

① 胡应麟:《诗薮》,中华书局,1962,第 37 页。

② 元稹:《元氏长庆集》卷二十三《乐府》,上海古籍出版社,1994,第 118 页。

给王秉辰的一封信

——谈《孔雀东南飞》的主题

秉辰：

来信说了你对《四川师院学报》邓国泰的《〈孔雀东南飞〉主题浅议》①一文的不同看法。我觉得问题可以讨论：一方面，邓文谈的问题本身需要讨论；一方面，通过讨论可以加深对《孔雀东南飞》主题的理解。

关于应主要从哪些方面写的问题，你说的那些问题都是可以讨论的。究竟怎样提出、安排和论述，还需要进一步考虑。进行这样的考虑，要针对对方提出的问题，抓住作品的基本矛盾。

邓文所理解的主题：在揭露上，只是揭露封建家长制度的罪恶，不是揭露封建礼教的罪恶；在歌颂上，只是歌颂反压迫反奴役的反抗精神，不是歌颂维护坚贞爱情的反抗精神。

这样的理解，首先它就不符合作品所写的故事是封建婚姻悲剧故事。作品的小序、作品的开起（孔雀东南飞，五里一徘徊）、作品所写的故事（十三能织素……自挂东南枝）和作品的浪漫主义的结尾（两家求合葬……），都强调写出这一婚姻悲剧。没有封建家长制，固然不能形成这样的婚姻悲剧。没有封建礼教，没有焦、刘之间的坚贞爱情和维护坚贞爱情的反抗，能形成这样的婚姻悲剧吗？

邓文虽然也认为“作为叙事性的长篇乐府民歌，它的主题是通过人物

① 邓国泰：《〈孔雀东南飞〉主题浅议》，《四川师院学报》1981年第1期。

与人物之间的矛盾冲突,特别是主要矛盾的冲突显示出来的”,但又认为作品的“主要的矛盾、作品的主线应该是兰芝与焦母的矛盾冲突”。这一看法是片面的。只有焦母对兰芝的驱遣,没有刘兄对兰芝的逼嫁,悲剧能最后形成吗?前者只能造成焦、刘的生离,后者便造成了焦、刘的死别,怎么可以把后者排除在主要矛盾和主线之外呢?

邓文,不仅把主要矛盾和主线限制在焦母对兰芝的驱遣上,而且把“焦母的奴役和压迫同兰芝不堪奴役、反抗压迫”孤立起来,好像与造成婚姻悲剧无涉似的。这里写的确实是焦母对兰芝的直接迫害。从中可以看出封建社会中,女子是无独立的社会地位的,是被作为生产工具看待的,是封建权力支配的所有品,可以任意奴役、压迫以至驱遣。唯其如此,才能是造成婚姻悲剧的第一步,怎么可以同婚姻悲剧分离开来呢?邓文之所以这样认为,在于“刘兰芝爱焦仲卿,有追求幸福生活的强烈欲望;她清醒地认识到,在焦母的暴虐和专横下,是没有什么幸福可言的,因此当机立断,忍痛割爱,置夫妻关系于不顾,主动要求遣归。(实际上兰芝如不主动要求,焦母也不会相容,迟早要遣归的)”。难道就在于“主动要求遣归”吗?不是即使不主动要求,迟早也要遣归的吗?不是也承认是“忍痛割爱”吗?是“置夫妻关系于不顾”呢,还是欲顾夫妻关系而不得呢?可是邓文却得出“由此,便派生出了她与仲卿的爱情问题”的认识来。认为“正是由于仲卿对兰芝的同情和支持,兰芝才改变了原来置夫妇关系于不顾的态度问题,提出了‘君当作磐石,妾当作蒲苇。蒲苇韧如丝,磐石无转移’的誓约”。这里有个如何认识兰芝的主动要求遣归和如何对待她与仲卿的关系问题。她之所以主动要求遣归,一是她坚强,反对奴役压迫;二是她对焦母和必遭遣归有清醒的认识,因此,她愿意和敢于承担未来的一切不幸,忍受她与仲卿夫妻别离(甚至是“于今无会因”的永久离别)之痛,而主动要求遣归。正因她对必遭遣归而且是“何言复来还”,“于今无会因”的遣归,有清醒的认识,所以她把她与仲卿别离之痛,压在内心深处,不向仲卿表露。当仲卿向她表示“还必相迎娶”时,她一方面向仲卿说出她“何言复来还”的认识,一方面在感情上又不能割舍,在“于今无会因”的情况下,作“物物各自异,种种在其中”“留待作遗施”的馈赠。一面希望“迎后人”,一面又希望仲卿“时时为安慰,久久莫相忘”。当仲卿再次向她表示“誓不相隔卿”“誓天不相负”时,她便与仲卿作“磐石”“蒲苇”之约。不过,她还要向仲卿说出“我有亲父兄,性行暴如雷。恐不任我意,逆以煎我怀”的话,让他有所了解。当刘兄逼嫁,她表面允婚,决计寻死后,在仲卿闻变前来之初,她向仲卿说出“……以我应他人,君还何所望”，其间仍然不无希望仲卿另寻别途之意，甚至因此使仲卿误会，说出“贺卿得高迁……卿当日胜贵，吾独向黄泉”的话。及至她听到仲卿说出如此决绝的话，她才向仲卿倾吐“何意出此言！同是被逼迫，君尔妾亦然。黄泉下相见，勿违今日言”以死相约的话。可见兰芝深深爱着仲卿，为了维护她与仲卿的爱情，勇于承担封建势力施加给她们的一切不幸而为仲卿着想的表现。“磐石”“蒲苇”之誓，“黄泉下相见”之约，以及最后从容不迫的“揽裙脱丝履，举身赴清池”，绝不是由于仲卿对她一时的同情和支持所能办得到的，当然在斗争过程中，仲卿对兰芝的同情和支持，对兰芝性格的成长和情节的发展也是起其应有的作用的，但总不是由彼而此的转变。

正因焦、刘之间有“结誓不别离”的坚贞不渝的爱情，在太守求婚之下，才有兰芝的不嫁；有了兰芝的不嫁，才有刘兄的逼婚，才有焦、刘以死相抗的悲剧结果。没有焦、刘之间的坚贞不渝的爱情，就失掉了产生刘兄逼嫁之事的前提条件。可见，在刘兄逼嫁问题上，离开焦、刘的坚贞不渝的爱情和维护这种爱情所进行的斗争，还谈什么“有力地揭露了封建社会家长制度的罪恶，歌颂了刘兰芝夫妇不屈服于封建宗法势力的反抗精神”呢？何况即使在焦母驱遣刘兰芝问题上，也是对焦、刘之间“结发同枕席，黄泉共为友”的直接破坏。焦仲卿对其母所作的反驱遣的斗争，正是维护他与兰芝的“结发同枕席，黄泉共为友”的斗争。不能因兰芝认识到必然遭到驱遣（“妾不堪驱使，徒留无所施”）而主动要求遣归，就取消了焦母驱遣兰芝以致破坏兰芝和仲卿夫妇关系的罪恶。它仍然是制造婚姻悲剧的第一步，是导致刘兄逼嫁的不可或缺的一步，就作品整个情节来说，后者是前者的继承和发展，是一矛盾发展过程的两个阶段。不是什么“由此，便派生出了她与仲卿的爱情问题”。

邓文一再强调作品反映的是封建家长制，不是封建礼教，这就把封建家长制和封建礼教人为对立起来了。作品悲剧整个发生过程是焦、刘两家封建家长，凭借家长权力，运用封建礼教对兰芝、仲卿进行压迫与兰芝仲卿反对这种压迫的斗争过程。封建家长的权力正是以封建礼教为基础，为封建礼制所规定的。《大戴礼记·本命》：“妇有七去，不顺父母去。”这就给焦母这个封建家长驱遣兰芝的权力。她不正是以“此妇无礼节，举动自专由”的罪名对兰芝进行驱遣的吗？“无礼节”“举动自专由”正是“不顺父母”嘛，正是封建家长权力所不容许的，也正是“不顺父母去”的礼制所规定的。再如《礼记·内则》有“子甚宜其妻，父母不说出”的规定。在仲卿劝说其母不要驱遣兰芝时，焦母不是凭借这样的规定斥责仲卿“吾意久怀忿，汝岂得自由”“小子无所畏,何敢助妇语。吾已失恩义,会不相从许”吗?兰芝的终遭驱遣,仲卿的劝说无效,不都是封建礼教所规定的吗?怎能把封建家长制和封建礼教分割开来呢?

邓文甚至把封建家长制与封建礼教放在矛盾对立的地位。如说焦、刘“这两个典型人物的典型性格是在我国封建社会上升时期封建礼教熏陶教养的典型环境中成长起来的”,他们的斗争武器是封建礼教,他们的斗争矛头始终集中反对封建家长制。封建教养的环境怎么能培养反封建的性格呢?作品所展示的封建压迫和反封建压迫的矛盾斗争,能是封建家长制和封建礼教的矛盾斗争吗?(可以结合作品给以具体分析)

信未写完,怕你“五一”要回家,晚了收不到。就先这样寄去。停两天再写。

父字

4 月 28 日